# Oi, sumido

# Dolly Alderton

# Oi, sumido

Tradução de
**Ana Rodrigues**

Copyright © 2020 by Dolly Alderton

TÍTULO ORIGINAL
Ghosts

COPIDESQUE
Mariana Moura

PREPARAÇÃO
Fábio Gabriel Martins

REVISÃO
Juliana Souza
Thais Entriel
Thaís Lima

DIAGRAMAÇÃO
Ilustrarte Design e Produção Editorial

ILUSTRAÇÃO DE CAPA
Christopher DeLorenzo

**CIP-BRASIL. CATALOGAÇÃO NA PUBLICAÇÃO**
**SINDICATO NACIONAL DOS EDITORES DE LIVROS, RJ**

A335o

    Alderton, Dolly
        Oi, sumido / Dolly Alderton ; tradução Ana Rodrigues. - 1. ed. - Rio de Janeiro : Intrínseca, 2023.

    Tradução de: Ghosts
    ISBN 978-65-5560-745-1
    1. Ficção inglesa. I. Rodrigues, Ana. II. Título.

22-81832
                      CDD: 823
                      CDU: 82-3(410.1)

MERI GLEICE RODRIGUES DE SOUZA - BIBLIOTECÁRIA - CRB-7/6439

[2023]
*Todos os direitos desta edição reservados à*
EDITORA INTRÍNSECA LTDA.
Rua Marquês de São Vicente, 99, 6º andar
22451-041 — Gávea
Rio de Janeiro — RJ
Tel./Fax: (21) 3206-7400
www.intrinseca.com.br

*Para minha mãe e meu pai,
por nunca desaparecerem*

# Prólogo

No dia em que eu nasci, 3 de agosto de 1986, a música "The Edge of Heaven", do Wham!, estava em primeiro lugar na lista das mais tocadas. E, desde que me entendo por gente, sempre foi uma tradição na data botar essa canção para tocar no último volume assim que eu acordava. Eu me lembro de começar todos os aniversários da minha infância ao som de George Michael cantando "yeah, yeah, yeah" nos compassos iniciais da música, enquanto eu pulava na cama dos meus pais, ainda de pijama, e comia pão com chocolate granulado de café da manhã. É por conta dele que meu nome do meio é George: Nina George Dean. Isso me matava de vergonha na adolescência, quando meu peito achatado e o maxilar quadrado já me proporcionavam uma aparência bastante masculina, sem que eu precisasse ostentar o nome de um popstar de meia-idade. Mas, como todas as anormalidades e os constrangimentos da infância, essas coisas acabaram sendo recalibradas na idade adulta, compondo uma personalidade fascinante. O nome do meio esquisito, o pão cheio de margarina mergulhado em centenas de milhares de granulados de chocolate no café da manhã de aniversário — tudo isso se uniu para dar forma à minha própria mitologia, da qual eu um dia falaria com orgulho e perplexidade para gerar expectativa e provocar interesse.

Estranheza assombrosa + tempo = excentricidade fascinante.

No meu 32º aniversário, em três de agosto de 2018, escovei os dentes e lavei o rosto enquanto "The Edge of Heaven" tocava nas caixas de som da sala. Depois, passei o dia sozinha, cozinhando e comendo tudo de que eu mais gostava. No café da manhã, comi um ovo poché com torrada. Aos trinta e dois anos, posso jurar de pés juntos que tem três coisas que eu sei fazer perfeitamente: chegar com cinco minutos de antecedência toda vez que preciso ser pontual; fazer as perguntas certas para as pessoas quando não estou a fim de conversar e sei que elas gostam de um bom ouvinte (*Você diria que é introvertido ou extrovertido? Quem manda: a cabeça ou o coração? Já colocou fogo em alguma coisa?*); e preparar um ovo poché.

Olhei o celular e vi uma selfie dos meus pais sorrindo e me desejando feliz aniversário. Minha melhor amiga, Katherine, me mandou pelo WhatsApp um vídeo de Olive, a filhinha dela, dizendo "Feliz nivessálio, tia Niini" (ela ainda não consegue acertar meu nome, apesar das muitas vezes em que tentei ensiná-la). Meera, uma outra amiga, me mandou um gif de um gato todo chique de pelo longo, segurando um martíni com a pata, com a mensagem "MAL POSSO ESPERAR PELA FESTA HOJE À NOITE, ANIVERSARIANTE!!!!!", o que significava que ela com certeza estaria na cama antes das onze. Isso é o que acontece quando pessoas com filhos se esforçam muito para aproveitar uma saída à noite: a ansiedade é tão grande que elas ficam exaustas antes da hora, certas de que vão pagar um preço alto pela ousadia, têm uma crise de fobia social e, então, voltam para casa depois de duas cervejas.

Fui até o Hampstead Heath para nadar no Ladies' Pond, o lago só para mulheres. Quando estava na terceira volta, começou a cair uma inofensiva chuva de verão. Eu adoro nadar na chuva e teria nadado por mais tempo se a salva-vidas atenta não tivesse me mandado sair por "questões de saúde e segurança". Eu falei que era meu aniversário e achei que isso pudesse me garantir mais umas braçadas, mas ela me informou que um raio poderia cair na minha cabeça e "me fritar que nem uma fatia de bacon" se eu estivesse na água e que ela não gostaria nem um pouco de ter que limpar a sujeira, "sendo o seu aniversário ou não".

Voltei à tarde para meu novo apartamento, o primeiro que comprei. Era um quarto e sala pequeno, em Archway, no primeiro andar de uma casa vitoriana. Na descrição generosa do corretor, o lugar era "aconchegante, excêntrico e precisava de uma reforma", mas na realidade tinha um tapete com a cor e a textura de café instantâneo, azulejos alaranjados dos anos 1980 e um bidê abandonado no banheiro, além de armários de pinho com duas portas quebradas na cozinha. Eu tinha certeza de que uma reforma levaria o tempo que eu morasse lá, mas ainda assim me sentia uma mulher de muita sorte todas as manhãs, quando acordava e ficava olhando para os relevos ondulados decorando o teto. Nunca imaginei que um dia teria condições de comprar um apartamento em Londres, e a mera realização desse sonho, que até então parecia impossível, o tornava o melhor lugar em que eu já havia colocado os pés.

Eu tinha dois vizinhos: uma viúva idosa chamada Alma que morava no apartamento acima do meu — era uma delícia bater papo com ela no corredor sobre a melhor maneira de cultivar tomates no parapeito da janela e receber doações generosas de quibe caseiro — e um homem no térreo, que eu ainda não conhecia, apesar de ter me mudado um mês antes e de ter feito várias tentativas de me apresentar. Eu batia na porta dele, mas nunca recebia uma resposta. Alma me disse que também nunca tinha falado com ele, mas uma vez havia conversado com a mulher que morava com ele sobre o relógio de luz do prédio. Eu só o conhecia pelos sons que fazia. Ele chegava do trabalho às seis horas e ficava praticamente em silêncio até a meia-noite, quando cozinhava, jantava e assistia à TV.

Comprei o apartamento juntando as economias dos royalties do meu primeiro livro de culinária, *Sabores*, e o adiantamento do segundo livro, *A pequena cozinha*. O primeiro é um livro de receitas inspirado na culinária da minha família, nos meus amigos, no meu único relacionamento longo, nas minhas viagens e nos meus chefs favoritos. As receitas eram amarradas por memórias. O tema que perpassava tudo era a descoberta dos meus gostos pessoais à medida que aprendia sobre meus gostos culinários, o que eu gostava e o que me satisfazia. Eu narrava como conciliei um trabalho noturno e de fim de semana como dona de um pequeno restaurante com as aulas de inglês que dava em uma escola secundária, e como economizei a ponto de deixar os dois empregos e me tornar escritora de culinária em tempo integral. O livro também mencionava o relacionamento e rompimento amigáveis com meu primeiro e único namorado, Joe, que apoiou minha decisão de escrever sobre nós. *Sabores* foi um sucesso surpreendente e, graças a ele, recebi o convite para escrever uma coluna em um jornal, fiz uma série de parcerias comerciais com marcas de alimentos para as quais vendi a alma, mas que pelo menos rechearam minha conta bancária, e consegui um contrato para escrever mais dois livros de culinária.

*A pequena cozinha*, que eu tinha acabado de terminar, falava sobre o que aprendi cozinhando e recebendo pessoas no pequeno restaurante que montei onde morava de aluguel, um estúdio de um único cômodo, sem espaço para a despensa, usando um fogão minúsculo com apenas uma boca e um forno que parecia de brinquedo. Aquele estúdio foi minha primeira casa depois que Joe e eu terminamos. Eu preferia falar sobre meu terceiro livro, um projeto ainda sem nome sobre gastronomia sazonal, que estava em fase de proposta. Depois de anos e anos escrevendo, àquela altura eu já tinha aprendido que a melhor versão de uma obra era quando ela ainda era apenas uma ideia e, portanto, perfeita.

Tomei banho e coloquei para tocar uma playlist do iTunes, minha favorita havia muito tempo, que eu chamava de "Esquenta" nos meus 20 anos e rebatizei de "Bons tempos" recentemente, para marcar uma mudança de paradigma entre me jogar na pista e desfrutar de forma consciente e responsável. Eu tinha criado aquela playlist no primeiro ano da faculdade para ouvir antes de uma noitada, e sua sequência de cabo a rabo acompanhava o ritual incansável de beleza que eu segui por quinze anos: lavar o cabelo, secar de cabeça para baixo para tentar aumentar o volume em dez por cento, passar batom dando destaque ao lábio superior, aplicar duas camadas de rímel nos cílios, tomar um drinque, borrifar perfume no ar duas vezes e me deixar envolver pela nuvem de partículas. Bem na hora em que a penúltima faixa começava a tocar ("Nuthin' but a 'G' Thang"), o táxi estava sempre esperando do lado de fora enquanto eu depilava as pernas com uma lâmina descartável, em cima da pia, porque tinha me esquecido de fazer isso no chuveiro.

Meu cabelo tinha voltado ao tom castanho-escuro natural, na altura dos ombros. Eu havia adotado uma franja para esconder os novos vincos na testa, tão sutis quanto papel de seda sanfonado, mas visíveis o suficiente para que eu não quisesse pensar neles. Felizmente, eu não perdia mais tempo com maquiagem. Meu rosto nunca combinou muito com pintura. Eu gostava disso, pois já achava que toda aquela arrumação tomava tempo demais e era pouco feminista, assim como meu total desinteresse por artesanato e esportes. Às vezes, quando me sentia desanimada, gostava de calcular quantos minutos preciosos de vida eu gastaria removendo o buço se vivesse até os 85 anos e quantos idiomas poderia aprender até lá.

Escolhi um vestido preto de gola alta na frente e cavado nas costas para tomar meus drinques de aniversário. Não coloquei sutiã só para mostrar que não preciso, o que também não significava muita coisa com seios tão pequenos. Mas eu não me importava mais — havia me tornado indiferente ao meu corpo. Eu usava um irritante tamanho 40/42, tinha a altura mediana de 1,63 metro e estava feliz porque ter bunda grande estava na moda, tanto que tinha reparado com orgulho que agora ocupávamos mais de duas categorias em qualquer plataforma de streaming de pornografia.

Não tinha convidado muitas pessoas para meu aniversário naquele ano. Em particular, meu ex-namorado. Eu queria que Joe fosse, mas convidá-lo significaria convidar a namorada dele, Lucy. Ela era inofensiva, apesar de ter uma bolsa que parecia um scarpin, mas também achava que havia coisas não ditas entre nós. Depois de beber seus três copos de um vinho rosé específico ("É *blush*?", perguntava ao barman cansado, provavelmente ela era a 134ª mulher branca a fazer aquela pergunta naquele dia), queria que todas as tais coisas fossem ditas. Lucy me perguntava se eu tinha algum problema com ela ou se sentia alguma estranheza entre nós. E dizia o quanto eu era importante para Joe e como ele me achava especial. Ela me abraçava várias vezes e repetia que esperava que fôssemos amigas. Havíamos nos encontrado pelo menos cinco vezes, e eles estavam namorando fazia mais de um ano, mas ela ainda acreditava que tínhamos coisas a dizer uma à outra em cantinhos reservados nos eventos sociais. Eu me perguntava por que ela fazia aquilo e, tentando ser positiva, cheguei à conclusão de que Lucy era uma mulher que assistia a muitos reality shows na TV. Ela obviamente acreditava que uma festa não era uma festa até que duas mulheres de vestidos peplum dessem as mãos, enquanto uma dizia: "Depois que você dormiu com o Ryan, parei de gostar de você como amiga, mas sempre vou te amar como uma irmã."

No total, vinte convidados apareceram no pub, a maioria amigos da faculdade, alguns da escola, antigos colegas de trabalho e outros do meu trabalho atual. Isso sem contar também alguns amigos que eu encontrava precisamente duas vezes por ano, no aniversário deles e no meu. Entre nós havia um acordo tácito de que, embora não quiséssemos perder contato, não tínhamos absolutamente nenhum interesse na amizade além desses encontros semestrais. Eu achava isso legal e ao mesmo tempo triste.

Segundo a etiqueta, eu também deveria convidar parceiros e cônjuges. Estes eram principalmente homens bem-intencionados, mas eu não esperava manter uma conversa animada com eles, pois já sabia que passariam a noite sentados num banco bebendo cerveja, sem dizer nada além de "feliz aniversário" sempre que passassem por mim para ir ao banheiro, até se cansarem e convencerem a namorada a ir para casa. Eu ficava fascinada com os homens que minhas amigas escolhiam para compartilhar a vida, especialmente com a forma como interagiam uns com os outros. Quando eu estava com

Joe, as namoradas e esposas dos amigos dele se juntavam em todas as reuniões como velhas companheiras de guerra. Nós falávamos, ouvíamos, aprendíamos umas sobre as outras, nos aproximando cada vez mais à medida que nos cruzávamos por meio de nossos namorados. Ao longo dos anos, fui notando que os namorados faziam o oposto disso quando se viam reunidos. Fui observando que para a maioria dos homens uma boa conversa significa comunicar fatos ou informações que outras pessoas ainda não sabem, ou contar um caso, ou dar dicas ou conselhos a alguém sobre um plano futuro, ou de maneira geral deixar sua marca no discurso como um filete de mijo numa árvore. Se por acaso aprendessem mais do que ensinassem ao longo de uma noite, ficavam mal-humorados, como se a festa não tivesse sido um sucesso ou eles estivessem por fora das novidades.

O que eles mais gostavam era de trivialidades em comum. Vi isso acontecer no aniversário de todas as minhas amigas, essa tentativa de se identificar com algum pensamento ou experiência a fim de sentir uma conexão instantânea com outro homem, sem ter que fazer nenhum esforço para conhecê-lo ou entendê-lo: *Ah, sim, o meu irmão também foi para a universidade de Leeds. Onde você morou? ESTÁ BRINCANDO! Então me diz uma coisa: você conhece Silverdale Road, perto da cooperativa? Bem à esquerda da cooperativa. Essa mesmo. A namorada do amigo do meu irmão tinha uma casa lá! Que mundo pequeno. Você já foi ao pub que fica naquela esquina? O King's Arms? Não? Ah, pois deveria, é um ótimo pub, incrível mesmo.*

A única cara-metade que eu adorava era Gethin, namorado de longa data de Dan, meu amigo da faculdade. Nós três éramos muito próximos e tínhamos vivido algumas das noites mais loucas da minha vida e feito as viagens mais incríveis juntos. Mas a verdade era que eles vinham me decepcionando. Achei que sempre poderia contar com Dan e Gethin para quebrar tabus, mas eles começaram a fazer escolhas mais convencionais entre todos os que eu conhecia. Os dois haviam "fechado" o relacionamento, o que foi uma decepção porque suas respectivas escapadas sexuais geravam o maior bafão e para mim eles eram o único exemplo de sucesso de relação não monogâmica que eu já havia conhecido. Dan e Gethin tinham combinado umas regras complicadas em relação ao consumo de álcool, o que significava que eles bebiam em certos fins de semana; em outros, não; e não bebiam durante a semana em hipótese nenhuma. E pararam de sair porque estavam sempre economizando dinheiro para alguma coisa. Tinham acabado de iniciar um processo de adoção e comprado uma casa de dois quartos em Bromley.

Dan e Gethin ficaram no pub apenas o tempo necessário para tomarem duas limonadas e me contarem sobre o pesadelo de lidar com a árvore do vizinho, que era alta demais e se alastrava para o jardim deles. Foram embora antes das oito para "voltar para Bromley" como se fosse uma jornada a Mordor.

Recebi vários presentes atenciosos, que deixavam claro que as pessoas haviam compreendido perfeitamente quem eu era e como isso se manifestava nos meus gostos e no meu estilo de vida. Ganhei uma primeira edição de *Os casamentos de Pentecostes*, do Philip Larkin; um vidro de pimenta defumada de uma marca que eu adoro e que só pode ser comprada nos Estados Unidos; um vaso de dinheiro-em-penca que serviu como presente para a casa nova e como amuleto da sorte para meu novo livro. O único presente engraçadinho foi da minha ex-chefe da escola em que eu tinha trabalhado, que me deu uma gravura emoldurada de uma mulher dos anos 1950 lavando louça, com a legenda: *Se Deus quisesse que eu fizesse o trabalho doméstico, ele teria colocado diamantes na pia!* Aquela não foi a primeira vez que recebi um presente do tipo, e cheguei à conclusão de que meus anos de solteira, somados à minha predileção por Vodca Martíni, faziam as pessoas acharem que eu gostava desses slogans vintages bregas que expressam piadas com mulheres bêbadas, desesperadas, sem filhos, chocólatras ou consumistas. Agradeci a ela.

Eddie e Meera me ofereceram uma carreira de cocaína. Eles estavam desesperados para ter sua "primeira noite de verdade juntos em um ano e meio" porque, naquele meio-tempo, Meera ficou grávida, deu à luz e parou de amamentar, o que significava que podia beber até cair sem fazer mal ao bebê. Eles tinham nos olhos aquela expressão insana que eu já havia visto em pais e mães que estavam saindo à noite pela primeira vez. Recusei educadamente. Não me importei por terem levado a droga para a festa, mas reparei que, enquanto estava cheirada, Meera não parou de falar sobre a necessidade de uma licença-paternidade, repetindo a expressão "os conceitos patriarcais que são o padrão na criação dos filhos". Inquieto, Eddie ficava o tempo todo mudando o peso do corpo de um pé para o outro, e os dois falavam sem parar sobre o Festival de Glastonbury como se fossem seus fundadores.

Lola, Minha Única Amiga Solteira, me puxou para o lado e confessou, nervosa, que se sentia excluída e julgada por todos os casais. Ela estava usando batom vermelho e um penteado muito estranho, com mechas presas meio para cima e meio para baixo, não muito diferente de uma peruca de juiz. Lola só fazia aquele tipo de penteado quando queria disfarçar a ressaca. Ela admitiu para mim que a noite anterior tinha sido um pouco pesada. Teve um encontro às sete da noite que começou em um pub ao lado do canal, depois se transformou em um jantar, seguido de uma ida a um bar, então a outro, e só voltou para casa às três da manhã. Era óbvio que estava virada. Minha Única Amiga Solteira trabalhava com eventos, mas naquele momento eu a teria descrito como alguém que estava na pista para jogo. Depois de dez anos solteira, estava doida para namorar sério. Lola era minha melhor amiga da faculdade, e ninguém do nosso grupo de amigas jamais entendeu por que nenhum de seus poucos encontros virava algo mais sério. Era charmosa, engraçada, bonita e tinha ganhado na loteria genética, sendo dotada não apenas de seios enormes, mas também de seios enormes que não precisavam de sutiã. Ela me disse que estava "arrancando os cabelos" por causa do cara da noite anterior. Eu fiz uma piada falando que o penteado refletia seu estado de espírito. Ela disse que ia voltar de metrô para casa, por isso não ia ficar muito tempo. Falei que o irmão mais novo de Eddie ia chegar em breve. Era solteiro, tinha 26 anos, futuro veterinário. Ela respondeu que, nesse caso, poderia tomar mais um espumante antes de ir.

Katherine, minha amiga mais antiga, que eu conhecia desde o primeiro dia no ensino médio, me perguntou o que eu queria para o ano seguinte. Respondi que achava que estava pronta para conhecer alguém. Ela se iluminou todinha. Acho que, para Katherine, minha decisão de procurar um relacionamento significava que finalmente eu aprovava sua escolha de se casar e ter filho. Percebi que aquilo era uma coisa que as pessoas faziam quando chegavam aos trinta: viam cada decisão pessoal que o outro tomava como um julgamento direto à vida delas. Se você votou em algum candidato de esquerda e eles em alguém de direita, acham que você só fez isso para mostrar que a posição política deles era incorreta. Caso tenham se mudado para o subúrbio e você não, acham que você só tomou essa decisão para provar que sua vida é mais glamorosa do que a deles. Katherine havia cedido à monogamia aos vinte e poucos anos, quando conheceu o marido, Mark, e, desde então, tentou convencer todos a fazer o mesmo.

Eu já estava solteira e sozinha — ou melhor, solteira e sem namorar — havia dois anos, desde o fim do meu relacionamento com Joe (depois de sete anos, quatro deles morando juntos, com nossa vida e nossos grupos de amigos completamente misturados, comecei a reparar que ele dizia coisas como "é pavê ou pra comer" diante da sobremesa e "book de faces" em vez de Facebook). Assim que terminamos, tentei pôr em dia todo o sexo que não tinha feito nos meus vinte anos dando pra geral durante seis meses. Mas "dar pra geral" para mim significava dormir com três homens, sendo que tentei transformar todos em namorados. Após me autodiagnosticar como codependente, decidi parar de namorar antes do meu trigésimo aniversário e descobrir como era ficar sozinha de verdade. Desde então, fui morar sozinha pela primeira vez, viajei sozinha pela primeira vez, passei de professora e escritora em meio-período para escritora em tempo integral com livros publicados e, de modo geral, desaprendi todos os hábitos acumulados em quase uma década de vida aconchegante e confortável a dois. Recentemente, comecei a me sentir pronta para namorar de novo.

Pedimos a saideira às onze da noite. Katherine foi embora um pouco antes porque estava grávida. Ela não tinha me contado ainda, mas eu percebi, porque ela comeu picles sem parar. Pegou os picles dos hambúrgueres de todo mundo e depois pediu um prato só dessa conserva. Ela havia passado a gravidez inteira de Olive tendo desejos intensos por comidas de sabor forte. Perguntei se tinha sido o desejo por umami, o "quinto sabor", que inspirara o nome do bebê. Ela não achou graça. Nos últimos anos, aprendi muito sobre o que mulheres grávidas e mães de bebês não gostam, e uma dessas coisas é quando alguém tem dúvidas ou comentários sobre o nome da criança. Uma amiga parou de falar comigo quando comentei que Beaux é um termo do francês no plural — achei a informação bastante útil — e que ela deveria grafar o nome do filho como Beau. Ele já havia sido registrado. Outra se irritou quando escolheu chamar a filha de Bay e eu comentei que me lembrava o site de compras. Essas mães ficam particularmente incomodadas quando contam o nome do bebê "confidencialmente" e você sem querer comenta com outra pessoa, que por sua vez comenta com elas.

Mas a pior gafe — equivalente a perguntar a idade de alguém, arrotar em público, comer direto da faca — é quando você tem certeza de que uma mulher está grávida e pergunta isso a ela. Você também não pode dizer que sempre soube quando elas finalmente contam a novidade. As futuras mães *odeiam* isso. Elas gostam do toque teatral de uma grande revelação. Compreendo e, sinceramente, acho que eu também seria assim. Você precisa se empolgar com alguma coisa, já que vai passar nove meses sem tomar um drinque. Por isso, segui a deixa e não comentei nada quando Katherine saiu da festa com a desculpa nada convincente de ter que "levar o carro para o conserto" na manhã seguinte.

Por volta das dez da noite, houve a sugestão de irmos todos para um clube noturno na King's Cross, que ficava aberto 24 horas. A ideia foi principalmente do estagiário de veterinária recém-chegado, com quem Lola já estava conversando, fazendo charme com o penteado que parecia uma peruca, mas às 23h15 ninguém tinha se animado. Eddie e Meera tinham que voltar para liberar a babá, e lamentei pela noite agitada e insone que os aguardava, enquanto eu via suas mandíbulas se projetarem ritmicamente para cima e para baixo. Lola e o veterinário foram em busca de um "bar de vinhos", o que significava um lugar escuro onde pudessem falar bobagens de bêbados um com o outro, até que um dos dois tomasse a iniciativa e eles pudessem se agarrar em cima de uma banqueta. Achei ótimo, porque já estava pronta para dormir. Eu me despedi dos convidados que restavam com um abraço e disse a cada um, não exatamente sóbria, que amava a todos.

Quando cheguei em casa, ouvi meio episódio do meu podcast favorito do momento, que contava de forma leve e descontraída a história de mulheres *serial killers*, tirei o rímel, passei fio dental e escovei os dentes. Então, guardei minha nova edição do velho *Os casamentos de Pentecostes* na estante e coloquei o vaso de dinheiro-em-penca no console da lareira. Eu me sentia absolutamente satisfeita, de um jeito que não era comum. Naquela noite de agosto, nas primeiras horas do segundo dia do meu 32º ano de vida, parecia que cada componente aleatório da minha vida havia sido projetado para se encaixar naquele exato momento.

Eu me deitei na cama e baixei um aplicativo de relacionamento pela primeira vez na vida. Lola, uma veterana do namoro on-line, me disse que no Linx (que tinha como logotipo a silhueta de um gato selvagem à espreita) estavam os homens mais interessantes e a melhor taxa de sucesso em relacionamentos de longo prazo.

Preenchi os campos de "Sobre mim". *Nina Dean, 32, escritora de culinária. Localização: Archway, Londres. Procurando por: amor e pelo* pain au raisin *perfeito.* Coloquei algumas fotos e dormi.

Meu 32º aniversário teve a comemoração mais simples de todas. O que foi uma maneira incrivelmente deliciosa de começar o ano mais estranho da minha vida.

# PARTE UM

*"É a nossa imaginação que é responsável pelo amor, não a outra pessoa."*
Marcel Proust

# 1

Morar no subúrbio ao norte de Londres não era nada além de pragmatismo para meus pais. Sempre que eu perguntava por que escolheram trocar East London pelo subúrbio, quando eu tinha dez anos, eles mencionavam aspectos práticos: era um pouco mais seguro, o metro quadrado era mais barato, era perto da cidade, de escolas e rodovias. Eles falavam da mudança para Pinner como se estivessem procurando um hotel que ficasse perto do aeroporto para um voo nas primeiras horas da manhã — um lugar conveniente, que ninguém conhecia, descomplicado, sem nada de especial, mas que dava conta do recado. Nada sobre o lugar trazia qualquer prazer sensorial ou um motivo de apreciação: nem a paisagem, nem a história do lugar, nem os parques, a arquitetura, a comunidade ou a cultura. Eles moravam no subúrbio porque era perto de certas coisas. Eles haviam organizado a casa e, consequentemente, toda a vida em torno da conveniência.

Quando estávamos juntos, Joe costumava usar o fato de ser do norte de Londres como um argumento contra mim quando discutíamos, uma forma de provar que ele era mais autêntico e mais pé no chão do que eu e que, portanto, era mais provável que estivesse certo. Essa era uma das coisas de que eu menos gostava nele, o modo como tinha preguiça de argumentar e usava Yorkshire como resposta para tudo. No início do nosso relacionamento, Joe me fazia sentir como se tivéssemos crescido em mundos diferentes, porque a mãe dele trabalhava como cabeleireira em Sheffield e a minha era recepcionista em Harrow. A primeira vez que Joe me levou à casa dos pais — uma casa modesta, de três quartos, em um subúrbio de Sheffield —, me dei conta da balela que ele havia me contado. Se eu não soubesse que estava em Yorkshire, teria jurado que estávamos passando pelas casas com paredes chapiscadas e janelas grandes que ficavam no limite entre Londres e o início de Hertfordshire, onde passei a adolescência. A rua sem saída de Joe era igual à minha, as casas eram todas iguais, a geladeira dele estava cheia dos mesmos iogurtes de frutas e do mesmo pão de alho pronto para assar. Ele havia tido uma bicicleta igual à minha e, durante a adolescência, passava os fins de semana subindo e descendo as ruas de casas idênticas com telhados vermelhos, assim como eu. Seus pais o levavam ao Pizza Express para comemorar o aniversário, como os meus. O segredo tinha sido revelado.

— Chega de ficar inventando que tivemos uma criação completamente diferente, Joe — disse a ele no trem, quando voltávamos para casa. — Chega de fingir que você faz parte de uma música escrita por Jarvis Cocker sobre estar apaixonado por uma dama da aristocracia medieval. Você pertence tanto a essa música quanto eu a uma de Chas and Dave. Crescemos em bairros iguais.

Nos últimos anos, me peguei sentindo falta da familiaridade da casa onde morei com meus pais. As ruas principais que eu conhecia, com uma grande quantidade de dentistas, cabeleireiros e agiotas e a total ausência de cafés que não sejam de alguma franquia. A longa caminhada da estação até em casa. As mulheres com o mesmo chanel longo, os homens calvos, os adolescentes de moletom. A ausência de individualismo; a pacífica concordância com o comum. Ser jovem havia se transformado muito rápido em ser adulta — com a lista diária de escolhas para confirmar quem eu era, em quem votei, qual era meu provedor de internet. Por isso, retornar ao cenário da minha adolescência por uma tarde parecia uma breve viagem no tempo. Quando eu estava em Pinner, podia ter dezessete anos de novo, só por um dia. Podia fingir que meu mundo era míope, minhas escolhas, sem sentido, e que as possibilidades à minha frente eram amplas e ilimitadas.

Minha mãe atendeu a porta como sempre atendia — demonstrando que tinha uma vida muito ocupada. Ela deu um sorriso tímido de desculpas quando me viu, o telefone sem fio pressionado entre a orelha e o ombro.

— Desculpe — disse apenas com o movimento da boca, e revirou os olhos.

Ela usava uma calça preta de malha que não tinha um corte que a fizesse parecer uma calça social, nem era apertada o suficiente para ser uma legging, nem desleixada a ponto de ser um pijama. Usava também uma camiseta de gola redonda, cinza-mescla. E estava enfeitada com suas joias de sempre: uma pulseira grossa de ouro, outra mais fina, brincos de pérola, corrente de ouro no pescoço e a aliança. Meu palpite era que ela estava chegando ou saindo para alguma espécie de exercício físico. Ficou obcecada por exercícios depois que fez cinquenta anos, mas acho que não chegou a perder nem meio quilo por isso. Seu corpo continuava com a camada pós-menopausa: uma pequena papada, a cintura mais grossa, a carne sobrando na parte de trás do sutiã, visível através da camiseta. E ela era linda. Tinha grandes olhos e um tipo de beleza que não chega a ser estonteante, mas que evoca um certo magnetismo familiar a todos, como uma lareira, um buquê de rosas ou um cocker spaniel dourado. O cabelo na altura do queixo, castanho-escuro como café expresso, embora entremeado com fios grisalhos, era lindo e volumoso, e os reflexos dourados cintilavam sob o lustre da Ikea que pendia do teto. Não herdei quase nada da aparência da minha mãe.

— Sim, tudo bem — disse ela ao telefone, gesticulando para que eu entrasse. — Ótimo, vamos marcar um café para a próxima semana, então. É só me dizer a data. Vou levar aquele tarô autoexplicativo de que falei. Não, de forma alguma, na verdade pode até ficar com ele. Comprei por um canal de vendas na TV, muito fácil. Está bem, está bem. Nos falamos, então, beijo! — Ela desligou o telefone e me deu um abraço, antes de me segurar com o braço estendido e examinar minha franja.

— Corte novo — comentou, olhando com curiosidade, como se estivesse tentando decifrar uma palavra cruzada.

— É — falei, largando a bolsa e tirando os sapatos (todos tinham que tirar os sapatos ao chegar, a regra era mais rígida ali do que na Mesquita Azul). — Cortei antes do meu aniversário. Achei que seria bom para cobrir as rugas-de-trinta-e-dois-anos na minha-testa-de-trinta-e-dois-anos.

— Não seja boba — disse minha mãe, ajeitando a franja com cuidado. — Você não precisa de um esfregão na cabeça para isso, só de uma boa base.

Eu sorri, sem me ofender, mas também sem achar graça. Já tinha me acostumado com o fato de que minha mãe estava sempre desapontada com o que considerava falta de vaidade da minha parte. Ela teria adorado ter uma filha com quem pudesse comprar roupas para as festas de fim de ano e conversar sobre primer facial. Na adolescência, quando Katherine aparecia na minha casa, minha mãe oferecia a ela todas as suas bijuterias e bolsas antigas, e as duas ficavam examinando as peças juntas, como duas amigas em uma loja de departamentos. E ela se apaixonou profundamente por Lola na primeira vez que se viram, só porque ambas eram obcecadas pelo mesmo iluminador.

— Cadê o papai? — perguntei.
— Lendo — disse ela.

Olhei pelas portas francesas da sala de estar e vi o perfil do meu pai na sua poltrona verde-garrafa, com os pés apoiados numa banqueta e uma grande caneca de chá na mesinha ao lado. Seu queixo marcado e nariz comprido se projetavam — o queixo e o nariz que também me pertencem — como se estivessem competindo para alcançar a linha de chegada em uma corrida.

Havia dezessete anos de diferença entre minha mãe e meu pai. Eles se conheceram quando ele era o vice-diretor de uma escola pública no centro da cidade e ela foi encaminhada para lá pela agência de secretariado, para ser recepcionista. Na época, mamãe tinha 24 anos, ele, 41. As diferenças de personalidade entre eles eram tão grandes quanto a diferença de idade. Meu pai era sensível, gentil, curioso, introspectivo e intelectual — não havia quase nada que não o interessasse. Já minha mãe era prática, proativa, organizada, direta e autoritária. Não havia quase nada em que ela não se envolvesse.

Fiquei algum tempo observando meu pai por trás das portas de vidro. Daquele ponto de vista, ele ainda era só meu pai, como sempre havia sido — lendo jornal, pronto para me contar para onde vai o lixo na China, ou dez coisas que eu talvez não saiba sobre Wallis, a duquesa de Windsor, ou o drama do falcão em extinção. Meu pai, que conseguia me reconhecer em um nanossegundo — não meu rosto, mas tudo o que eu era. O nome do meu amigo imaginário de infância, o tema da minha dissertação, meu personagem favorito do meu livro favorito e o nome das ruas de todos os lugares em que já morei. Ao olhar para o rosto dele, vi principalmente meu pai, mas às vezes via algo mais em seus olhos que me perturbava: às vezes parecia que tudo o que ele compreendia tinha sido despedaçado e que estava tentando reorganizar esses pedaços em uma colagem que fizesse sentido.

Fazia dois anos que meu pai havia tido um derrame. Poucos meses depois de se recuperar, percebemos que ele não estava totalmente bem. Meu pai, sempre tão astuto e inteligente, estava mais lento. Ele passou a esquecer nomes de parentes e amigos íntimos. Sua confiança e sua capacidade de tomar decisões diminuíram. Ele começou a sair andando sem rumo e se perder. Muitas vezes, esquecia a rua em que morava. A princípio, minha mãe e eu achávamos que era só velhice. Fomos incapazes de enfrentar a possibilidade de algo mais sério. Então, um dia, ela recebeu um telefonema de um estranho dizendo que viram meu pai dando voltas na mesma rotatória, grande e movimentada, por vinte minutos. No fim, alguém conseguiu fazê-lo encostar o carro — ele não tinha ideia de como desligar o motor. Fomos ao clínico geral, que passou uma série de exames físicos, avaliações cognitivas e ressonâncias magnéticas. A possibilidade que temíamos foi confirmada.

— Oi, pai — falei, indo até a poltrona.

Ele ergueu os olhos do papel.

— Olá, você! — disse.

— Não se levante.

Eu me abaixei para lhe dar um abraço.

— Algo interessante para me contar?
— Há uma nova adaptação cinematográfica de *Persuasão* — contou, me mostrando a crítica.
— Ah, Jane Austen para cabeçudos.
— Isso mesmo.
— Vou ajudar a mamãe com o almoço.
— Está bem, querida — disse ele, antes de reabrir o jornal e voltar ao estado de repouso que eu conhecia tão bem.

Quando entrei na cozinha, minha mãe estava cortando floretes de brócolis, que eram colocados ao lado de uma pilha de kiwis fatiados. De uma caixa de som, saía a voz de uma mulher falando alto e devagar sobre a necessidade de corresponder ao desejo sexual masculino.

— O que é isso? — perguntei.
— É o audiolivro *Intercourse*, da Andrea Dworkin.
— É... o quê? — perguntei, e abaixei um pouco o volume.
— Andrea Dworkin. Ela é uma feminista famosa. Você deve saber quem é, uma moça grandona, mas sem muito senso de humor. É uma mulher muito inteligente e...
— Eu sei quem é Andrea Dworkin, estou querendo saber por que você está ouvindo o audiolivro dela.
— Para o "Vinho nas entrelinhas".
— É o seu clube do livro, que você comentou?

Ela suspirou, irritada, e pegou um pepino na geladeira.
— Não é um clube do livro, Nina, é um salão literário.
— Qual é a diferença?
— Bem — começou minha mãe, curvando os lábios levemente, sem conseguir esconder o prazer que sentia por ter que, mais uma vez, explicar a diferença entre um clube do livro e um salão literário. — Eu e as meninas decidimos organizar uma reunião bimestral para discutir ideias, em vez de apenas falar sobre o livro em si, por isso é muito menos rígido.

Cada salão tem um tema e inclui discussões, leituras de poesia e relatos pessoais relacionados ao tema.

— Qual é o tema do próximo?

— O tema é: Todo sexo heterossexual é estupro?

— Certo. E quem vai participar?

— Annie, Cathy, Sarah do meu clube de corrida, Gloria, o primo gay da Gloria, Martin, Margaret, que é voluntária comigo no brechó beneficente. Cada um leva um prato. Estou preparando espetinhos de queijo — contou ela, enquanto levava a tábua de corte até o liquidificador e enfiava nele uma variedade de frutas e vegetais.

— Por que esse súbito interesse pelo feminismo?

Minha mãe ligou o liquidificador, dando início a uma cacofonia de zumbidos, enquanto os cubos viravam uma gosma verde-clara.

— Não sei se eu diria que é súbito — gritou ela, mais alto que o rugido eletrônico.

Então, desligou o liquidificador e despejou o líquido de aparência fibrosa em um copo de meio litro.

— Que legal, mãe — comentei, tentando ser mais gentil. — Acho incrível que seja tão engajada e curiosa.

— É legal, sim — disse ela. — E sou a única que tem espaço em casa, por isso disse que podemos usá-lo para as reuniões do "Vinho nas entrelinhas".

— Mas não tem espaço sobrando aqui.

— O escritório do seu pai.

— O papai precisa do escritório dele.

— O escritório vai continuar lá para ele. Só não faz sentido ter um cômodo inteiro que só é usado ocasionalmente, como se morássemos no Palácio de Blenheim.

— E os livros dele?

— Vou trazer para as estantes aqui embaixo.

— E a papelada dele?

— Arquivei tudo o que era importante. Dá pra jogar fora um monte de coisas.

— Por favor, me deixa dar uma olhada — pedi, com a entonação de uma criança malcriada. — Pode ser importante para ele. Pode ser importante para nós no futuro, quando precisarmos do máximo possível de informações para refrescar a memória dele, para lembrar a ele de...

— Claro, claro — disse ela, tomando um gole do smoothie, com as narinas dilatadas de desprazer. — Está tudo lá em cima em algumas pilhas, dá pra ver da escada.

— Tá certo, obrigada — falei com um meio-sorriso, como uma oferta de paz.

Fiz uma respiração de ioga, profunda e imperceptível, antes de mudar de assunto.

— Tem mais alguma novidade?

— Nada importante. Ah, decidi mudar meu nome.

— O quê? Por quê?

— Nunca gostei de Nancy, é muito antiquado.

— Você não acha estranho mudar agora? Todo mundo conhece você como Nancy, é tarde demais para um novo nome pegar.

— O que você está dizendo é que estou muito velha — retrucou ela.

— Não, só estou dizendo que talvez fosse mais apropriado adotar um novo nome na primeira semana da escola secundária, não aos cinquenta e poucos.

— Ora, decidi que vou mudar, já pesquisei como se faz e descobri que é muito fácil. Portanto, estou decidida.

— E qual vai ser o seu novo nome?

— Mandy.

— *Mandy?*

— Mandy.

— Mas... — Fiz outra respiração profunda de ioga. — Mandy não é tão diferente de Nancy, é? Quer dizer, os nomes meio que rimam.

— Não, eles não rimam.

— Rimam, sim, isso se chama assonância.

— Eu sabia que você ia reagir desse jeito, que ia encontrar uma forma de me criticar, como sempre faz. Não sei por que isso é um problema para você, eu só quero amar o meu nome.

— Mãe! — supliquei. — Não estou criticando. Só que isso é uma coisa muito estranha para anunciar do nada.

— Não é do nada, eu sempre disse que gosto do nome Mandy! *Sempre* falei que é um nome descontraído e estiloso.

— Tudo bem, é descontraído e estiloso, você tá certa, mas você precisa considerar... — baixei a voz antes de continuar: — ... que talvez essa não seja a melhor hora para o papai entender que a mulher com quem está casado há 35 anos vai passar a atender por um nome completamente diferente.

— Não seja absurda, é uma mudança muito simples — insistiu ela. — Não precisa levar tudo tão a sério.

— Só vai confundir o papai.

— Não posso falar sobre isso agora — disse ela. — Estou indo fazer ioga com a Gloria.

— Você não vai comer com a gente? Vim até aqui para almoçar com vocês.

— Está cheio de comida em casa. Você não é a cozinheira? Volto em algumas horas — encerrou ela, e pegou as chaves.

Voltei para onde meu pai estava, ainda absorto no jornal.

— Pai?

— Sim, Bean? — disse ele, virando a cabeça para mim.

Senti uma onda de alívio ao ouvir o apelido de infância que ele me dera. Como todos os bons apelidos de infância, aquele também sofreu muitas variações complicadas e sem sentido. O que antes era Ninabean se transformou em Mr. Bean, Bambeanie, Beaniebean e finalmente apenas Bean.

— A mamãe saiu, então vou fazer um almoço para nós daqui a pouco. O que você acha de uma frittata?

— Frittata — repetiu ele. — Como é mesmo o nome disso quando a gente come em casa?

— É uma omelete metida a besta. Imagine uma omelete de restaurante.

Ele riu.

— Que delícia.

— Só vou resolver algumas coisas lá em cima antes, depois vou cuidar do almoço. Você quer uma torrada para enganar a fome? Ou alguma outra coisa?

Olhei para o rosto dele e me arrependi de não ter simplificado a pergunta. No geral, meu pai ainda era capaz de tomar decisões rápidas, mas de vez em quando eu o via se perder em possíveis respostas e pensei que poderia ter evitado isso ao perguntar apenas: "Torrada, sim ou não?"

— Talvez — disse ele, franzindo a testa ligeiramente. — Não sei, vou esperar um pouco.

— Tudo bem, qualquer coisa, é só me falar.

Arrastei as três caixas para meu quarto, que não tinha mudado nada desde que saí da casa dos meus pais, mais de uma década atrás, e parecia uma réplica de museu, mostrando como as adolescentes viviam do início para o meio da década de 2000. Paredes lilás, colagens de fotos de colegas da escola no guarda-roupa e, no espelho, uma fileira de pulseiras de festivais que Katherine e eu colecionamos juntas. Examinei os papéis no chão, a maioria deles um testemunho do tempo e de planos feitos, mas sem sentimentos ou relacionamentos envolvidos: pedaços de páginas de agendas da Filofax com datas de consultas ao dentista e eventos escolares do final dos anos 1990, pilhas de jornais antigos com matérias que provavelmente despertaram o interesse do meu pai. Peguei da pilha alguns cartões e cartas: um cartão-postal com um texto longo atrás, escrito pelo falecido irmão dele, meu tio Nick, reclamando da comida gordurosa de Paxos, um cartão de um ex-aluno agradecendo por escrever a carta de recomendação para a inscrição em Oxford e uma foto do rapaz, radiante, no dia da formatura, em frente ao Magdalen College. Minha mãe estava certa, o papai não precisava daquelas relíquias banais, mas eu compreendia a vontade de guardá-las. Eu também tinha caixas de sapatos com ingressos de cinema dos primeiros encontros com Joe e contas de apartamentos em que não morava mais. Nunca soube dizer por que era importante manter esses registros, mas era. Pareciam uma prova de experiências vividas, caso fosse necessária em algum momento, como uma carteira de motorista ou um passaporte. Talvez meu pai sempre tivesse previsto, de alguma forma, a necessidade de registrar a passagem do tempo em papéis, páginas de Filofax, cartas e cartões-postais, para o caso de seus arquivos mentais serem apagados.

De repente, ouvi o apito agudo do detector de fumaça. Desci a escada correndo, seguindo o cheiro de queimado. Encontrei meu pai parado na cozinha, tossindo, debruçado sobre uma torradeira fumegante, retirando dela páginas carbonizadas do jornal.

— Pai! — gritei mais alto que o zumbido fino e estridente do alarme, agitando as mãos para tentar dissipar a fumaça. — O que você está fazendo?

Ele se sobressaltou e me olhou, como se estivesse saindo de um sonho. Espirais de fumaça subiam do pedaço de jornal

dobrado e chamuscado em sua mão. Ele olhou para a torradeira e novamente para mim.
— Não sei — falou.

# 2

Ele escolheu o pub. Foi um alívio enorme. Desde meu aniversário, seja na mesa de bar ou por e-mail, Lola vinha me dando aulas intensivas sobre as novidades dos encontros modernos, e já havia me alertado para todas as possíveis decepções que talvez me aguardassem. Uma delas era a incapacidade dos homens em escolher ou mesmo sugerir um lugar para o encontro. Eu achava essa atitude apática, juvenil, irritante, acomodada, coisa de estagiário inútil que ainda não sabe como usar a impressora, altamente brochante. Lola me disse para superar isso, caso contrário eu nunca marcaria um encontro e passaria o resto da minha vida em estado semivegetativo, sem sexo e largada no sofá, enviando a mensagem: "Ei, você ainda está livre amanhã? Que horas? O que quer fazer?", entrando e saindo do Linx para falar com homens que eu nunca chegaria a conhecer.

Depois de trocarmos mensagens por uma hora, Max me disse onde iríamos nos encontrar.

"O que acha de pubs para coroas e botecos?", escreveu ele.

"São os meus favoritos", respondi. "Nunca arranjo companhia para esses programas."

"Eu também não."

"Parece que todos adoravam beber nesses lugares quando estávamos na faculdade, mas agora não gostam mais porque perderam o senso de ironia."

"Você está certa", respondeu ele. "Talvez achem que somos coroas para curtir pub de coroa."

"Talvez os pubs para coroas apenas demarquem a vida alcóolica de uma pessoa. Com ironia quando somos muito jovens e com legitimidade quando nos aposentamos", digitei.

"E, no meio disso, estamos presos em um inferno de gastropubs que servem rolinhos de linguiça a nove libras."

"Exatamente."

"Me encontre no The Institution, em Archway, quinta às sete da noite", escreveu ele. "Lá tem jogo de dardos e o dono é um velho irlandês. Nem sinal de negronis ou luminárias industriais."

"Perfeito", escrevi.

"E tem uma pista de dança para me exibir com você se tudo der certo."

Eu estava cadastrada no Linx havia três semanas, mas o encontro com Max era meu primeiro. Não foi por falta de tentativa. Tive, no total, vinte e sete conversas ativas com vinte e sete homens diferentes. Parece muito, mas, se considerar que no início eu passava umas quatro horas por dia no aplicativo, dando *match* em centenas de milhares de homens, saber que apenas vinte e sete deles me corresponderam parecia pouco. Perguntei a Lola se aquilo era normal. Ela disse que sim e me informou que seus *matches* caíram pela metade quando ela completou trinta anos, já que muitos homens colocam trinta anos ou menos como limite de idade. Lola disse que ao descobrir isso entendeu melhor a quantidade de *matches* que conseguia. Também me contou que chegou a vasculhar os tópicos do Reddit em busca do próprio nome, porque estava convencida de que estavam queimando o filme dela na internet, e isso afastava os homens. Achei que essa teoria do "boato na dark web" era algo paranoico e um tanto egoico para pensar sobre si mesma, mas lembrei que ela também estava convencida de que morreria vítima de homicídio e não tive coragem de dizer a ela que apenas pessoas famosas são assassinadas. Pessoas normais só tomam um tiro mesmo.

 Nos primeiros dias, fiquei fissurada no Linx. Caí no canto da sereia. Era como se eu tivesse trapaceado no *modus operandi* do amor. Tinha todos aqueles homens bonitos e interessantes, só esperando por mim, no meu bolso. Por anos, fomos ensinadas que encontrar o amor era como uma prova de resistência impossível, que envolvia tempo e sorte. Achei que era preciso frequentar eventos horríveis e livrarias especializadas; manter os olhos abertos em casamentos e no metrô; puxar papo com outros viajantes sozinhos sempre que viajasse para o exterior; sair quatro noites por semana para aumentar as chances. Mas nenhuma dessas estratégias de busca por homens era mais necessária, pois não tínhamos mais que dedicar tanto tempo a isso como antes. Enquanto avaliava possíveis *crushes* na tela do celular no metrô, no ônibus, no banheiro, percebi como esse método era eficiente em questão de tempo. A procura pelo amor não precisava ocupar o espaço que eu temia na minha agenda. Eu poderia fazer aquilo enquanto assistia à TV.

 Lola me disse que aquela era uma reação normal para alguém que estava usando um aplicativo de relacionamento pela primeira vez, que a bruma do encantamento passaria em algumas semanas e a experiência se tornaria tediosa e desanimadora, até levar à exclusão definitiva do aplicativo em cerca de três meses. Ela falou que aquele ciclo se repetiria até que eu conhecesse alguém. Lola entrava e saía desses aplicativos havia sete anos.

Ela também me avisou que os aplicativos prendem você logo de cara oferecendo seus melhores produtos para os novos usuários. Ela jurava que havia um algoritmo por trás disso. As pessoas com mais *matches* eram oferecidas como isca aos usuários novos no primeiro mês, depois deixavam você com a ralé. Lola também disse que aquilo funcionava porque você continuaria a analisar os últimos da fila indefinidamente, sempre na esperança de voltar a encontrar o baú do tesouro.

As conversas mais comuns que eu havia tido no Linx foram bate-papos artificiais, tão vazios e fugazes como uma brisa de verão. Eles sempre começavam com um banal: "Oi! Como vai?", ou um emoji de mão acenando. Havia uma demora mínima de três horas na resposta — o mais comum eram três dias. Mas a expectativa nunca era recompensada com qualidade de conteúdo. "Desculpe, está uma loucura no trabalho, você escreve sobre comida, que legal. Sou corretor de imóveis" era tudo o que se ganhava depois do longo silêncio. Aquelas vinte e sete conversas também giraram em torno do passar dos dias — *como está seu dia? Como está indo a terça-feira? Como foi a sua quinta-feira? O que você vai fazer no fim de semana?* —, o que não tinha muita relevância, já que o dia só seria abordado na resposta dele ou na minha pergunta uma semana depois.

Eu também não demorei a identificar outro incômodo, muito diferente, mas ainda assim um incômodo. Era o tipo de homem que rotulei de "falso bom namorado". O Falso Bom Namorado usava seu perfil para promover uma imagem de confiabilidade idealizada e comprometida. A seleção de fotos sempre incluía uma segurando o bebê de um amigo ou, pior, pintando uma parede ou lixando um piso, sem camisa. O perfil incluía frases aleatórias como "À procura de uma esposa" ou "Noite dos sonhos? Agarradinho no sofá, vendo um filme de Sofia Coppola". Ele sabia muito bem o que estava fazendo e eu não me deixaria enganar.

Igualmente inúteis, mas merecedores de um pouco mais de respeito da minha parte, eram os homens descaradamente francos sobre quererem uma noite de sexo e nada mais. Tive um desses encontros virtuais logo que entrei no aplicativo, com um professor de escola primária, de óculos, chamado Aaron, com quem tive uma conversa agradável por meia hora, antes que ele perguntasse se eu queria "sair com ele naquela noite". Eram onze e meia de uma terça-feira. Eu perguntei se ele estava pensando em uma saída mesmo ou se queria apenas que eu fosse ao seu apartamento. "Acho que eu tomaria uma cerveja rápida", respondeu ele, de má vontade. Aquele foi o fim da conversa com Aaron.

Muitos dos homens com quem falei usavam linguagem floreada. "Boa noite, milady... vos interessaria uma ida ao pub neste sábado ensolarado?", perguntou um. "Se a música é o alimento do amor, continue tocando, mas se uma escritora de culinária ama tanto o amor quanto a música... vamos sair para dançar na próxima semana?", escreveu outro em um enigma incompreensível que me lembrou as perguntas das provas de matemática (*Shivani tem dez laranjas, se ela der a raiz quadrada delas, quantas ainda terá?*). Era um estilo único de sedução que eu nunca tinha visto antes: melancólico e nostálgico, sem sentido e estranho. Sem graça e incompreensível.

Por outro lado, alguns faziam da simplicidade tonal um show à parte. "VOCÊ INGLESA??", perguntou um mecânico ruivo como cartada inicial. Umas poucas mensagens que eu recebia eram um monólogo eterno e tedioso, sem edição, com divagações como: "Oi como vai acabei de tomar um banho frio uma droga porque o aquecedor quebrou!! Bem agora que estou saindo para tomar um café talvez coma um sanduba de bacon afinal só se vive uma vez. Mais tarde vou nadar estava planejando encontrar meu amigo Charlie para um drinque mas ele não está conseguindo encontrar uma babá para o cachorro, o pub que queremos ir não permite pets como está o seu dia Bjs." "Perfil fantástico, Nina" foi a frase de abertura de um homem, como se fosse um diretor de escola distribuindo os boletins no fim do ano letivo.

E, quanto mais homens eu via, mais descobria categorias de humanos que eu nunca soube que existiam. Havia homens que se gabavam de já terem estado em Las Vegas. E caras obcecados com o fato de morarem em Londres, o que me deixou nervosa, pensando que, em vez de um pub ou um bar no primeiro encontro, eles escolheriam subir no Millennium Dome ou fazer rapel no Museu de História Natural. E volta e meia o Cara dos Festivais aparecia para mim — um sujeito que de dia trabalhava com TI e à noite se pintava com glitter, e que economizava todo o adicional de férias para ir a cinco festivais por ano. Havia os que moravam em barcos no canal, faziam malabarismo com fogo, usavam calças saruel e pareciam querer algo a mais. Havia centenas de homens que fingiam indiferença por estarem no Linx. Alguns tinham me dito que fizeram um perfil no aplicativo por conta dos amigos e não tinham ideia de por que estavam ali, como se baixar um aplicativo de relacionamento, preencher um perfil com um monte de informações pessoais e enviar fotos fosse algo tão acidental quanto pegar uma saída errada na estrada.

Alguns homens queriam deixar claro que haviam lido e continuavam a ler muitos livros, e não apenas os do Dan Brown — literatura *de verdade*, Hemingway, e Bukowski, e

Alastair Campbell. Havia também os designers gráficos — meu Deus, havia tantos designers. Por que eu só conhecia alguns poucos na vida real e já tinha visto pelo menos 350 deles no aplicativo?

A categoria mais triste com que me deparei foram os Caras que Ficaram para Trás. Eles não se davam conta de que emitiam uma vibração pessoal particularmente melancólica, mas era o que acontecia. Esses caras normalmente estavam no final dos trinta ou no início dos quarenta anos e estampavam um grande sorriso no rosto, que era traído por um olhar derrotado. Nas fotos, apareciam como padrinhos de casamento fazendo o discurso para os noivos ou contemplando com reverência o bebê de um amigo durante um batizado. Seu cansaço e anseio eram palpáveis. Eles surgiam, em média, a cada dez cliques e, toda vez, me deixavam deprimida.

A descoberta mais tranquilizadora e ao mesmo tempo perturbadora que fiz naquelas primeiras semanas intensas no Linx, de cliques compulsivos com os botões direito e esquerdo, foi a falta de imaginação dos seres humanos. Nenhum de nós jamais compreenderia por inteiro a nossa magnífica ausência de originalidade — seria doloroso demais para processar. A ausência de originalidade do tipo: gosto-de-atividades-ao-ar--livre-também-gosto-de-ficar-em-casa-adoro-pizza-estou-procurando-por-alguém-que-me-faça-rir-só-quero-alguém-em-casa-me-esperando-e-sentir-essa-pessoa-se-aconchegando-a--mim-no-meio-da-noite. A tensão nada sutil presente em todos esses perfis era a evidência de quem realmente somos e quem gostaríamos que todos pensassem que somos. Subitamente ficava muito claro que somos a união de todos os mesmos órgãos, tecidos e líquidos embalados em uma versão de um milhão de clichês, todos com inseguranças e desejos; a necessidade de se sentir acalentado, importante, compreendido e útil de uma forma ou de outra. Nenhum de nós é especial. Não sei por que resistimos tanto a essa ideia.

Eis o que eu sabia sobre Max antes de conhecê-lo: seu cabelo era de um tom entre areia e caramelo, com um corte que destacava os cachos soltos e bagunçados. Ele tinha 1,93 metro, trinta centímetros mais alto do que eu. Sua pele era surpreendentemente corada para alguém branco. Seu bronzeado era resultado de muito tempo ao ar livre, como suas fotos faziam questão de deixar claro. Seus olhos eram verde-musgo e ligeiramente inclinados para baixo, de um modo que sugeria que ele era gentil e talvez até fosse ao mercado fazer compras para um vizinho idoso e incapacitado. Max tinha 37 anos. Morava em Clapton. Havia crescido em Somerset. Gostava de surfar. Ficava bem de gola rulê. Cultivava uma horta em um terreno perto do apartamento em que morava. Havíamos encontrado os seguintes interesses, experiências e crenças em comum: *Pet Sounds*, dos Beach Boys, tinha sido a trilha sonora da nossa infância; adorávamos igrejas e odiávamos religião; gostávamos de nadar ao ar livre; concordávamos que morango era o melhor e mais subestimado sabor de sorvete devido à sua natureza óbvia; México, Islândia e Nepal eram nossos destinos dos sonhos para uma próxima viagem.

Eu mostrei o perfil do Max a Lola, que se apressou em dizer que já o tinha visto por lá, o que não gostei nem um pouco. Eu pensava naqueles homens como oferendas do Deus Destino, possíveis parceiros selecionados a dedo, escolhidos especialmente para mim ("Não são pirocas sob medida", disse Lola). Enquanto falava com fotos da minha alma gêmea em potencial, eu esquecia que centenas de milhares de outras mulheres estavam avaliando o próprio futuro em seus sofás e meios de transporte público. Lola falou que aquela era uma reação clássica de uma monogâmica codependente, que não havia ficado com muitos caras antes e que, se eu quisesse chegar a algum lugar em aplicativos de relacionamento, teria que ser dura. "É preciso ser implacável", me aconselhou. "Você não pode levar para o lado pessoal. Tem que entrar para vencer. Precisa estar em forma e manter o foco. Por isso é um jogo para jovens." Ela também me disse que Max poderia ser uma espécie de Celebridade do Linx, um tipo que já havia encontrado algumas vezes: homens covardes que faziam sucesso nos aplicativos graças à sua boa aparência e ao charme padronizado (Lola uma vez descobriu que ela e uma colega estavam saindo com um mesmo cara desse tipo: todas as mensagens dele tinham sido copiadas e coladas). Eles não se comprometiam com nada substancial, explicou, porque não estavam dispostos a deixar de ser solteiros até finalmente ficarem sem opção e sabiam que as mulheres nunca, jamais, parariam de curtir seus perfis.

Max estava dez minutos atrasado. Eu odiava atrasos. Chegar atrasado é um hábito egoísta adotado por pessoas enfadonhas em busca de uma singularidade em sua personalidade, mas que não querem se dar ao trabalho de aprender a tocar um instrumento musical. Tentei ler meu livro, um relato detalhado ainda que digerível da Coreia do Norte, mas estava tão nervosa que meus olhos não paravam de se desviar da página em busca de Max, e não absorvi nenhuma palavra.

"Oi!", digitei em uma mensagem para ele, depois de quinze minutos. "Já estou no bar. O que você vai beber?"

"Consegui uma mesa para nós do lado de fora, para eu poder fumar", respondeu ele. "E um chope seria ótimo, obrigado."

Aquilo me irritou um pouco, não só porque ele não tinha me perguntado se eu fumava antes de nos colocar do lado de fora do bar, em uma noite bastante fria, mas também porque não tinha me mandado uma mensagem para avisar que já tinha chegado. Será que ele estava esperando que eu fizesse um reconhecimento completo do lugar, dentro e fora, antes de começarmos o encontro? Fazia quanto tempo que ele estava esperando ali? Aquilo me fez lembrar que o mundo dos encontros tinha suas próprias regras de comportamento, com as quais todos os envolvidos pareciam excessivamente à vontade o tempo todo. Era completamente diferente de sair para tomar um drinque com um amigo. Teria sido muito estranho se Lola fizesse aquilo caso tivéssemos combinado de nos encontrar em um pub sugerido por ela, e que eu não conhecia.

Pedi um gim-tônica e um chope e dei uma última checada no meu rosto no painel espelhado que revestia a parte de trás do balcão do bar, atrás das garrafas. Eu tinha passado uma camada simbólica de rímel e pouca maquiagem a mais, e minha franja estava se comportando muito bem. Saí, e a parte externa do pub estava vazia, a não ser por Max, sentado em um banco lendo um livro. Eu me perguntei se ele estava lendo ou apenas fingindo ler, como eu. Ele usava uma camiseta branca, jeans e botas de couro marrom. A primeira coisa que notei foram suas pernas muito, muito longas, uma delas esticada para o lado da mesa de piquenique.

Segui em sua direção, e ele levantou os olhos e sorriu para mim. Ele cintilava como uma brasa. Seus olhos brilhavam, a barba era de um castanho-dourado, a pele lustrosa pelos raios de sol. O cabelo desalinhado parecia ter sido lavado no mar e secado ao vento da tarde. Havia terra em suas botas. E na calça jeans. Ele era forte e alto como uma sequoia, e largo como uma pradaria. Era mundano e divino; elementar e etéreo. Ao mesmo tempo que parecia não pertencer a este planeta, era um garoto-propaganda dele.

— Oi — disse Max e se levantou, pairando bem acima de mim.

Sua voz era baixa e suave, o estrondo distante de um trovão.

— O que você está lendo? — perguntei.

Ele beijou os dois lados do meu rosto e me mostrou a capa do livro.

— É sobre o quê?

— É a história de um homem em seu leito de morte, recordando a vida que levou e refletindo sobre o que aprendeu. É basicamente sobre a passagem do tempo, que eu achava comovente e agora acho aterrorizante.

— Histórias sobre a passagem do tempo são as *piores* — falei, enquanto me sentava e colocava as bebidas na mesa, torcendo para que ele não reparasse no tom nervoso da minha voz. — Meu gênero favorito de literatura era o pessoa-idosa--se-aproxima-da-morte-e-pensa-sobre-o-passado-com-epifania. Mal consigo suportar esses livros hoje.

— Eu também — disse ele.

Pessoalmente, Max parecia ter mais de 37 anos. Suas fotos não capturavam os fios grisalhos no cabelo, que se entrelaçavam com aqueles clareados pelo sol. A câmera também não havia captado os vincos, rugas e linhas da pele, onde vi fumaça de cigarro, noitadas, sol, sabonete e água quente. Aquilo suavizava a rigidez dele e me fez gostar ainda mais do seu rosto. Tive vontade de saber sobre todos os prazeres e dores que tinham marcado suas feições. Também me ressenti por ter me sentido seduzida por suas marcas de envelhecimento, porque, se fosse uma mulher com aquelas marcas, eu talvez a tivesse achado abatida, em vez de vivida. Só mesmo uma espécie tão complacente e acalentadora como as mulheres era capaz de encarar como fetiche a silhueta de um homem de meia-idade sedentário e chamá-la carinhosamente de "barriguinha de cerveja" ou chamar um aposentado rabugento e grisalho de "coroa inteirão".

Max enrolou um cigarro e perguntou se eu queria um. Respondi a verdade, que morria de vontade de fumar, mas que não colocava um cigarro na boca havia três anos, desde que tinha parado. Enquanto eu falava, Max continuou a enrolar o cigarro, olhando para mim de vez em quando com uma expressão que fazia suas íris parecerem ainda mais verdes. Nos milissegundos em que lambeu a ponta do papel de seda, ele me olhou nos olhos.

Perguntei sobre o trabalho dele. Trabalho é o primeiro assunto a se conversar no Linx e na vida. Eu odiava falar sobre meu trabalho. Já havia percebido que qualquer pessoa com uma profissão que possa ser vista como vagamente glamorosa (arte, mídia, comida, escrita, moda) não consegue falar sobre ela sem que todos pensem que está sendo presunçosa, por isso eu achava melhor evitar o assunto. Além disso, todo mundo tem uma opinião sobre comida, então, quando digo qual é meu trabalho, é difícil continuar a conversa e raramente consigo falar sobre outra coisa. Normalmente me dão conselhos sobre onde comer o melhor *dim sum* ao norte do rio, ou qual clássico de culinária francesa é o mais confiável, ou, ainda, quais são as melhores castanhas para se colocar no brownie (não preciso desse conselho, são avelãs picadas ou amêndoas inteiras escaldadas).

Fiquei encantada ao perceber que, quando Max e eu perguntamos um ao outro sobre nossos respectivos empregos, já estávamos conversando havia uma semana no Linx e quinze minutos pessoalmente. Max era contador, o que eu não esperava. Ele falou que muitas pessoas diziam isso e que acabou na profissão por acidente, porque era bom em matemática, o pai era contador, e ele queria impressioná-lo. Quando mencionou o pai, sua voz assumiu um tom ressentido ou de arrependimento. Eu sabia que aquele seria um assunto ao qual voltaríamos em algum momento, quando estivéssemos mais bêbados e mais à vontade um com o outro, mantendo o tom na conversa até parecermos a Oprah fazendo uma entrevista bombástica, na qual nos revezaríamos no papel de entrevistado.

Ele contou que passou os últimos dez anos da carreira em um ciclo: economizando dinheiro e depois tirando férias longas para viajar. Max adorava viajar. Recentemente, havia se tornado inquieto. Odiava a rotina de trabalho pesada da profissão que exercia e sonhava com uma vida mais simples — dar aulas de surfe, trabalhar em uma fazenda, viver em lugares mais afastados —, mas era realista sobre o fato de que provavelmente sentiria falta do salário. Não conseguia decidir o que lhe dava mais liberdade: ganhar dinheiro suficiente para poder sumir quando quisesse ou não ganhar dinheiro e escolher uma vida longe de tudo. Ele disse que vinha se sentindo apreensivo nos últimos anos, inseguro sobre o tipo de vida que o faria mais feliz. Tinha a sensação de que precisava escapar de alguma coisa, mas não sabia do quê nem para onde ir. Eu falei que achava que o nome daquela sensação era idade adulta.

Contei a Max sobre *Sabores*, que ele disse ter visto nas vitrines das livrarias. Também contei sobre *A pequena cozinha*, e ele pareceu genuinamente fascinado pelo conceito e me pediu para ver imagens do meu antigo apartamento, onde havíamos tirado todas as fotografias do livro. Max tinha lido minha coluna semanal sobre culinária uma ou duas vezes e me contou que havia se enrolado com uma receita de pernil de porco canadense laqueado. Depois de convidar os amigos para almoçar eles tiveram que pedir comida chinesa.

Max me perguntou se eu queria outra bebida. Aceitei e ele falou:

— Dose única ou dupla?

Sorri e ele piscou. Éramos cúmplices, como dois camaradas em uma missão.

Quando Max entrou no bar, sorri para mim mesma e percebi que já estava um pouco bêbada. Quando ele voltou, conversamos sobre o Linx, o que era inevitável, ainda que de alguma forma parecesse deselegante falar sobre o aplicativo de relacionamento que possibilitou aquele encontro. Me ocorreu que o único evento em que é apropriado falar sobre o motivo pelo qual você está ali é um funeral.

Max estava no Linx havia seis meses. Era a primeira vez que entrava em um aplicativo de relacionamento. Ele disse que a princípio achou divertido, mas que os encontros vazios o deixaram cansado. Ele estava pensando em deletar o aplicativo.

— Obrigada por me encaixar antes do seu prazo final — falei.

— Ah, mas olha só para você — respondeu ele. — Como não encaixar?

Aquele foi o primeiro de alguns elogios falsos e precipitados, e eu adorei cada um deles. Contei que aquele era meu primeiro encontro no Linx, e nós dois fizemos muitas piadas obscenas e nada engraçadas sobre o fato de que ele estava tirando minha virgindade de aplicativo.

Max insistiu em pagar uma terceira rodada de bebidas e, quando voltou para a área externa do pub, senti um vínculo estranhamente antigo com ele, um sentimento de orgulho e pertencimento, de uma intimidade pré-estabelecida com aquele homem que eu tinha conhecido havia duas horas. Quando ele se sentou, senti vontade de tocar seu rosto, que parecia de um guerreiro viking. Precisei fazer um esforço para me conter. Enquanto ele enrolava outro cigarro e se virava para pedir um isqueiro a alguém, notei os traços claramente fortes de seu perfil, especialmente a ligeira curvatura do nariz. Eu queria colocar a cara dele em uma moeda.

Pedi uma tragada do cigarro. A sensação foi boa, mas o cigarro tinha um gosto horrível. Eu quase havia esquecido como fumar, e a fumaça ficou parada na minha boca, sem provocar qualquer sensação além de calor e gosto tóxico. A segunda tragada foi melhor. Compartilhamos esse ritual, e eu adorei ficar passando o cigarro entre nós como uma adolescente empolgada.

— Tenho a sensação de que estou corrompendo você — comentou Max.

Disse para ele não se preocupar, porque eu iria acabar dando uma tragada mais cedo ou mais tarde. Max me disse que ficaria honrado em me corromper, se eu não me incomodasse. Dei uma risadinha maliciosa.

Ele entrou de novo no pub para pegar mais bebida para nós. Conversamos sobre nossos planos para o próximo fim de semana. Max iria sair de Londres, como quase sempre fazia, daquela vez para acampar sozinho em Sussex. Perguntei como iria chegar lá, e ele disse que iria com seu carro adorado, um MG TA 1938 vermelho, chamado Bruce. Eu não acreditei que Max tinha um carro daqueles e comentei que a personalidade híbrida de um contador que dirige um carro antigo, usa jeans enlameados e nada em lagos no fim de semana era quase incompreensível. Ele respondeu com um olhar distante:

— Mas essas são as melhores coisas sobre uma pessoa, as "contradições".

Naquele exato segundo, tive certeza de que se eu tivesse um motivo para odiá-lo, se ele me tratasse mal, eu voltaria àquela frase como prova de que ele era a pior pessoa na face da terra. Mas, por ora, só assenti com uma expressão sonhadora e concordei.

— Você está com frio? — perguntou ele.

Eu estava e também queria outra bebida, por isso, entramos no pub. Um velho resmungão usando dois chapéus (boinas, uma em cima da outra) e bebendo Guinness sozinho começou a conversar conosco.

Ele falou muito sobre a gentrificação de Archway e sobre como mal reconhecia a própria rua por causa dos novos prédios residenciais. Nós dois ouvimos pacientemente, assentimos e dissemos coisas como "Chocante, não?". Max pagou uma cerveja para ele, o que encarei como um ato de boa vontade, mas também como um ponto-final na nossa interação. Mas o velho não estava disposto a desistir de nós. Ele aproximou seu banquinho e começou a narrar a biografia de todos os parlamentares locais que haviam governado o distrito ao longo da vida dele. Eu estava ansiosa para encerrar a conversa e percebi que Max sentia o mesmo, mas ambos estávamos determinados a provar um ao outro o quanto éramos gente boa. Fizemos perguntas cuja resposta não queríamos saber e fingimos total interesse na descrição de 25 minutos que o homem fez de um determinado pub em Kentish Town onde costumava beber e que tinha sido fechado. Fizemos aquilo porque queríamos conquistar a admiração e a confiança um do outro: *Olha como sou gentil, como sou curioso. Eu me preocupo com negócios e bibliotecas locais e com o bem-estar dos idosos.*

Quando Geoff (o nome do homem era Geoff) começou a fazer um relato detalhado de onde ficava o antigo correio em Highgate Hill, senti a mão de Max na minha cintura. A princípio, achei que fosse apenas um sinal de que ele também queria que o monólogo incoerente de Geoff acabasse. Mas então seus dedos deslizaram por dentro da minha blusa e ele ficou roçando minha pele nua bem devagar. Isso tudo sem olhar para mim. Apenas alguns centímetros de pele, só por alguns minutos, e ele logo retirou a mão para enrolar outro cigarro.

Por que aquela era sempre a parte mais excitante? Eu sabia que, em algum momento, estaria nua com aquele homem, nosso corpo se entrelaçando. Que minhas pernas envolveriam a cintura dele, ou pousariam em seus ombros, ou que meu rosto estaria enterrado em um travesseiro enquanto eu sentia a força dele atrás de mim. Ainda assim, também sabia que a sensação física daquele instante no pub era a mais intensa que ele seria capaz de provocar em mim. A sensação mais sexy, excitante, romântica e explosiva do mundo se resume a alguns centímetros de pele sendo acariciada pela primeira vez em um lugar público. A primeira confirmação do desejo. A primeira indicação de intimidade. Você só tem essa sensação com uma pessoa uma vez.

Saímos para fumar outro cigarro e conversamos, entre risadas culpadas, sobre Geoff. Max tirou a jaqueta jeans e a colocou em volta dos meus ombros porque eu estava com frio. Percebi que ele estava com tanto frio quanto eu, mas não quis estragar sua grande demonstração de masculinidade. Como eu poderia? Tinha comprado ingressos na primeira fila para ver aquilo. Eu me perguntei quanto do comportamento dele naquela noite foi determinado pela pressão de representar o próprio gênero de forma tão ostensiva. Se bem que eu mesma não podia falar nada. Por que estava usando sapatos com saltos de dez centímetros que me davam bolhas? Por que estava rindo duas vezes mais do que costumo rir e fazendo apenas metade das piadas que costumo fazer?

Fui ao banheiro, ajeitei a franja e mandei uma mensagem para Lola: "Estou tendo o melhor encontro da minha vida. Não me responda porque ele pode ver a sua resposta. Amo você."

Quando voltei, Max pediu uma nova rodada do que já estávamos bebendo e uma dose de tequila para cada um.

— A música está muito boa — comentei, enquanto observava universitários bêbados descendo para a casa noturna no porão, com Martha and the Vandellas uivando alto abaixo de nós.

— É mesmo, a seleção musical aqui é ótima.

— O que acha de ir dançar? — perguntei e logo percebi como soei formal.

— Vamos dançar — respondeu ele.

Pagamos uma libra cada pela entrada e nossas mãos foram carimbadas com as palavras THE INSTITUTION em tinta preta. No começo, fiquei sem graça na pista de dança. Ver como movíamos nosso corpo parecia um teste para o inevitável. Nunca havia sentido nada além de uma liberdade total quando dançava, mas algo mudara recentemente. Alguns meses atrás, eu estava no casamento de um amigo da faculdade, quando começou a tocar "Love Machine", do Girls Aloud, e todos corremos para a pista. Quando olhei para o círculo de mulheres ao meu redor — mulheres com quem eu dançava desde que era adolescente —, de repente nos vi como pessoas completamente diferentes. Lola com seu macacão sem alças, usando uma taça de espumante como microfone. Meera mexendo os quadris ritmicamente em torno da bolsa que estava no chão. Não parecíamos livres, selvagens ou misteriosas, parecíamos mulheres de trinta e poucos anos, irritadas, apontando umas para as outras ao ritmo da música com que crescemos e que hoje seria tocada em uma festa de flashback.

Mas, com Max, a mistura de gim, tequila e tesão me soltou o suficiente para afastar minhas inibições. Dançamos por cerca de uma hora. Às vezes de um jeito engraçado, longe um do outro, com movimentos exagerados. Outras vezes, exibidos, com ele me fazendo girar na pista e me curvando para trás, para desgosto dos outros dançarinos, na pista lotada. Então eu ouvi. O *tum-tum-tum-tum* da percussão grave de George Michael e o estalar de dedos.

— ESSA MÚSICA! — gritei.

— BOA DEMAIS! — respondeu ele.

— ERA A MAIS TOCADA NO DIA EM QUE EU NASCI!

— O QUÊ?

— ERA A MAIS TOCADA NO DIA EM QUE EU NASCI! — repeti. — POR ISSO O MEU NOME DO MEIO É GEORGE.

— MENTIRA! — berrou Max, com os olhos arregalados, parecendo não acreditar.

— VERDADE! — gritei.

— ADOREI! — gritou Max de volta.

Então, me agarrou pela cintura e me puxou para junto do corpo. Sua camiseta estava úmida de suor e ele cheirava a terra quente quando o aroma sobe depois de uma tempestade de verão.

— ESTRANHA PRA CACETE.

Max esticou a cabeça na minha direção, sorrindo, e nos beijamos. Passei os braços ao redor do seu pescoço e ele me puxou, me levantando do chão.

Saímos do bar em busca de um lugar para comer peixe com fritas. Enquanto descíamos a Archway Road, lado a lado, Max trocou de lugar comigo, para ficar do lado mais próximo da rua. Lembrei como essas tradições paternalistas da heteronormatividade podem ser irritantemente deliciosas. Claro, a parte racional do meu cérebro teve vontade de informá-lo de que ele não sofreria menos do que eu com o impacto de um carro e que seu ato de suposto cavalheirismo não fazia sentido. Mas gostei de tê-lo na beirada da calçada. Gostava da sensação de ser uma coisa preciosa e valiosa a ser protegida, como um colar de diamantes em trânsito com um segurança. Por que uma pitadinha de patriarcado era tão boa em um encontro amoroso? Eu me ressenti daquilo. Era como um bom sal marinho: bastava uma pitadinha para realçar o sabor da tâmara e, de vez em quando, era uma delícia.

Na lanchonete, pedimos batatas fritas e enchemos nossos recipientes de isopor com molho de hambúrguer. Constatamos que os condimentos nos despertavam a mesma ansiedade, o medo de que o molho acabasse no caminho para casa. Encontramos um banco, terminamos nossas batatas fritas e nos beijamos mais um pouco. O beijo foi intenso e exaustivo — abrangemos todas as tradições adolescentes em nosso repertório. Houve beijos no pescoço, na nuca, mordiscadas no lóbulo da orelha. Fizemos todas as coisas que se costuma fazer para tornar apenas uma coisa — o beijo — o mais excitante possível, antes que o ato sexual nos distraísse de vez.

— Seu pescoço cheira a fogueira — falei, me aninhando nele.

— É?

— Sim, cheira a folhas queimadas. Adoro.

— Fiz uma fogueira alguns dias atrás e provavelmente estava usando essas mesmas roupas — disse ele.

— Não, você não fez isso.

— Fiz, perto da minha horta.

— Para com isso — falei, antes de beijá-lo mais um pouco.

Voltamos para o pub, escuro e fechado, e Max parou ao lado de sua bicicleta, que estava presa por uma corrente na grade. Ele perguntou como eu voltaria (de ônibus) e me pediu para mandar uma mensagem quando chegasse em casa (outro tempero patriarcal *delicioso*).

Então, soltou a corrente da bicicleta e se virou para mim.

— A noite foi incrível, Nina — disse ele, e segurou meu rosto nas mãos como se aquilo fosse tão inesperado quanto uma pérola em uma ostra. — E tenho certeza de que vou me casar com você.

Max declarou aquilo de forma bastante clara e sem um pingo de sarcasmo ou exagero bem-humorado. Então, colocou a bolsa no ombro e subiu na bicicleta.

— Tchau.

Ele se afastou da calçada e saiu pedalando.

E quer saber de uma coisa? Por uns cinco minutos, enquanto caminhava até o ponto de ônibus, eu acreditei nele.

# 3

Se há um sinal de alerta visível de que uma amizade está arruinada, é o momento em que você percebe que só tem vontade de encontrar determinado amigo para ir ao cinema. Não estou me referindo ao combo de jantar e cinema. Estou falando de se encontrar na porta do Leicester Square Odeon dez minutos antes de uma sessão especificamente tardia, então ter uma "conversa rápida" durante os trailers e dar uma desculpa para ir embora assim que o filme acaba, porque todos os pubs estão prestes a fechar. É a versão platônica de não querer mais fazer sexo com o namorado de longa data. É a sensação persistente de que algo não está mais funcionando, permeada por uma relutância em tentar resolver o problema. Eu havia começado a me sentir assim, pela primeira vez em mais de vinte anos de amizade, em relação a Katherine.

Mas não podia, porque Katherine tinha uma filha pequena, e descobri que tentar tirá-la de casa sempre exigia mais esforço do que ficar sentada no trem da Northern Line por uma hora até a casa dela, perto de Tooting Broadway. E territórios neutros pareciam intimidá-la. Katherine usava cada lugar como forma de justificar e defender a vida que levava, mesmo eu nunca tendo pedido qualquer justificativa ou defesa. Quando ia ao meu apartamento, ela comentava que não poderia ter metade das coisas que eu tinha, porque Olive quebraria tudo — como se um conjunto de copos de uísque descombinados do eBay transformasse meu apartamento escuro em um hotel butique. Quando saíamos para jantar, contava que nunca mais tinha saído para jantar e enfatizava como aquilo era um prazer para ela, o que era um baita estraga-prazer para mim. E, quando nos encontrávamos para tomar um drinque, Katherine ficava falando sobre sua "vida anterior", quando "bebia", e que aquilo parecia uma "memória distante", como se ela fosse uma alcóolatra em recuperação dando uma palestra educacional em uma escola, e não uma mulher que trabalhava com recrutamento e tomava dose dupla de Mojito no pub local.

Fui até a porta verde-acinzentada e toquei a campainha. Katherine atendeu, e fui logo atingida pelo cheiro de cápsulas de máquina de café usadas e pelo aroma caro e amadeirado de uma vela que identifiquei na mesma hora, deprimida, como "folha de figueira".

— Muito obrigada por ter vindo, querida! — disse ela, junto ao meu cabelo, enquanto nos abraçávamos. — Deve ser muito mais cedo do que você costuma acordar no sábado. Fico muito grata por ter vindo até aqui ainda no raiar do dia.

— São dez da manhã, amiga — falei, enquanto tirava a jaqueta jeans e pendurava em um gancho no hall de entrada.

— Não, eu sei! — disse Katherine. — Só quis dizer que, se eu não tivesse que acordar tão absurdamente cedo por causa da Olive, dormiria até tarde todos os dias.

— Mas tem um pequeno detalhe que me faz acordar cedo, o trabalho — retruquei, pedante.

Por que eu não conseguia só ignorar? Por que eu não podia deixar Katherine pensar que só por não ter filhos eu podia levantar ao meio-dia e repousar em um banho quente de leite e mel o dia todo enquanto era abanada com penas de dodô?

— Sim, sim, claro! — disse ela, rindo.

Eu estava no hall de entrada havia menos de um minuto e já estava pensando no silêncio escuro e aconchegante de um cinema, onde poderíamos passar duas horas sentadas uma ao lado da outra.

Comentamos rapidamente sobre a intensidade do calor de agosto, enquanto ela preparava café para nós, então fomos para a sala de estar. Os elementos de decoração da casa da Katherine compunham um jogo completo de bingo de classe média dos subúrbios de Londres, mas sempre adorei ir lá. Havia algo muito reconfortante em todas as luminárias de luz baixa, estrategicamente posicionadas, no sofá grande e macio e na paleta de cores em tons de bege e creme que eram tão fáceis de digerir quanto um prato de purê de batatas ou iscas de peixe. Em vez de gravuras e pôsteres nas paredes, havia fotos que mapeavam cada passo do relacionamento do casal: Katherine e Mark no começo do namoro, bebendo litros de cidra em um festival diurno em Londres. Os dois nos degraus do prédio onde ficava o primeiro apartamento que alugaram juntos. O casamento, a lua de mel, o dia em que Olive nasceu. Quase não havia fotos no meu apartamento. Eu me perguntei se aquela trilha de migalhas de pão da história de um casal havia se tornado importante depois que eles tiveram uma filha, como uma forma de rastrear quem eram antes de se tornarem colimpadores de um rostinho e de um traseiro. A prova tranquilizadora estava sempre lá acima da lareira.

— Olive, como está a creche? — perguntei a ela.

Eu tinha comprado alguns bolinhos de chocolate em uma padaria no caminho, e ela já estava no auge do barato causado pelo açúcar. Uma das minhas coisas favoritas em relação à minha afilhada era a sua obsessão por comida. Era muito fácil fazê-la me amar.

— Olive — falou Katherine, em um tom alto e animado. — Conta para a tia Niini sobre a creche.

Olive continuou a nos ignorar, cutucando os bolos com os dedinhos, um sorriso aberto no rosto, enquanto mastigava os dois primeiros bolos que enfiara na boca antes mesmo de o prato chegar à mesa de café. Katherine suspirou.

— Vai contar a ela sobre os seus amigos?

— Quantos anos você tem agora, Olive? — perguntei, me aproximando mais das bochechas vermelhas.

Ela virou o rosto para mim, a mesma pele de alabastro da mãe, suja de creme amanteigado marrom.

— Bolo chocati — disse Olive, em um tom lento e seguro, como uma criança prestes a ser exorcizada em um filme de terror.

— Isso — falei. — E como está na creche?

— Bolo. Chocati — repetiu ela.

— Sim, e qual é a sua cor favorita?

Ela se afastou de mim, já entediada com a brincadeira, e pegou um bolo em miniatura, acariciando-o como se fosse um hamster de estimação.

— Bolochocati.

— Imagine se os adultos ficassem felizes assim com tanta facilidade — comentei, e me sentei no sofá. — Imagine se essa satisfação divina fosse acessível para nós.

— Pois é.

— Deve ser bom saber que você pode controlar outro ser humano com açúcar. Aproveite essa fase porque, assim que ela entrar na adolescência, o dinheiro é que vai ter esse papel.

— Mas é ruim esse negócio do açúcar — confessou Katherine, enfiando os pés descalços sob as pernas incrivelmente longas e soprando a caneca fumegante. — Comecei a usar bolos e biscoitos como forma de ganhar algum tempo de conversa com os meus amigos quando eles vêm aqui. Isso a mantém distraída, mas não acho que seja uma atitude correta como mãe.

— Todo pai e mãe fazem isso.

— É, e acho sinceramente que somos muito melhores do que a maioria — apressou-se a dizer, retomando o desempenho incansável da maternidade perfeita, após um intervalo de humildade que durou uma frase.

Tomei um longo gole de café.

— Como você está? — perguntei.

— Estou bem. Aliás, tenho uma novidade — disse ela, e fez uma pausa dramática. — Estou grávida.

Fingi surpresa total. Dei gritinhos, fiz cara de espanto, coloquei a xícara na mesa, fiz tudo a que tinha direito.

— Quando deve nascer?

— Em março.

— Que emocionante.

— Você vai ter um irmãozinho ou uma irmãzinha, não é, Olive? — falou Katherine.

— Sorvete — respondeu Olive categoricamente.

— Não, nada de sorvete — respondeu Katherine com um suspiro.

— Bolo! — falei, pegando um e sacudindo diante dela. — Olha, hum... que bolo gostoso! Você já contou no trabalho?

— Ainda não. Na verdade, decidi não voltar ao trabalho depois que tiver o bebê e tirar a licença-maternidade, por isso vou ter que lidar com o assunto com muita delicadeza.

— Nossa! — exclamei. — Isso é ótimo. Você está procurando outro emprego?

— Não, na verdade estamos pensando em nos mudar de Londres.

Houve um breve silêncio enquanto eu repassava rapidamente todas as conversas que tivéramos no ano passado para tentar lembrar se ela havia mencionado aquilo antes.

— Isso vai me dar uma chance de avaliar direito o que eu quero fazer quando tiver os dois filhos.

— Sério?

— Sim, temos conversado muito sobre isso... Olive, não coma a embalagem do bolo, querida, o gosto não é bom.

Katherine estendeu a mão e tirou o papel da boca de Olive, que estava fazendo uma careta, e prosseguiu:

— Poderíamos conseguir uma casa maior e ainda reduzir o valor da hipoteca, e as crianças poderiam ter uma infância adequada.

— Nós crescemos em Londres. Você não acha que tivemos uma infância adequada?

— Nós crescemos nos subúrbios mais distantes, o que quase não é Londres.

— Já discutimos isso... se tem ônibus vermelhos, então é Londres.

— Outro dia tinha um homem do lado de fora da estação de Tooting Broadway vendendo pedras de haxixe antes do meio-dia. A Olive tentou pegar um achando que era um biscoito.

— BICOTO! — gritou a menina, de repente, como Lázaro acordando do torpor causado pelo açúcar.

— Nada de biscoitos, você acabou de comer quatro bolos de chocolate.

— Bicoto, mamãe, *por favor* — disse ela, com uma vozinha estridente, a boca em forma de botão de rosa começando a tremer.

— Não — respondeu Katherine.

Olive foi pisando firme até o meio da sala e se jogou no chão como uma italiana chorando seus mortos.

— POR FAVOR, MAMÃE! — uivou. — NIINI, POR FAVOR, BICOTO. BICOTO. *POR FAVOR.*

Ela começou a chorar. Katherine se levantou.

— Simplesmente não tem fim — falou.

Ela voltou alguns segundos depois com um biscoito recheado. Olive parou de soluçar na mesma hora.

— Para onde você se mudaria?

— Para Surrey, eu acho, perto dos pais do Mark.

Assenti.

— O que foi? — perguntou Katherine.

— Nada.

— Eu sei que você pensa mil coisas sobre Surrey.

— Não penso, não.

— Pensa, sim.

— Você conhece alguém que mora lá? — perguntei. — Além dos pais do Mark.

— Na verdade, conheço, sim. Você se lembra do Ned, o melhor amigo de infância do Mark, e da mulher dele, Anna?

— Lembro, eu conheci Anna no seu aniversário no ano passado, e ela só falou da obra que estava fazendo na cozinha de casa.

— Então, eles moram em uma cidadezinha não muito longe de Guildford, e Anna disse que tem várias amigas mães lá e que adoraria me apresentar a elas.

*Amigas mães.*

— Claro, isso é ótimo — comentei. — Só não quero que você se sinta solitária.

— Acho que nem vou ter a chance de me sentir solitária, Londres fica a meia hora de trem. Eu levaria tanto tempo para chegar ao centro quanto você, provavelmente.

— É verdade — disse.

Eu não achava que fosse verdade, mas conhecia aquele tom defensivo de Katherine e estava doida para jogar logo um balde de gelo nele.

— E sempre teremos o telefone — acrescentei.

— Exatamente — disse ela, brincando com o cabelo escuro e macio de Olive. — Nossa amizade começou ao telefone.

— Lembra o que a gente conversava? Eu ainda não entendo como passávamos o dia todo na escola, juntas, e depois mais duas horas ao telefone, todas as noites da semana, durante sete anos.

— Aquele maldito telefone fixo. Era sempre o motivo de discussão entre mim e a minha mãe. Sempre me lembro do seu pai indo pegar você na minha casa e levando páginas e mais páginas impressas da conta de telefone. Ele e a minha mãe se sentavam à mesa da cozinha, cada um com um cálice de xerez, e tentavam decidir o que fariam, como uma reunião entre dois chefes de estado.

— Eu tinha me esquecido.

— Como está o seu pai? — perguntou Katherine.

— Do mesmo jeito.

— Não melhorou nada?

— Não é assim que funciona, Kat — falei, de forma um tanto injusta, porque também esperava que ela não me perguntasse como funcionava.

— Certo — disse ela, e pousou a mão no meu braço.

Fiquei grata por Olive, que podia ser usada como uma daquelas bolinhas antiestresse enquanto eu conversava com Katherine. Também comecei a enrolar os fios macios do cabelo da menina em volta dos meus dedos.

— Você tem visto o Joe? — perguntou.

— Não — respondi. — Preciso vê-lo. Ele ainda está com a Lucy?

— Está.

— Ela é de Surrey.

— É por isso que você não gosta dela?

— Não, tenho pelo menos quinze motivos para não ter muita simpatia pela Lucy, além do fato de ela ser de Surrey.

— Como o quê?

— Como o fato de uma vez ela ter me dito que acha chique viajar de avião — respondi. — Ou de se gabar de ter pintado o Mini Cooper de um tom específico de azul-ovo-de-pato.

— Eles vieram jantar aqui na semana passada.

Aquilo me irritou, embora não devesse. Mark e Joe tinham se tornado amigos na época em que nós quatro saíamos juntos, e, quando eu e ele nos separamos, concordamos que tínhamos permissão para ficar cada um com sua respectiva metade de Katherine e Mark.

— Como foi?

— Foi legal — disse ela. — Eu gosto da Lucy, ela é muito... criativa.

— Ela trabalha como relações-públicas para uma empresa que produz *bubble tea*.

— Não seja arrogante.

— Estamos falando de *bubble tea*. Eu posso ser arrogante.

— Sempre achei que você voltaria com o Joe.

— Achou mesmo?

— Sim, o Mark e eu achávamos.

— Por quê?

— Não sei, vocês sempre pareceram combinar tanto. E isso facilitava a vida.

— Como assim? Está querendo dizer que facilitava a sua vida social e a do Mark? — falei, em um tom mais ríspido do que pretendia.

— É, mais ou menos.

— Você pode convidar o Joe e eu para jantar, sabia? Ainda somos muito próximos.

— Eu sei, mas não é a mesma coisa.

— Comecei a sair com uma pessoa — contei em um reflexo.

— É?! — gritou Katherine, em um tom mais surpreso do que eu gostaria.

— É. Bem, na verdade foi só um encontro. Mas ele é incrível.

— Como ele se chama? — perguntou ela, e juro que vi suas pupilas se dilatando.

Eu sabia que Katherine adoraria ouvir, afinal eu estava falando a língua dela. Encontros, homens, amor, alguém que talvez acabasse vindo comigo para conversar com Mark sobre rúgbi e trânsito.

— Max.

— Onde vocês se conheceram?

— Em um aplicativo de relacionamento.

— Acho que eu teria adorado esses aplicativos.

— É mesmo?

— Sim, embora eu me sinta sortuda por nunca ter tido que usá-los.

Outro momento fugaz de autoconsciência.

— Como ele é?

— Alto, intenso, inteligente, fascinante e um pouco... — Tentei encontrar uma palavra que já vinha procurando desde o dia em que o conheci, tentando montar a imagem de seu rosto a partir de minhas lembranças confusas e embriagadas. — crepuscular. Entende?

— Não.

— Há algo sombrio e mágico nele, ao mesmo tempo em que é muito autêntico. Autêntico em um sentido másculo. Ele é meio bíblico.

— Bíblico?

— Sim, como se fosse despojado de tudo. Ele é só... instinto e cabelo. Não consigo explicar.

— Ele é divertido?

— Mais ou menos — falei, sem ser muito convincente. — Não é engraçado como o Joe. Mas acho que eu não conseguiria mais ficar com alguém engraçado como o Joe.

— Sério?

— É, acabei ficando um pouco entediada com todo aquele papo de "Fui só eu ou você também percebeu um negócio esquisito nesse desodorante". Não preciso mais sentir que meu namoro é como um talk-show de variedades. Gostaria muito de ficar com alguém um pouco mais sério.

— Ele parece ótimo — comentou Katherine, sorrindo. — Quando vocês vão sair de novo?

— Não sei, na verdade ainda não tive notícia dele.

— Você deveria mandar uma mensagem para ele — sugeriu ela. — Diga: "Adorei sair com você, quando vamos sair de novo?"

— Eu queria entrar em contato com ele, mas a Lola diz que não é assim que funciona.

— A Lola nunca teve namorado.

— É verdade, mas ela saiu com bastante gente. Eu e você nunca tivemos muitas experiências desse tipo.

— Mas o objetivo de sair com alguém não é começar a namorar?

— Você fala como se fosse um esporte — comentei. Katherine sempre fez eu me sentir como se estivesse participando de uma competição da qual não me lembrava de ter entrado.

— Quer mais café? — perguntou ela.

Olhei o celular. Tinha que ficar ali por pelo menos mais uma hora e meia.

Restaurar as configurações de fábrica de uma amizade é algo muito difícil de se fazer. Eu sabia que seria necessária uma conversa longa e desconfortável para dizermos tudo o que queríamos e não conseguia pensar em um momento conveniente para fazermos isso. Só da minha parte, eu era capaz de contar pelo menos três elefantes onipresentes na sala de nossa amizade e tinha certeza de que Katherine também deveria ter mais outros três da parte dela. Eu não conseguia deduzir quantos elefantes uma amizade era capaz de suportar impunemente e quando, se é que isso aconteceria, eles nos pisoteariam.

Depois de mais exatos noventa minutos, dei um beijo de despedida nas bochechas cheias de chocolate de Olive. Então, abracei Katherine, dei parabéns mais uma vez pela gravidez e disse que adoraria ajudá-la a procurar casas em Surrey se ela precisasse de um segundo olhar, o que, é claro, não era verdade. Quando me virei para ir embora, experimentei a mesma mistura de prazer e alívio que sinto quando limpo a geladeira ou acabo de fazer a declaração de imposto de renda. E tinha certeza de que, do outro lado da porta, Katherine estava pensando exatamente a mesma coisa.

Quando cheguei em casa, bati na porta do apartamento térreo pela quarta vez naquela semana. Não estava em casa quando fizeram uma entrega, e haviam deixado um papel me informando que a encomenda tinha sido entregue aos cuidados de Angelo Ferretti, no andar de baixo. Eu havia tentado falar com ele quando o ouvi saindo do prédio, ou chegando, mas acabava nunca conseguindo. Desta vez, para minha surpresa, a porta se abriu depois de duas batidas. Um homem alto apareceu. Tinha a pele corada e um cabelo castanho que batia nos ombros — o que sugeria que ele tinha o antigo hobby de pintar pequenas estatuetas de guerreiros ou o hobby atual de tocar baixo nos fins de semana em uma banda com pais de família tristes —, combinado com um início de calvície que não ajudava muito. Eu diria que era alguns anos mais velho do que eu. E tinha uma expressão tranquila de incredulidade.

— Ah, nossa! Oi — falei, com uma risada constrangida, nervosa e alegre que eu odiava. — Desculpe, não esperava que você atendesse. Sou a Nina e moro no andar de cima. Eu me mudei há alguns meses.

Ele piscou duas vezes. Silêncio.

— Bati aqui algumas vezes quando me mudei — continuei —, só para me apresentar, mas parece que sempre nos desencontramos. Bem, eu que nunca consegui encontrar você. — Mais piscadelas, mais silêncio. — Você mora sozinho aqui?

— Sim — disse ele, o sotaque marcando com força a vogal.

— Ah. A Alma, aquela que mora no andar de cima... ela é um amor, sabe? Ela teve a impressão de que você morava com alguém.

— Ela foi embora — respondeu ele.

— Ah, sim.

— Tem uns três meses.

— Entendo.

Ele continuou a distribuir piscadelas silenciosas, indicando que a conversa fiada estava oficialmente encerrada.

— Se eu não me engano, você recebeu uma encomenda para mim...

— Sim, por que deixaram aqui?

— Porque eu tinha saído.

— Mas por que deixaram especificamente comigo?

— Porque eu disse que poderiam deixar com um vizinho. Tudo bem? Você pode pedir para me entregarem as suas encomendas quando sair.

Ele encolheu os ombros e entrou no apartamento. Com feições brutas e movimentos oscilantes e deslocados, o homem parecia uma marionete antiquada sendo puxada por fios invisíveis. Ele voltou e me passou a caixa de papelão. Então pôs a mão na porta. Ele queria que eu fosse embora.

— Bem. Angelo. O nome é italiano?
— Como você sabe o meu nome?
— Estava no papel que deixaram para mim, avisando que a encomenda estava com você — expliquei.
— De onde você é na Itália?
— De Baldracca.
— Nunca estive lá. Onde fica?
— Procure — disse ele, antes de fechar a porta.

Fiquei parada ouvindo o eco da batida e torcendo para que aquela tivesse sido a primeira e última vez que eu teria uma conversa com Angelo Ferretti do térreo. No meu apartamento, abri a encomenda, dobrei a embalagem a fim de mandar para reciclagem e procurei Baldracca no Google Maps. Não encontrei. Digitei a palavra em uma ferramenta de busca. A tradução apareceu na mesma hora. *Baldracca — substantivo italiano: prostituta (usado principalmente como um insulto)*.

Lola estava esperando por mim em um banco do lado de fora da academia naquela noite. Ela havia reservado lugar para nós em uma aula chamada Body Boost, que combinava "levantamento de peso e tai chi com os clássicos da dança dos anos oitenta".

— Quer desistir? — perguntou lentamente quando me aproximei, me dando dois beijos no rosto.

Lola estava usando uma combinação incrivelmente estranha de legging com estampa de oncinha, blusa solta, de tecido fino, óculos escuros de aviador, brincos de argola tão grandes que tocavam os ombros e na cabeça uma faixa de seda com pedrarias, que parecia um pouco um turbante. E emanava o aroma pesado, quente e doce do perfume amadeirado que era sua marca pessoal.

— Mas você já pagou, não foi?

— Sim, é claro que vamos fazer a aula, só estava checando para ver se você ainda quer.

— Foi *você* que me convenceu a vir.

— Eu sei, é só que...

Ela indicou com um gesto a enorme embalagem de suco de cranberry que estava bebendo de uma forma performática e revirou os olhos.

— O veterinário?

— A noite toda. E o dia seguinte. Acho que transamos por doze horas.

— Lola, isso só pode ser mentira.

— Gostaria que fosse — disse ela, com uma voz cansada, e tirou um Twix da enorme bolsa de couro, que tinha as iniciais dela gravadas em dourado.

Lola gostava que tudo tivesse suas iniciais, do telefone à necessaire. Era como se tivesse medo de esquecer o próprio nome.

— Você vai sair com ele de novo?

— Acho que não — respondeu, e deu uma mordida apressada e nada elegante no chocolate.

— Por que não?

— Ele é legal, mas... Não sei. Ele fez algumas coisas que me assustaram um pouco. É o tipo de homem que fica deitado na cama depois de ter feito sexo, esperando que você olhe para ele e então diz "Oi".

— Ai, Deus, isso é péssimo.

— Imperdoável — disse ela.

Lola deu a última mordida no Twix e guardou a embalagem na bolsa, antes de pegar um Kit Kat e um Twirl e abrir os dois.

— Você tá bem?

— Tô, por quê?

— Por que tanto chocolate?

— Ah, sim, desculpa. Fui a uma nutricionista porque, você sabe, às vezes sinto dor de estômago depois de comer. Enfim, ela disse que o problema é que eu não deveria comer açúcar depois das seis da tarde, então vou comer isso aqui agora.

Ela olhou para o relógio digital, que lhe informou que eram 17h59.

— De qualquer forma, estou farta desses homens que me usam durante a noite para se sentirem como astros de algum... filme de quinta categoria, entende?

— Acho que sim.

A verdade é que eu raramente entendia o que ela queria dizer quando perguntava "entende?", mas a achava tão divertida que nunca sentia vontade de interromper seu raciocínio para pedir explicações.

Conheci Lola no banheiro de uma boate da nossa cidade universitária, na semana dos calouros. Ouvi uma garota chorando na cabine ao lado da minha e, quando perguntei se estava bem, ela respondeu aos prantos que tinha feito sexo com um cara no início da semana e que, na manhã seguinte, pediu que ele mandasse uma mensagem. O carinha disse que não ia poder porque não tinha crédito no celular e estava sem dinheiro. Ela levou o garoto até um caixa eletrônico, sacou vinte libras, deu a ele para recarregar o celular e disse que mal podia esperar para receber notícias. A mensagem nunca chegou. Pedi que saísse da cabine para falar comigo, mas ela disse que estava com a maquiagem borrada e tinha vergonha de que alguém a visse. Falei para ela se deitar. E ali, na fenda entre a parede da cabine e o piso de plástico roxo, vi Lola pela primeira vez. Seus enormes olhos cor de água-marinha cheios de lágrimas manchando de rímel todo o rosto, que estava alaranjado e aveludado como um pêssego por causa do excesso de base barata. Estendi a mão e peguei a dela. O baixo de "Mr. Brightside" vibrou pelo chão e atingiu nossas bochechas.

— Estou com saudades de casa — disse Lola.

Eu não conhecia ninguém que fosse mais diferente de mim do que ela. A diferença mais notável entre nós era que Lola tinha uma necessidade patológica de agradar os outros. Estava determinada a garantir que cada pessoa com quem entrasse em contato não apenas gostasse dela, mas também a adorasse e se sentisse muito bem em sua presença. E isso não se resumia apenas a pessoas que ela conhecia. Lola fazia o mesmo esforço para conquistar completos desconhecidos com quem cruzava por alguns minutos. Uma vez, fomos passar férias em Marrakech e, no meio da negociação por um vaso na Medina, ela ofereceu ao homem 250 dirhams a mais do que ele tinha pedido a princípio. Em outra ocasião, quando saímos uma noite, ela sacou as últimas trinta libras que tinha na conta bancária, deu a um homem em situação de rua e se sentou para conversar com ele. Ele, muito compreensivelmente, disse que me daria as trinta libras se eu a tirasse dali.

Às vezes, eu achava esse hábito dela um tanto patético e frustrante; outras vezes, a admirava por isso. Eu tinha inveja da paciência que Lola conseguia ter diante da estupidez e da incompetência das outras pessoas. Ela era absurdamente boa em ficar de conversa fiada; em ouvir as pessoas falando sem parar sobre algo que eu sabia que ela não estava interessada; em elogiar as mulheres por seus sapatos feios em uma festa, porque sabia que elas precisavam de um elogio. Muitas vezes fui acusada de ser mal-humorada demais, ou de ter o pavio curto, enquanto ela nunca ficava zangada com nada — o que não era apenas por benevolência, já que na maior parte do tempo Lola estava ocupada demais com os próprios devaneios, ou se esforçando para que todos gostassem dela. Ela é a pessoa mais tragicamente insegura e sedutoramente confiante que conheci na vida.

E Lola adorava se divertir, o que era contagiante. Sua busca por novas experiências era alarmante, e sua solteirice havia lhe garantido tempo para fazer da própria vida um projeto contínuo. Quando a conheci, ela já havia estudado caligrafia e fotografia; aprendido a fazer origami, cerâmica, iogurtes e óleos essenciais; frequentado aulas de artes marciais, de russo e de trapézio. Lola tinha feito cinco tatuagens, forçando um significado falso a cada rabisco esquisito e insignificante; mudado de apartamento sete vezes; e saltado duas vezes de um avião. Eu percebi que aquilo não era uma prova da frivolidade dela, mas, sim, sua homenagem ao que via como a grande oportunidade de estar viva.

— Estou muito estressada porque o verão está terminando — declarou, enquanto pegava um maço de cigarros de menta pela metade e retirava um com os dentes.

— Por que "estressada"?

— Estou preocupada que não tenha aproveitado ao máximo.

— Você já foi a quatro festivais de música.

— *Preciso* ir ao Burning Man no ano que vem.

Ela balançou a cabeça, preocupada, enquanto acendia o cigarro. A luz do sol do fim da tarde se refletiu nos anéis que Lola usava em cada um dos dedos que seguravam o cigarro com a ponta em brasa, e ela inalou profundamente.

— E você tem que ir comigo, pode ser nossa última chance.

— Não. Não sei quantas vezes tenho que repetir.

— Por favor.

— Vá você, se quiser. E o que quer dizer com "última chance"?

— No verão seguinte, provavelmente estarei grávida — respondeu ela.

Eu sabia que aquela seria a resposta, mas queria ouvi-la dizer aquilo explicitamente. Seu otimismo ilógico sobre a trajetória exata da própria vida nunca deixava de me fazer morrer de amores por ela.

— Em breve, vai escurecer às quatro horas todos os dias — comentou ela.

Não havia como argumentar com Lola quando ela estava tão profundamente imersa naquele estupor de pânico e diversão que eu já conhecia muito bem.

— Todos vão passar as noites com seus parceiros e filhos, comendo queijo Stilton e tomando sopa de brócolis, e ninguém vai querer sair comigo — falou.

— Você diz isso todos os anos.

— Já começou a acontecer. As pessoas não entendem o que é ser como nós. Todo mundo só me convida para jantar em casa, ninguém quer fazer nada além disso. O que é bom, tá certo, mas não quero passar as minhas noites de sábado sentada no sofá de um casal feliz. Como vou conhecer alguém assim? Nunca soube de ninguém que tenha conhecido o amor da sua vida vagando pela sala de estar dos amigos em Bromley.

— Mas você não pode planejar a sua vida social em torno das oportunidades de conhecer homens — argumentei. — Isso é muito triste.

— Sim, eu sei, mas também gostaria que alguns dos nossos amigos entendessem que, embora a procura tenha terminado para eles, para mim, não. E eu os apoiei em toda a jornada. Escrevi poemas para o casamento deles...

— O que, para ser justa, não me lembro de nenhum deles ter pedido.

— Só preciso que me ajudem a realizar os meus sonhos da mesma forma que apoiei os deles.

— Acho que nunca realmente paramos de procurar.

— Ah, para com isso.

— É verdade. Quando passo algum tempo com pessoas casadas, não fico achando que elas estão mais em paz do que as solteiras.

— Nina, vou te dizer uma coisa que você não vai gostar de ouvir. Muitas pessoas pensam isso, mas todas têm medo de dizer. E não se trata de feminismo, nem de homens e mulheres, é só um fato da vida. Muitas pessoas não são felizes até que estejam em um relacionamento. Para elas, felicidade é parceria. Infelizmente, sou uma dessas pessoas.

— Como você sabe se nunca esteve em um relacionamento sério? E se estiver depositando todas as suas esperanças, planejando toda a sua vida, para encontrar uma coisa e acabar se decepcionando?

Ela apagou o cigarro, pegou outro e acendeu.

— E o que você quer dizer com "ser como nós"? — perguntei.

— Solteira — respondeu Lola.

Compartilhamos o cigarro.

— Quer ir ao pub? — perguntei depois de algum tempo.
— Sei que tem um aqui perto que faz um Bloody Mary bem temperado e está cheio de executivos infelizes em busca de um flerte.

— Opa! Vamos lá, então — disse ela, antes de ajustar o turbante.

Quando estávamos na terceira garrafa de vinho branco, o estado de embriaguez fez com que eu começasse a me sentir maternal em relação ao meu eu de quatro horas antes, de legging e tênis, acreditando piamente que passaria a noite em uma aula de Body Boost. Abençoada seja aquela moça...

— A propósito, o que aconteceu com o seu lenhador? — perguntou Lola.

— Não tive notícias dele.

— Quanto tempo faz?

— Três dias.

— NÃO ceda primeiro — disse Lola, apontando o dedo para mim e fixando os olhos injetados nos meus.

Ela havia perdido um dos enormes brincos de argola.

— Isso é mesmo necessário? Porque eu queria muito ligar para ele.

— Escuta, três dias sem notícia de um homem não é tão ruim assim. Tenho uma história para a Galeria das Tragédias.

A Galeria das Tragédias era um ritual particular, constrangedor, que tínhamos desenvolvido havia alguns anos, no qual colecionávamos histórias de infortúnios de outras pessoas para nos fazer sentir melhor em relação aos nossos. A ideia era ter uma seleção de casos relevantes para nos dar apoio em qualquer situação que colocasse nossos desastres em perspectiva.

— Você se lembra de uma mulher do meu trabalho chamada Jan?

— Aquela que participou do campeonato de paciência da Microsoft?

— A própria. Então, a Jan estava com o marido havia trinta anos. Nunca quis ter filhos, eram só os dois. E eram muito felizes. Moravam em um apartamento em Brixton e viajavam de cruzeiro para a Islândia, ouviam todo tipo de álbuns de jazz com aquele *scat singing* e tinham um cavalier king charles spaniel de um olho só, chamado Glen.

— Certo.

— Pois bem, um dia, Jan estava com o Glen no Brockwell Park.

— O marido?

— Não, o *cachorro* — disse Lola, irritada, a fala já arrastada. — Então, ela viu um homem muito mais jovem do que ela. Ele era muito alto, espanhol, tipo o Tony Danza. O cara se aproximou com aquele papo de "que gracinha de cachorro" e ela respondeu "obrigada", aí ele partiu para "a dona é mais bonita ainda", e a coitada da Jan, que não era paquerada por ninguém desde os anos setenta, sei lá, ficou fora de si. Eles foram fumar narguilé, conversaram... ele se chamava Jorge, trabalhava como chaveiro, de Girona. Então trocaram telefone. Para encurtar a história, começaram um caso.

— Nossa!

— Pois é.

— Quem é que se conhece em um parque hoje em dia?

— Ora. Foi o que aconteceu, não foi? Então o Jorge disse à Jan que a amava, que queria que ela deixasse o marido, para que os dois começassem uma vida nova, juntos... junto com o Glen, em Cardiff.

— Por que Cardiff?

— Não sei. A Jan pensou: "Essa pode ser a minha última grande chance de ter um caso de amor arrebatador e apaixonado. Quero sentir isso mais uma vez."

— Mas e o marido legal? E os cruzeiros para a Islândia?

— O tesão — disse Lola com conhecimento de causa — nos transforma em idiotas.

— O que aconteceu?

— A Jan arrumou duas malas, uma para ela e outra para o Glen.

— Não acredito que ela fez uma mala para o Glen!

— *JURO POR DEUS!* — gritou Lola. — Uma daquelas mochilas em miniatura de colocar nas costas de um ursinho de pelúcia. Ela escreveu uma carta para o marido explicando tudo e se desculpando do fundo do coração. Disse que sempre o amaria. Agradeceu pelos anos mais felizes da vida dela. Deixou a carta na mesa e foi para a estação rodoviária de Victoria, onde tinha combinado de se encontrar com o Jorge.

— E aí?

— O Jorge — continuou ela, respirando fundo. — Nunca. Apareceu.

— *Mentira!*

— Verdade. Ela ficou lá, esperando, por dez horas.

— Ela ligou para ele?

— Caiu direto na caixa postal.

— Ela foi até o apartamento dele?

— O cara tinha desaparecido.

— O que ela fez?

— Voltou para casa, tentou implorar por perdão, explicar que tinha perdido temporariamente o juízo. Mas o marido não a deixou entrar.

— Ah, não. Ah, não, não, não.

— Sim. Ele nem falou com a Jan. Até mudou as fechaduras.

— E o chaveiro provavelmente era...

— O Jorge — completou Lola, assentindo. — Nunca saberemos se eles se cruzaram. Ou o que foi dito. É um ponto de interrogação que paira na história.

— Cadê a Jan hoje em dia?

— Ela mora em um barco no canal — contou Lola, em um tom fúnebre. — Você pode dar uma olhada na próxima vez que for correr pela marina. O barco dela se chama *The Old Maid*, a solteirona. E tem uma pintura da cara de um spaniel de um olho só logo abaixo do nome. Dá para sentir o cheiro do barco a um quilômetro de distância, porque a Jan está sempre fazendo kombucha caseiro, diz que é a única coisa que faz as noites passarem mais rápido.

— Fala sério — comentei, horrorizada. — Poderia ser qualquer nome, menos *The Old Maid*.

— Ela achou que seria engraçado. Eu disse: "Jan, você não pode fazer da sua vida uma piada, precisa recomeçar." Mas ela não quis ouvir. Acho que está se punindo.

— Ai, que horrível!

— Pois é. Quem mora perto da marina a chama de "A mulher de olhos tristes do canal".

— Sério?

— Provavelmente — disse Lola, encolhendo os ombros.

— Você está certa — falei, encostando o copo no dela. — Essa é mesmo uma ótima aquisição para a Galeria das Tragédias. Obrigada, amiga.

— De nada — disse Lola, enquanto virava a garrafa de vinho de cabeça para baixo e pingava as últimas gotas nos nossos copos.

Meu celular, virado para baixo na mesa, vibrou. A tela se iluminou com uma notificação de mensagem de Max. Os olhos assustados de Lola buscaram os meus.

— Ai, meu DEUS, vou PASSAR MAL! — berrou ela.

As pessoas que bebiam na mesa ao lado se viraram para ver o que estava acontecendo.

— Ela está bem, não se preocupem, só está animada.

Lola pegou meu celular e digitou a senha com a intimidade típica de duas mulheres que já haviam passado incontáveis noites juntas em um pub, mostrando mensagens uma para a outra. Ela olhou para a tela.

— Puta que pariu! Isso é bom, é muito bom.

Peguei o celular da mão dela.

\* \* \*

"Acabei de ouvir 'The Edge of Heaven' cinco vezes seguidas e você ainda não saiu da minha cabeça. O que você fez comigo, Nina George Dean?"

# 4

Eu não conseguia de jeito nenhum lembrar como Max era. Meu cérebro guardara apenas quatro detalhes específicos. Eu havia passado a semana seguinte ao nosso encontro revirando essas lembranças na mente como quatro pratos separados de canapés em uma festa. Depois de me fartar do primeiro prato de lembranças, eu dava uma mordida em um canapé do segundo prato. Quando estava satisfeita, passava para outro e assim por diante. Não apenas essas quatro lembranças bastavam para saciar meus devaneios, como também me fascinava tentar descobrir exatamente por que minha memória havia se agarrado àqueles pontos específicos.

*Lembrança número um.* Os ângulos do rosto de Max quando ele se aproximou para me beijar. Particularmente a imponência do nariz, as pálpebras se fechando e o meio-sorriso experiente quando a boca se abriu ligeiramente um pouco antes dos lábios tocarem os meus.

*Lembrança número dois.* Muito, muito específica. Em certo momento estávamos conversando sobre uma chef da TV, e eu disse, meio bêbada e cheia de culpa, que não achava que as receitas dela davam certo. Depois que falei, Max deixou escapar um "Miau!", de um jeito bastante exagerado, e começou a erguer a mão como uma pata arranhando, mas decidiu não sustentar a crítica. Percebi que ele ficou um pouco constrangido com essa reação e acho que meu cérebro se agarrou a isso por uma razão muito específica: impedir que a versão que eu construiria na mente se tornasse perfeita demais. Eu precisava de alguns calombos e fendas para a escultura que minha imaginação faria dele. Aquilo me permitia lembrar que Max era real, que existia no mesmo mundo que eu e estava ao meu alcance.

*Lembrança número três*. Quando Max ria, a seriedade dos traços perfeitos do seu rosto era deformada e desfeita por um instante, revelando uma boca de pateta, olhos marejados e um nariz que fazia uma pequena curva para os lados, como o de um coelho de desenho animado. Aquele foi o único vestígio adolescente que encontrei nele. Tudo o mais parecia inteiramente adulto. Quando Max ria, eu percebia que ele já tinha sido um menino bobo em uma sala de aula, um garoto com um colar de flores havaiano no pescoço e um adolescente de moletom com capuz vendo *South Park* com um cachimbo caseiro de maconha na mão. Sua risada tinha sido, até ali, a única fresta de luz que me permitia ver através da porta da sua vulnerabilidade.

*Lembrança número quatro*. A sensação da camiseta branca de algodão que cobria o corpo quente dele enquanto dançávamos. Ela tinha o toque aveludado de quem usa amaciante. Minhas suspeitas foram confirmadas quando senti o cheiro da umidade da pele dele passando através do tecido, exalando junto o aroma de lavanda. Era a única coisa ligeiramente sintética nele. Aquilo me fez pensar na intimidade de Max, tão oculta no geral, e o imaginei em seu apartamento em Clapton, sozinho, fazendo as tarefas domésticas e organizando a casa. Eu o visualizei lavando roupa em uma noite de domingo, ao som de Bob Dylan tocando ao vivo pelos alto-falantes. Passei algum tempo me perguntando se Max teria uma secadora (acabei concluindo que não) e se ele fazia as compras da casa todas de uma vez, on-line (acabei concluindo que sim e que os amigos dele deviam ser daquele tipo de homem desajeitado que sacaneia o outro na melhor das intenções, exclamando: "Tem papel higiênico aqui para dar e vender, hein, cara?!", ao abrir o armário do banheiro).

Respondi a mensagem de Max no dia seguinte, já sóbria. Minha vontade era ligar logo, mas Lola me disse que aquilo seria o mesmo que aparecer no apartamento dele sem avisar e ficar jogando pedrinhas na janela do quarto. Eu não entendia por que era tão necessário manter mil cerimônias na troca de mensagens depois de já termos nos encontrado pessoalmente, pois elas acabavam desacelerando tudo, num ritmo frustrante. O estilo das mensagens de Max era bastante antiquado no sentido de que ele gostava de abordar todos os pontos que eu havia levantado na última mensagem e responder um por um. Além do mais, levava cerca de quatro horas para responder minha mensagem depois de ler. Isso significa que essa conversa fiada sobre o que tínhamos feito ao longo da semana durou três dias, entre idas e vindas, até finalmente tocarmos no assunto de um próximo encontro.

Max sugeriu fazer uma caminhada e tomar uns drinques em Hampstead Heath depois do trabalho. Fiquei nervosa com a perspectiva de voltar ao parque. Era ali que meus pais me levavam nos fins de semana quando ainda morávamos em Mile End, por isso eu poderia ser tomada por um violento e inesperado ataque de nostalgia. Eu achava que estava em contato direto com todas as minhas lembranças daquela época: o parque de diversões a que me levavam perto da entrada de Kentish Town, a casquinha de morango que eu tomei sentada em um banco em frente a Kenwood House, enquanto observava uma joaninha rastejar pelo meu braço aos cinco anos de idade. É muito difícil determinar que lembranças são realmente nossas e quais pegamos emprestadas de álbuns de fotos e da história familiar e de quais nos apropriamos como se fossem nossas. Às vezes eu pegava um caminho errado no Heath e acabava em um bosque ou campo aberto e sentia a desorientação única que vem das lembranças involuntárias, como se eu estivesse retratada na aquarela inacabada de uma paisagem. Voltar ali era bom como finalmente lembrar uma palavra que estava procurando, mas logo em seguida vinha a sensação sinistra de que havia coisas importantes que eu não lembrava e nunca conseguiria. Centenas de buracos negros em mim, tão sem memórias quanto uma noite regada a tequila.

Caminhei até o Lido, usando o meu vestido de verão de linho azul-marinho e sandálias de couro marrom, carregando uma sacola com vinho branco barato e azeitonas caríssimas. Por mim, eu teria feito um piquenique inteiro, mas Lola me disse que era melhor ser discreta naquele estágio da relação. Eu não havia me dado conta de que nos primeiros dias de um relacionamento era tão importante fingir estar despreocupada, ou ocupada, ou não tão afoita, ou determinadamente "discreta" a respeito de tudo. E me perguntei se Max sentia a mesma pressão. Torci para que aquela fase acabasse logo para que eu pudesse perguntar.

Ao me aproximar da entrada de tijolos do Lido, logo reconheci a silhueta dele. Examinei o rosto e o corpo de Max, para me lembrar rapidamente do homem que eu vinha imaginando desde a semana anterior. Havia me esquecido de como suas pernas eram longas, os ombros largos, de como seu corpo era tão caricaturalmente masculino, como a silhueta de um super-herói desenhado com giz de cera por uma criança. Ele estava lendo o mesmo livro e levantou os olhos com a mesma familiaridade de quando me viu no primeiro encontro.

— Leio devagar — comentou, apontando para o livro enquanto eu me aproximava.

Nós nos abraçamos, meio sem jeito, e Max passou as mãos pelas minhas costas de um jeito que me deixou preocupada com a possibilidade de ele pensar em mim mais como uma amiga chateada que ele consolaria no pub, depois de uma derrota do time de futebol, do que como uma namorada em potencial.

— Ah, eu também — falei. — Basicamente, não consigo ler um livro a menos que o celular esteja desligado e em outro cômodo.

— Não está fácil para nós.

— Pois é. Eu lembro que quando li uma edição ilustrada de *Peter Pan* na infância fiquei tão obcecada que escondi uma lanterna debaixo do colchão para poder ler sob as cobertas depois de me colocarem na cama. Eu era uma daquelas menininhas irritantes que queria porque queria ser menino. Cortei o cabelo curto quando tinha sete anos e me recusei a deixá-lo crescer até ir para o ensino médio.

Max sorriu, desviou o olhar do meu e deixou-o vagar pelo meu rosto como se observasse um quadro em uma galeria.

— O que foi? — perguntei, sentindo o rosto arder de constrangimento.

Eu estava nervosa e falando demais.

— Nada — disse ele. — É a ideia de você, com sete anos, de cabelo curto, lendo um livro à luz de uma lanterna. Me faz sorrir.

Senti os joelhos bambos.

— Vamos caminhar um pouco? — perguntei, excessivamente formal e claramente pouco à vontade.

Caminhamos lado a lado em direção ao Parliament Hill, conversando, enquanto eu tentava acompanhar os passos largos dele sem perder o fôlego. Estava acostumada a fazer aquilo com Katherine desde que éramos adolescentes — ela era muito alta e sempre adorou me mostrar no iPhone quantos passos a menos dava quando íamos caminhar juntas (todas as pessoas altas se acham, saibam elas ou não). Enquanto andávamos, eu observava Max furtivamente, corrigindo os erros que eu havia cometido no esboço mental dele. A distração de ter que prestar atenção no caminho, de ter que olhar para a frente também era bem-vinda, já que um encontro à luz do dia, com atividade física, aumentava todas as possibilidades de pagar mico. Um de nós podia tropeçar em um graveto ou ser atingido por um míssil de cocô de pombo, ou ter que lidar com um mestiço de labrador e poodle excessivamente empolgado, cheirando nossas virilhas. Cada possível decisão a ser tomada me deixava constrangida.

Enquanto subíamos o Parliament Hill, conversamos sobre a cidade. Contei a ele sobre as poucas lembranças que tenho da infância em Mile End: ver palmeiras três vezes maiores do que eu no Columbia Road Market em um domingo, ir ao pub com meu pai enquanto ele lia o jornal e me deixava comer batatas fritas e tomar goles da cerveja dele e aprender a andar de bicicleta na praça em frente à nossa casa. Max me contou como ficou confuso quando se mudou para Londres, com vinte e poucos anos, como havia imaginado que viver na cidade grande significaria morar em um apartamento em cima de um restaurante chinês no Soho ou de uma livraria em Bloomsbury. Ele tinha ficado surpreso ao descobrir que a bolsa da pós-graduação só lhe permitiria morar em um cômodo do tamanho de uma caixa de fósforos em uma casa para seis pessoas em Camberwell. Também lembrou as excentricidades daqueles estranhos-que-tinham-virado-companheiros-de-república, mas achei difícil não deixar minha mente vagar e começar a imaginá-lo aos 23 anos, chegando a Londres, tão imaturo e corado como uma maçã Somerset, os pertences guardados em caixas em uma rua de Camberwell, um pôster do Red Hot Chili Peppers enrolado na mochila.

Quando chegamos ao alto da colina, nos sentamos em um banco com vista para o sistema nervoso central de Londres. Ao nosso redor, havia alguns grupos de universitários tomando cerveja e fazendo estardalhaço, como é de costume dos universitários em parques, e alguns casais que pareciam ter se conhecido no Linx. Max e eu tentamos deduzir em que ponto do relacionamento eles estavam. Concordamos que com certeza aquela era a primeira saída de um casal formado por uma mulher de salto alto de cortiça e clutch cravejada de pérolas e um homem de bermuda, e ele a havia surpreendido com o local do encontro. Já os dois na grama, com as pernas emaranhadas como fios bagunçados atrás de uma televisão, com certeza tinham se visto nus pela primeira vez fazia muito pouco tempo — talvez até na noite anterior —, e concluímos que eles haviam faltado ao trabalho para ficar juntos na cama o dia todo e estavam levando sua compatibilidade sexual para passear em público. Concordamos que os dois homens de mãos dadas e sorrindo enquanto contemplavam a vista da cidade, falando sobre o que se lembravam da "vida antes do Shard", o arranha-céu em forma de pirâmide, tinham o ar de aconchego, futilidade e dedicação de duas pessoas que estavam prestes a dizer "Eu te amo". Eu gostava de compartilhar o papel de comentarista e conspiradora com Max. Poderia passar a noite toda fazendo aquilo.

Caminhamos mais para o norte, por caminhos sinuosos e em meio às árvores espalhadas pelo parque, com feixes de luz do pôr do sol se infiltrando pelo espaço entre os galhos. Sincronizamos nossos passos, mantendo sempre uma distância de uns trinta centímetros um do outro, enquanto conversávamos. Fiquei fascinada com a forma como Max se relacionava com a natureza, tocando instintivamente um tronco quando passávamos pelas árvores e sentindo o calor fraco do sol no rosto.

Chegamos ao campo em frente a Kenwood House e encontramos um trecho de grama para nos sentarmos. Abri o vinho e as azeitonas e nos deitamos apoiados nos cotovelos. Como eu tinha me esquecido de levar copos, nos revezamos para beber da garrafa.

Já havia anoitecido, e os caminhantes e bebedores estavam desaparecendo. Um garotinho de boné amarelo atravessou o gramado correndo depressa como um brinquedo de corda sobre um piso laminado.

— ORLANDO! — bradou um homem que vinha andando atrás dele. — Orlando, volta aqui AGORA!

O garotinho acelerou o passo, seu sorriso se alargou e o boné voou da cabeça.

— Lando! — berrou o homem novamente, perseguindo o chapéu errante. — Lando, estou falando sério, para de correr AGORA MESMO ou NADA DE INTERNET pelo resto da semana.

— *Nada de internet* — sussurrou Max no meu ouvido, em um tom desesperado.

— Você acha possível ter filho e não ser um idiota mal-humorado? — perguntei virada para ele, nosso rosto bem perto um do outro.

— Não — disse ele.

— Olha para o menino. Ele tá bem. Se divertindo. Correndo em um gramado, não indo para o meio da rua. Qual é o problema?

Ficamos observando Orlando, que se jogou na grama e rolou como um cão de caça, sem fôlego e com risadas histéricas. Ele definitivamente ficaria sem internet em um futuro próximo.

— Deve ser tão triste se dar conta de que a gente se tornou uma pessoa exausta e estressada o tempo todo... — acrescentei. — Mas acho que não há como evitar.

— Não tendo filhos?

— Sim — concordei. — É verdade.

— Você quer ter filhos? — perguntou Max.

Lola tinha me avisado que aquilo acontecia quando saíamos com alguém depois dos trinta. Ela disse que o que nunca era mencionado antes passava a ser abordado já no primeiro mês. Katherine me disse para ser sincera antes mesmo do primeiro encontro.

— Sim — respondi. — Eu quero.

— Eu também.

— Mas a ideia me assusta tanto quanto me empolga. Acho que ver meus amigos terem bebês me fez desejar mais e menos, na mesma medida.

— Sinto exatamente o mesmo — disse ele, tirando papel de seda e tabaco do bolso.

— Eu me lembro da vez que minha afilhada, Olive, bateu no rosto da mãe no meio de uma birra. Acertou com tanta força na bochecha que deixou um hematoma. Três minutos depois, estava no banho, levando um pato de borracha aos lábios da mãe e dizendo na voz mais doce que eu já ouvi: "Mamãe beija patinho."

Max riu, e eu continuei:

— Ela vai ter outro bebê. Minha amiga, Katherine. Sempre achei que esse é o melhor argumento de defesa para se ter um filho. Se fosse tão ruim, as pessoas não iriam querer ter o segundo.

— Por que seus pais não tiveram outro?

— Acho que a minha mãe nunca quis realmente ter filho — falei. — Acho que ela pensava que queria ter, então me teve e se deu conta de que na verdade não gostava de ser mãe.

— Não acredito nisso nem um pouco.

— Não, não, tá tudo certo. Estranhamente, está tudo bem por mim. Não acho que tenha a ver comigo, acho que qualquer filho desapontaria minha mãe. Na verdade, lamento por ela. Deve ser terrível ter um filho e depois perceber que não foi a decisão certa para você. Principalmente porque, como não se pode dizer isso em voz alta, é um segredo que ela vai ter que guardar para o resto da vida.

Max terminou de enrolar o cigarro e acendeu.

— Meu pai, por outro lado... acho que ele teria dez filhos se pudesse — contei.

— Isso causou problemas entre eles?

— Acho que não. Meu pai ficou feliz por finalmente formar uma família. Ele estava na casa dos quarenta quando se casou com a minha mãe.

— Eles estão felizes hoje em dia? — perguntou Max.

Peguei o cigarro dele e respirei fundo.

— Estou fumando de novo e é tudo culpa sua, Max. Na verdade, comprei um maço na semana passada, coisa que não fazia há muito tempo.

Ele ficou me olhando, na expectativa.

— É complicado — falei, por fim. — O meu pai está doente.

— Sinto muito — disse ele.

Dei outra tragada e balancei a cabeça como se quisesse dizer para ele não se preocupar. Max entendeu como se eu dissesse que não era para me perguntar mais nada.

Quando a garrafa de vinho que eu tinha levado terminou, Max tirou outra da bolsa. Ele esticou o corpo no chão e eu me deitei ao lado dele, observando o céu escurecer.

— Como é no Linx? — perguntei.

— Você sabe como é.

— Não, digo, para você. Como são as mulheres?

— Ah.

Os dedos dele alcançaram minha mão, a palma quente pressionando com firmeza a minha.

— São todas diferentes umas das outras.

— Sim, obviamente, mas você deve ter notado alguns padrões. Prometo que não vou achar que você está sendo sexista. É só curiosidade mesmo.

— Tá certo, bem...

Max esticou o braço, me puxou para junto dele e descansei a cabeça em seu peito.

— Percebi que há um grande interesse em comum por gim. Todas dizem que adoram gim.

— Interessante — falei. — Já vi muitas mulheres usando gim para fingir que têm personalidade. O gim dá um ar implícito de sofisticação. Como se a mulher fosse de outra época.

— Sim, geralmente são aquelas que aparecem em foto preto e branco no aplicativo.

Sua voz era tão grave que reverberava por todo o seu corpo, e eu sentia as vibrações no rosto.

— Você sabe o que os homens usam para fingir que têm personalidade?

— O quê?

— Pizza.

— Sério?

— Sim, todos acham que o gosto por pizza reflete um estilo de vida. Metade dos perfis do Linx incluem alguma referência a pizza. "O que você gosta de fazer aos domingos?" *Pizza.* "Como seria um primeiro encontro perfeito para você?" *Pizza.* Outro dia, vi um homem colocar sua localização atual como *Pizza.*

— O que mais? — perguntou ele.

— Todos dizem que adoram tirar uma soneca. Não entendo por quê. Não sei quem disse a esses marmanjos que as mulheres adoram bebês gigantes que só querem comer pizza e dormir o tempo todo.

— As mulheres heterossexuais deveriam ser condecoradas como heroínas de guerra apenas por nos amarem — comentou Max com um suspiro, passando os dedos com ternura por entre as mechas do meu cabelo. — Não sei como vocês dão conta.

— É verdade, somos santas — falei. — Realmente nos dedicamos, e é um trabalho muito ingrato.

Max se virou de lado para que ficássemos cara a cara e me beijou, de um jeito suave e hesitante, então me puxou pela cintura.

— Não consigo parar de pensar em você — falou ele. — Fico me lembrando dessa curva entre seu pescoço e seu ombro. E do formato da sua boca. E da parte de trás dos seus braços. Isso é que é fantasiar de verdade, não é? Querer beijar a parte de trás dos braços de alguém.

— Fantasia de primeira linha — comentei, indiferente, decidindo não contar sobre as lembranças em pratos de canapés ou sobre como o imaginei em casa, lavando a própria roupa.

— A última vez que me lembro de querer beijar a parte de trás dos braços de uma garota foi com a Gabby Lewis. Ela se sentava na minha frente na aula de química e usava um rabo de cavalo que balançava toda vez que ela se virava de um lado para o outro. O que acontecia muito. Na verdade, acho que ela fazia de propósito, acho que sabia que me deixava louco.

— Você está falando como alguém que só fica no zero a zero.

— A Gabby tinha braços perfeitos, como os seus. E eu ficava olhando para eles, contando cada sarda. Na verdade, eu a culpo pela minha nota D... esperavam que eu tirasse um C.

— Acho isso fofo.

— Talvez um pouco bizarro?

— Seria bizarro se eu não achasse você tão gato. As leis da atração são muito injustas.

— Eu não era muito gato.

— Ah, para com isso.

— Não, é sério. Fui um adolescente enorme e peludo, que não tinha amigos. Jogava xadrez com o meu avô todo dia depois da escola. Ele era a única pessoa que queria me fazer companhia.

— Então é por isso que eu gosto tanto de você. Pessoas que se tornam atraentes por acaso. São as melhores.

— Como você era na adolescência?

— Quase igual a hoje.

— É mesmo?

— É, mas não tem a menor graça. Mesma altura, mesmo rosto, mesmo corpo, mesmo cabelo, mesmos interesses. Meu nível de atratividade foi estabelecido aos treze anos e nunca aumentou ou diminuiu muito.

— Nunca conheci ninguém que tivesse dito isso antes.
— Posso contar a minha teoria?
— Vá em frente.
— Sei que é muito mais legal ter uma história de transformação. Mas acho que ter vinte anos para se acostumar com a própria aparência não é ruim. Penso muito menos sobre a minha aparência do que os meus amigos que ainda estão se esforçando para serem bonitos, esperando pelo estágio final da própria evolução.
— Você é linda.
— Não estou dizendo isso para ser modesta. Não me acho pouco atraente. Mas nunca fui e nunca serei uma grande beldade. E saber disso me deixa mais livre para ser outras coisas. E aliás... — então parei por um momento para me perguntar se estava falando demais. — Acho que é por isso que estou me saindo muito bem no Linx.
— Por quê?
— Acho que os homens são todos tão inseguros que se sentem oprimidos pelo excesso de beleza. Acho que eles provavelmente veem um perfil como o meu, de rosto meigo, cabelo comum, senso de humor, e ficam à vontade.

Max riu alto, jogando a cabeça para trás na grama.
— Você entende o que quero dizer, não é? — falei.
— Acho que você tem uma... qualidade acolhedora, mas não pelos motivos que pensa.
— Sou como um posto de gasolina em uma rodovia. As pessoas sabem que podem parar para beber algo e comer um sanduíche de queijo. Sabem o que eu ofereço. É familiar. Os homens gostam do que é familiar. Eles acham que não, mas gostam.

Quando terminamos a garrafa, caminhamos de volta para Archway sentindo o frescor do entardecer de verão. Paramos no portão que levava ao Ladies' Pond, e demos uma olhada no caminho de terra que levava ao lago. A silhueta escura dos galhos delicados das árvores se espalhava pelo céu azul como um desenho em um prato de porcelana.

— Eu gostaria muito de poder nadar lá com você. Acho que poderíamos entrar sem que ninguém nos visse — completei sem muita ênfase, porque não sou e nunca fui de quebrar regras.

— Não, não — respondeu Max. — Você vai ter que descrever para mim.

— Bem, aqui... — falei, gesticulando para a esquerda — é onde todo mundo deixa as bicicletas. Mais adiante por aquele caminho, à direita, há um trecho gramado que todas chamam de prado. Essa é a parte que parece uma cena de algum mito grego. É mágico no verão. Um tapete de mulheres seminuas tomando sol e bebendo gim-tônica em lata. E, mais abaixo, ainda à direita, fica o lago.

— Qual é a profundidade dele?

— Muito fundo, não dá pé. E está sempre frio, mesmo no verão. Mas muitas mulheres fingem que não. Na primavera, os filhotinhos de pato ficam nadando ao seu lado. Viemos aqui nadar na despedida de solteira da Katherine durante a primavera. E no solstício do ano passado, a minha amiga Lola me fez vir aqui de madrugada e fazer uma cerimônia.

— Ela é pagã?

— Não, só neurótica — falei. — Esse é o meu lugar favorito em Londres. Se algum dia eu tiver uma filha, vou trazê-la aqui toda semana para educá-la sobre o corpo e a força das mulheres.

— Está vendo... é por isso que temos tanto medo de vocês.

— Vocês têm medo de nós?

— Claro que sim. É por isso que sempre tentamos manter vocês caladas, trancadas, por isso amarramos os seus pés e tiramos todo o poder de vocês. Porque ficamos apavorados com o que aconteceria se fossem tão livres quanto nós. É lamentável.

— Mas do que vocês têm medo?

— De tudo isso. Vocês são capazes de se comunicar e de entrar em sintonia umas com as outras de um jeito que os homens nunca serão capazes. O corpo de vocês é como as marés. Vocês são protetoras, mágicas, sobrenaturais e futuristas. E só o que nós fazemos é... nos masturbar e bater uns nos outros.

— E ficar de conversa fiada em estacionamentos.

— E olhe lá!

— E trocar fusíveis.

— Nem isso eu consigo fazer.

— Praticamente uma *garota*! — sussurrei, e aproximei o rosto do dele.

— Quisera eu! — disse ele, enquanto pressionava meu corpo na grade e me beijava.

O cheiro úmido de mato e da água em movimento chegou até nós — o cheiro inglês de latas de Special Brew flutuando nos canais e de ninfeias flutuando nos lagos.

Caminhamos de mãos dadas até em casa, o que eu não fazia desde que Joe e eu estávamos na faculdade. Eu me vi transportada de volta a um tempo de promessas e de prazer. Era adolescente de novo, mas com autoestima, um salário e sem hora para chegar em casa. Descobri que poderia ter um segundo tipo de vida com Max, uma vida que correria paralela à vida cotidiana de um pai doente, de amizades se despedaçando e das parcelas mensais da hipoteca. Pensei na realidade: a dor ciática que surgira no ano anterior e ainda não tinha ido embora; a fisioterapia que eu não podia pagar; as manchas de umidade entre os azulejos do chuveiro que eu não conseguia remover de jeito nenhum, por mais que esfregasse; todas as notícias que eu nunca entendia direito; todas as eleições locais em que nunca votei; os e-mails incessantes do meu contador que sempre começavam com: "Nina... acredito que houve um equívoco." Enquanto sentia o calor de Max através das nossas mãos, tinha a sensação de que mais ninguém poderia entrar em contato comigo. A realidade poderia tentar quanto quisesse — poderia enviar uma mensagem, um e-mail, me ligar —, porque, quando eu estivesse com Max, ela não me alcançaria.

Max me acompanhou até meu prédio, subiu as escadas e parou no corredor do meu andar, com o tapete cor-de-rosa manchado, o papel de parede descascado e a luz amarela e feia da lâmpada no teto. Eu não sabia se era um ato de cavalheirismo ou sedução — ou talvez ambos os motivos buscassem o mesmo resultado. Eu me apoiei na moldura da porta.

— Estou obviamente louca para convidar você para entrar — falei.

— Você não precisa fazer isso.

— Eu só acho que, talvez, você sabe... Devemos ser adultos. Esperar.

Aquilo era só parcialmente verdade. Eu também sabia que havia uma pilha de roupa suja na cama. E, possivelmente, algumas calcinhas viradas do avesso no banheiro. Não havia leite na geladeira para o café da manhã. E eu provavelmente tinha deixado uma guia aberta no meu navegador com os resultados da seguinte pesquisa: *Qual é a quantidade de pelos considerada normal nos mamilos de uma mulher de trinta e dois anos??*

— Temos tempo.

— Como você vai voltar para casa? — perguntei.

— De ônibus.

O silêncio pairou entre nós.

— Boa noite — disse ele finalmente.

— Boa noite — respondi.

Max se inclinou e pousou a boca no meu ombro nu, depois beijou a parte de trás do meu braço direito até o pulso. Então, me segurou pelos quadris enquanto se esticava até o outro lado do meu corpo e beijava lentamente a parte de trás do meu braço esquerdo, como se o medisse com a boca. Minha pele parecia tão fina e transparente como uma película aderente, e eu tinha certeza de que ele podia ver dentro de mim. Max se virou para ir embora e eu instintivamente o puxei de volta pela mão. Ele me empurrou na parede e me beijou como se eu fosse a única coisa que pudesse saciá-lo.

Só agora me dou conta de que, na primeira noite que passei com Max, eu estava procurando evidências de amores do passado. Eu o queria dentro de mim para que pudesse procurar os fantasmas dentro dele. Na ausência de qualquer contexto de quem ele era, eu estava coletando análises forenses das impressões digitais inapagáveis deixadas por aquelas que o haviam tocado. Quando ele pressionou a palma da mão na minha boca, pude ver a mulher que transou com ele para sentir a liberdade de desaparecer. Quando agarrou minha carne com ambas as mãos, percebi que ele teria gostado de um corpo mais flexível do que o meu. Seus lábios correndo ao longo dos arcos dos meus pés me contaram que ele adorava as mulheres na sua totalidade, que amava os ossos dos dedos dos pés tanto quanto as curvas dos quadris, que ele conhecia o sangue delas na própria pele tão bem quanto o perfume delas em seus lençóis. Enquanto dormia, Max se aninhou em mim como uma bolsa de água quente, e eu soube que, noite após noite, após noite, ele já tinha compartilhado uma cama com outro corpo e, juntos, haviam construído um oásis com apenas um colchão.

De manhã, ele acordou cedo para o trabalho. Não tomou banho porque disse que queria meu cheiro como loção pós-

-barba. Então, me deu um beijo de despedida, se levantou e saiu. Enquanto me esticava languidamente no lençol — obscena e felina —, eu o ouvi caminhar pelo corredor e fechar a pesada porta do prédio. Mas ainda conseguia senti-lo ali, me envolvendo invisivelmente como vapor d'água. Max chegou ao meu apartamento naquela noite e não saiu por um longo tempo.

# 5

Passamos pelos marcos do mês seguinte em um ritmo novo e mais tranquilo. Paramos de medir palavras nas mensagens que enviávamos um para o outro, nas quais eu contava com a mentoria de Lola, e começamos a nos telefonar. A comunicação entre nós se tornou regular, uma conversa intermitente em que comentávamos sobre o que o estávamos fazendo semana após semana e checávamos como estávamos. Nos víamos três ou quatro vezes por semana. Nos beijamos na última fila do cinema. Aprendemos como o outro gosta de tomar chá. Eu o encontrei no trabalho, no intervalo do almoço, e comemos sanduíches de presunto e picles de mostarda no parque ali por perto. Visitamos uma exposição, e eu não entendi nada das obras de arte, mas me deliciei com o espetáculo de andar de mãos dadas em plena luz do dia. Conheci o apartamento de Max — branco de modo geral, arrumado de modo geral, muito usado, com tapetes desbotados e puídos trazidos de viagens, pilhas de discos no chão e torres de livros em todas as superfícies. Nos armários da cozinha, encontrei canecas com dizeres divertidos, provavelmente presentes de Natal de tias bem-intencionadas, mas distantes. Havia vários equipamentos surrados de ecoturismo: botas de caminhada, roupas de mergulho e capacetes. Só havia uma foto em todo o apartamento — uma imagem em close, em preto e branco, de um homem sorridente, de olhos fechados, com o nariz voltado para baixo, cheirando o cabelo quase branco de um menino. Indaguei sobre isso apenas uma vez e nunca mais mencionei o assunto. Max e eu evitávamos nossos respectivos cômodos trancados, com a etiqueta "pai" na porta, e entendíamos como aquilo era importante, sem nunca comentar nada a esse respeito.

À noite e de manhã cedo, percorríamos as novas terras do corpo um do outro, marcando nosso território por onde quer que passássemos. Nós colonizamos um ao outro, e eu sempre fiz questão de que Max soubesse onde havia estado — onde havia beijado, beliscado e mordido. Eu não conseguia imaginar se algum dia me saciaria dele.

Eu me sentei na recepção do escritório da minha editora e pressionei o hematoma quase invisível que Max havia deixado algumas noites antes no meu pulso direito enquanto me segurava. Tinha ficado amarelo-claro, como uma joia de ouro. Examinei os livros nas estantes que cobriam as paredes da casa geminada no Soho, onde ficava a empresa, as centenas de livros publicados, e vi a lombada verde-sálvia de *Sabores*. Experimentei a mesma sensação de pertencimento que me invadia desde a primeira vez que estive ali, na primeira reunião com Vivien, minha editora — uma sensação de segurança que eu sabia ser ingênua. Eu era um produto da editora, não sua filha, e o destino de um produto é ainda mais imprevisível do que o de um filho.

— Nina? — chamou uma voz áspera e letárgica.

Eu me virei e me deparei com um homem de vinte e poucos anos. Ele parecia preguiçoso, seu cabelo laranja-acobreado estava cortado em forma de cuia, e usava uma camisa havaiana de mangas curtas enfiada na calça de moletom e um par de chinelos. Suas pálpebras pesavam sobre os olhos como um par de venezianas semicerradas.

— Sim. Oi — respondi.

— Você está aqui para ver a Vivien? — perguntou ele.

Eu via a goma de mascar rolando em sua boca como uma bola em um globo de bingo.

— Sim.

— Venha por aqui — disse ele, e indicou o caminho com um gesto de cabeça.

O cara, que mal tirava os pés do chão para andar, se arrastou em direção ao elevador como se seus chinelos fossem caixas de papelão.

Vivien estava sentada à mesa em uma sala de reuniões com parede de vidro, os ombros curvados e a cabeça baixa, concentrada em um pedaço de papel. Ela usava o cabelo loiro em um corte meio bagunçado na altura dos ombros, com uma franja desalinhada que denunciava um passado bastante festeiro. Esse tipo de cabelo combinava com uma mulher da idade dela, mas também seria totalmente apropriado em um astro do rock icônico de meia-idade. Ela estava na casa dos cinquenta anos, o que ficava visível nas curvas mais cheias, em uma certa flacidez do rosto e no azul leitoso das íris, mas tinha a energia da garota mais poderosa e popular da escola. Era decidida, exigente, confiante e travessa. Gostava de escândalo, de fofoca e de sacanagem. Vivien exalava glamour — ela tinha contatos, bom gosto e era estilosa —, ao mesmo tempo em que era decididamente sem glamour, o que a tornava ainda mais intrigante. Gostava de ler e usava óculos, e estava sempre de calça preta e camisa simples de gênero neutro, não importava aonde fosse. Seus óculos eram quadrados e de aro grosso, como de desenho animado, os brincos eram sempre grandes e geométricos. Dava para perceber que todos os acessórios dela tinham sido escolhidos por serem "descolados".

Mas o que havia de mais atraente em Vivien era o feitiço do *guruismo* que ela lançava sobre quem quer que encontrasse, sem ter consciência de seu próprio didatismo viciante. Ela expressava ideias descartáveis que se tornariam verdades fundamentais para quem as ouvisse. Uma vez, me disse para "sempre pedir linguado, se houver linguado no cardápio de peixes" (eu sempre peço linguado) e que "todos os aromas são vulgares, exceto o de rosas" (desde então só usei perfume de rosas). Nunca conheci uma mulher mais segura dos próprios pensamentos e instintos, e era muito revigorante ver aquilo.

Vivien se levantou quando entrei na sala e me deu dois beijinhos.

— Nina, a Brilhante — disse ela em sua voz grave de vogais cheias e consoantes bem marcadas, enquanto me cumprimentava tocando meus ombros com firmeza. — Tanta coisa para conversar. Lewis — falou, em tom formal, dirigindo-se ao homem que me acompanhava —, peço que escute com atenção. Traga dois cafés, por favor, da loja lá embaixo, não da máquina horrível daqui. A Nina gosta de café pingado com leite integral, e para mim um expresso duplo, sem leite. Você consegue memorizar isso?

— Então é só, tipo, café puro? — falou o homem, encostado no batente da porta.

— Bem, sim, mas não diga café puro, porque senão eles vão me dar uma coisa completamente diferente do que eu gostaria. E pegue um para você.

— Na verdade, parei com a cafeína, li que é o assassino silencioso...

— Tudo bem, Lewis, obrigada — retrucou Vivien, antes de se virar para mim com um sorriso cansado.

Ele se afastou e fechou a porta.

— Eu só contratava garotas sérias, com cabelo chanel e bolsa de tecido com estampa de livros, fãs de Sylvia Plath, por isso quando fui contratar um assistente pensei em tentar algo diferente.

— Ele é bom?

— Um desastre.

Uma garota de expressão séria, com cabelo chanel e sapato Oxford de couro bateu na porta de vidro. Vivien se virou.

— Sim?

A garota entrou, colocando o cabelo atrás das orelhas em um gesto nervoso.

— Vivien, sinto muito, mas ninguém tinha autorização para reservar essa sala pelas próximas três horas.

— Por que não? — perguntou ela.

— Porque todos os funcionários do prédio foram convidados a participar da palestra "Use as escadas por uma semana".

— Que palestra é essa?

— É uma iniciativa do governo que estamos apoiando. Estamos incentivando as pessoas a usarem as escadas em vez do elevador para melhorar a saúde cardiovascular.

Vivien olhou para ela sem entender, esperando mais explicações.

— E vem uma pessoa aqui para nos falar mais sobre isso — acrescentou ela.

— Fora de questão — respondeu Vivien sem rodeios, voltando-se para mim.

A garota continuou parada na porta por alguns momentos, então aproveitou a deixa para sair.

— É cada bobagem que eles inventam aqui — comentou Vivien. — Estou convencida de que foi isso que acabou afastando o querido e velho Malcolm. Nosso melhor designer.

— Ah, não, ele foi embora de vez?

— Sim, sofreu um colapso nervoso. Vendeu a casa onde morava e se mudou para a Bélgica. Mas sempre achei que a Bélgica seria um lugar esplêndido para enlouquecer, então que bom para ele.

Outra frase que eu sabia que adotaria como minha. Um dia, alguém me falaria sobre a Bélgica e eu diria com segurança: *um lugar esplêndido para enlouquecer*.

— Bem... Sobre *A pequena cozinha*. A campanha está indo muito bem, vamos mandar um e-mail com todas as informações para você nesta semana.

— Que maravilha — falei.

— E *Sabores* continua indo bem. As vendas até aumentaram no mês passado, o que é realmente fantástico.

— Espero sinceramente que esse livro não seja uma decepção para quem gostou do *Sabores*.

— Não, não — disse ela, gesticulando com a mão como se estivesse afastando a ideia. — É a sua voz, que é exatamente a mesma do primeiro livro, abordando um problema muito comum para várias famílias, que é receber, cozinhar e armazenar alimentos sem muito espaço. Vai ser um sucesso.

— Espero que sim — falei.

— Eu sei que sim — afirmou Vivien, balançando a cabeça de modo tranquilizador. — Agora, as notícias não tão divertidas.

— Vamos lá.

— O livro três. Li a proposta no fim de semana.

— Você não gostou.

— Lamento, mas não.

Fiquei grata pela franqueza. Eu não suportava o jeito condescendente de dar retornos tanto no meio editorial quanto no jornalismo. Levei anos para descobrir que, quando um editor de revista diz "material interessante", quase sempre significa "podemos fazer muito pouco com o que temos aqui". A relação de trabalho que eu mantinha com Vivien era eficiente graças à nossa honestidade.

— Vá em frente — pedi.

— É chato. Não envolve o leitor.

— Certo.

— Também é um pouquinho... — Ela procurou a palavra certa — presunçoso. Quem quer colocar todos os ingredientes no calendário antes de comprar? Isso é o hobby de alguém com muito tempo ou dinheiro de sobra.

— Eu estava pensando em adotar uma abordagem mais local. Como usar somente alimentos do próprio país, em sintonia com as estações do ano.

— Um pouco nacionalista demais.

— É?

Vivien dilatou as narinas em desdém.

— Um pouco.

— Então uma abordagem sazonal está fora de questão?

— Acho que sim. Acho que precisamos começar do zero e pensar em um novo tema.

Fiquei desapontada porque havia levado mais de um mês para pesquisar e redigir a proposta. Mas, para demonstrar entusiasmo, peguei meu caderno e escrevi palavras sem sentido, que eu nunca consultaria.

— No que está pensando?

— Bem, nada de útil, ainda não tenho nada específico em mente. Só sei que seus leitores querem algo pessoal. Algo apaixonado.

— Não sei se sou capaz de continuar nesse processo de catarse em praça pública depois de escrever sobre a minha vida no *Sabores*, Viv.

— Não, chega de catarses sombrias. Só queremos algo humano.

— Humano. Certo.

— Pense um pouco sobre isso. Converse com as pessoas. Viva um pouco a vida, depois volte a me procurar.

*Viva um pouco a vida*, escrevi no topo da página e sublinhei duas vezes.

— Farei isso.

— Em que mais você está trabalhando no momento?

— Ainda estou escrevendo a minha coluna semanal, acabei de terminar um texto grande sobre flexitarianismo. Agora estou trabalhando em outro sobre vinhos produzidos no Reino Unido. Ah, e acabei de fechar mais uma parceria com uma marca capitalista para pagar a hipoteca.

— Capitalista em que nível?

— Leite condensado — respondi, pesarosa.

— Putz.

— Então, agora, tenho que encontrar dez maneiras incríveis e deliciosas de usar leite condensado.

— Torta de limão — sugeriu ela. — Com muito mais limões do que nas receitas clássicas. Eles vão lamber os pratos. E sorvete sem batedeira.

— Você tem solução para tudo.

— Ótimo. Agora vamos falar de coisas sérias: como se saiu na aventura do aplicativo de relacionamento? Eu estava louca para saber.

— Muito bem! O primeiro encontro de todos me rendeu um namorado, ou algo assim.

— Você está brincando!

— Acho que tenho que aceitar que sou péssima em encontros casuais.

— Talvez seja. Sempre gostei de encontros sem compromisso. E, pelo que me lembro, era tudo muito divertido e inofensivo, a não ser por algumas doenças, mas isso não chegava a ser um incômodo.

— Infelizmente, acho que não fui feita para isso. Eu tentei.

— Bem, sorte que você encontrou alguém, então. Como ele é?

— É contador. Gosta de atividades ao ar livre.

— E a aparência dele?

— Alto, musculoso, cabelo loiro-claro. Parece um surfista da época das cavernas usando terno.

— Minha nossa! — comentou Vivien.

— Na verdade, eu queria te pedir um conselho.

— Pode falar — disse ela, parecendo satisfeita.

— Estou prestes a sair para jantar com meu ex...

— Aquele ursinho charmoso que eu conheci?

— É. Você sabe que ainda somos muito próximos?

Ela assentiu, e eu continuei:

— Acha que eu deveria comentar com ele que estou saindo com alguém? Sempre dissemos que seríamos honestos em relação a isso, mas não sei se ia parecer meio... presunçoso anunciar o fato para o Joe, como se ele fosse se importar.

Vivien se recostou na cadeira e passou as mãos lentamente pelo cabelo sexy como o pelo de um cão pastor, como se estivesse invocando a parte do seu cérebro que oferecia conselhos de amor e de vida.

— Sim — declarou ela depois de algum tempo. — Você deve contar a ele.

— Achei mesmo que deveria.

— Mas seja cuidadosa. Os homens sempre precisam manter um pouquinho acesa a chama de toda ex. Essa chama estará lá, dentro dele, mesmo que ele não saiba. Já que sempre cabe às mulheres extingui-la.

Esperei por Joe na porta do cinema. Ele estava quase quinze minutos atrasado. Íamos assistir a uma sessão vespertina de *Sangue em Sonora*, com Marlon Brando. Sempre compartilhamos uma obsessão por faroestes e não tínhamos mais ninguém para nos fazer companhia além de um ao outro. Nós dois gostávamos da simplicidade dos enredos de mocinhos contra bandidos e da falta de ambiguidade moral — parecia comida caseira. Eu particularmente adorava aquele filme, que contava a história de um homem que roubava o cavalo de outro homem porque era sexy. Se a palavra "cavalo" for substituída por "ouro", "arma" ou "esposa", o resultado será o enredo de todos os faroestes já feitos.

Tínhamos conseguido transformar quase todo o nosso relacionamento em amizade depois do rompimento. Ainda víamos filmes de faroeste, ainda éramos a primeira pessoa que o outro procurava quando alguma coisa dava errado no trabalho, ainda implicávamos um com o outro sobre os detalhes corretos de uma lembrança compartilhada. Nossa dinâmica não mudou, a não ser pelo fato de não fazermos sexo. E a última parte de nosso relacionamento romântico tinha sido tão assexuada que funcionou como um período de transição para nos preparar para um relacionamento platônico.

No longo período de dois dias enclausurados no apartamento tendo nossa DR final, Joe e eu fizemos uma investigação completa para descobrir aonde o sexo tinha ido parar. Não acho que tenhamos parado de nos achar atraentes, acho que paramos de nos ver como portas de entrada para um lugar de excitação ou estímulo sexual. Nos tornamos o portal um do outro para conforto, familiaridade e segurança, e nada mais. Por anos, a pessoa com quem eu queria ter novas experiências, descobrir coisas novas, era Joe. Isso foi mudando aos poucos, e ele já não era mais a pessoa com quem eu queria viver. Era a pessoa a quem eu queria contar as coisas enquanto comíamos comida tailandesa. Queria que ele fosse o comentário pós-jogo, em vez do evento principal. Que fosse a moldura da foto, e não a foto em si. E foi aí que paramos de fazer sexo.

Vi o corpo compacto, mas volumoso, de Joe avançando pesadamente em minha direção, usando uma das jaquetas leves que eu sempre odiei, e fiquei impressionada ao notar como ele era diferente de Max em todos os sentidos possíveis. Max era confiante e contido em seu entusiasmo, Joe era animado como um cãozinho e sempre afoito para agradar. Max falava sério, enquanto Joe faria ou diria qualquer coisa para fazer as pessoas rirem. Joe era rechonchudo e bochechudo, Max era sólido e escultural. Joe era seguro e reconfortante como um ursinho de pelúcia, Max era como um leão: perigoso e majestoso. Joe parecia estar sempre esperando ansiosamente que alguém fizesse uma piada sobre ele na mesa do bar, e Max parecia um protagonista.

— Você está atrasado — reclamei quando ele chegou, sem fôlego.

— Eu sei — disse Joe, enquanto me dava um abraço desajeitado. — Sinto muito.

— Qual é a desculpa? Vamos, diga logo antes de ter tempo de inventar uma.

— Não tenho nenhuma desculpa — confessou ele, coçando a barba castanho-avermelhada, desconcertado, como sempre, com a própria ineficiência. — Passei a tarde fazendo nada.

— Estava jogando aquele jogo de futebol do Xbox?

— Um pouco, sim.

— A Lucy não se incomoda com os seus atrasos?

— Caramba, eu nunca me atraso para encontrar a Lucy.

— Então só se atrasa quando vai se encontrar comigo?

Joe me fitou com um sorriso paciente enquanto tirava o que chamava de seu "abrigo" e revirava os olhos.

— Não seja carente — disse ele, enquanto ajeitava, constrangido, a camiseta cáqui sobre a barriga redonda.

— Não estou sendo carente, só acho interessante que a sua atual namorada se beneficie de todas as broncas que eu dei em você ao longo dos anos, enquanto a sua ex-namorada ainda tenha que aturar as mesmas merdas de sempre.

— Ah, para com isso — pediu ele, passando o braço ao meu redor, o cheiro da sua axila tão sugestivo para mim quanto o perfume de uma avó já falecida. — Vou comprar uma daquelas Coca-Colas absurdamente grandes que você só se permite beber no cinema, que tal? E você pode beber tudo de uma vez, como sempre faz, e irritar todo mundo se levantando para ir ao banheiro, como sempre faz.

Meu ombro se encaixou em sua axila, e passei o braço pelas suas costas.

Depois do filme, fomos a um restaurante vietnamita ali perto que, ouvi dizer, fazia um dos melhores *phos* de Londres e que seria o tema da minha coluna naquela semana. Joe, com seu entusiasmo por banquetes digno de um monarca, no bom sentido, sempre amou se juntar a mim nessas incursões culinárias.

— Como está o trabalho? — perguntei, entre porções de macarrão ensopado.

— Está bem, tão gratificante quanto pode ser trabalhar com relações públicas na área esportiva.

— Você ainda está pensando na possibilidade de ir para outra agência?

Joe limpou a boca com o guardanapo que enfiara na gola da camiseta como se fosse um babador.

— Talvez — respondeu ele. — Acho que alguma coisa acontece quando estamos na casa dos trinta anos que nos faz abandonar um pouco essa ideia de carreira perfeita. Eu me divirto muito fora do trabalho, então talvez compense o trabalho. Eu me dou bem com os meus colegas, e isso é legal. No fim das contas, é só mais um bom e velho dia de trabalho.

Que alívio era para Joe poder dizer chavões sem graça sem que isso representasse uma ameaça ao meu desejo por ele.

— E como vai você? — perguntou ele. — Alguma novidade?

— Nada de mais, ainda ajeitando as coisas no apartamento, preciso de tempo para deixar o lugar com a minha cara, porque não tenho dinheiro sobrando e tem muita coisa para fazer. Mas acho que é bom pensar nisso como um projeto de longo prazo.

— Sim, claro — disse Joe, se distraindo um pouco enquanto pedia outra cerveja à garçonete.

— E estou animada com o lançamento do novo livro.

— Estou louco para ler.

— E estou saindo com uma pessoa.

Ele olhou para mim, ligeiramente boquiaberto.

— Desde quando?

— Tem um mês e meio? — falei, me esforçando ao máximo para não parecer desconfortável com aquele anúncio. — Mais ou menos isso.

Joe assentiu e mergulhou os hashis de volta na tigela para procurar por macarrões escondidos.

— Que bom que você está saindo com alguém. Fiquei preocupado por você passar tanto tempo sem fazer isso.

— Por que você ficou "preocupado"? — perguntei, irritada com a tentativa dele de me tratar com condescendência como se fosse compaixão.

— É só que pareceu que você passou muito tempo sem sair com ninguém.

— Fiz isso de propósito, estava colocando a minha carreira nos trilhos. Parar de dar aulas, passar a trabalhar como freelancer, escrever um livro, comprar um apartamento sozinha. É muita coisa para fazer e ainda sair namorando pela cidade.

— Onde você conheceu o...?

— Max — respondi.

— Max — repetiu Joe, como se estivesse medindo a palavra.

— Em um aplicativo de relacionamento.

— Nunca imaginei que você faria isso.

— A verdade é que não se tem mais escolha, as pessoas não se conhecem mais na vida real. Olha só a Lola.

— É verdade.

Ele riu com ternura.

— A boa e velha Lola. Como ela está? Faz um tempo que não vejo a Lola.

Eu já tinha reparado que "boa e velha" havia se tornado um prefixo quase permanente quando as pessoas se referiam a Lola.

— Ela está bem, ainda saindo com muitos caras.

— Então, como ele é?! — perguntou ele com um entusiasmo relutante e paternal.

— Ele é... alto — respondi. — Muito alto.

— Achei que você não gostasse de gente alta.

— Que coisa mais doida de se dizer, por que eu não gostaria?

— Você sempre reclama que as pessoas altas bloqueiam a sua visão nos shows e ocupam o banco dianteiro nos carros. Eu me lembro especificamente de você dizendo que jamais se interessaria por um cara alto e magro.

— Ele não é magro, é bem musculoso.

Vi Joe estufar o peito instintivamente. Seu babador de guardanapo estava salpicado de caldo marrom.

— Não parece o seu tipo de jeito nenhum.

— Isso foi o que eu sempre pensei da Lucy — falei, lamentando imediatamente ter soado tão grosseira.

Joe sorriu, largou os hashis e ajeitou o jogo de mesa de bambu cerimoniosamente.

— Vou pedir a Lucy em casamento.

— O quê?!

— Pois é!

— Quando?

— Este fim de semana.

— Uau, que surpresa! — comentei.

— É?

— Acho que não. Estamos na casa dos trinta, vocês estão juntos há um bom tempo. Desculpe, não sei por que estou tão chocada.

— Já estou pensando em fazer isso há meses. Eu desenhei o anel de noivado.

— Calma lá, Richard Burton — falei, salpicando o molho de pimenta na tigela no auge da minha passivo-agressividade, descobrindo naquele exato momento que eu era capaz de usar condimentos de forma passiva-agressiva. — O que os homens querem dizer quando falam que *desenharam o anel?* Você mal consegue escolher a calça que vai usar pela manhã.

— Quer dizer que eu me sentei com um designer de joias e expliquei o tipo de joia de que ela gostaria. Olha.

Então, pegou o celular e me mostrou a foto de um pequeno diamante redondo, cercado por outros diamantes redondos menores. Acho que nunca vi um anel de noivado que ficasse na minha memória depois.

— Que lindo, Joe — comentei. — Muito bem desenhado.

— Obrigado — retrucou ele, sem reparar no leve sarcasmo da minha voz.

— Não achei que você fosse tão chegado à ideia de casamento — comentei. — Sempre conversamos sobre filhos, mas nunca nos casamos.

— É, mas isso foi com você — disse ele.

— Nossa!

— Não, quer dizer, o futuro que decidimos com uma pessoa é diferente para cada pessoa, não é? Não decidimos o que queremos de forma absoluta, e depois a outra pessoa precisa se encaixar naquilo. Eu e você decidimos que não nos casaríamos. A Lucy e eu resolvemos muito cedo que iríamos nos casar.

— Cedo quanto? — perguntei.

— Bem cedo, eu acho. Nos primeiros encontros.

— Foi naquele encontro em que ela levou você a uma feira de noivas?

— Não fomos a uma *feira de noivas* — retrucou ele com impaciência. — Fomos ajudar a irmã dela a escolher os sapatos do casamento.

— Legal — comentei. — Não sei como mulheres como a Lucy fazem isso. Todas as mulheres heterossexuais que conheço ficam emocionalmente paralisadas nos relacionamentos por esse medo de "assustar os homens". Então vêm as Lucys desse mundo, essas anomalias, que sabem o que querem e dizem: "Sou eu que mando, aqui estão as regras, faça o que eu digo." E parece que muitos homens adoram... Como se fosse um alívio, ou algo assim.

— Sim, bem, comigo funcionou — concordou ele.

Usamos nossas conchas de madeira para pegar o que havia sobrado da sopa, em silêncio, a não ser pelo barulho dos nossos lábios sorvendo o caldo.

— Estou muito feliz por vocês dois — falei, por fim. — Mal posso esperar para ver você se casar. Se eu for convidada.

— É claro que você vai ser convidada.

— Todas aquelas coisas que nós supomos um sobre o outro — comentei. — Não gostar de pessoas altas, não querer entrar em aplicativos de relacionamento, nunca querer se casar. Engraçado como estávamos errados.

— Não estávamos errados — disse ele. — Estávamos amadurecendo.

No ônibus de volta para casa, ansiei por algo que me desse segurança e cometi o erro de ligar para a casa dos meus pais.

— Alô? — gritou minha mãe ao pegar o telefone, estressada e irritada, como se eu fosse uma vendedora de telemarketing ligando pela quinta vez em uma hora.

— Oi, mãe, sou eu — falei com gentileza.

— Ah, Nina, oi.

— Como você está? Tudo bem?

— Na verdade, não.

— O que aconteceu?

Eu não sabia quando aquilo tinha começado a acontecer — eu procurava minha mãe em busca de consolo e, de repente, era eu que estava dando conselhos.

— Estou tendo uma noite horrível. Eu deveria estar assistindo a uma produção local de *Casa de bonecas* e...

— Onde em Pinner estão encenando *Casa de bonecas*?

— No Watford Community Theatre. É uma montagem do grupo de teatro amador da Gloria e estou animada para ir há semanas. Hoje foi a noite de encerramento. Depois, o elenco vai para aquele clube noturno daqui, e nós todas iríamos vestidas como as mulheres perseguidas da história. Trabalhei na minha fantasia a semana toda.

— O que aconteceu?

— Essa noite a Mary Goldman ligou para me dizer que tinha recebido uma carta do seu pai dando condolências pela morte do marido dela, o Paul. Páginas e mais páginas com lembranças deles vendo futebol juntos e comentários de que há anos seu pai já achava que Paul não era mais o mesmo. E como ele lamentava perder um homem tão especial.

— E qual é o problema?

— Paul Goldman não morreu.

— Ah — reagi.

— Ele nem sequer está doente, está bem de saúde.

— Certo, isso obviamente não é bom. Mas deve ser só uma confusão. Mais alguém chamado Paul morreu?

— Não — disse ela.

— Recentemente você não falou sobre nenhuma outra morte com o papai?

— Hum... — murmurou ela hesitante, irritada com meu interrogatório racional enquanto ela só queria reclamar. — Bem, Dennis Wray morreu essa semana, mas o Dennis não se parece nada com o Paul. O Dennis era um antigo colega do seu pai, e somos amigos do Paul e da Mary há trinta anos.

— Então foi isso. Ele ficou confuso, se confundiu com detalhes e datas, você precisa deixar as coisas as mais claras possíveis. Ele não está fazendo isso de propósito. É como se o papai conhecesse a forma das coisas, mas às vezes se confundisse com as cores.

— A Mary não leva nada disso em conta, ela está fora de si. Ficou muito chateada.

— Ora, a Mary Goldman é uma idiota.

— Nina.

— É isso mesmo. Ela é uma idiota por fazer esse escarcéu quando está nítido que o papai cometeu um erro inocente e tinha coisas tão boas a dizer sobre aquele marido velho e chato dela, mesmo ele não estando morto. Por que você não chama um táxi e vai direto para a festa? São só nove da noite.

— Agora não posso mais, eu levaria séculos para vestir a fantasia e, quando chegasse lá, a noite já estaria quase acabando.

— Qual é a sua fantasia?

Eu podia ouvir minha mãe chacoalhando de impaciência do outro lado da linha, louca de vontade de me contar cada reviravolta daquela saga inexistente e, ao mesmo tempo, irritada com minhas perguntas.

— É de Emily Davison. Mas vou ter que vestir todas as anáguas, depois prender o cavalo de brinquedo na parte de trás do vestido, e simplesmente não consigo...

Ouvi uma voz ao fundo.

— Estou falando ao telefone com a Nina. Quer falar com ela? Certo. Nina, seu pai quer falar com você.

— Oi, Bean — disse ele.

— Oi, pai. Tá tudo bem? Parece que houve uma tempestade em copo d'água hoje.

Forcei uma risada, ansiosa para aplacar a situação e estabelecer uma atmosfera de normalidade e tranquilidade.

— O Paul morreu. Paul Goldman. Era um cara tão fantástico... Uma vez, fomos todos juntos para Lake District e vimos um veado. Ele não parecia bem havia um tempo, mas essas coisas ainda nos pegam de surpresa.

Ouvi minha mãe gemendo ao fundo.

— Você vem jantar hoje?

— Hoje não, pai, daqui a algumas semanas eu vou.

— *Já* se passaram algumas semanas? — perguntou ele, com uma consternação surreal, como um personagem de uma versão suburbana de *Alice no país das maravilhas*. — Caramba, caramba. Como o tempo voa.

— Não se preocupe com o que a mamãe está dizendo sobre o Paul e a Mary, ela só está chateada por não poder aproveitar a grande noitada dela.

Ouvi minha mãe chamar o nome dele.

— É melhor eu ir. Acho que sua mãe precisa de mim.

— Tudo bem, pai — falei, forçando uma voz alegre. — Foi ótimo conversar com você, eu ligo de novo amanhã.

— Tudo bem, Bean. Tchau, meu bem.

Mantive o celular colado ao ouvido e ouvi os bipes altos e baixos do papai apertando teclas aleatórias para desligar. Então, ouvi a voz da minha mãe, cansada e fraca, se aproximando do telefone.

— É essa aqui, Bill — disse ela, e encerrou a ligação.

Guardei o celular no bolso do casaco e pressionei o rosto na janela do ônibus, que passava acelerado pela Hungerford Bridge, desejando que o contorno cintilante de Londres me distraísse da confusão de emoções que parecia formar um nó no meu estômago. Nunca havia experimentado um sentimento tão insuportável — tão amargo, doloroso e inabalavelmente triste — como a pena que sentia pelo meu pai.

Cheguei em casa e fui direto para a cama. Nunca havia tido problemas para dormir. Aquilo era algo pelo qual eu ficava cada vez mais grata sempre que via amigos atravessando noites agitadas, se revirando de um lado para outro, ou tendo que atender ao patrão exigente na forma de um bebê faminto e chorão. Excepcionalmente, fui acordada duas horas depois pelo som de uma gargalhada masculina vinda do jardim. Abri as cortinas e vi Angelo e outro homem sentados em cadeiras de plástico, fumando, bebendo cerveja e falando em italiano. Abri uma fresta da janela.

— Com licença — sussurrei. — Se incomodariam de diminuir o barulho? Eu estava dormindo e vocês me acordaram.

Os dois pararam de falar, ergueram os olhos brevemente e voltaram a conversar.

— Angelo — sussurrei de novo. — Angelo.

Eles continuaram a conversar.

— Angelo, é meia-noite e meia de uma segunda-feira. Em um sábado eu até poderia entender, mas é segunda-feira. Tenho uma reunião muito cedo amanhã. Vocês podem conversar em casa?

Eles começaram a rir de novo, tão alto que parecia uma orquestra de pratos e buzinas. O amigo de Angelo deu um tapa no joelho dele, rindo de se acabar.

— Com licença! — pedi.

Eles subiram o tom de voz, tentando abafar a minha, como se estivessem rabiscando por cima.

— ANGELO! — gritei.

Ele ergueu a cabeça na minha direção com a repentina vivacidade e a expressão fixa de uma marionete.

— Nem pensar. Não grite comigo... como se eu fosse um cachorro qualquer — disse ele em um tom grave e levemente ameaçador.

— Vá conversar dentro de casa.

— Não — disse ele, desviando novamente a cabeça.

Fechei a janela com um estrondo, vesti um suéter e um casaco e calcei um par de tênis.

Depois de um telefonema e um táxi, me vi parada diante da porta do apartamento de Max e a brisa fria atingiu minhas pernas nuas, me alertando da chegada do outono. Max abriu a porta e dei um sorriso envergonhado. Ele me puxou junto ao calor do seu corpo.

— Que surpresa deliciosa — falou enquanto eu pressionava o rosto no seu peito e passava os braços em volta da sua cintura, abraçando-o com força, como uma criança conhecendo um personagem na Disney.

— Você não está com uma mulher aqui, não é?

— Estou com três — respondeu ele, o rosto junto ao meu cabelo. — E estão todas furiosas por você ter me arrancado da cama.

— Tive um jantar esquisito com o meu ex — comentei, olhando para ele. — E, logo depois, uma conversa triste com os meus pais. Então, tive um bate-boca com o meu vizinho horrível.

Ele me beijou.

— Quer conversar sobre isso?

— Não.

— Aceita uma taça de vinho?

— Um galão.

Fomos até a cozinha e me sentei na bancada enquanto ele pegava dois copos no armário.

— Não me lembro de ter tido nenhum jantar com uma ex que não fosse estranho — comentou.

— Pois é. Achava que o Joe e eu tínhamos conseguido escapar disso, mas talvez não.

— Ele implorou que você voltasse para ele? — perguntou Max, servindo vinho tinto em dois copos. — Porque você sabe que não é permitido.

— Não, não. Ele vai se casar, e isso me pegou de surpresa. Sempre dissemos que nunca nos casaríamos.

— Como você se sentiu?

— Não sei. Não estou com ciúmes, nem triste, nem nada assim. Mas ele disse uma coisa que não me sai da cabeça... que a cada novo parceiro tomamos uma nova decisão sobre o que queremos para o futuro.

Max me entregou um copo e deu um gole no dele.

— Acho que ele está certo, não?

— Imagino que sim, eu só não tinha pensado nisso antes. Eu achava que primeiro decidíamos o que queremos e depois encontrávamos alguém que quisesse fazer aquilo conosco.

Curvei o corpo e desamarrei meus tênis. Eles caíram no piso da cozinha e puxei os pés para cima da bancada, o queixo apoiado nos joelhos.

— Olhe só... que meias sensuais... — continuou ele, vindo na minha direção e puxando meus pés. — Você assim, de pernas nuas e meias, mexe comigo.

Max se posicionou entre minhas coxas e eu as apertei ao redor dele. Pensei no momento perfeito em que nos encontrávamos, os corpos entrelaçados na bancada da cozinha em uma noite de um dia de semana — o período efêmero de um novo relacionamento quando qualquer coisa feita em casa ainda era sexy. Ver a pessoa colocar leite no cereal ou secar o cabelo com a toalha era mais fascinante do que o movimento das marés. Sentir o cheiro do hálito matinal ou do couro cabeludo sujo era excitante porque levava você um passo adiante em seu palácio de privacidade de paredes altas, onde até ali parecia que apenas você poderia entrar. Assim, experimentar a novidade de ser enfadonho ganhava uma conotação sexual até o ponto de saturação. Se aquele se transformasse em um relacionamento de longo prazo, um dia seríamos apenas triviais e teríamos que revisitar a novidade de ser sexy novamente — organizando "noites a dois", usando nossas melhores roupas um para o outro e acendendo propositalmente as velas. Nós nos enganamos para termos intimidade um com o outro até a intimidade ser grande demais, então nos enganamos para parecermos distantes e, assim, manter o máximo de intimidade possível, pelo maior tempo possível. Em breve, nossas meias não seriam mais sedutoras, seriam uma fonte de discussão (não estão enroladas, foram deixadas em cima do aquecedor ou na máquina de lavar). Por enquanto, nossas meias eram símbolos de algo secreto e sagrado.

— Meu deus, eu amo essa parte — comentei. — Essa parte em que você se derrete por causa das minhas meias. Como podemos nos manter nesse estágio? Como podemos congelar esse momento no tempo? Deve haver uma maneira de enganar todas as leis da monogamia. Deve haver alguma forma de hackear o jogo.

— Não, não, não — disse Max, afastando minha franja do rosto e beijando minha testa, então minhas bochechas, depois a ponta do meu nariz. — Precisamos continuar. Precisamos continuar avançando para todas as próximas fases. Suas meias só vão ficar mais sexies, sei disso.

# 6

— Vou querer o hambúrguer, por favor, com pão sem glúten, e macarrão com queijo de acompanhamento.
Lola percebeu minha expressão confusa.
— O que foi?
— Seu pedido não faz sentido.
— Por quê?
— Porque tem glúten no macarrão.
— Sim, mas pelo menos eu vou ingerir só metade do glúten.
— Mas ou você tem alergia ao glúten ou não tem — insisti. — Não é como cigarro, não é como se um pouco de glúten fizesse menos mal do que muito glúten. Farinha é só um ingrediente.
— Você pode escolher massa sem trigo — sugeriu a garçonete.
— Eca! Não, obrigada — respondeu Lola, jogando o cardápio na mesa.
Fiquei olhando para ela, sem saber direito por onde começar.
— Quero hambúrguer com queijo, jalapeños e fritas — pedi.
O celular de Lola tocou.

— Espera um pouco — disse ela. — Deixei a minha lista de desejos cósmicos na biblioteca. — Pegou o celular. — Alô?... Sim, nos falamos mais cedo... ah, mas eu com certeza deixei aí, por isso agradeceria se pudesse procurar mais uma vez... é só um pedaço de papel A4, com uma lista de palavras como "filhas gêmeas" e "minha própria empresa de eventos"... certo... agradeço, sim, obrigada.

Ela desligou.

— Lola.

— O que foi?

— Por que não escreve outra lista?

— Porque a minha coach de vida e eu fizemos todo um ritual com aquela lista, e eu não tenho condições de pagar por outra sessão para fazer tudo de novo. Sei que você deve achar que tudo isso é bobagem, mas é muito fácil desprezar essas coisas quando você está toda... cheia de amor.

Nossos drinques ainda nem haviam chegado, e ela já tinha dito o que vinha querendo me dizer fazia semanas.

— Não tem nada a ver com isso, eu já achava você maluquinha quando nós duas estávamos solteiras.

— É verdade — disse Lola. — Obrigada por ter vindo comigo nesse negócio. Sei que você detesta eventos para solteiros. E sei que tecnicamente você não está mais solteira.

— Deixa de ser boba, eu sempre vou acompanhar você nesses eventos.

— Fui vítima de *ghosting* na semana passada.

— O que isso significa?

— É quando uma pessoa simplesmente para de falar com você e some, em vez de ter uma conversa para romper o relacionamento.

— Por que é chamado de *ghosting*, o que tem a ver com fantasma?

— Há várias escolas de pensamento — disse ela, com a autoridade de uma acadêmica. — A mais adotada acredita que veio da ideia de que você é assombrada por alguém que desaparece e não consegue encerrar aquele relacionamento na sua cabeça. Outras dizem que deriva dos três pontinhos cinza que aparecem e desaparecem quando alguém começa a digitar uma mensagem e não envia. Porque parece fantasmagórico, daí... *ghosting*.

— Entendo. E quem era esse cara?
— O Jared. Trabalha com instituições de caridade.
— Ah, não! — falei. — Ele parecia incrível.
— É, eles sempre parecem.

Naquele momento, desejei mais do que tudo poder comprar uma fita adesiva capaz de remendar o coração dela.

— Ele não tinha dito que queria que você conhecesse os pais dele ou alguma coisa assim?
— Sim — confirmou Lola. — Na última vez que a gente se viu, ele disse: "Se estiver interessada em passar um fim de semana fora de Londres, adoraria que conhecesse os meus pais." Então, me deu um beijo de despedida e nunca mais ouvi falar dele. Já se passaram três semanas. Mandei nove mensagens, e dez é o meu limite. Por isso, estou me segurando para escrever uma última mensagem muito boa, vou dizer tudo o que ele precisa ouvir.

— Vamos escrever juntas — propus.
— Você é a única pessoa com quem eu conversaria sobre todos esses assuntos.

Lola fechou os olhos e balançou a mão suavemente, rejeitando de antemão qualquer gesto de conforto meu, enquanto seus olhos se enchiam de lágrimas.

— Meu bem — falei, segurando as mãos dela por cima da mesa. — O que foi?

— Estou muito feliz por você ter conhecido alguém, é sério, juro — disse ela. — Mas agora estou sozinha de verdade. Fui deixada para trás por todo mundo. Vou ter que virar aquela mulher do meu trabalho que faz amizade com todos os novatos.

— Não, não é verdade — afirmei. — Antes de tudo, sou exatamente a mesma pessoa, e ainda podemos fazer exatamente as mesmas coisas, e falar sobre as mesmas coisas e sair juntas com a mesma frequência. Além disso, quem sabe o que vai acontecer comigo e com o Max? Não é só porque uma pessoa está em um relacionamento que ele vai durar para sempre.

— Não, mas eu quero que dê certo para vocês dois. Não quero ser uma daquelas solteironas que se incomoda com a felicidade das amigas, eu não sou esse tipo de pessoa. Ah, meu Deus, sei lá, talvez seja...

Lola pegou o celular e abriu o aplicativo de acompanhamento do ciclo menstrual pelo qual toda mulher de trinta e poucos anos que eu conhecia parecia ter se tornado obcecada.

— Não — disse ela, arrasada e fungando. — Não estou nem no período pré-menstrual.

A garçonete chegou com nossa garrafa de Pinot Grigio e serviu o vinho, enquanto Lola enxugava os olhos com a manga da estranha camisa eduardiana que estava usando, repleta de babados e botões imitando diamantes.

— Aonde você vai me levar esta noite?

— A um evento de encontros escritos nas estrelas. Todo mundo recebe seu mapa astral e, logo depois, formamos pares com nosso parceiro mais compatível, com base no horóscopo.

— Tá certo — falei, feliz por tê-la distraído. — E qual é o seu signo?

— Sou a pisciana clássica. Comum e objetiva. Somos muito previsíveis. Sou capaz de localizar um pisciano em qualquer lugar. Vi o beagle de um amigo meu outro dia e disse na mesma hora que o cachorro era de Peixes, e ele era!

Como Lola estava claramente frágil, deixei aquela passar sem fazer nenhum comentário debochado.

— Que interessante.

— Em um mundo ideal, estou em busca de um canceriano, mas eles podem ser um pouco caseiros demais. Além do mais, pode parecer estranho, mas reparei que muitos têm psoríase, o que não é um problema, é claro.

— Hummm.

— Você é leonina. Qual é o signo do Max?

— Não tenho ideia.

— Espero que ele seja libriano — disse ela, cruzando os dedos com entusiasmo. — Sempre quis que você ficasse com um libriano. Tranquilo, mas absurdamente leal, é disso que você precisa. E eles costumam ter um pau colossal!

— Pelo amor de Deus, Lola.

— É verdade.

— Eu já vi o pau do Max, e ele não vai aumentar de repente se eu descobrir que o cara é libriano.

— É estranho — comentou Lola, franzindo o nariz levemente. — Eu nunca me convenci de que você é mesmo leonina.

Percebi que aquilo era um insulto, apesar de não entender nada de astrologia.

— Como assim?

— Você é um pouco... exigente.

— Obrigada.

— Não, no bom sentido. Você parece ter a energia mais controlada de uma virginiana.

— Você acha que talvez... *talvez*... possa ser mentira?

— A sua data de nascimento? Poderia estar errada, na verdade. Poderia, sim. Ouvi falar de pessoas que foram registradas com alguns dias de diferença da data exata do nascimento.

— Não, a minha certidão de nascimento, não... os sinais das estrelas.

— Ah.

Lola estreitou ligeiramente os olhos, enquanto levava aquela ideia em consideração.

— Não.

Acordei na manhã seguinte com o tipo de ressaca que faz a gente procurar por retiros espirituais no Google. Logo me vi a dezessete quilômetros do meu sofá e, mais uma vez, em Wandsworth Common contra minha vontade. O plano original era que Katherine fosse ao meu apartamento para me ajudar a escolher uma cor de tinta para o banheiro e depois sairíamos para dar uma volta e almoçar na vizinhança, mas no último minuto ela disse que não poderia ir porque não estava encontrando alguém com quem deixar a filha. Não cheguei a ficar surpresa. O trunfo da maternidade é tão alto que uma vez ela cancelou um jantar comigo uma hora antes do encontro, explicando por mensagem que precisava "acordar cedo etc.", como se o fato de eu não ter filhos me desse a opção de não existir por um dia.

— E a Lola conseguiu alguém que combinasse com o mapa astral dela? — perguntou Katherine enquanto caminhávamos sob os tupelos, as folhas cor de âmbar tremeluzindo como chamas ao vento de outubro.

— Não — respondi. — Descobrimos que havia 35 mulheres e cinco homens.

— Que evento desorganizado.

— Pois é. A Lola ficou bem decepcionada. E os cinco homens eram todos de signos de ar, que aparentemente são as piores combinações com Peixes, então decidimos evitar mais decepções e fomos para um pub.

— E qual a próxima cartada dela?

— Não sei — respondi, enquanto observava minhas botas pretas de amarrar amassando o tapete de folhas pardacentas. — Decidimos ampliar a localização entre as preferências no Linx, de um raio de dezesseis quilômetros para oitenta quilômetros, porque ela ouviu rumores de que há muitos agricultores solteiros no interior. Mas tudo parece tão exaustivo que finalmente estou começando a ver a paciência da Lola se esgotar. É como se ela estivesse pensando em desistir...

— Estou tentando me lembrar se o Mark tem algum amigo legal — disse Katherine.

Eu poderia ir direto ao ponto: *não*. Mas Katherine não poderia perder a oportunidade de atuar como A Guardiã dos Assuntos Matrimoniais.

— A boa e velha Lola, eu me preocupo com ela.

Mais uma vez...

— Como está o bebê?

— Ótimo! — disse ela, acariciando a barriguinha envolta na lã cinza do casaco. — Eu já te disse que a gente descobriu o sexo?

— Ah, é? — perguntei, animada.

— Decidimos manter só entre nós — respondeu ela com um sorriso.

Eu tinha viajado dezessete quilômetros naquela manhã. Dezessete quilômetros.

— Por que tomaram essa decisão? — perguntei categoricamente.

— Vamos guardar só para a família, sabe?

— Hummm. Legal.

— Mas, sim, estamos satisfeitos — disse ela enigmaticamente, como se fosse uma estrela de Hollywood em uma sessão fotográfica em casa e eu uma jornalista agressiva da revista *Time*, seguindo-a com um bloco de notas.

Eu podia até ver a matéria, ela cheia de diamantes e recostada no sofá, só de roupão. O título: *Meu fim de semana com Katherine*.

— Então, agora estamos começando a deliberar sobre os padrinhos — informou ela.

— *Começando a deliberar* — repeti. — E quantos membros da ONU estão envolvidos? — Vi o conflito interno transparecer em seu rosto, enquanto ela tentava decidir se deveria levar na esportiva e me dar uma resposta irônica ou manter a atitude pomposa e ser cretina.

— Ah, vamos marcar presença na Assembleia-Geral da ONU semana que vem — brincou Katherine. — Espere só para ver na capa do *New York Times*.

Eu ri a contragosto. Minha melhor amiga, a mais antiga, presa em algum lugar entre seu antigo eu realista e uma nova vida, em que pairava acima da autocrítica e do senso de humor, em um lugar onde eu não a alcançava. *Você não pode ser as duas coisas*, tive vontade de dizer. *Quem é você, Katherine? A irônica ou a cretina?*

Voltamos para almoçar na casa dela. Eram duas horas e Mark estava dormindo. No fim, o problema "alguém com quem deixar a filha" era que ele estava de ressaca demais para cuidar de Olive, e Katherine precisou levar a menina para a casa da mãe dela, de manhã. Mark tinha tocado a campainha de casa às quatro da manhã porque estava tão bêbado que não encontrava as chaves e, quando Katherine atendeu a porta e disse que ele havia acordado Olive, ele respondeu: "Quem é Olive?" Katherine contou a história e revirou os olhos, como quem diz que os homens não crescem nunca, daquele jeito jovial que sempre adotava quando falava do marido. Não era a primeira vez que eu observava os relacionamentos de longo prazo das minhas amigas e ficava impressionada ao reparar como um casamento, ironicamente, parecia garantir aos homens da minha geração mais uma desculpa para não crescerem. Quando Olive ainda era recém-nascida, Mark uma vez passou o dia em Twickenham com alguns colegas e ficou tão bêbado que desmaiou no closet de um amigo e acordou ensopado com a própria urina. Eles ainda comentavam sobre o incidente com a animação de quem conta uma história de família que seria passada de geração em geração. Se Katherine tivesse feito o mesmo, teriam procurado o conselho tutelar ou, no mínimo, a teriam descrito como uma mãe afundando em autodestruição e negligência materna. Para Mark, foi só um passeio divertido no estádio de rúgbi.

Mark apareceu na metade do almoço. O cabelo castanho, cortado de uma forma genérica que custou dez libras no barbeiro, estava desgrenhado como o de um colegial, o queixo coberto pela barba por fazer. Seu rosto pálido parecia rechonchudo e ao mesmo tempo murcho, como um colchão de ar furado que foi arrastado do sótão. Os pequenos olhos acinzentados estavam pegajosos e vermelhos.

— Noitada? — perguntei, o toque crítico na minha voz tão evidente e sonoro quanto um dó médio.

— Um pouco, sim, um pouco — disse ele, inclinando-se para me dar um beijo na bochecha. — Saí com o Joe.

— Ah, foi? O que vocês fizeram?

— Era só pra gente tomar algumas no pub, mas as coisas acabaram saindo um pouco de controle. Ele acabou perdendo uma aposta e comendo vinte libras.

— Comendo?

— Sim, duas notas de dez libras — contou Mark, rindo para si mesmo.

Katherine balançou a cabeça e fechou os olhos, fingindo desprezo.

— Então ele passou mal do lado de fora do Duck and Crown e tentou ver se conseguia encontrar os pedaços no vômito e juntar as notas para pagar outra rodada!

— A rodada que botou para fora... — comentei.

— Estávamos celebrando o noivado dele — falou Mark, sem medir as palavras, antes de se levantar para ir até a geladeira.

— Ele te contou? — perguntou Katherine para mim.

— Sim, ele me disse que ia pedir a Lucy em casamento. Depois eu vi no Instagram.

Tinha sido impossível não ver a foto que mais parecia um comunicado à imprensa e a declaração que Lucy havia feito sobre os dois, como se fossem notícias da Clarence House. Mark e Katherine foram os primeiros a curtir e comentar com entusiasmo. Pessoas casadas adoravam fazer aquilo com quem tinha acabado de ficar noivo. Era como eu imaginava que as celebridades acenavam em reverência umas às outras em um restaurante chique.

— A Kat mostrou a casa para você? — perguntou Mark, a voz saindo de trás da porta da geladeira.

— Hum... não?

— Ah — disse ela, pegando um pedaço de papel de uma gaveta no aparador. — Fizemos uma oferta.

Ela empurrou a foto com a descrição da casa na minha direção.

— Estou começando a ficar realmente animado com a ideia de sair desse inferno de cidade — declarou Mark, enquanto levava para a mesa um prato de batatas fritas, palitos de cenoura e petiscos de linguiça, junto com um pote gigante de homus e uma lata de milho-verde.

Senti uma vontade enorme de lembrar que aquele "inferno de cidade" parecia mais do que adequado quando queria usá-lo como playground gigante para se divertir com outros bebezões em uma sexta à noite.

O anúncio mostrava uma casa moderna, de quatro quartos, em um vilarejo de Surrey, com acesso a Londres por trem, toscamente construída para parecer um chalé de tijolos vermelhos da Geórgia. O preço pedido estava escrito em negrito no topo, tão exagerado quanto a própria casa. Lembrei como eu tinha sido cuidadosa com Lola quando comprei meu apartamento minúsculo de um quarto, embora eu soubesse que ela talvez nunca fosse capaz de fazer o mesmo. Eu havia escondido o preço dela, minimizado as vantagens de comprar um imóvel e lembrado que pagar aluguel poderia ser libertador. Mas aquele não era o tipo de cortesia que Katherine se sentia obrigada a ter. Eu tiraria dez se tivesse que descrever em uma prova os detalhes da vida de Katherine e Mark na última década. Cada conquista material, cada aquisição, cada detalhe do casamento deles, cada nome de bebê em potencial. Segundo a tradição, as metamorfoses pertencem aos casados; o resto de nós existe em um estado estático.

— Parece uma graça — menti.

— Tem um ótimo jardim para as crianças — disse Katherine.

— Que incrível — falei, já ficando sem adjetivos.

— O Joe disse que você está saindo com um cara — comentou Mark, usando uma grande batata frita como concha para enfiar um petisco de linguiça na boca.

— Ah, é verdade! Como vai ele? — perguntou Katherine.

— É grandalhão, pelo que o Joe disse!

— O Joe ainda nem o conhece — lembrei.
— Ele encontrou uma foto dele na internet. Diz que o cara parece um cruzamento entre Jesus Cristo e o Incrível Hulk. Ele tá bem incomodado com isso. Incomodado de verdade. É hilário.
— Isso é um absurdo — falei.
— Ah, você sabe como é o Joe. Ele é uma criança fofa, mas insegura — disse Mark enquanto enfiava um bocado de homus diretamente na lata de milho verde.
— Quando vamos conhecê-lo? — perguntou Katherine.
— Em breve — respondi. — Ele tem que conhecer o Joe antes.
— Posso assistir? — perguntou Mark.

Eu encontrei Joe algumas semanas depois. Decidi marcar com ele uma hora antes de o Max chegar, para não ficar colocando o assunto em dia na frente dele e, muito provavelmente, fazê-lo se sentir deslocado. Combinamos o encontro em um pub no centro da cidade, como território apolítico de socialização. Tudo tinha que ser o mais neutro possível, pois percebi que Max estava nervoso com a ideia de conhecer o homem que eu havia namorado por um período longo e significativo; um homem que ainda era uma parte importante da minha vida e do meu grupo de amigos. E percebi que Joe se sentia desconfortável com a ideia de ser potencialmente substituído no posto de meu namorado mais importante. Nenhum dos dois declarou isso explicitamente, mas, como em tantas outras vezes na vida, me vi diante da confusão de sentimentos dos homens e encontrei o vocabulário correto para lidar com ela. Também foi minha responsabilidade gerenciar e organizar aqueles sentimentos de modo a fazê-los se sentirem o mais seguros e confortáveis possível. Ser uma mulher heterossexual que ama os homens significa traduzir as emoções deles, tratar do orgulho deles como uma enfermeira de cuidados paliativos e negociar seus egos como quem negocia reféns em um sequestro.

— Como estão indo os preparativos do casamento? — perguntei ao Joe, que usava a camisa jeans cinza que obviamente havia esquecido que chamava de "camisa que emagrece" durante todos os anos que passamos juntos.

As casas dos botões da camisa estavam esticadas, deixando entrever os pelos escuros da barriga.

— Eu meio que deixei a Lucy cuidar disso — disse ele, evitando meu olhar e mantendo os olhos fixos na cerveja. — Ela tem um olho muito bom para decoração, sabe?

Não há nada que eu ame mais do que assistir a um homem se render alegremente à emasculação completa por meio dos preparativos do casamento.

— Quando vai ser?
— Na primavera.
— Nossa! Mas já?
— Pois é. Preciso te perguntar uma coisa.
— Não, eu não vou me casar com você, deveria ter pedido quando teve a oportunidade.
— Nina.
— Desculpe.
— Você sabe que é uma pessoa muito importante na minha vida. Provavelmente a pessoa mais importante da minha vida, depois da Lucy.
— Certo — falei, me sentindo desconfortável com aquela sinceridade incomum na voz de Joe.
— E do Lionel Messi! — completou ele, com uma risada nervosa.
— Tá bom.
— Enfim, quero que você faça parte do casamento. A princípio pensei em pedir para que fizesse um dos discursos da

cerimônia, mas sei que vai achar cafona, e também quero que esteja comigo pela manhã enquanto eu me arrumo.

— Certo.

— Quer ser um dos meus padrinhos?

— Sim! — falei, aliviada por não ter que ficar em cima de um púlpito usando um vestido de cor pastel que eu nunca mais voltaria a usar, cantando como uma gralha "o amor é paciente, o amor é gentil" pela 754ª vez na vida. — Eu adoraria. Seria uma honra. Ah, Joe, isso é muito legal da sua parte. Devo usar um terno?

— Sim. Ou o que você quiser.

— Posso me embebedar com vocês na noite da véspera?

— Sim! Você pode ficar no pub comigo e com os outros padrinhos.

— Também posso ir à despedida de solteiro?

— Bem... na verdade, não.

— O quê?!

— Eu sei, eu sei, é chato — disse ele. — Mas é um pedido da Lucy. Ela não se incomoda de você ser um dos padrinhos, mas não quer você na despedida de solteiro.

— Por que não?

— Nina, a minha futura esposa está me deixando ficar no quarto ao lado da minha ex-namorada na noite da véspera do meu casamento porque preciso de você para me dar apoio emocional. Acho que ela está sendo muito compreensiva. E que devemos fazer a vontade dela.

— Tá certo — concordei com relutância. — Mal posso esperar, Joe. Vou ser o melhor padrinho que você já viu.

— Você acha que o Max vai se incomodar? Ele vai ser convidado, é claro.

— Ah, claro que não — afirmei. — Ele gosta da nossa proximidade. Acha elegante ser amigo do ex.

— E como vão vocês dois?

— Muito bem — falei. — Eu acho. Obviamente, tenho pouca base de comparação. Mas é divertido e fácil estar com o Max, então acho que está tudo indo bem.

— O relacionamento de vocês é fechado?

— Fechado — repeti. — Acho que não ouço essa palavra desde a faculdade.

— Você sabe o que eu quero dizer, não estão saindo com outras pessoas?

— Não senti a necessidade de perguntar. Achei que fosse óbvio.

— Vocês já disseram "eu te amo"? — continuou ele.

Fiz uma pausa um pouco longa demais.

— Por que você tá perguntando sobre o meu namoro como se fosse um adolescente intrometido?

— Não estou fazendo isso!

— Está, sim. "Relacionamento fechado", "dizer 'eu te amo'". Daqui a pouco vai me perguntar qual será o nosso próximo passo.

— Estou só tentando avaliar o quanto esse relacionamento é sério.

— É sério — falei. — Caso contrário, eu não teria combinado esse encontro.

Max chegou na hora marcada, com os cachos balançando ao vento. Acenei para ele do outro lado do pub. Estava olhando para a porta, nervosa, enquanto tentava me concentrar nos pormenores da história que Joe contava sobre a última vez que levou uma multa de estacionamento, com direito a contestação junto ao departamento de trânsito. Fiquei desorientada quando Max sorriu para mim e percebi que a pessoa de quem me sentia mais próxima era a que estava caminhando na minha direção, não a que estava sentada ao meu lado. Nunca pensei que alguém seria capaz de eclipsar a proximidade que eu sentia com Joe, mas, ainda assim, lá estava eu, sentada em um pub, com o estômago se revirando por causa da chegada de Max. Alguma coisa havia mudado. A dinâmica de poder sempre se reorganiza quando não estamos reparando. Nos beijamos na boca, educada e brevemente.

— Max, esse é o Joe. Joe, esse é o Max.

— Tudo certo, meu camarada? — disse Joe, apertando a mão de Max. — É um prazer.

— Digo o mesmo, meu camarada, é um prazer.

*Camarada*. Moeda de conversação masculina tão amplamente eficaz quanto o euro.

— O que você quer beber? — perguntou Joe.

— Ah, não se preocupe, estou de pé, eu pego. Você está bebendo...?

— Chope — disse Joe, voltando a estufar ligeiramente o peito. — Obrigado, meu camarada.

— E um gim-tônica para você? — perguntou ele para mim.

— Sim, por favor.

— Duplo?

— Sim, por favor — confirmei.

— É isso aí, garota — disse Max, antes de beijar minha testa e seguir para o bar.

Joe e eu continuamos a debater com veemência nossas várias queixas em relação aos nossos respectivos conselhos municipais, enquanto Max pedia as bebidas, ambos determinados a não comentar sobre a estranheza daquela situação.

Quando voltou, Max foi o primeiro a iniciar a troca de formalidades para que ele e Joe se conhecessem melhor.

— A Nina disse que você trabalha em relações públicas na área esportiva.

— Isso mesmo — confirmou Joe.
— E se especializou em algum esporte específico?
— Trabalho principalmente com futebol.
— Ah, que incrível!
— Você gosta de futebol?
— Na verdade não, prefiro rúgbi.

Aquela foi a primeira de uma série de tiradas que os dois deram um ao outro. Um deles puxava um assunto que poderia garantir pelo menos cinco minutos de um bate-papo agradável, então o outro cortava, matando o potencial de conversa fiada em poucos segundos.

— Você torce para qual time? — perguntou Max como se desse os pêsames a Joe.
— Pelo Sheffield United.
— Ah — disse ele, depois deu de ombros. — Quer dizer, não significa nada para mim.
— Também é o time da Nina.

Eu ri.

— Bem, eu não tenho certeza...
— É, sim. Você amou aqueles jogos que eu te levei para assistir. Assim que superou o fato de que as comidas são péssimas.
— Nina George Dean — disse Max, em um leve tom de surpresa. — Você me disse que odeia futebol. Na verdade, conversamos sobre isso durante um bom tempo em um de nossos primeiros encontros.
— Odeio a *cultura* em torno do futebol. E o barulho. E odeio aquelas empanadas da Cornualha horríveis que vendem no estádio. Mas os jogos, tanto faz.
— Tanto faz? Você ficou louca! — exclamou Joe, entusiasmado. — Eu não conseguia mantê-la sentada!

— Os jogos podem ser divertidos quando a gente assiste no estádio — comentei apressadamente, louca para mudar de assunto mesmo sem saber bem por quê.

— Ou talvez você tenha adorado só porque é muito competitiva.

— Você é competitiva? — perguntou Max, franzindo o rosto.

— Nossa, e como! — continuou Joe. — Acho que terminamos jogando palavras cruzadas umas cinco vezes, não foi?

— Eu gosto de regras — admiti. — O Joe tem pouco domínio das regras ortográficas e gramaticais.

— E você me atormentava tanto com isso que uma vez eu consegui uma pontuação tripla com a palavra "panqueca"! — concluiu Joe com a expressão empolgada e intensa no rosto que ele assumia quando achava que havia "ganhado" a conversa graças à sagacidade.

Houve um breve silêncio enquanto todos bebiam. Eu normalmente aliviaria com uma risada aquele tipo de brincadeira de Joe, mas essa reação pareceria falsa na frente de Max. Eu compartilhava um lado pateta com Joe e um lado sério com Max. Ambos os traços eram partes de mim e ambos eram verdadeiros, mas pareciam conflitantes em relação aos adversários em confronto. Eu não havia imaginado que aquela fusão de pessoas significasse a fusão de egos, o que me fez pensar sobre mim de um jeito ansioso que me era desconhecido.

— Como vai *A pequena cozinha*? — perguntou Joe.

— Muito bem! As provas chegaram essa semana.

— Que emocionante! Como ficou? — indagou Joe, esperando que Max respondesse.

— Como ficou o quê? — perguntou Max, obviamente distraído com outro pensamento.

— O novo livro da Nina, como ficou?

Fiquei ao mesmo tempo intrigada e apreensiva com a resposta dele. Eu tinha deixado provas de *A pequena cozinha* e exemplares de *Sabores* no nosso idioma e traduzidos pelo apartamento nas últimas semanas, e percebi que Max não havia pegado em nenhum deles nem sequer para ler a contracapa.

— Ainda não li.

— Ah, certo — disse Joe. — Você leu *Sabores*?

— Na verdade, ainda não, meu camarada — respondeu Max, e aquele "meu camarada" em particular saiu no tom passivo-agressivo de um pai cansado querendo que o filho adolescente chato calasse a boca.

Eu nunca o tinha visto impaciente. Nunca o tinha visto de nenhuma outra forma que não relaxado e encantador. Percebi que, em mais de três meses, nunca o tinha visto interagindo com mais ninguém. Às vezes o via falando com funcionários do pub, às vezes com pessoas que levavam os cães para passear no parque. Mas, basicamente, eu só tinha visto Max existir em reação a mim.

— Você tem que ler, Max! — disse Joe, me fazendo amá-lo e odiá-lo na mesma medida.

— Vou ler.

— Se eu começasse a namorar alguém que escreveu um livro de memórias, teria lido no primeiro mês. Mas talvez eu seja meio intrometido.

— Achei que fosse um livro de receitas.

— Também, é um livro de memórias com receitas. Ou um livro de receitas com capítulos de memórias, dependendo de como você encara — expliquei, olhando igualmente de um para outro, me esforçando conscientemente para não direcionar o meu olhar mais para um deles do que para o outro.

Eu me sentia como uma trapezista: um deles era a plataforma de salto, o outro era quem iria me segurar, e eu tentava desesperadamente manter tudo no ar, sem deixar cair. Tínhamos tomado apenas um drinque e eu já estava exausta.

— Estou interessado em conhecer a Nina como Nina — retrucou Max. — Em vez de uma autora que todo mundo conhece. Isso faz sentido?

— Entendo, entendo — disse Joe.

Percebi que na verdade ele não tinha entendido nada, mas apreciei seu esforço diplomático.

— De onde você é, Max?

— De Somerset.

— Legal — disse Joe, em um comentário vazio.

— Você conhece?

— Uma vez, passei um fim de semana perto de Taunton, mas, fora isso, não — respondeu Joe, encerrando o assunto. — Seus pais ainda moram lá?

— Minha mãe, sim. Meu pai mora na Austrália.

Austrália? Por que Max não tinha me contado que o pai morava na Austrália? Tentei não transparecer que me sentia traída, sem ter motivo.

— É mesmo? Há quanto tempo ele mora lá? — perguntou Joe.

— Ele foi embora quando eu tinha treze anos.

— Ah, sim. E você costuma visitá-lo?

— Não, não temos esse tipo de relacionamento.

— Sinto muito — disse Joe.

— Não é culpa sua, não é mesmo? — retrucou Max.

Foi o tipo de comentário masculino sarcástico que eu odiava, agressivamente literal e beligerante.

— Outra rodada? — perguntou ele.

— Você não me disse que o seu pai morava na Austrália — comentei quando Max e eu estávamos deitados na minha cama, depois do que pareceram ser os três drinques mais longos da minha vida.

— Eu te contei que o meu pai foi embora quando eu era criança.

— Sim, mas você não me disse que ele se mudou para o outro lado do mundo.

— Ah, não? Bem, foi o que ele fez.

— É por isso que você nunca se encontra com ele?

— Para ser honesto, acho que se ele estivesse aqui também não ia querer me encontrar — respondeu ele, afofando meus travesseiros com uma força incomum.

— Certo — falei, deslizando para baixo do edredom ao lado dele. — Quer falar sobre isso?

— Se eu quero falar sobre meu pai ausente agora? Pouco antes de irmos dormir e da apresentação que terei amanhã, às nove da manhã? Não, sinceramente, não.

— Certo.

— Você quer falar sobre o seu pai doente agora?

— Na verdade, não — respondi, irritada com a mesquinhez dele.

— Ótimo — retrucou Max, e desligou a luminária do lado dele da cama. — Vamos falar sobre isso outra hora, então.

— Tudo bem — falei, e desliguei a luminária do meu lado.

— Você não parecia você mesma essa noite — comentou ele, me virando de lado e passando os braços ao redor da minha cintura. — Parecia querer agradar demais.

— Não sou assim normalmente?

— Não, você nunca parece querer agradar demais, é o que eu gosto em você.

— Não diga isso. Não me dê um aviso sutil de que tenho que me comportar exatamente como você gostaria, caso contrário vai me deixar.

— Nina, pelo amor de Deus, não estou dizendo isso.
— Foi uma situação constrangedora para todos.
— Não, eu sei, eu sei — sussurrou Max, e levantou meu cabelo para beijar minha nuca. — Só quero que você esteja bem.
— Estou bem — disse, encostando meus pés nos dele.

Não dormi naquela noite. Fiquei encarando a pintura de magnólia na parede do meu quarto e senti o peso do corpo de Max colado a mim. Eu não parava de pensar em todas as lacunas que vi ao longo da noite. Entre Joe e Max. Entre quem Max era comigo e quem era com outras pessoas. Entre a casa de campo em Somerset, onde pensei que o pai de Max morava, e o apartamento na Austrália, onde realmente morava. Entre quem eu era com Joe e quem eu era com Max. Enquanto tentava e não conseguia dormir, imaginei todas as lacunas se preenchendo com um líquido escuro, pegajoso, como alcatrão, e me senti inexplicavelmente envergonhada. Eu me perguntei se os dois haviam pensado em todas as lacunas que existiam em suas vidas e seus relacionamentos quando adormeceram naquela noite. Eu me perguntei isso enquanto Max roncava, alto e pacificamente, no meu ouvido.

# 7

Meu pai atendeu à porta. Ele usava uma camisa azul-clara por baixo do cardigã azul-marinho de tricô, com botões amarronzados, que eu tinha dado de presente em seu aniversário de setenta anos. Ele costumava usar apenas dois pulôveres por década. Seu rosto estava pálido, e a pele sob os olhos parecia mais fina e da cor de mármore, levemente entrecortada por veias cor de vinho. Ou talvez as veias sempre tenham estado lá, eu é que vinha estudando o rosto dele com mais atenção nos últimos tempos, procurando as menores marcas de deterioração.

— Pai! — falei, dando-lhe um grande abraço.

— Ah, Bean — suspirou ele junto ao meu cabelo enquanto me abraçava. — Foi uma semana e tanto aqui.

— Cadê a mamãe?

— Saiu — respondeu ele, seguindo em direção à cozinha. — Ela não está falando comigo.

— Vocês brigaram?

— Infelizmente, sim — disse ele. — Essa manhã. Um bafafá.

— O que aconteceu?

Meu pai estava debruçado sobre a mesa de jantar, coberta com talheres que só eram usados no Natal. E havia uma embalagem de polidor aberta.

— Por que você está fazendo tudo isso? Vão receber visitas?

— Não, estamos indo embora — disse ele, polindo as pontas de um garfo com o pano. — A briga foi por causa disso.

— Para onde vocês vão?

— Surgiu uma oportunidade de ir para a Guiné.

— *Guiné?* — perguntei, chateada com minha mãe por não ter tocado no assunto em um dos nossos muitos telefonemas semanais, nos quais ela listava tudo o que havia comprado no supermercado e como pretendia usar cada coisa.

— Sim.

— Quando?

— Devíamos cruzar os mares na próxima semana, mas a sua mãe tem outros planos.

— É tipo... um cruzeiro?

— É.

— Vocês vão com aquela mesma empresa de quando foram com a Gloria e o Brian para as Ilhas Canárias?

— Não, não, a Gloria e o Brian não vão — respondeu ele. — Nossa, seria ótimo. Não, somos só a sua mãe e eu. Na verdade, é a mim que eles querem, eu ficaria feliz em ir sozinho.

— Mas a mamãe não quer ir?

— Não, ela acha que é perigoso demais e está preocupada com o clima.

— Ora, essa é uma preocupação bastante justificável — comentei. — Talvez vocês possam ir em outro momento.

— Não, tem que ser na próxima semana, mesmo se houver uma tempestade.

— O que você está fazendo com a prataria?

— Vamos precisar dela. Para a viagem.

— Tenho certeza de que eles têm os próprios talheres a bordo.

— Não, não, não para comer — disse ele, rindo da minha sugestão. — Para vender! Por que perder a chance de sua mãe e eu finalmente nos tornarmos comerciantes?

*Por que perder a chance de sua mãe e eu finalmente nos tornarmos comerciantes?* Só meu pai era capaz de pronunciar uma frase daquelas e não ficar claro se era realidade ou fantasia. Quase tudo em relação ao meu pai ainda era totalmente familiar para mim: o sotaque do East End nas vogais, a suavidade da voz, a risada, o vocabulário rico no jeito de falar discreto sobre um bate-papo com o vizinho ("um bafafá") e nos meandros poéticos ("cruzar os mares"). Ao pesquisar a condição clínica do meu pai, eu tinha lido várias vezes que o que os entes queridos dos pacientes experimentam é uma sensação de luto em vida, porque a pessoa que você conhecia se torna irreconhecível. Mas, até ali, no caso dele, acontecia o oposto. Era aquilo que tornava o destino do meu pai ainda mais difícil de processar. A doença estava dando cores mais brilhantes à personalidade dele — tornando-a mais excêntrica e exagerada —, em vez de formar os contornos de um comportamento totalmente diferente. Ele era o mesmo pai, mas em versão concentrada, como um tablete de caldo de humano: mais forte, não diluído, condensado, menos filtrado. Era mais difícil ter um relacionamento ou mesmo uma conversa com papai, mas ele definitivamente ainda estava lá. Às vezes parecia que sua real identidade estava emergindo mais do que nunca.

Ouvi um carro estacionar na rua e fui até a porta. Minha mãe estava saindo do Toyota prata de Gloria (todos os carros nos subúrbios do norte de Londres eram daquela cor — vistas do espaço sideral, as ruas deviam cintilar). Gloria me viu parada na porta e acenou. Acenei de volta. Minha mãe carregava um tapete de ioga enrolado e vestia um agasalho esportivo lilás.

— Tchau, Glor! — gritou ela, enquanto se afastava do carro. — Vejo você no Confraternizar e Meditar.

— Tchau, Mandy!

Minha mãe se aproximou de mim e me deu um beijo rígido e afetado no rosto.

— Isso está acontecendo mesmo?

— Sim.

— Todo mundo está chamando você de Mandy de uma hora para a outra, sem problemas?

— Ninguém tem qualquer problema com isso além de você.

— O que é Confraternizar e Meditar?

— Exatamente o que você imagina — disse ela, passando por mim e subindo as escadas.

Eu a segui até o quarto.

— Deboche quanto quiser, Nina — voltou a falar, sentando-se na beira da cama e tirando os tênis, enquanto eu fiquei parada perto da parede, olhando para ela. — Não vai me deixar constrangida.

— Desculpe, não vou debochar.

— Onde está o seu pai?

— Lá embaixo. Ele disse que vocês tiveram uma briga.

— Ah, não foi uma briga, foi só uma discussão — comentou ela, e foi até a penteadeira, onde voltou a colocar suas joias de ouro.

— Sobre um cruzeiro ou alguma coisa assim?

— Um cruzeiro? — repetiu ela, franzindo o rosto, confusa.

— Por que vocês discutiram, então? — perguntei.

— Eu só pedi que ele fosse um pouco mais educado em ocasiões sociais.

— Como assim? O papai é o homem mais educado do mundo.

— Fomos almoçar na casa da Gloria e do Brian no fim de semana passado e no meio da refeição ele se levantou para ir ao banheiro. Então, simplesmente não voltou.

— Para onde ele foi?

— Nós o encontramos andando pela rua sem saída meia hora depois.

— Certo, e o que mais?

— Estávamos em um coquetel ontem à noite e ele foi grosseiro com um conhecido nosso, então passou o resto da noite sentado num canto, de casaco, deixando claro que queria voltar para casa. Fiquei morta de vergonha.

— Entendi. Você lembra o que desencadeou esses comportamentos?

— Foram só conversas normais.

— Sim, mas você lembra exatamente o que estava sendo falado em ambos os casos?

Minha mãe pensou por um momento, emburrada e mais uma vez irritada por eu usar perguntas em vez de afirmações para tentar resolver o problema.

— No almoço, acho que estávamos conversando sobre Picasso — disse ela. — Sim, isso mesmo, na noite anterior, o Brian havia assistido a um programa sobre Picasso.

— E na festa de ontem à noite?

— O homem perguntou ao Bill quais eram os textos favoritos dele no currículo escolar, quando era professor de inglês.

— E o que ele disse?

— Ele disse: "Cuide da porcaria da sua vida." E foi embora.

— Certo — falei, tentando não rir ao pensar no meu pai, o anarquista social, o punk de Pinner, em uma sala de estar com carpete bege. — Para mim é óbvio o que está acontecendo. O papai adora falar sobre arte e livros. Ele sabe muito sobre os dois assuntos, mas...

— Nina...

— Mãe, por favor. Só escuta. Não estou criticando você, estou tentando entender o papai.

Ela cerrou os lábios e deu as costas ao espelho para conversar comigo, em vez de com meu reflexo.

— Acho que o papai está em um estágio da doença em que tem consciência de que há alguma coisa errada com ele, mas não sabe o que é — falei. — Ele está afastando as pessoas e se isolando para se proteger. Tenta lembrar como ele é... o papai prefere que as pessoas achem que ele está sendo grosseiro em vez de estúpido.

Minha mãe ficou quieta, brincando com os anéis empilhados no dedo anular da mão esquerda.

— Aliás, no momento ele está polindo toda a prataria lá embaixo.

Ela deu um risinho e fechou os olhos, mostrando uma expressão que se parecia muito com cansaço. Foi o primeiro sinal visível de derrota, embora mínimo, que vi nela depois de meses.

— Uma vantagem, finalmente.

— Sabe, podemos pedir ajuda — falei. — Já comecei a pesquisar formas de conseguirmos algum tipo de ajuda ou terapia.

— Não consigo pensar nisso agora — disse ela subitamente animada, então se voltou de novo para o espelho. — Me conte como você está.

— Estou ótima — respondi, sabendo que era hora de parar de pressioná-la. — Trouxe as provas do meu novo livro para você ver.

— Ah, mal posso esperar para ver.

— E estou namorando.

— NÃO! — disse ela, voltando-se para me encarar. — Com quem?

— Com um homem incrível chamado Max.

— O que ele faz?!

— É contador, mas ele meio que detesta o que faz.

— Contador é uma boa profissão, muito decente — comentou ela, avaliando em voz alta tudo o que eu disse. — Onde vocês se conheceram?

— Em um aplicativo de relacionamento.

— A filha da Sarah conheceu o marido em um aplicativo de relacionamento. Ele é personal trainer, maratonista. Não há nenhuma vergonha nisso.

— Eu não disse que estava com vergonha.

— Temos que conhecê-lo. Quando vamos jantar juntos?

— Você gostaria?

— Sim! — exclamou ela, em um gritinho estridente. — É claro!

— Você acha que o papai pode ficar um pouco aflito em conhecer uma pessoa nova?

— Não, não, ele vai ficar bem, deixa ele comigo.

— Ótimo — falei. — Certo, você gosta de leite condensado?

— Por quê?

— Tenho um estoque sobrando, então trouxe algumas latas, caso você queira.

— É para um dos seus blogs?

— Mãe — falei, já me odiando pela fragilidade do meu ego —, não escrevo em blogs desde que tinha vinte e poucos anos. Fiz uma parceria com a marca para apresentar ideias de receitas e ajudar a anunciar o produto.

— Tudo bem, tudo bem. Não, obrigada, eu não vou comer. Mas o seu pai vai. Eu me lembro da sua avó Nelly dizendo que leite condensado com banana era o que ele mais gostava de comer na infância.

Eu cortei uma banana, coloquei em uma tigela com meia lata de leite condensado e levei para o meu pai, que ainda estava polindo alegremente os talheres.

— Tome — falei. — Um lanche da manhã diferente.

Ele deixou o polidor e o pano de lado e examinou a tigela. Então, pegou a colher que eu também tinha levado e comeu com cautela. Enquanto mastigava, seu rosto se animou ao reconhecer o que era.

— Eu comia isso com o seu tio Nick quando éramos crianças. Era o que a minha mãe nos servia para fazer um agrado e como suborno para nos obrigar a fazer as tarefas domésticas. Uma vez, tomei uma lata inteira achando que ela não repararia. *Levei uma surra* — contou ele. — Nossa, como é gostoso. Fico surpreso por ter sobrado algum dente na minha boca.

— Que bom! — exclamei, feliz por ele estar falando de lembranças coerentes. — Deixei um monte de latas para você.

Entrei na sala e vi, aberto na poltrona dele, um exemplar de *Robinson Crusoé* aberto no meio. Subitamente, a conversa que havíamos tido quando cheguei fez sentido, e eu me senti ao mesmo tempo inquieta e aliviada. E feliz porque, de todos os livros na estante, foi aquele que meu pai escolheu ler naquela manhã. Feliz também por ele estar prestes a embarcar para a Guiné em uma aventura audaciosa. Se eu fosse ele, também gostaria de ir para lá. Gostaria de ir o mais longe possível.

Quando cheguei em casa, bati na porta do apartamento de Angelo, como vinha fazendo, sem sucesso, todos os dias desde nossa discussão da janela do meu quarto, no meio da noite. Daquela vez, porém, ele atendeu. Seu cabelo e seu rosto estavam franzidos e revoltos, como uma cama desarrumada. Ele apertou os olhos e esfregou-os, tentando ajustar a vista à luz do corredor. As luzes do apartamento estavam apagadas e as cortinas, fechadas. Eram quatro horas da tarde.

— Oi — falei.

— Oi? — disse ele.

— Eu queria falar sobre aquela noite.

Ele ficou me observando com os olhos pesados de sono, os lábios carnudos parecendo ainda mais pronunciados do que o normal, ressecados por ele ter acabado de acordar. Esperei que ele falasse, então cedi.

— Muito bem, vou começar então. Não foi legal o jeito como você se comportou naquela noite.

*Não foi legal.* Lá estava eu de novo, em prol da diplomacia da boa vizinhança, falando de um jeito que eu só falava quando era professora e tinha perdido o controle de uma sala de aula cheia de adolescentes.

— Quando você gritou comigo como se eu fosse um animal? — disse ele, limpando a remela dos olhos.

— Eu não gritei com você. Pedi muito educadamente, algumas vezes, para vocês pararem de falar tão alto à meia-noite em um dia de semana.

— Se você queria que nós ficássemos quietos, deveria ter descido e batido na porta.

— Você nunca atende.

— Não grite comigo.

A frustração que eu vinha guardando estava começando a sair do controle, fazendo minha pele formigar.

— Pare de dizer isso, porque não faz sentido. Foi você quem gritou.

— Eu não gritei.

— Não pode simplesmente pedir desculpas? É só o que eu preciso. Então podemos seguir em frente.

— Não — disse ele, o rosto inexpressivo.
— O quê?
— Não — repetiu ele lentamente, enquanto fechava a porta.

Max e eu saímos para jantar naquela noite. Eu precisava fazer a crítica de um pub recém-inaugurado e o levei comigo. Mais do que nunca, precisava que a companhia dele abrisse a porta secreta que me conduzia àquele lugar fantástico a que vinha me levando desde nosso primeiro encontro.

— Deixa eu dar outra olhada nessa capa — disse ele, quando terminamos a segunda garrafa de vinho.

Max pegou meu celular e abriu a foto da capa de *A pequena cozinha*.

— Mal posso esperar para ver nas prateleiras. Minha garota inteligente, tão inteligente!

Senti que me inclinava em direção ao elogio dele como se fosse o calor da luz do sol. E me dei conta de quanto desejava que meu pai dissesse a mesma coisa. Havia decidido manter as provas guardadas na bolsa quando estive na casa deles mais cedo, e dar uma cópia a ele em outra ocasião. Eu não queria causar ainda mais confusão.

— Tive uma ideia — falei para Max, e pousei o copo no balcão do bar. — Para o meu próximo livro. Ainda não contei a ninguém e queria contar a você primeiro, porque sei que vai me dizer se é boa ou não.

Max endireitou o corpo e balançou a cabeça para ficar sóbrio.

— Estou aqui. Manda ver.

— Bem, eu encontrei o meu pai hoje, e ele estava bastante desorientado. Confundindo tudo, imaginando conversas, misturando coisas que aconteceram com coisas que ele leu. Preparei um lanche para ele porque tinha levado latas e latas de leite condensado comigo... você sabe que estou fazendo aquele trabalho esquisito com a marca de leite condensado, não é?

Ele assentiu, e eu continuei:

— Então, servi leite condensado com banana para ele, porque minha mãe me disse que era o que o meu pai mais gostava de comer quando criança. E, sinceramente, quando ele comeu, foi como se um interruptor para o antigo eu dele tivesse sido ligado. Foi breve, mas tão imediato...

— Que interessante.

— Isso me fez pensar sobre comida e memória, o quanto os nossos hábitos alimentares são ditados pela nostalgia. Querer descobrir o que desperta a memória involuntária no sabor e no cheiro dos alimentos. Seria um livro misturando receitas, histórias e ciência. A Viv quer que eu escreva algo humano. Não consigo pensar em uma maneira mais humana de tratar a comida do que falar sobre como isso nos conecta ao nosso passado. O que você acha?

Max afastou minha franja rebelde para o lado.

— Acho uma ótima ideia.

— Acha mesmo?

— Sim. Adorei. *Culinária proustiana com Nina Dean* — disse ele. — Não, podemos pensar num título melhor.

— E vou entrevistar psicólogos para saber por que exatamente certos sabores estão ligados a certos sentimentos.

— E você deve pesquisar quais são as comidas preferidas de cada geração.

— Exatamente. Por que os bebês do pós-guerra, após a época de racionamento, amavam bananas. E por que a nossa geração adora hambúrgueres.

— Brinquedos de brinde no McLanche Feliz.

— Brinquedos de brinde no McLanche Feliz — concordei.

— É brilhante — comentou Max, e se inclinou na minha direção como se quisesse me dar uma mordida. — Você é brilhante.

Consideramos a hipótese de uma terceira garrafa de vinho e, quando o pilequinho leve e bobo já começava a se tornar uma embriaguez de trocar as pernas, o sino de próximas-trepadas-prestes-a-acontecer tocou.

— Últimos pedidos! — ecoou pelo bar.

— Eu não terminei de beber — falei.

— Tá certo — concordou Max, um filtro preso entre os lábios enquanto ele enrolava um cigarro. — Qual é a próxima pauta, Nina George? O que mais temos que consertar? Porque não suporto ver você triste e amuada, com essa boquinha linda fazendo você parecer tão aborrecida.

— O meu vizinho insuportável do andar de baixo.

— Acho que eu devia ir logo falar com ele — sugeriu Max. — Esse seu vizinho parece ser um daqueles homens horríveis que só ouvem outros homens.

— Não — falei, enquanto pousava a mão no ombro dele e acariciava o algodão macio e escovado da camisa azul-marinho. — Tenho que lidar com ele sozinha.

— Não tem, não.

— Tenho, sim — insisti, enquanto esvaziava meu copo de vinho. — Sei que parece petulante. Mas é importante que eu dê conta dessa situação sem a ajuda de um homem. Preciso saber que posso resolver isso por conta própria.

— Mas... — Ele se interrompeu no meio de um pensamento e colocou o tabaco de volta no bolso. Então, enfiou o cigarro atrás da orelha.

— Você não está sozinha.

Max com frequência me desarmava em uma conversa aparentemente nada romântica com essas declarações grandiosas e surpreendentes sobre nosso relacionamento. Parecia um teste. E eu nunca sabia qual era a maneira certa de responder.

Saímos do pub cambaleando, com os braços um em volta do outro, e corremos para a rua East London, pois Max garantiu que lá havia um pub com carpete estampado, nada elegante, quente e úmido, que eu adoraria, que tinha uma mesa de sinuca e ficava aberto até tarde da noite. Eu o segui enquanto ele fazia uma rota sinuosa pelas ruas, parando em cada esquina e avaliando em que direção virar, como se estivesse em uma missão exploratória.

— Eu vinha beber aqui todas as noites entre os meus vinte e sete e trinta anos — contou ele.

— Você entre os vinte e sete e trinta anos... Gostaria de poder conhecer todos os Max em todos os anos desde que você nasceu. Quero todos eles enfileirados para mim.

— Certo — disse ele, parado no meio da rua residencial silenciosa, o calor do seu hálito formando nuvens enquanto falava.

Imaginei uma fornalha dentro dele, gerando cada palavra e pensamento. Max tirou o iPhone do bolso e abriu o Maps.

— Detesto estar bêbado demais para achar o caminho sem isso, mas a verdade é que estou bêbado demais para achar o caminho sem isso.

Olhei de um lado a outro da rua em que nos encontrávamos e senti a ameaça de déjà-vu ganhar força a distância e vir na minha direção como uma onda quebrando.

— Max. Onde estamos?
— Já vou descobrir, Nina George.
— Acho que estamos perto do apartamento.
— Que apartamento?
— O primeiro apartamento em que eu morei. Estamos perto de Mile End?

— Sim, a estação fica a cerca de dez minutos a pé.

Eu me senti atraída para uma extremidade da rua e segui por ali como ferro sendo atraído por um ímã.

— Estamos perto da Albyn Square? — perguntei.

— Espera — disse Max enquanto eu continuava caminhando à frente dele. — Espera aí.

— Estamos, eu sei onde estamos.

Cheguei ao final da rua, virei à direita, passei pelo pub onde meu pai e eu comíamos batatas fritas juntos nos fins de semana e virei à esquerda na Albyn Square. Meu corpo reagiu mais do que meus sentidos. Eu sentia aquilo nas minhas células. Era biológico e visceral, pré-histórico e predeterminante. Lá no meio estava o jardim, perfeitamente conservado de acordo com todos os ângulos que minha memória havia capturado. Cada planta, cada caminho e cada árvore pareciam exatamente como eram desde a última vez que estive ali, havia mais de vinte anos. Fui até a grade e olhei para o jardim. Passei as mãos pelas hastes de metal preto e brilhante e, ao olhá-las, me lembrei das luvas felpudas que eu usava.

— Max, é aqui — falei. — Essa é a praça em que eu cresci.

Sem pensar, apoiei um pé na trave horizontal da grade e subi nela. Então, pulei para o outro lado e caí no jardim. Max fez o mesmo.

— Esse é o lugar aonde o meu pai e eu vínhamos juntos todo fim de semana. Foi aqui que eu aprendi a andar de bicicleta. Era para cá que me traziam de carrinho quando eu era bebê. Esse foi o primeiro lugar aonde vieram comigo quando me trouxeram do hospital para casa. — Apontei para o banco ao lado do gramado.

— Há uma foto da minha mãe sentada ali comigo no colo, quando eu tinha poucos dias de idade.

No canto superior direito da praça, erguia-se uma amoreira alta.

— Aquela árvore... — Enquanto caminhava apressadamente na direção da árvore, percebi que começava a soar confusa. — Eu me sentava embaixo dela. Fingia que estava em uma floresta. Minha mãe fazia sanduíches para mim, eu trazia os meus brinquedos para cá e brincava embaixo dessa árvore por horas. Eu subi nela e caí uma vez. Tive que levar pontos no joelho. Talvez eu não brincasse por horas aqui. Nunca sei se o que lembro como uma hora quando era criança na realidade eram só dez minutos.

— Uau! — murmurou Max.

Eu também não saberia o que dizer a alguém que estava sendo engolido por um vórtice de lembranças. Para Max, aquela era apenas uma praça de Londres, com trilhas, grama, postes de luz. Para mim, era a fonte da minha existência. Eu tinha sido concebida ali, criada ali. Conheci sentimentos, rostos e palavras naquele lugar.

— Acabei de me dar conta de uma coisa — falei. — Foi essa árvore especificamente que me ensinou o que quer dizer a palavra árvore. Sempre que eu disse essa palavra, ou fiquei parada perto de uma árvore, ou pensei em uma árvore, desde que comecei a falar, era essa árvore que eu via. No fundo do meu cérebro, há imagens de objetos que me ensinaram sobre o mundo. Eu nem me dou conta de que guardo essas imagens, mas guardo. É como se essa árvore estivesse dentro de mim, de alguma forma.

Max ficou me olhando colocar a mão no tronco da árvore e me inclinar perto dela.

— Desculpe, sei que estou falando um monte de besteiras. — Encostei a testa no tronco, enquanto os galhos roçavam o topo da minha cabeça. — Estou passando mal.

Ele colocou o braço ao meu redor, fomos até o banco e nos sentamos. Inclinei o corpo para a frente e coloquei a cabeça entre os joelhos, enquanto Max apoiava a mão nas minhas costas.

— Acho que o meu pai sabe o que está acontecendo com ele.
— Por que você acha isso?
— É uma sensação. Eu o conheço melhor do que ninguém. E ele sabe que algo está mudando dentro dele. Sabe que está perdendo acesso fácil a lembranças e partes de si mesmo. Eu gostaria de não saber que isso é verdade, mas é. Gostaria de acreditar que ele tem a bênção de estar inconsciente do que acontece, mas não consigo. Que coisa horrível e confusa para ele, Max. O meu pai deve estar com muito medo. Deve ser insuportável.

Ele ficou passando a mão para cima e para baixo nas minhas costas enquanto permanecíamos em silêncio.

— Esse é um lindo lugar para morar — disse Max, por fim.

Eu levantei o tronco e olhei para a fila imponente de casas de boneca gigantes à nossa frente.

— É perfeito, não é? Eu me pergunto se eu sabia como era perfeito quando vinha aqui.
— Quero que a gente more nessa praça.
— Não temos dinheiro para isso. Ninguém tem.
— Um dia — disse Max. — Vou encontrar um jeito de a gente morar nessa praça. Mesmo que seja apenas no galpão do jardim de alguém. Já posso ver a gente aqui.
— Acho que todos podem se ver aqui — comentei. — Acho que acontece o mesmo com pessoas realmente atraentes... todos acham que são próximos dela. Todo mundo acha que a pessoa mais sexy da sala é sua alma gêmea.
— Não, eu vejo a gente aqui de verdade.
— É?

— Sim, Nina — disse Max. — Eu te amo.

Eu segurei o rosto dele como se fosse uma daquelas bolas mágicas de adivinhação. Puxei-o para mim até estar a poucos centímetros do meu próprio rosto e olhei no fundo dos olhos dele, para tentar ver todas as imagens de ruas e praças que viviam dentro dele.

— Eu também te amo — falei.

A amoreira se erguia alta e orgulhosa ao luar, projetando uma sombra em nosso corpo abraçado.

# 8

**Nova mensagem de: Nina**
**20 de novembro 10h04**
Meu herói, obrigada por me animar depois de um dia tão horrível. Você foi embora hoje de manhã antes de eu poder forçar você e a sua ressaca a comerem uma torrada com todo o meu amor. Tenha um bom dia no trabalho. Bj

**Nova mensagem de: Nina**
**21 de novembro 16h27**
Como foi o seu dia? Bjs

**Nova mensagem de: Max**
**21 de novembro 23h10**
Longo e frio. Não foi nenhum trabalho animar você. Foi um prazer ver você, como sempre. Bjs

**Nova mensagem de: Nina**
**22 de novembro 11h13**
Acabei de ver uma gaivota engolindo um rato morto na saída da estação de Tufnell Park. Espero que a sua semana

esteja boa, não é possível que esteja mais sinistra do que isso. Bjs

**Ligação perdida de: Nina**
**25 de novembro 19h44**

**Nova mensagem de: Nina**
**25 de novembro 19h50**
Não precisa se preocupar em retornar minha ligação, não era nada importante, eu só queria saber como você está. Bjs

**Nova mensagem de: Max**
**25 de novembro 20h16**
Tudo bem por aqui, Nina George. Espero que esteja tudo bem com você. Bjs

**Nova mensagem de: Nina**
**25 de novembro 20h35**
Tudo bem. Escrevendo um texto sobre como fazer uma caponata perfeita, por isso não consigo mais ver abobrinha na minha frente. Quer passar aqui para ser o meu provador oficial?

**Nova mensagem de: Max**
**25 de novembro 21h01**
Bem que eu gostaria, mas vou trabalhar até tarde hoje. Bjs

**Nova mensagem de: Nina**
**25 de novembro 21h13**
Ah, coitadinho. Espero que o trabalho não esteja frenético demais. Me avise quando estiver livre. Bjs

**Nova mensagem de: Nina**
27 de novembro 9h07
Bom dia! Topa um cinema hoje à noite? Bjs

**Nova mensagem de: Max**
27 de novembro 14h18
Eu adoraria, mas já tenho planos para o jantar. Sinto muito.

**Nova mensagem de: Nina**
27 de novembro 16h05
Tudo bem, me avise então quando quiser marcar alguma coisa. Espero que as coisas não estejam estressantes demais.

**Nova mensagem de: Nina**
29 de novembro 12h15
Vai ter uma noite de pisco sour liberado naquele bar peruano esquisito que nós amamos. Vamos ver até onde conseguimos testar o limite deles?

**Nova mensagem de: Nina**
1º de dezembro 11h00
Bom dia. Estou tendo a ligeira sensação de estar incomodando você. Compreendo perfeitamente que não esteja com tempo de sobra para ficar conversando ou para sair no momento, mas poderia só me dizer se está tudo bem?

**Ligação perdida de: Nina**
1º de dezembro 15h02

**Nova mensagem de: Max**
1º de dezembro 15h07
Oi, tô no trabalho. Você tá bem?

**Nova mensagem de: Nina**
**1º de dezembro 15h10**
Não tô tentando distrair você do trabalho, só queria saber se está tudo bem, como disse na mensagem anterior.

**Nova mensagem de: Max**
**1º de dezembro 18h39**
Tudo bem. As coisas só estão agitadas no momento.

**Nova mensagem de: Nina**
**1º de dezembro 19h26**
Posso fazer algo para ajudar? Não quero ver você estressado.

**Nova mensagem de: Nina**
**4 de dezembro 10h54**
Bom dia. Espero que as coisas estejam mais tranquilas no trabalho e que você não esteja precisando trabalhar até muito tarde. Que tal a gente sair para tomar um drinque essa semana? Ou se você tiver que acordar cedo, posso ir até a sua casa e preparar alguma coisa para a gente comer. Ou você pode vir até a minha. O que for mais fácil para você. Bjs

**Nova mensagem de: Nina**
**5 de dezembro 14h40**
Tenho a sensação de que está acontecendo alguma coisa. Eu realmente gostaria de conversar com você pelo telefone, mesmo que seja só por cinco minutos. Me avisa quando você puder.

**Nova mensagem de: Nina**
**7 de dezembro 8h11**
Detesto essa sensação de estar assediando você. Está me deixando meio doida. Por favor, pode só me dizer como você tá?

**Nova mensagem de: Max**
**7 de dezembro 9h09**
Desculpa se eu fiz você se sentir assim.
Não acho que esteja me assediando.

**Nova mensagem de: Nina**
**7 de dezembro 9h17**
Obrigada pela resposta. Acho que só estou preocupada que você não esteja sendo honesto comigo em relação a alguma coisa. Se está mesmo ocupado com o trabalho, não tem o menor problema, e eu não quero ser mais um peso/pressão em cima de você, mas preciso de um pouquinho mais de comunicação para saber se está tudo bem com você/a gente. É estranho porque a gente vinha se vendo com tanta frequência, se falando todo dia, e agora já não falo com você há três semanas.
Espero que esteja tendo um bom dia de trabalho. Bjs

**Nova mensagem de: Nina**
**12 de dezembro 12h01**
Oi. Não sei se você se lembra, mas tínhamos combinado de ir à casa da minha mãe e do meu pai amanhã à noite, para jantar. 1) Você ainda quer ir? 2) Se quiser, minha mãe perguntou se tem alguma coisa que você não coma. Um aviso: ela quase sempre coloca arroz cozido de menos como recheio de alguma coisa cozida de mais. Portanto, se não estiver a fim de comer arroz: me avise agora ou cale-se para sempre. Bjs

**Nova mensagem de: Nina**
**13 de dezembro 10h05**
Presumo que você não vai jantar na casa dos meus pais hoje.

**Nova mensagem de: Nina**
**13 de dezembro 22h17**
Não entendo por que você de repente não quer mais falar comigo, Max. Parece estranho que na última vez que nos vimos você tenha dito que me amava pela primeira vez, então sumiu e perdeu a vontade de me ver ou até mesmo de atender uma ligação minha. Espero que perceba como isso me confunde. Gostaria muito de uma explicação quando se sentir pronto para fazer isso.

**Nova mensagem de: Nina**
**19 de dezembro 11h10**
Outra semana sem notícias suas. Não sei mais o que fazer a essa altura. Estou muito, muito magoada com o seu comportamento e detesto que esteja fazendo eu me sentir intensa demais, exigente e estranha, quando as suas ações é que estão sendo estranhas. Se você não quer mais me ver, tudo bem, mas precisa ser honesto comigo a esse respeito. Não pode simplesmente desaparecer. É cruel demais e (a menos que eu estivesse totalmente enganada sobre você nos últimos três meses) não acho que você seja um homem cruel.

**Ligação perdida de: Nina**
**19 de dezembro 20h14**

**Nova mensagem de: Nina**
**19 de dezembro 20h33**
Max... por favor, retorne a minha ligação e me diga o que aconteceu. E aí você nunca mais vai precisar falar comigo de novo.

# 9

— Dediquei a minha prática de hot ioga a você e ao Max ontem.
 — Não sei o que isso significa, Lola.

Ela estava deitada no sofá da casa dela, com os pés no meu colo, comendo passas cobertas de chocolate e usando uma camisa polo azul-marinho onde se lia "SEM FOTOS, POR FAVOR", com strass cor de cereja.

— O ioga é mais eficaz quando você se concentra em uma causa ou em uma pessoa para a qual deseja enviar sua energia — explicou. — Então, quando as posturas ficam realmente difíceis, você pensa naquela pessoa e quase sente que é por ela que está se esforçando tanto. Por isso, quando eu estava na postura do dançarino e achei que a minha coluna fosse se partir ao meio, simplesmente fechei os olhos e imaginei o Max indo até a sua casa.

— Tá certo. Bem, não funcionou.

Puxei a manta do sofá para nos cobrir. O apartamento de Lola sempre teve uma temperatura muito específica e irritante, a de uma casa com todas as janelas abertas e o aquecimento ligado no máximo.

— Sei que não é uma ideia muito reconfortante — disse ela, estendendo a mão em um gesto hesitante, para fazer carinho no meu rabo de cavalo —, mas há alguma possibilidade de ele ter morrido?

— Eu já me perguntei isso.

— Vamos tentar localizá-lo — falou Lola, e se sentou. — Teremos que incorporar a Miss Marple, da Agatha Christie. Ah, meu Deus, adoro essa parte!

— Que "parte"?

— Tentar descobrir se um homem que está te ignorando está vivo ou morto.

Ela abriu o notebook.

— Qual é o perfil dele no Instagram?

— O Max não está no Instagram.

— Certo, qual é o sobrenome dele? — Ela abriu o Facebook.

— Max Redmond.

Lola digitou o nome dele na barra de pesquisa. Surgiu um adolescente em Derbyshire segurando com orgulho uma caneca do Chewbacca e um homem idoso, sem camisa, usando uma bandana com a bandeira de Idaho.

— Algum desses?

— Não.

— Ah.

— Acho que ele não tem Facebook. Nem nenhuma rede social.

— Tudo bem, que tal o WhatsApp? Como vocês trocam mensagens?

— Só por mensagens de texto.

— Arrá! — exclamou ela, erguendo o dedo indicador com a unha pintada de laranja fluorescente. — O Max com certeza usa algum aplicativo de mensagens e isso vai nos dizer quando ele esteve on-line pela última vez.

Lola digitou o número dele no celular e abriu dois aplicativos de mensagens. Ela franziu a testa para a tela.

— Que estranho. Ele não está em nenhum.

— O Max é meio hippie — falei, me odiando por reiterar o que ele propagandeava sobre si mesmo.

— Sim, mas quase todo mundo que eu conheço usa pelo menos um aplicativo de mensagens. Até minha avó usa.

— Ficamos sem opções?

— Me dá o seu celular — pediu Lola.

Ela entrou na loja de aplicativos e baixou o Linx, que eu tinha excluído cerca de um mês antes, pois só servia para ocupar espaço de armazenamento e colecionar curtidas ocasionais de homens de rostos comuns com cargos que eu não compreendia, como "comportamento de marca". Ela devolveu o aparelho e eu loguei no Linx.

— Role a tela até encontrar a conversa de vocês. Podemos ir até o perfil dele e ver quando foi atualizado pela última vez.

Rolei a tela até o fim dos meus *matches*. Eles pairavam morbidamente ali, envoltos em gelo seco: mortos, mas preservados e prontos para serem desesperadamente revividos.

— O Max não está aqui. Não encontrei. O que isso significa?

— Significa que o Max excluiu o aplicativo e o perfil dele... — explicou Lola, enquanto mexia no piercing perolado que se assentava como uma tiara em miniatura na cartilagem de sua orelha.

— Ou?

— Ou ele não aparece mais como *match* pra você.

Deixei o celular de lado e olhei para a frente, para o quadro com o rosto de Lola, feito para parecer uma serigrafia de Andy Warhol.

— Acho que ele já fez isso antes — falei.

— Por quê?

— Porque ele se esforçou para se tornar o menos rastreável possível. Quem não deixa rastros nas redes sociais hoje em dia? É estratégico. O Max não quer que as mulheres descubram onde está ou o que acontece depois que some.

— Isso não pode ser verdade. O Max sabe que você tem o endereço da casa e do trabalho dele. Isso dificilmente seria um jeito eficaz de sumir.

— Sim, mas ele também sabe que eu nunca iria ao apartamento ou ao trabalho dele atrás de uma resposta. Ele está seguro lá. Seria muito humilhante para mim. O Max sabe que eu odiaria parecer tão louca. O silêncio é minha arma para me proteger do medo de ser chamada de louca. Portanto, só vou acabar enlouquecendo mesmo, assim, sem respostas.

— Quer tomar um vinho?
— Como você faz isso há uma década, Lola?
— Um Rioja?
— São onze da manhã.
— Acho que é uma emergência.

Lola se levantou e foi até a bancada da cozinha para pegar uma garrafa de vinho na prateleira.

— Isso só é divertido para os caras — falei.
— O quê?
— Namorar na casa dos trinta. Os caras estão cem por cento no comando. Não temos nenhum controle sobre isso.
— Não torne isso algo político, não é político.
— É verdade. Se você é uma mulher na casa dos trinta e quer formar uma família, fica à mercê dos impulsos de homens excêntricos. Eles criam todas as regras, e a nossa única opção é acatar. Você não tem permissão para dizer o que quer ou o que a aborreceu, porque há sempre uma bomba armada subjacente ao relacionamento que explode se você parecer "intensa" demais.

Lola serviu o vinho em duas taças de vidro.

— Mas você não foi intensa.

— É claro que não! O Max me disse que queria se casar comigo no nosso primeiro encontro. Pode imaginar o que teria acontecido se uma mulher tivesse dito isso no primeiro encontro? Ele teria alertado as autoridades. Por que ele disse isso? Por que diz "eu te amo" primeiro e depois some, faz *ghosting* comigo?

— Pela minha experiência, esse é o momento mais provável de a gente sofrer *ghosting*.

— Por quê?

— Bem, minha teoria é a seguinte — disse Lola, enquanto se recostava na montanha de almofadas de veludo do sofá, claramente satisfeita por finalmente colocar em prática seu doutorado em namoro. — Os homens da nossa geração muitas vezes somem quando uma mulher responde ao "eu te amo" deles com um "eu também te amo", porque é quase como se eles tivessem vencido um jogo. Como é a primeira geração de caras que cresceram grudados nos PlayStations e Game Boys, eles não foram condicionados a desenvolver nenhuma noção de honra e dever na adolescência, como os nossos pais. Os videogames substituíram os conselhos de pai e mãe. Esses caras foram ensinados a procurar diversão, a se satisfazer e então passar para o próximo nível, trocar de jogador ou experimentar um novo jogo. Eles precisam de estimulação máxima o tempo todo. "Eu te amo" é como a fase 17 de Tomb Raider 2 para muitos homens da geração millennial.

Tomei um grande gole do vinho, que tinha um sabor mais fuliginoso do que terroso quando misturado com o gosto persistente da minha pasta de dente. Pensei nas horas que passei no apartamento que dividi com Joe, com o ruído de fundo indistinto do videogame de futebol ecoando pelas paredes da sala de estar com as cortinas fechadas, às escuras. Pensei em Mark desmaiado em um armário e se urinando enquanto dormia, ao mesmo tempo que a esposa amamentava o bebê recém-nascido no silêncio solitário da madrugada. Pensei em Max brincando de esconde-esconde, me observando por uma fenda na parede e rindo da minha desorientação em um jogo que eu não sabia que estava jogando. Pensei em todos esses homens na casa dos trinta, envelhecendo por fora com as entradas surgindo nos cabelos e as hemorroidas brotando, correndo ao redor de um quarto de criança, pegando mulheres, esposas e bebês e colocando em um baú abarrotado de brinquedos.

— Podemos conversar sobre outra coisa? — pedi. — Qualquer outra coisa.

— Claro — falou, e apertou meu joelho com carinho. — Acho que se as minhas pontas duplas ficarem piores, vou ter que me jogar no rio Tâmisa.

— Lola.

— O que foi?

— Não é possível que você pense tanto assim nas suas pontas duplas. Elas não podem vir à sua mente mais do que alguns segundos por ano, certo?

— Penso, sim — disse ela, segurando a ponta do cabelo entre dois dedos e estudando os fios com a atenção de um médico legista. — Eu diria que penso nas minhas pontas duplas durante 38 minutos por dia, principalmente quando estou indo ao trabalho e voltando.

— Como isso ainda é a realidade da nossa vida? — comentei, virando o resto do vinho de um gole só. — Esperar que os homens liguem para nós e ler o próprio cabelo como se fosse um livro. Eu me sinto tão triste por ser mulher. Não é assim que eu deveria me sentir.

— Pelo amor de Deus, Nina. Não se trata de ser mulher. A maioria das pessoas é obcecada por si mesma, não importa o gênero. A maioria das pessoas finge que se preocupa mais com plásticos descartáveis do que com as próprias pontas duplas, mas não é verdade. Eu só não tenho medo de ser sincera a esse respeito. E ISSO é feminismo — disse ela em um tom exagerado, como se fosse o bordão de um apresentador de programa de auditório.

Eu me inclinei, apoiei a cabeça na palma das mãos e fechei os olhos. Lola ficou brincando com meu rabo de cavalo para me acalmar.

— Eu sei que está sendo horrível agora — comentou ela. — Mas precisa confiar em mim quando digo: você não vai passar.

— Como assim?

— Você não vai passar — repetiu ela em um tom sábio, me olhando com um sorriso gentil.

— Passar para onde?

— Essa é uma frase que a minha mãe sempre me dizia quando eu estava triste. Quer dizer: isso vai acabar em algum momento, então você será feliz de novo.

— *Isso também* vai passar.

— Sim, exatamente, vai.

— Não, "Isso também vai passar" é o que você quer dizer.

— Ah, é? Então por que eu conheço o provérbio como "Você não vai passar"?

— Não é um provérbio, é o que o Gandalf diz em *O Senhor dos Anéis*.

— É isso! — exclamou Lola, estalando os dedos, como se finalmente tivesse provado que estava certa.

— Eu me sinto muito reconfortada — falei, acariciando a mão dela. — Obrigada.

\*\*\*

Quando saí da casa de Lola, no fim da tarde, com um tipo estranho de ressaca por ter bebido no meio da manhã, estava pronta para ir para casa, desligar o celular e me jogar na cama. Enquanto seguia em direção ao metrô, apareceram as quatro letras que eu mais temia ver na tela do meu telefone: CASA.

— Oi, mãe.
— Oi, Ninabean. Como você está?
— Bem. E você?
— Estou bem. Uma perguntinha rápida: o seu pai ligou para você hoje?
— Não, por quê?
— Ele sumiu.
— Desde quando?
— Desde hoje de manhã.
— A que horas?
— Por volta das seis da manhã. Ouvi a porta bater e achei que ele ia dar uma volta pelo jardim, por isso não me dei ao trabalho de ir buscá-lo.
— Por que ele iria dar uma volta pelo jardim? Devia estar muito frio e um breu. Por que você não o impediu?
— É por ISSO que eu não queria ligar para você! — gritou ela.

Eu a ouvi falar com alguém longe do bocal do telefone. Distingui algumas palavras cuspidas: "Nina", "tentando", "como se atreve" e "tem a coragem".

— Mãe — chamei, tentando recuperar a atenção dela. — Mãe. MÃE.

— O QUÊ? — rugiu ela.
— Vou pegar o trem agora para encontrar você.

\* \* \*

Gloria atendeu a porta, vestindo um moletom cinza com zíper cravejado de borboletas de strass. Seu cabelo chanel da cor de vinho tinto havia recebido uma escova que o deixara liso e bulboso como uma castanha-da-índia. Ela me deu um sorriso largo demais, considerando as circunstâncias da minha visita. Gloria era um obstáculo emocional em forma de mulher, sempre se enfiando no meio quando estávamos passando por uma situação familiar delicada. No auge da minha adolescência difícil e questionadora, ela estava sempre na nossa casa coletando todos os lados da história como uma repórter de tabloide. Tinha sessenta e poucos anos, mas sua atitude era a de uma aluna de uma escola só para meninas: desesperada por fofoca, louca para ser a receptora e distribuidora de informações em uma crise e estranhamente obcecada com a ideia de ser a "melhor amiga" da minha mãe, como duas alunas do segundo ano com tatuagens iguais, desenhadas com caneta hidrográfica.

— Nina! — disse ela, esticando os braços e me puxando para um abraço relutante. — Como você está?

— Preocupada com o papai — respondi desnecessariamente.

— Bem, todas estamos.

— Cadê a mamãe?

— Quer um bagel recheado?

— Não precisa, obrigada. Cadê a minha mãe?

— A Mandy está na cozinha.

— O nome dela não é Mandy.

— O nome dela é o que ela quiser que seja, querida. É direito da Mandy se expressar como preferir, e, se for com um novo nome, não cabe a nós determinar quem achamos que ela é.

Gloria obviamente havia passado horas conversando com minha mãe sobre minha dificuldade com a "questão da

Mandy" enquanto as duas tomavam cappuccinos instantâneos de saquinho, encerrando o papo com a citação de algum coach de vida.

Fui até a sala de estar, e minha mãe estava sentada no canto do sofá, segurando uma caneca em uma das mãos e examinando as cutículas da outra.

— Você chamou a polícia?
— É claro que chamei a polícia.
— E contou a eles sobre o estado do papai?
— Contei.
— E a polícia está procurando por ele?
— Está. Eles deram urgência no caso. No momento, estão checando todos os hospitais. Então, se ainda não houver sinal dele, vão dar uma olhada nas câmeras do circuito fechado de TV.

— Certo — falei, e me sentei na outra ponta do sofá. — Fez bem.

— Você não está sendo sincera, acha que tudo isso é culpa minha.

— Não, mãe, eu só tinha ficado chocada com a notícia, não foi isso que eu quis dizer.

Gloria entrou.

— O que houve? — perguntou.
— Nada — falei.
— Eu só estava dizendo a Nina que, mais cedo, ela me fez sentir muito culpada pelo desaparecimento de Bill.

— Sim, foi só um acidente infeliz, a sua mãe não fez nada de errado.

— Acho que o que eu estava tentando dizer, Gloria — falei, com um suspiro longo e paciente —, é que precisamos prestar atenção em como lidamos e falamos com o papai conforme a condição dele progride. Não podemos continuar a agir como se tudo estivesse normal, por mais que a gente queira. Acho que esse foi o aviso definitivo de que algumas coisas precisam mudar.

Minha mãe estava olhando fixamente para a tela preta da TV.

— É um desperdício tão grande... — disse ela.

— O que é um desperdício? — perguntei.

— Tudo pode ser congelado, tudo pode ser congelado — arrulhou Gloria.

Ela se virou para mim e falou em voz baixa, como se minha mãe não pudesse ouvir.

— A reunião do "Vinho nas entrelinhas" aconteceria aqui hoje à noite. O grupo seria grande e ela já tinha comprado toda a comida.

— Certo, onde já procuramos até agora? — perguntei, ignorando Gloria. — Você ligou para todos os seus amigos que moram nas redondezas?

— Sim, estão todos cientes da situação — respondeu a minha mãe.

— E quanto ao clube de golfe? Talvez ele tenha pensado em ir até lá...

— Já fomos lá — intrometeu-se Gloria. — Foi o primeiro lugar onde estivemos. O seu pai não estava lá, mas todo mundo sabe que deve ficar de olho caso ele apareça.

— Qual foi a última conversa que teve com ele? Você lembra o que conversaram ontem à noite?

— Tivemos uma discussão. E, por favor, não me questione sobre isso, você não tem a MENOR ideia de como as coisas têm sido aqui, Nina.

— Qual foi o motivo da discussão?

— Argggghhh — grunhiu ela, fechando os olhos e balançando a cabeça. — Ele me acordou no meio da noite fazendo o maior estardalhaço, trazendo todas as cadeiras da cozinha para cá e dispondo em um círculo.

— Por que ele estava fazendo isso?

— Ele disse que tinha uma reunião de equipe na manhã seguinte.

— E o que você disse?

— Eu perdi a cabeça, disse que ele tinha se aposentado já fazia quinze anos e que não havia mais reuniões de equipe.

— E como ele reagiu?

— Ficou muito frustrado. A discussão girou em círculos por muito tempo. Sinceramente, Nina, achei que íamos estrangular um ao outro.

— Você procurou na escola, na Elstree High? — perguntei.

— Acho que ele não iria para lá.

— Foi a última escola em que o papai deu aula. Talvez tenha esquecido que está aposentado e se levantou cedo para ir para a escola. Ligue para a Elstree High.

— Hoje é sábado.

— Ainda assim, vale a pena tentar. Ele levou o celular?

— Não, só a carteira.

— Muito bem, então ele pode ter pegado um ônibus ou o metrô. Ou até um táxi.

Fui até meu quarto para ter um momento de silêncio. Eu me sentei no tapete, fechei os olhos e tentei imaginar que lugar poderia ter atraído meu pai de forma tão urgente, a ponto de fazê-lo se levantar da cama, se vestir e sair de casa antes do amanhecer. Apoiei as costas na cama, de pernas cruzadas. Sempre que vivia uma crise, eu me via no tapete. Escrevi os dois últimos capítulos do meu livro sentada no chão. A maior parte da conversa em que Joe e eu rompemos aconteceu no chão da nossa sala de estar. Quando as coisas ficavam muito grandes, eu precisava me tornar o menor possível. Lembrei que me sentava de pernas cruzadas, com meus brinquedos, sob a amoreira da Albyn Square. Então, lembrei que estava lá na última vez que vi Max, quando senti como se estivesse sendo atraída até ela por uma força vital, quando todos os marcos e lembranças de tempos e lugares haviam se curvado sobre si mesmos como um buraco negro centrado em mim. Me lembrei do rosto de Lola no chão do banheiro da boate na noite em que nos conhecemos: *estou com saudades de casa*.

Saí do quarto, e no corredor Gloria, sei lá por quê, estava passando um brilho labial cintilante.

— Qual era o nome da rua onde o papai cresceu em Bethnal Green? — perguntei à minha mãe.

— Não sei — respondeu ela.

— Você precisa lembrar. A vovó Nelly morou lá a vida toda.

— Como eu poderia lembrar o nome daquela rua? A sua avó morreu há vinte anos. Espere até você entrar na menopausa. Não vai lembrar nem o próprio nome.

Gloria riu com conhecimento de causa, então estalou os lábios brilhantes.

— Você não tem uma agenda com os endereços antigos de todo mundo?

— Não, nenhuma tão antiga. Talvez ainda esteja na minha agenda de cartões de Natal, mas, do jeito que está a minha cabeça, não sei bem onde ela deve estar.

Aquele não era o momento de perguntar por que era necessário ter uma agenda de endereços e uma agenda de cartões de Natal.

— Você pode encontrar o endereço exato para mim agora? E me mandar por mensagem? Vou para Bethnal Green.

— Ele não vai estar lá.

— É só um pressentimento. Vale a pena ao menos conferir. Me manda uma mensagem com o endereço.

\* \* \*

Quando cheguei à rua onde meu pai havia crescido, já era noite e não havia sinal dele. Caminhei ao longo da fileira de casas geminadas de dois quartos, idênticas, todas com janelas de guilhotina e peitoris pintados de branco que pareciam cobertura de açúcar em um bolo. Nas minhas lembranças de infância aquelas casas eram grandes e imponentes, mas na verdade eram compactas e aglomeradas. Meus pais muitas vezes riam da história que escrevi uma vez no meu caderno da escola, contando que tinha ido à "mansaum" da minha avó no fim de semana. Eu não acreditava que a casa dela não era uma mansão, que tinha só dois andares.

Toquei a campainha do número 23. A porta foi aberta por uma mulher de meia-idade e traços delicados, com o cabelo que já passava do ruivo para o branco preso em um coque, o que o fazia parecer uma bola de sorvete de caramelo.

— Oi, sinto muito incomodar a senhora, o meu pai está desaparecido e...

— Ele está aqui — disse ela, me fazendo entrar e fechando a porta. — Está aqui, em segurança. Entre.

Segui pelo corredor, tão diferente do da casa que eu lembrava, pintado em tons de creme e cinza e enfeitado com os gostos e tesouros de outra família.

— Pai! — Fui até ele, que estava bebendo chá à mesa da cozinha, lendo o jornal. Ao fundo se ouvia o burburinho da TV de sábado à noite, tão reconfortante quanto o barulho de sopa fervendo. Meu pai olhou para mim.

— O que você está fazendo aqui? — perguntei.

— Vim ver a minha mãe — disse ele. — A minha mãe, Nelly Dean, mora aqui.

— Ela morava aqui.

Meu pai suspirou.

— Pelas barbas do profeta, essa é a casa dela! Conheço esse lugar como a palma da minha mão. Não vou embora até ver a minha mãe.

— Mas, pai, o problema é que...

— Quer beber alguma coisa? — perguntou a atual dona da casa.

— Não, obrigada.

Imaginei a longa noite que se seguiria, enquanto eu tentava convencer meu pai a ir embora da casa daquela estranha. A mulher me chamou de volta para o corredor, e ficamos perto da porta.

— Me desculpe. A memória dele...

— O meu pai teve o mesmo problema — disse ela, e repousou a mão no meu ombro em um gesto tão desconcertantemente afetuoso que me fez perceber o quanto eu ansiava por consolo materno. — Eu entendo. Não é incômodo nenhum, não se preocupe. Assim que o seu pai chegou, ficou claro o que estava acontecendo. Não explicamos que a mãe dele não mora aqui, tentamos distraí-lo.

— Isso foi muito gentil da sua parte. Quando ele chegou?

— Há algumas horas. Foi muito simpático e educado. Depois que percebemos o que estava acontecendo, preparamos um chá para ele e ligamos para a polícia para informar o nome completo do seu pai e avisar que ele estava aqui.

— Graças a Deus que a senhora mora aqui. Muitas pessoas teriam dado as costas, e a essa hora o meu pai estaria vagando no frio, sem celular.

— O seu pai estava claramente confuso.

— Ele nasceu nesta casa. Cresceu aqui com a minha avó e o irmão dele. A minha avó morou aqui a vida inteira.

— Como você sabia que ele estaria aqui?

— Não sei — falei. — Acho que a lembrança da casa onde ele passou a infância é impossível de apagar. Imagino que essa lembrança se torne ainda mais nítida para alguém na condição do meu pai. Não sei como vou explicar a ele o que está acontecendo.

— Não sei em que ponto do problema vocês estão, mas uma coisa que aprendemos com o meu pai é que era muito mais fácil para ele se não questionássemos nenhuma das ilusões em que ele se encontrava.

— Tentei fazer isso algumas vezes. Você não tinha a sensação de estar mentindo para ele?

— Um pouco — admitiu ela, e encolheu os ombros. — Mas é uma forma de não contradizer o que ele está dizendo sem encorajá-lo.

— É bom saber.

— Você vai se sentir meio boba. Mas esse pequeno desconforto para você vai fazer uma grande diferença para ele.

Assenti, aliviada por finalmente ter alguém com quem conversar sobre aquilo, sem que tudo o que eu dissesse fosse ignorado.

— Você tem filhos?

— Não.

— Eu ia dizer para você pensar em como falaria com o seu filho se ele tivesse um amigo imaginário ou se ele acreditasse em alguma coisa que não fosse verdade, mas que trouxesse conforto. Não questionar isso raramente traz algum prejuízo. E eles acabam deixando a fantasia de lado em algum momento.

Nós voltamos para a cozinha, onde meu pai estava examinando os armários.

— O que você quer, pai? — perguntei.

— Uma lata de sardinhas. Ela guarda aqui. Quero comer sardinha com torrada.

— Que tal voltamos para Pinner? Eu preparo para você lá. A Nelly não está aqui hoje, então talvez seja melhor a gente ir embora. Você pode me contar tudo sobre sua mãe e sobre esse lugar aqui no caminho de volta para casa.

Meu pai franziu a testa por um momento, depois se virou para a mulher cuja cozinha estava revirando.

— Você diz a ela que eu estive aqui? Diz que passei para dizer oi?

— Claro, Bill. Pode deixar que eu vou transmitir o seu recado.

Ele assentiu e fechou a porta do armário.

Chamei um táxi para nos levar para casa e aceitei o preço exorbitante da longa viagem a fim de evitar que meu pai ficasse ainda mais agitado no metrô lotado em uma noite de sábado. Liguei para minha mãe e contei o que havia acontecido. Ela ficou aliviada. Passamos a maior parte da viagem em silêncio, papai olhando pela janela, hipnotizado pela rodovia.

— Não sei por que a minha mãe não estava lá — disse ele.

— Ela devia estar ocupada resolvendo alguma coisa na rua ou foi se encontrar com alguém.

— O meu pai não estava lá porque ele foi embora.

— Isso mesmo.

— Quando eu tinha dez anos, ele foi embora com a Marjorie, que morava na rua do lado. Os dois se mudaram para outro lugar.

— Sim — concordei.

Me lembrei dos álbuns da infância do meu pai. Havia menos de dez fotos do avô que eu nunca conheci e um espaço vago em todas as outras fotos, até as páginas se esgotarem.

— Eles se mudaram.

— Mas a minha mãe ainda está esperando por ele — falou meu pai. — Ela vai continuar esperando e esperando por ele para sempre, eu acho. Todo dia ela fica parada do lado da caixa de correio esperando, mas não chega nenhuma carta dele. Ele não vai voltar. Nunca mais vamos vê-lo, nem falar com ele.

— Chegamos em casa — falei, animada, quando abri a porta da frente, tentando trazer meu pai gentilmente de volta à realidade. — Foi um belo passeio nostálgico, não foi?

— Nostalgia — disse meu pai, enquanto pendurava o casaco cinza no gancho da parede do hall de entrada. — Palavra grega. Junção de *nostos* e *álgos*. Linda palavra. — Ele sorriu para mim. — Preciso me deitar. Estou exausto.

— Está certo. Vou passar a noite aqui. Nos vemos pela manhã.

— Boa noite — disse meu pai, e subiu a escada, apoiando-se no corrimão a cada degrau.

Nas primeiras horas do dia, na manhã seguinte, sem conseguir dormir, fui até a estante do meu pai e peguei o seu dicionário etimológico. Eu me sentei no chão, cruzei as pernas e apoiei as costas no sofá. Então, abri na letra N.

Nostalgia: vocábulo grego que combina *nostos* (volta para casa) e *álgos* (dor). A tradução literal do grego para nostalgia é "dor de um antigo ferimento".

# 10

A campainha tocou. Haviam se passado alguns dias desde que meu pai tinha desaparecido, e eu continuava na casa deles. Minha mãe e eu estávamos sentadas à mesa da cozinha, inquietas. Meu pai estava ocupado no andar de cima, separando os livros no escritório que logo seria convertido na sala para uso da minha mãe.

— Muito bem, lembre-se de ser o mais objetiva possível com ela e dar todas as informações necessárias com todos os detalhes — falei.

Nós duas nos levantamos para ir até a porta.

— Sim, eu sei.

— Tivemos uma sorte absurda por terem nos designado uma enfermeira especialista em demência. Temos que aproveitar ao máximo a presença dela aqui. Por favor, não ignore nada quando estiver falando sobre o papai.

— Tá bem, tá bem.

Abrimos a porta para uma mulher de casaco acolchoado vermelho e cabelo grisalho curto. Ela era baixa, mais do que minha mãe e eu, e tinha olhinhos castanhos, redondos e brilhantes, o nariz pequeno e um espaço entre os dois dentes da frente que a fazia parecer uma garotinha.

— Olá! — disse a mulher, com um sotaque de Midlands. — Eu me chamo Gwen.

— Entre, Gwen — falei.

— Obrigada. Nossa, está frio, né?

— Sim — falei. — Eu sou a Nina.

Estendi a mão. Ela tirou a luva felpuda antes de apertá-la. Foi um gesto doce e antiquado que me fez gostar dela na mesma hora.

— Nina, que encanto de nome! E você é...?

— Mandy — disse minha mãe.

— Mãe.

— Para — sussurrou ela.

— O nome dela é Nancy — corrigi.

— O meu nome é Mandy.

— Muito bem, só para deixar claro para qualquer documento ou formulário, o nome verdadeiro dela é Nancy, mas inexplicavelmente ela quer que todos a chamem de Mandy.

— Que ótima ideia! — disse Gwen, enquanto tirava o casaco. — Eu adoraria mudar o meu nome, sempre achei Gwen tão chato!

Minha mãe me fuzilou com o olhar, a expressão indignada.

— Obrigada — falou, dirigindo-se a Gwen em um tom triunfante.

— Lindo nome, Mandy. A minha tia favorita se chamava Mandy. Era uma senhora muito divertida.

— É um nome divertido — disse minha mãe com orgulho.

— É, sim! — concordou a enfermeira.

— Gwen, você aceita uma xícara de chá ou café?

— Ah, chá, por favor. Com leite e um cubo de açúcar, se tiver.

— Já vou providenciar — falei. — Vamos conversar na sala de estar?

— Sim — disse minha mãe.

— Na verdade, posso falar só com a cuidadora primeiro. Quem é a cuidadora?

Minha mãe e eu nos entreolhamos. Aquela era uma palavra que nenhuma de nós jamais havia usado, muito menos discutido. Gwen estava ali fazia menos de dois minutos e já tinha deixado bem claro como estávamos deixando a desejar. O rosto da minha mãe assumiu uma expressão estranhamente desapontada. Nenhuma de nós disse nada por um instante.

— Acho... — disse minha mãe, baixinho — Acho que sou eu.

— Ótimo, que tal conversarmos, primeiro, só nós duas? Então, Nina, você pode se juntar a nós daqui a pouco.

Fiquei sentada na cozinha, acompanhada pelo tique-taque do relógio, enquanto tentava ouvir alguma coisa da conversa na sala ao lado. O rosto da minha mãe quando Gwen disse a palavra "cuidadora" não saía da minha cabeça. Minha mãe não era uma cuidadora. Era muitas coisas: eficiente, organizada, uma hábil gerenciadora. Era uma mãe leal, uma amiga divertida, uma esposa amorosa. Mas jamais seria uma cuidadora. Ela era muito jovem quando conheceu meu pai. A dinâmica entre eles sempre havia sido ditada pela diferença de idade, e ele sempre a protegeu. Aquilo me irritava quando eu era mais jovem. Meu pai sempre defendia o comportamento ligeiramente insensato de minha mãe. Ele era dedicado a ela. Era ele quem cuidava dela. Nunca, em toda a minha vida, imaginei que chegaria o momento em que ele teria que ser protegido e defendido por ela.

*  *  *

Depois de cerca de uma hora, minha mãe foi até a cozinha e me chamou para a sala. Nos acomodamos uma ao lado da outra no sofá, enquanto Gwen se sentava na poltrona do papai.

— Você contou tudo a ela, mãe?
— Contei.
— Sobre o derrame, sobre tudo o que o médico disse? Entregou a ela todos os atestados médicos e anotações do hospital?
— Nina, pare de falar comigo como se eu fosse uma criança.
— Ela entregou, Nina — disse Gwen. — A sua mãe me ajudou muito informando sobre todo o histórico médico de seu pai.
— Porque tenho a sensação de que me coube o papel de único repositório de informações em toda essa história e não posso mais fazer isso, não posso. Morro de medo de que algo aconteça com o papai e alguém me peça todas as informações e eu acabe esquecendo alguma coisa e...
— Desde quando você é a única com todas as informações? Você nunca está aqui! — disse minha mãe.
— Exatamente! É isso que me preocupa! Eu nunca estou aqui e sou a única que parece estar levando a condição dele a sério!
— Calma, calma — interferiu Gwen. — A sua mãe está levando essa situação muito a sério, e todas nós vamos nos certificar de manter um registro das informações importantes de agora em diante. Nina, me diga qual é a sua maior preocupação com o Bill no momento.
— A minha maior preocupação é que a minha mãe o deixe sair de casa novamente no frio congelante e que ele não tenha a sorte de encontrar pessoas tão compreensivas e agradáveis como da primeira vez.
— Tudo bem — mediou Gwen. — A porta da frente. Esse é um problema muito comum e há uma série de coisas que podemos tentar.

— Não vou colocar uma fechadura enorme na porta e fazer a minha casa parecer uma prisão de alta segurança! — exclamou minha mãe, exasperada.

— Há muitas coisas que podemos fazer antes de chegarmos a esse ponto. Que tal uma cortina? Se você pendurar uma cortina na frente da porta, o Bill não vai se sentir tão compelido a abrir.

— Que tipo de cortina?

— Agora não é hora de se preocupar com decoração, mãe.

— Só uma cortina escura, simples — sugeriu Gwen. — E o outro assunto de que precisamos tratar é o chamado Protocolo Herbert. É um formulário que podemos preencher agora e continuar atualizando à medida que as condições de Bill mudarem, então o teremos à mão para entregar à polícia se ele desaparecer novamente.

— Ótimo, isso é bom — falei. — Vamos fazer isso hoje.

— Há mais alguma coisa que você queira falar, Nina?

— Sim. O meu pai está se equivocando com algumas lembranças. Isso já acontecia um pouco, mas ele estava muito lúcido. Agora ele normalmente está lúcido, mas os delírios são cada vez mais frequentes. Ele confunde a história das pessoas. Ou a linha do tempo da própria vida. E começa a falar sobre coisas que não estão acontecendo ou sobre pessoas que não estão aqui, e acho que a melhor maneira de lidar com isso é entrar na onda dele.

— De jeito nenhum — afirmou minha mãe.

— Uma pessoa me disse que essa é a solução mais eficaz. E que é uma maneira de evitar contradizer a história dele ao mesmo tempo que não a encorajamos muito.

— Não entendo como isso pode ajudar alguém — rebateu minha mãe.

— Ele fica frustrado porque pensa que está dizendo a verdade. Imagine como seria frustrante se alguém lhe dissesse o tempo todo que você estava errada sobre uma coisa de que tem certeza.

— Isso é verdade — disse Gwen. — E, como a Nina sugere, é possível fazer isso com sensibilidade. Me dê um exemplo recente desse comportamento.

— Ele acha que a vovó está viva, mas ela morreu há vinte anos — contei.

— Certo. Então, da próxima vez que o Bill falar sobre a mãe, em vez de dizer que ela está morta, tentem pedir para ele compartilhar lembranças felizes da infância. Ou olhem juntos um álbum e comentem as fotos dela.

— Você consegue fazer isso, mãe?

Ela estava cutucando as cutículas, que pareciam vermelhas e machucadas, e se recusou a fazer contato visual comigo.

— Sim.

Gwen parou no corredor e pegou o casaco que tinha pendurado ali.

— Vocês têm o meu número e o meu e-mail para entrar em contato sempre que precisarem.

— Obrigada — disse minha mãe.

— Daqui a uma semana, volto a checar como estão as coisas.

Meu pai desceu as escadas e, antes que minha mãe e eu tivéssemos tempo de pensar no que dizer, Gwen foi até ele com a mão estendida.

— Ah! Boa tarde, Bill — falou ela com uma formalidade ao mesmo tempo firme e animada. — Eu sou a Gwen. Prazer em conhecê-lo.

— Prazer em conhecê-la — respondeu ele.

— Ouvi dizer que você foi professor.

— Sim.

— E o que você ensinava?

— Crianças, principalmente — respondeu ele.

Gwen riu. Foi bom ver o papai fazendo piadas de novo, em vez de ser o alvo delas. Gwen se despediu de nós e foi embora. Pouco depois, eu também fui. Minha mãe prometeu falar comigo todos os dias para me manter atualizada sobre o estado dele.

Não contei à minha mãe sobre Max. Eu tinha começado a fazer barganhas infantis com as leis do destino e decidi que a quanto mais pessoas eu contasse sobre o sumiço de Max, menor seria a probabilidade de que ele voltasse. Eu estava fazendo tudo o que podia para mantê-lo vivo comigo e tinha começado a ler nossas primeiras mensagens como se fossem as páginas de uma peça teatral. Preferia viver com uma versão de Max através dos seus vestígios do que admitir que nunca mais teria notícias dele.

Comprei ingredientes para fazer sopa de tomate no jantar daquela noite. Era uma sopa de tomate especial, uma receita que eu havia passado algum tempo aperfeiçoando para o novo livro. Uma sopa doce, suave e infantil que reproduzia a versão enlatada. Era o que me animava quando estava para baixo, quando queria me lembrar de uma época em que alguém pressionava a mão fria na minha testa porque se preocupava com minha saúde ou determinava o horário de ir para a cama para que eu não precisasse pensar nisso. No caminho para o supermercado, vi a pessoa em situação de rua que uma vez me pediu biscoitos com cobertura colorida quando perguntei se ela queria alguma coisa. Desde então, sempre que a via eu comprava um pacote para ela. Na minha frente, um homem idoso e curvado, com a coluna vertebral arqueada como uma lua crescente, descarregou seu carrinho na fila do caixa: um saco de ração de gato e três embalagens pequenas de pavê. Eu me perguntei se a mãe lhe servia pavês daquele tipo quando ele era pequeno. Sopa doce e quentinha de tomate, biscoitos coloridos e açucarados, pavê cremoso. O conteúdo das cestas do supermercado é a prova de que nenhum de nós está lidando tão bem com a idade adulta.

Naquela noite, enquanto refogava cebola e tomate na manteiga em fogo baixo, ouvi um barulho vindo das tábuas do piso. Era um rugido contínuo, um som animal. Parecia uma expressão de raiva e ressentimento, como um grito de guerra, ferimentos de combate. Como torcedores do time perdedor, de rosto vermelho, inundando um vagão do metrô depois de uma partida de futebol. Era heavy metal.

Na frente do apartamento de Angelo, o som era ensurdecedor, a bateria soltando fogos de artifício, a guitarra sangrando na ponta dos dedos e gritos de monstros e demônios. Bati na porta, mas a música estava tão alta que nem eu ouvi o som da minha batida. Escutei a voz dele gritando junto com a melodia inexistente. Usei o lado macio dos punhos para bater com mais força, mas não houve resposta.

Subi e bati na porta de Alma. Ela abriu e sorriu, os olhos castanho-claros cintilando, o rosto em forma de coração envolto por um lenço preto coberto de flores azuis.

— Oi, Alma, como vai? Como estão seus pimentões?

— Nós dois não gostamos do tempo frio, mas estamos bem. E você, como vai?

— Estou bem, estou bem. O barulho lá embaixo está te incomodando?

— Que barulho?

— O Angelo, o cara que mora no térreo. Ele colocou música para tocar muito alto, não está ouvindo?

Alma se inclinou para fora do batente da porta e virou a cabeça na direção da escada.

— Ah, sim — disse ela. — Agora estou ouvindo. Mas não aqui dentro. Acho que tenho sorte, porque o apartamento entre o meu e o dele absorve o som.

— Sim, exatamente, *eu* estou absorvendo o som.

— Ah, é — fez ela.

— Estou absorvendo demais do som, da presença dele. Você já foi acordada por ele?

— Não, nunca escuto nada dele. Essa é a vantagem de ser velha e surda.

— Você não é velha, mas fico feliz que seja um pouco surda, para o seu bem. Ele faz barulho demais e não tem sido nada receptivo quando tento conversar a respeito.

— Tem algo que eu possa fazer? — perguntou Alma. — Como posso facilitar as coisas?

— Ah, Alma. Você é um amor.

— Se o barulho ficar muito alto, você sempre pode dormir no meu sofá.

— Obrigada.

— Mas imagino que, em vez disso, você vá para a casa daquele seu namorado lindo — completou ela, os olhos cintilando como pedras preciosas sob a luz do corredor. — Como ele está?

Alma tinha ficado obcecada por Max depois que ele a ajudou a subir com as compras. Desde então, toda vez que me via, comentava sobre a sorte que eu tinha de tê-lo comigo, afinal que homem extraordinário ele era. Achei melhor não retrucar que Max também tinha sorte de estar comigo, a mulher que a havia ajudado a subir com as compras mais vezes do que poderia contar.

— Ele está bem — respondi.

— Em breve ele vai ser seu marido!

— Ah, não sei, não — disse com uma risada.

Ela deu um risinho malicioso também.

— É maravilhoso ser casada.

— Eu sei — falei. — Quer dizer, eu não sei. Mas parece ser ótimo.

— Eu sinto falta do meu marido todos os dias. Ele não era como o seu namorado encantador, era muito teimoso. Mas me levava uma xícara de café na cama todas as manhãs até o dia em que morreu. Cinquenta e oito anos sendo acordada com café fresco. Não tenho sorte?

— Muita — respondi. — Muita, muita sorte.

— Me avise se quiser ficar aqui, caso o barulho continue.

— Obrigada.

Quando voltei para meu apartamento, a música estava ainda mais alta. Tentei colocar os fones de ouvido e ouvir um podcast enquanto jantava, mas ainda escutava o som e sentia as vibrações no chão. Abri o notebook e pesquisei quando poderia reclamar com a câmara municipal. Então, me sentei no sofá, borbulhando de fúria, observando o relógio até darem exatamente onze horas da noite, quando liguei para a patrulha do silêncio, dei meu endereço e pedi que resolvessem o problema com Angelo. Abri as cortinas e fiquei na janela olhando para a rua e esperando eles chegarem. Imaginei que a vida de uma solteirona deveria ser assim e achei bastante emocionante.

Às 23h20, duas pessoas chegaram. Desci as escadas, abri a porta do prédio para eles, mostrei a entrada do apartamento de Angelo e subi correndo de volta. Tranquei a porta, me sentei no chão com o queixo apoiado nos joelhos e esperei. Eles bateram, mas Angelo não ouvia. Então, usaram os punhos, mas acho que ele presumiu que fosse eu e ignorou. Por fim, começaram a gritar que eram da câmara municipal, e, de repente, a música parou e ouvi o rangido da porta sendo aberta. Pressionei o ouvido na parede e ouvi a sucessão de frases nada ameaçadoras, passivas e burocráticas que pertencem ao vocabulário das câmaras municipais. De Angelo, ouvi apenas uma pergunta, que ele repetiu várias vezes: "Foi ela?"

Ouvi a patrulha ir embora e esperei pelo barulho da porta de Angelo sendo fechada, mas isso não aconteceu. Em vez disso, eu o escutei subindo as escadas. Desejei ter apagado todas as luzes para fazê-lo pensar que eu estava dormindo. Ele chegou e parou na porta. Eu via a sombra dos pés dele bloqueando a luz do corredor pela fresta acima do tapete. Angelo permaneceu ali, sem dizer nada, até que o temporizador do corredor apagou as luzes e eu já não vi mais o contorno dos seus pés. Ele continuou diante da porta por mais alguns minutos. Na ausência de sombras, meus ouvidos atentos distinguiram o som da sua respiração. Eu me perguntei por quanto tempo ficaria ali, por que estava ali, se diria alguma coisa e se sabia que eu estava a centímetros dele. Eu estava com muito medo de me mexer e fazer barulho, mas também temia passar a noite toda onde estava, em um impasse silencioso com ele. Depois de aproximadamente um minuto, eu o ouvi descer as escadas e fechar a porta do apartamento.

Eu me lembrei do dia em que havia me mudado para aquele apartamento. No primeiro mês de vida ali, experimentei uma profunda satisfação diária por saber que aqueles metros quadrados eram todos meus. Mas agora sentia a onipresença de um intruso. Eu me sentia indesejada e insegura entre aquelas paredes. Era como se o apartamento tivesse sido infestado de baratas e não houvesse nada que eu pudesse fazer. Eu tinha que viver com aquilo ou me mudar. Foi então que me dei conta de que há algumas situações que roubam todo o esplendor da solteirice, por mais feliz que você seja sem um parceiro. Uma delas era lidar com um vizinho insuportável sozinha.

Tive vontade de ligar para Max. De falar com ele. Senti falta dos seus conselhos diretos e duros, do seu afeto firme e inabalável. Peguei o celular, mas acabei relendo nossas mensagens antigas e vi como ele de repente ficou frio e formal antes de desaparecer. Procurei o nome e o número dele nos meus contatos e fiquei olhando, procurando por um movimento qualquer, como se estivesse observando alguém em coma, esperando um sinal de vida.

Andei pelo apartamento e procurei evidências de que Max tinha estado ali. Peguei o livro que ele havia deixado na mesa de cabeceira da última vez que passou a noite comigo. Toquei a cômoda que ele tinha me ajudado a colocar no quarto. O gorro de lã vermelho dele estava no armário. Peguei o gorro, virei do avesso e enfiei o rosto nele. Meus joelhos ficaram bambos na mesma hora, reagindo instantaneamente ao cheiro de Max. Eu o odiei por me transformar em uma mulher que fica cheirando peças de roupa de um homem como se fossem um sal revigorante. Mas, todos os dias desde que ele sumiu, eu tinha precisado de uma prova de que ele havia existido. Sim, ele tinha estado ali. Seu rastro estava ali. Eu não tinha sonhado com ele.

Mas encontrar provas da existência de Max significava que eu tinha que me fazer uma pergunta mais difícil: se ele era real, mas havia sumido, eu tinha sonhado com nosso relacionamento? Tinha inventado o que éramos um para o outro? A magia que eu senti quando ele me pegou e me beijou na pista de dança na primeira noite em que saímos juntos, ao som de "The Edge of Heaven", foi unilateral? Max fazia todo mundo se sentir daquele jeito? Ele era um ilusionista? Aquele foi um truque de espelhos sensacional com que era capaz de enganar qualquer uma? O amor que eu senti, os detalhes dele que eu havia estudado como uma pesquisadora, o futuro que comecei a cogitar, mesmo que hesitante... tudo isso foi uma ilusão, fruto de truques da mente? Eu tinha caído nessa?

Eu me perguntei por quanto tempo continuaria esperando por uma resposta. Pensei na vovó Nelly e em como ela esperara pelo marido que nunca mais voltou. Tentei me lembrar de quando estava na casa dela, quando eu era pequena, e de como ela agia pela manhã quando o carteiro passava. Minha avó realmente ficava na porta todos os dias, esperando para ver a letra do meu avô em um envelope?

Eu achava que sabia muito sobre Max, mas agora me perguntava se éramos completos estranhos fingindo estar juntos. Nos conhecemos através de cinco fotos e algumas palavras sobre nossos respectivos hobbies, empregos e lugar onde morávamos. Nossa compatibilidade de perfis no Linx tinha sido tudo menos espontânea. Foi fruto de curadoria e censura, habilitada por um algoritmo, determinada por autosseleção. Havíamos lido os símbolos um do outro e preenchido o resto com a imaginação. Será que vi como destino o que era só coincidência, pelo fato de ambos termos crescido ao som de um álbum dos Beach Boys, que provavelmente foi o álbum favorito de todos os baby boomers? Será que injetei mais alma em Max do que ele possuía, por causa dos pôsteres de shows vintage em sua parede? Será que confiei nele e me apaixonei rápido demais porque projetei minha própria versão de sua personalidade nos vácuos do que eu não sabia sobre ele?

Enquanto eu estava no vácuo entre quem eu pensava que Max era para mim e o fato de uma pessoa não querer mais falar comigo, me dei conta de quanta coisa não sabíamos um do outro. Eu não sabia como era a letra do Max, caso me mandasse uma carta, e ele também não reconheceria a minha. Ele não sabia o nome dos meus avós, eu não sabia o nome dos avós dele. Quase não tínhamos nos visto junto de outras pessoas, além de garçons e estranhos nas filas. Eu nunca chegara a conhecer nenhum dos amigos dele. Na verdade, quase não tinha ouvido falar de nenhum dos amigos dele, o que, por algum motivo, nunca pareceu estranho. No nosso primeiro encontro, ele comentou como era livre e sem vínculos, e não encarei isso como um aviso. Nem questionei por que ele passava a maioria dos fins de semana sozinho no campo. Eu não sabia por que o pai dele tinha se mudado para tão longe quando Max ainda era muito novo. Não sabia se a mãe dele também estava esperando uma carta. Ele não conheceu meu pai antes de ele começar a sair de casa às seis da manhã para vasculhar os armários da cozinha da casa de uma estranha porque pensava ser a casa da mãe dele. E agora isso nunca aconteceria.

Deletei o número de Max junto com todas as nossas mensagens e soube então que nunca mais o veria ou ouviria falar dele. Aceitei isso. Tinha acabado. Max se foi.

# PARTE DOIS

*"O Amor não enxerga com os olhos, e sim com a mente,
e por isso pinta-se cego o Cupido alado."*
William Shakespeare,
*Sonho de uma noite de verão*

# PARTE DOIS

## 11

Os últimos meses de inverno marcaram o início do mais tirânico dos ritos da pré-primavera: as despedidas de solteira.

Eu não queria ir à despedida de solteira de Lucy. Eu mal queria ir às das minhas amigas de verdade. Aos trinta e dois anos, já tinha cumprido minha cota. Assisti a vídeos suficientes dos futuros noivos respondendo a perguntas sobre o relacionamento para saber que a posição sexual favorita de todo homem é com a mulher de quatro ou por cima. Tomei tantos drinques com canudinho em formato de pênis e enchi tantos balões de flamingo que posso ter gerado 150 toneladas de plástico para os aterros sanitários. Recusei todos os convites para despedidas de solteira depois que completei trinta anos. Mas Joe tinha implorado. Ele disse que Lucy se sentiria mais "confortável" com minha participação nos "preparativos do casamento" se eu fosse ao evento dela também. Katherine desistiu de ir no último minuto, pois estava se sentindo um pouco grávida demais para passar o fim de semana gritando toda vez que alguém mandasse. Felizmente, Lucy convidou Lola no lugar. Minha amiga muitas vezes era a primeira opção como substituta em despedidas de solteira de mulheres que só conhecia por alto. Além disso, com frequência ela era convidada apenas para a parte da festa, depois do jantar, em casamentos cujos noivos ela não conhecia muito bem. Acho que havia três razões para isso: ela era divertida, sempre comprava um presente da lista do casal e estava sempre solteira. E mulheres solteiras em uma festa de pessoas de trinta e poucos anos garantiam o mesmo tipo de entretenimento de uma banda cover. Não estávamos grávidas, portanto sempre bebíamos, não tínhamos ninguém esperando em casa, portanto sempre ficávamos até tarde, e podíamos acabar indo embora com alguém, o que daria à noite um pouco de tensão narrativa para todos os outros. E o melhor de tudo: éramos livres!

Lola estava se maquiando em um café na estação de Waterloo, ao lado da sua mala de rodinhas, grafada com as iniciais do seu nome. Ela vestia um cardigã Navajo longo, um macacão jeans e um par de botas de cowboy brancas. Tranças finas como fios de seda bordados se espalhavam pelo seu cabelo loiro e meia dúzia de grampos perolados o mantinha afastado do rosto. Lola ainda queria parecer uma garota de quinze anos.

— Estou ficando louca, Nina — lamentou, quando me aproximei, e me puxou para um abraço com a mão que não segurava o rímel. — Totalmente louca.

— Por quê?

— O Andreas. O arquiteto do Linx.

— Vamos para a plataforma e aí você me conta o que aconteceu.

— Preciso terminar a maquiagem.

— Faça isso no trem — falei, impaciente.

Lola era irritantemente despreocupada em relação a meios de transporte.

— Deixa eu terminar os olhos — disse ela, passando agressivamente o aplicador nos cílios mais uma vez.

— Acredite, não vai haver ninguém nem remotamente trepável em um trem para Godalming — afirmei.

— Tudo bem — cedeu Lola, passando rímel pela última vez em cada cílio, antes de guardar a nécessaire e se levantar com a mala. — Então, já tivemos uns cinco encontros. As coisas estão indo muito bem. Mas sei que ele está dormindo com um monte de outras mulheres, e embora isso não tenha me incomodado antes, está começando a me deixar louca de ciúmes.

— Certo, antes de tudo... como você sabe que ele está dormindo com várias outras mulheres?

Já andando, ela pegou o celular na bolsa, abriu o WhatsApp e me mostrou a tela.

— Está vendo? On-line. Ele está sempre on-line.

— E daí? Ele pode estar conversando com um amigo, não?

— Homens não ficam trocando mensagens com amigos, não é assim que funciona, eles não são como nós. Quando fazem isso, mandam mensagens como: *Te encontro lá às quatro, cara*. Eles não ficam grudados no celular por horas a fio todo dia.

— Não sei se isso é verdade. Joe fazia parte de um monte de grupos de WhatsApp em que o pessoal passava o dia todo apenas trocando gifs e memes ruins.

— Que tipo de grupos? — perguntou Lola na mesma hora, os olhos tremendo como resultado do que parecia indicar uma noite maldormida ou em claro.

— Ah, você sabe, grupos de treino de futebol. Ou Ibiza 2012, que continuou ativo por um tempão.

— Mas o Andreas passa a noite toda on-line, todas as noites. É o turno da noite que realmente me preocupa. Os homens não ficam on-line até as duas da manhã conversando com ninguém que não seja uma garota que estão tentando pegar.

— Como você sabe que ele está on-line até as duas da manhã todas as noites?

— Porque deixo o nosso bate-papo aberto no celular, sem falar com ele, mas vendo enquanto ele está on-line. Cancelei o jantar com uma amiga ontem à noite para fazer isso.

— *Lola*.

— Eu sei. Fingi que estava resfriada. Tive que postar no Instagram uma foto em que fingia tomar remédio, para sustentar meu álibi.

Passamos nossos bilhetes nas catracas e caminhamos ao longo da plataforma do trem.

— Por que você não pergunta a ele?

— O que eu diria?

— Diz que percebeu que ele passa muito tempo on-line no WhatsApp, faz uma piada sobre isso.

— Não, ele vai perceber o que eu estou querendo dizer. Não quero que pense que estou tentando controlar a vida sexual dele ou sendo possessiva.

Embarcamos no trem e nos acomodamos nos assentos livres mais próximos um do outro.

— Muito bem, então você tem que parar de pensar nisso por enquanto e, quando achar que é apropriado, conversar com ele sobre monogamia.

— Sim — concordou Lola com um suspiro, enquanto olhava pela janela do trem ainda parado. — Quando tudo isso vai acabar? Só quero alguém legal para ir ao cinema comigo.

— Eu sei.

Um homem correu pela plataforma, em direção ao trem, com um bebê no sling. Ele segurava a cabeça da criança de forma protetora. O fiscal do trem soprou o apito para avisar da partida iminente e o homem colocou o pé na porta do nosso vagão.

— Vem! — disse ele com um sorriso. — Você consegue!

Uma mulher correu na direção dele, com bagagem nas mãos. Ela se aproximou das portas.

— ISSO! ESSA É A MINHA MULHER! — gritou ele, triunfante, erguendo os braços em comemoração, como se ela tivesse chegado ao fim de uma maratona.

Os dois subiram cambaleando no trem e pararam para recuperar o fôlego, rindo.

— Bom trabalho, companheiro — disse ela.

Ainda sem fôlego e rindo, encontraram dois assentos e espalharam caoticamente as malas e a parafernália do bebê ao redor deles. Eu percebi que estava assistindo à cena quando os dois captaram o meu olhar, curiosos. Virei a cabeça e fiquei olhando para a cidade passando. Lola apertou minha mão. Sorri e apertei a dela. Nunca me senti mais grata por essa amizade do que depois que Max sumiu.

Ele não estava mais na minha vida ou no meu celular, mas ainda permanecia em todos os lugares a que eu ia e em quase todos os meus pensamentos. Eu tinha passado o Natal em casa, com os olhos fixos no celular, como se ainda fosse 2002. O Ano-Novo foi com Lola, brindando nosso ódio aos homens mesmo sem fazer sentido. Passei o primeiro dia de janeiro escrevendo os primeiros capítulos do novo livro, grata por ter um novo projeto e um prazo em que me concentrar. Eu não tinha uma dor de cotovelo como aquela desde a adolescência. Era impossível tirá-lo dos meus pensamentos. Eu via um nó na madeira de uma mesa e achava que parecia o nariz dele de perfil. Quando as letras M, A ou X estavam perto uma da outra em uma página, meus olhos instintivamente se voltavam primeiro para elas. Eu o reconhecia em letras de músicas, eu o via na multidão das plataformas do metrô. Era tão cansativo que doía, era tão maçante que sufocava. Embora tivesse sido agradável sonhar acordada com ele quando estávamos juntos, agora era como glutamato monossódico para a mente: se expandia em meu cérebro, me saciando por um instante, só para desaparecer rapidamente, me deixando com um terrível vazio. A abundância não seria capaz de me saciar e nada daquilo parecia nutritivo. Ainda assim, eu não conseguia parar. Lola me disse que não havia como contornar essa fase de rompimento e que eu precisava passar por ela. Meu medo era de que o sentimento perdurasse porque não tinha havido um término de verdade para lamentar.

— Certo, o que esperamos dessa despedida de solteira em particular? — perguntou Lola, enquanto abria um espelho compacto com suas iniciais e passava mais maquiagem no rosto já pintado. — Strippers?

— Não, definitivamente não. A Lucy é puritana.

— Mas as puritanas adoram strippers.

— É verdade — concordei. — E pintura corporal com chocolate. E óleos de massagem. Um sinal clássico de não gostar tanto de sexo é ter óleos de massagem.

— Então, sem stripper — falou Lola. — O que mais você acha que providenciaram?

Peguei o celular e abri o grupo de WhatsApp DESPEDIDA LUJOE!, que apitava o tempo todo com mensagens novas desde que fora aberto, seis semanas antes.

— Tomara que tenha muita bebida, considerando o valor da nossa contribuição.

— Nunca tem — disse ela. — Vai ser uma garrafa por cabeça para o fim de semana todo e uma fatia de lasanha mole demais.

Fomos as últimas a chegar à casa enorme alugada para a despedida de solteira de Lucy no interior de Surrey. A maioria das vinte e cinco — *vinte e cinco!* — mulheres que compareceram optaram por uma estadia completa de três noites, enquanto Lola e eu só passaríamos a noite de sábado e o dia de domingo. Fomos recebidas por Franny, a madrinha, melhor amiga de Lucy e soprano profissional, o que sempre considerei um gênero feminino por si só. As sopranos normalmente têm seios muito grandes, que se desenvolveram quando ainda eram bem jovens, e, assim, se destacam, imperiosas, em qualquer grupo feminino, mesmo em silêncio. Elas são bravas com todos, ao mesmo tempo que se alegram com tudo. Também usam joias celtas de prata e vestidos e blusas esvoaçantes que, com toda a razão, exibem seu decote impressionante. Franny correspondeu imediatamente a todas essas expectativas.

— Olá, atrasadas! — disse ao nos receber, em um gritinho alegre. — Nina e Lola?

— Sim! Somos nós! Estamos muito felizes por estar aqui! — declarou Lola com um grande sorriso.

Ela era muito boa naquilo, em se jogar em qualquer situação desconfortável com entusiasmo: teatro imersivo, shows de comédia stand-up, despedidas de solteira organizadas por sopranos mandonas. Eu ficava impressionada.

— Olá! — falei, bem menos entusiasmada em comparação a ela. — Sou a Nina. — Apertei a mão dela com formalidade.

— E eu sou a Lola! — disse minha amiga, e abraçou a mulher.

— Ah, fantástico, que bom que chegaram bem. Por que não deixam as suas coisas lá em cima, no quarto de vocês? Vão ver os nomes na porta. Depois, desçam para tomar uma taça de espumante e podemos continuar com as atividades de hoje!
— Ótimo! — falei.

Lola e eu subimos com nossas malas e seguimos pelos corredores sinuosos até chegarmos a um quarto duplo com nosso nome escrito em glitter em uma placa na porta.
— Ele ainda está on-line — informou Lola, jogando a bolsa na cama e conferindo o celular. — Sinceramente... que mulher tem tempo para ficar no WhatsApp o dia todo falando com ele sem parar? Que perda de tempo... Eles deveriam se encontrar logo e transar.
— Que *homem* tem tempo, né, Lola? Não culpe a mulher.
— É verdade. Além disso, acho que o Andreas pode estar ampliando seus contatos. Acho que pode haver um rodízio, assim, cada uma tem algumas horas por dia na agenda dele.
— Nossa, que presente para elas — comentei, prendendo o cabelo em um coque, para afastá-lo do rosto. — Estou tão cansada de ser heterossexual! É tudo tão podre...
— MENINAAAAAASS! — ouvimos Franny gritar lá de baixo. — Hora de um pouco de efervescência!
— Efervescência — repeti. — Essa palavra só é usada em um ambiente cheio de mulheres que se odeiam secretamente.
— Ah, Nina, anime-se.
— Se hoje for terrível, podemos ir embora amanhã cedo? Posso inventar um motivo pra gente ir?
— Pode, mas tente ser legal. Lembre-se de que está fazendo isso pelo Joe.

\*\*\*

No andar de baixo, as outras 23 mulheres estavam todas circulando pela cozinha. Franny servia espumante de supermercado para todas e Lucy estava sentada numa cadeira à mesa de jantar, com uma coroa dourada na cabeça e um enorme crachá no peito que dizia A NOIVA.

— Nina! — exclamou ela, levantando-se ao me ver. — E Lola! Que bom que vocês estão aqui, queridas. — Ela nos puxou para um abraço triplo.

— Esse penteado é novo — disse ela, apontando para meu coque. — Amei, muito prático.

— Feliz despedida de solteira! — falei. — Você está se divertindo?

— Sim! Já conheceu a minha melhor amiga, Franny? — Ela chamou Franny, que trouxe duas taças para nós.

— Sim, ela está arrasando na organização da festa — elogiou Lola.

— A Franny é incrível — concordou Lucy, e passou o braço em volta da amiga. — Tão organizada! Führer Franny, era como a gente a chamava na escola!

Franny estava radiante, em sua postura extraordinária, as costas excessivamente arqueadas para trás, como uma bailarina.

— Como vocês se conheceram? — perguntou Franny.

— Bem, a Lola e a Nina são amigas do Joe da faculdade — explicou Lucy. — A Nina vai ser um dos padrinhos no casamento!

— Que engraçado! — comentou Franny. — Uma mulher como padrinho. Por que você não vai ser uma das madrinhas?

— Ah, porque ela é a melhor amiga do Joe — explicou Lucy em um tom despreocupado. — Além disso, a Nina não gosta muito de vestidos e coisas assim, não é?

— Certo, acho que está na hora da nossa próxima atividade, Lulu — disse Franny, batendo palmas.

Tomei um grande gole de espumante e prendi a respiração, mas não fez diferença. Quando eu poderia parar de beber aquele veneno ralo, azedo e frutado de festas terríveis e conversas horrorosas?

— EI, PESSOAL! — gritou ela de repente, puxando uma cadeira e subindo nela, em uma atitude totalmente desnecessária de quem comanda um pregão. — QUIETAS, TODAS! Cada uma de vocês, por favor, pegue uma cadeira e formem um semicírculo. Vamos pedir que nossa noiva se sente no meio e vamos fazer uma colagem dela! Temos vários materiais diferentes, lápis e giz para vocês brincarem, portanto divirtam-se e veremos os resultados!

— Vamos fazer uma grande colagem? — perguntou uma mulher.

— Não, não — disse Franny em um ligeiro estado de pânico, como se todo o plano estivesse prestes a desmoronar. — Não, UMA COLAGEM CADA UMA. ESCUTEM TODAS. UMA COLAGEM CADA UMA. Há papel suficiente para todas.

— O que a Lucy vai fazer com vinte e quatro colagens dela mesma? — perguntei baixinho a Lola.

— Cobrir as paredes do lavabo? — respondeu ela.

Eu ri e engoli um pouco de espumante do jeito errado, o que me fez engasgar.

— Ah, meu Deus, você está bem, Nina? — perguntou Franny do alto da cadeira.

— Sim, tudo bem, desculpem.

Todas nos reunimos obedientemente em um semicírculo ao redor de Lucy, que não mostrou um pingo de constrangimento por estar sendo observada por vinte e quatro mulheres como objeto de inspiração. Ainda não encontrei um exercício de narcisismo extremo mais amplamente aceito do que ser protagonista de uma despedida de solteira.

— Desculpe, posso fazer só mais uma pergunta? — perguntou uma das mulheres.

— Sim? — disse Franny com impaciência.

— É uma colagem só do rosto e do corpo da Lucy ou devemos... retratar a personalidade dela?

— É do jeito que você quiser. Pode ser simbólico e abstrato, ou só uma peça objetiva e observacional — respondeu Franny, enquanto distribuía macarrão seco (penne, no caso) e cola. — Aqui está — disse, me entregando um punhado de macarrão e algumas penas. — Para dar textura.

A bota de caubói de Lola encontrou meu tênis, em uma tentativa de conter uma gargalhada mortal.

Como se a atividade em si já não fosse humilhante o suficiente, ainda tínhamos que nos levantar, apresentar ao grupo a colagem que fizemos e dar uma explicação do resultado artístico e do significado da obra. Enquanto cada mulher se levantava e falava afetuosamente sobre a bondade e a beleza de Lucy, representada por recortes de revistas e de guardanapos, Lola e eu nos aproximávamos da embriaguez com cada vez mais determinação, nos cutucando com o bico do sapato conforme bebíamos.

— Então, o meu é um mapa de Surrey — expliquei, apontando para o emaranhado de linhas de giz de cera instáveis em um grande pedaço de papelão cor-de-rosa. — Porque você é de Surrey e vai se casar em Surrey. — Lucy sorriu. — Copiei o mapa do Google Maps. E escrevi o nome de todas as cidades, como pode ver — continuei, segurando o cartaz na frente do rosto de cada uma, enquanto percorria todo o semicírculo. — E ao lado de cada cidade coloquei um tipo diferente de sapato, porque você gosta muito de sapatos. Então, veja, há uma mule ao lado de Dorking, um salto agulha ao lado de Bagshot, uma bota grande ao lado de Egham, um chinelo ao lado de Chertsey e um...

— Awn, ficou realmente uma graça — disse Franny, antes de sinalizar silenciosamente para a grávida ao meu lado que era a vez dela.

Voltei a me sentar. A grávida se levantou e se colocou no centro do semicírculo com sua enorme colagem em forma de coração.

— Bem, para quem ainda não me conhece, o meu nome é Ruth, e a minha colagem é meio que uma piada interna! — falou, virando-se para Lucy, que imediatamente cobriu o rosto com as mãos, fingindo terror. — É que por acaso eu sei que o Joe e a Lucy chamam um ao outro de...

— Texugo e Cavalo! — completou Franny, competitiva.

— Sim! — confirmou Lucy.

Todas caíram na gargalhada.

— Por que Texugo e Cavalo? — perguntou uma das mulheres.

— É tão bobo, é porque eu tinha feito luzes no cabelo para o jantar do nosso primeiro mesversário, e ficou péssimo. Quando me viu, o Joe disse que eu estava parecendo um texugo!

— E por que Cavalo? — perguntou Lola.

— Ah, porque ele come como um cavalo — disse Lucy.

— O que é um mesversário? — perguntei.

Todas me ignoraram.

— Por isso que desenhei um pequeno texugo e um cavalinho como noiva e noivo — explicou Ruth, mostrando o desenho a todas.

Houve um murmúrio coletivo e enjoativamente doce de aprovação e uma salva de palmas.

Jantar de mesversário. Nos sete anos que passamos juntos, acho que Joe não se lembrou nem uma única vez do nosso aniversário de verdade. Como aquelas mulheres conseguiam aquilo? Qual era o segredo? Em que orifício místico e inesperado de seus corpos elas permitiam que aqueles homens entrassem para, assim, conseguir que eles fizessem qualquer coisa irracional que desejassem? Ou será que elas simplesmente lhes diziam o que fazer e quando fazer, e a imposição levava os namorados a se sentirem seguros e bem orientados, em vez de prontos para o abate? Será que eu vinha exagerando em tratar os homens como adultos e não como cordeirinhos perdidos?

Franny nos instruiu a permanecermos sentadas para a próxima atividade, com a qual eu, infelizmente, já estava familiarizada. Uma cerimônia heteronormativa; uma coroação da tolice soberana; o maior dos rituais de humilhação, sem qualquer ironia, decência ou bom gosto: o Jogo da Calcinha.

— Acho que vamos precisar de mais efervescência! — declarou Franny, e desapareceu na despensa, à qual, percebi, ninguém mais tinha acesso.

— Não há efervescência no mundo que me ajude a suportar isso — sussurrei para Lola.

— Muito bem! — berrou Franny. — Achei que seria divertido se, enquanto brincamos do Jogo da Calcinha, todas fizéssemos uma leitura de... — Ela pegou um livro e mostrou a capa para o grupo.

— *Como agradar seu marido*!

Era um livro que todas as mulheres da minha geração conheciam. Um manual completo dos anos 1970 sobre casamento que nossas mães levavam a sério, mas que nós encarávamos como uma sátira. O grupo deixou escapar gemidos de reconhecimento e todas se recostaram em suas cadeiras.

— Para quem não conhece o Jogo da Calcinha — voltou a falar Franny, enquanto distribuía mais gotas de espumante nas nossas taças —, a Lucy vai abrir essa caixa grande, cheia de calcinhas que todas vocês compraram para ela, e tem que adivinhar quem comprou cada uma.

— O que acontece com as calcinhas no final? — perguntou Ruth.

— Vão pro lixo — falei.

— Não! — disse Franny, com um tom sarcástico e apaziguador. — Vão para o enxoval dela!

— Enxoval? — perguntei.

— É o que a noiva leva na lua de mel — explicou Lola.

— Vinte e quatro calcinhas?

— Sim! — confirmou Franny. — Ora, você provavelmente vai precisar de muitas! — Todas se animaram com essa insinuação sem sentido. Puritanas adoram insinuações.

— Qual dessas eu comprei para ela? — perguntei a Lola pelo canto da boca.

— Você comprou uma calcinha de renda francesa roxa que estava em oferta de duas por uma com a de estampa de oncinha que eu dei.

— Que gracinha — comentei. — Obrigada.

Lucy se recostou na cadeira no meio do semicírculo e ajustou a coroa. Então, lhe entregaram uma caixa grande.

— *Como agradar seu marido* — disse Franny. — *Uma lista. Número um: Trate de deixar a casa limpa e arrumada e o jantar no forno para quando ele chegar. Esteja alegre e de bom humor.*

— Alegre e de bom humor! — repetiu Lucy em uma voz aguda. — O Joe vai ter sorte se receber um oi! — Ela enfiou a mão na caixa e puxou uma tanga preta de cetim. Todas deixaram escapar os *aah* típicos das claques dos programas de variedades que passam de manhã na TV.

— Hummm, de quem pode ser? — Ela examinou todas com os olhos semicerrados de um detetive.

— Alguém safadinha — comentou.

— Mas com classe! — acrescentou Franny.

— Sim, definitivamente com classe. Eu acho que é da...
— Ela percebeu o sorriso tímido de uma mulher que estava usando um chapéu Fedora de feltro dentro de casa.

— ... Eniola!

— Sim! — exclamou Eniola. — Escolhi essa calcinha porque achei que transmitia a sua elegância, mas também o seu lado um pouco obscuro.

Todas concordaram, desconcertadas. Lucy com um lado obscuro. Lucy, que uma vez me entregou uma caneca onde se lia PARIS, SEMPRE UMA BOA IDEIA quando fui ao apartamento dela; Lucy, que tinha um gato ragdoll chamado Sargento Flopsy; Lucy, que tinha o lado obscuro de uma barra de chocolate branco.

— Linda — concluiu Franny, passando o livro para Lola. — É a sua vez de ler.

— *Número dois* — leu Lola em sua melhor voz de discurso e drama. — *Certifique-se de esconder dos olhos do seu amado todos os seus produtos higiênicos (usados e não usados) e roupas íntimas sujas.*

Aquilo dividiu a sala em dois grupos de mulheres horrorizadas: as que ficaram chocadas com aquele anacronismo doméstico e as que se impressionaram com a ideia de produtos higiênicos usados. Subitamente, eu me lembrei daquela tarde de 2013, quando achei que tinha perdido um absorvente interno dentro de mim, e Joe teve que me colocar de pernas abertas na nossa cama e iluminar minhas partes com a lanterna do iPhone. Meu assoalho pélvico doeu com a lembrança dessa intimidade absurda.

— De quem pode ser isso? — disse Lucy, mostrando uma tanga de algodão amarela. — Autêntica, um pouco pervertida... Lola?

— Não! — disse Lola.

— BEBE! — gritou Franny, exibindo seu vibrato profissional. Delicadamente, Lucy tomou um gole de espumante.

— Hummm, deixa eu pensar. — Ela olhou para a calcinha e depois para o círculo.

— Acho que pode ser da Lilian.

Uma das mulheres sorriu com orgulho.

— Sim! Como adivinhou?

— Não sei! — disse Lucy. — Acho que foi porque a cor da calcinha é vibrante e você é uma pessoa muito vibrante.

Lola passou o livro para Lilian.

— *Como agradar seu marido, dica número três* — leu Lilian. — *Não o incomode com suas emoções. Se algo está chateando você, fale com as suas amigas. As mulheres são boas para conversar, enquanto os homens são bons em resolver questões objetivas.*

— Bem, então eu mereço uma condecoração como sua amiga! — comentou Franny, rindo.

Por um nanossegundo, vi algo nos olhos de Lucy semelhante a um brilho assassino, antes que ela se obrigasse a gargalhar. Então, puxou uma calcinha roxa e Lola acenou com a cabeça para me dizer que era minha contribuição.

— Aaah, roxo — disse Lucy. — De renda francesa, muito bom. Por acaso, é o meu tipo favorito de calcinha. Portanto, deve ser de alguém que me conhece muito bem. Foi a... Franny?

— Não! Beba! — gritou a outra mulher roboticamente, como uma daquelas bonecas falantes que só dizem três frases. — Lembre-se de que pode ser de quem você menos espera!

Lucy se virou para mim na mesma hora.

— Nina? — perguntou timidamente.

— Sim — falei.

Houve alguns aplausos inexplicáveis.

— Está vendo? Eu te disse! Quem você menos espera! — insistiu Franny, o rosto cintilando de satisfação. — Isso acontece toda vez que eu jogo o Jogo da Calcinha.

— Bem, eu comprei essa calcinha, Lucy, porque ela é chique e você sempre me passou a impressão de ser muito... — Olhei para Lola em busca de ajuda antes de acrescentar: — Francesa.

— Eu amo a França — disse Lucy. — Sou uma verdadeira francófila.

— Sim, foi o que imaginei. Também acho você muito... inflamável.

Houve uma pausa enquanto Lucy tentava compreender o que eu estava dizendo.

— Sempre uma escritora, essa Nina! — comentou ela com uma risada.

Pedi licença para ir ao banheiro, mas acabei indo para o quarto.

— Onde você se enfiou? — perguntou Lola, de pé ao lado da minha cama, uma hora depois.

— Desculpe, aquela brincadeira estava me fazendo mal. Aquele livro. Sei que era para ser engraçado, mas eu não estava aguentando. O jeito como diz que se deve agradar o marido fazendo com que ele acredite que você gosta de forçar seus filhos birrentos a comer legumes e verduras. Achei que ninguém repararia que eu tinha saído de lá. Só acabou agora?

— Sim.

Lola suspirou e se jogou na cama de solteiro ao lado da minha. Ela tirou o celular do carregador e olhou para a tela.

— On-line? — perguntei.

— Sim — respondeu, chateada. — Por que ele não está na rua? Esse é o primeiro inverno ensolarado que temos em anos, o Andreas deveria estar aproveitando, não se masturbando no WhatsApp para todo mundo ver.

Ouvimos uma batida na porta, e logo Franny enfiou a cabeça no quarto.

— Tudo bem, Nina? Sentimos a sua falta no final do Jogo da Calcinha.

— Sim, desculpe, Franny, eu estava com um pouco de dor de cabeça.

— Talvez deva se poupar da efervescência mais tarde — sugeriu ela, franzindo o rosto em uma falsa expressão de preocupação.

— Humm — respondi.

— Bem, daqui a uma hora vamos descer para o jantar.

— Ótimo! — disse Lola com o que pareceu um entusiasmo genuíno. — Não acredito que já são seis da tarde!

— Pois é — disse Franny. — O tempo passa tão rápido hoje em dia, não é mesmo? Não sei quanto a vocês, mas eu tenho a sensação de que a semana passa num piscar de olhos.

— Tenho a mesma sensação! — concordou Lola.

Fiquei assistindo àquele vaivém de frases vazias construídas com o propósito de usar um vocabulário feminino que fizesse com que todas se sentissem confortáveis. Lola era muito hábil naquilo, nunca parecia boba. Quando havia uma pausa estranha na conversa no pub, ela logo dizia: "Não há nada como uma cerveja gelada", sem ironia. Uma vez a ouvi dizer para minha mãe em uma festa de família: "Fotos são uma ótima maneira de capturar lembranças, não é mesmo?" Minha mãe pareceu cintilar de prazer pela gentileza em dizer aquela banalidade e logo olhou para mim, brava, como se estivesse se perguntando por que eu nunca tinha sido capaz de fazer o mesmo. Eu não sabia se aquilo era um comportamento aprendido quando ainda éramos meninas ou se estava no nosso DNA, passado de geração em geração de mulheres que entretinham os colegas dos maridos, impressionavam os amigos dos namorados e arrumavam prato após prato de crudités e pastinhas. O gene do "Nada como uma cerveja gelada".

— Acho que somos as únicas solteiras aqui — disse Lola depois que Franny saiu, virando-se para se deitar de bruços.

— Onde, nessa festa? Em Surrey? Na Terra?

— Todas as alternativas.

— Gosto de estar solteira — declarei. — Não estou triste por estar solteira. Estou triste por estar sem o Max.

— Experimente passar por isso por mais de uma década.

— Sobre o que você acha que eles conversam?

— Quem?

— A Lucy e o Joe. Estou tentando me lembrar sobre o que conversávamos quando estávamos juntos, e não consigo imaginar ele e a Lucy tendo as mesmas conversas.

— Não sei, não os ouvi conversando tanto assim.

— Eu ouvi, mas foi sempre sobre coisas práticas. A que horas precisam sair, onde estacionaram o carro. A que horas deveriam sair de manhã para chegar à casa dos pais de alguém. É como se o vínculo deles se baseasse na organização das coisas.

— Talvez seja isso o que os dois querem.

— O Joe e eu nunca conversamos sobre a organização das coisas. Ou, se conversávamos, era só para eu reclamar que ele era um inútil. O Joe devia ser muito infeliz comigo se era esse tipo de relacionamento que ele queria.

— Ele provavelmente não sabia o que queria até alguém lhe dizer.

Nossos celulares não paravam de apitar com notificações. Era o grupo DESPEDIDA LUJOE! enviando fotos das atividades da tarde e tentando desesperadamente construir um castelo de piadas internas e bordões com os poucos tijolos da experiência daquele fim de semana.

— Por que elas ainda estão trocando mensagens? — perguntei. — Estamos todas sob o mesmo teto, não precisamos mais enviar mensagens umas às outras. Podemos simplesmente nos reunir e dizer o que precisamos dizer.

Lola não estava ouvindo, parecia hipnotizada pela tela do celular.

— Acho que vou confiscar seu celular.

— Você acha que o celular dele pode estar com algum problema, alguma falha técnica que fica mostrando que ele está on-line no WhatsApp o dia todo, mas na verdade não está? Acha que seria possível?

— Sinceramente?

— Sim.

— Não, eu não acho que seria possível.

O jantar tinha um dress code de vestidos e saltos altos que eu, é claro, odiei. Usei o vestido preto mais simples que eu tinha como um pequeno ato de protesto, e Lola me forçou a passar batom vermelho, o que me deixou parecendo uma artista de vaudeville.

— Nunca vi você tão chique! — comentou Lucy quando entramos na sala de jantar para ocupar nossos lugares à mesa. — Deveria usar batom mais vezes, fica muito bem em você.

Lucy estava usando um minivestido branco com uma saia de babados de tule da mesma cor, para o caso de esquecermos o motivo pelo qual vinte e cinco mulheres na casa dos trinta estavam reunidas ali durante o fim de semana.

— Todas em seus lugares! — gritou Franny.

Ela usava um avental por cima do vestido para marcar sua posição como chef de cozinha e madrinha do casamento.

— Eu fiz um *placement* — informou ela, com um sotaque francês.

— Um o quê? — perguntei a Lola.

— Significa mapa de mesas — explicou ela.

— Você é o meu Google Tradutor da classe média tradicional inglesa.

Encontrei meu nome ao lado do de uma grávida chamada Claire. O lugar de Lola era à minha frente, ao lado da grávida Ruth.

— Prazer — disse Claire. — Como você conheceu a Lucy?

— Eu conheço o Joe — expliquei. — Da faculdade. E como você a conheceu?

— Trabalhamos por um tempo na mesma agência de RP — contou ela.

— Ah.

Eu não tinha mais nada para perguntar. Olhei para Lola, que já estava conversando alegremente com Ruth sobre os pontos turísticos de Florença. Ofereci vinho a Claire, que recusou enquanto alisava a barriga protuberante. Eu me servi, então, de uma dose extragrande por nós duas.

— Certo, para começar, temos alguns petiscos do Oriente Médio — anunciou Franny, enquanto algumas participantes-da-despedida-de-solteira-fazendo-papel-de-copeiras traziam grandes travessas.

Nada fazia meu coração apertar mais no peito do que ouvir uma pessoa dizendo "petiscos do Oriente Médio", o que era o código para: falafel de supermercado requentado e uma lata de grão de bico misturado com um óleo qualquer fazendo as vezes de homus caseiro.

— Então, o clima é de descontração. Basta se deliciarem.

A parte da mesa onde eu estava dividiu educadamente o prato entre todas, nos deixando com um total de dois bolinhos de falafel, uma colher de sopa de tabule e uma colher de chá de tzatziki cada uma.

— Você tem filhos? — perguntou Claire.

— Não — respondi.

Claire assentiu.

— Quer ter?

— Quero — respondi. — Só não sei se o processo para chegar lá me parece atraente no momento.

— Seu parceiro quer filhos?

*Parceiro*. Percebi que muitas pessoas, quando falavam comigo, presumiam que aquela era uma palavra que eu usava. Acho que o fato de eu não usar maquiagem sugeria que eu era mais mal-humorada do que realmente sou.

— Eu não tenho um parceiro.

— Ah, entendo — disse ela.

— Eu tinha um parceiro. Bem, um namorado, até cerca de seis semanas atrás. Mas ele sumiu.

Olhei para a taça de vinho de Lola. A bebida dela vinha diminuindo com a mesma rapidez que a minha.

— Para onde ele foi? — perguntou Claire.

— Não sei. Ele simplesmente parou de falar comigo.

Ela arregalou os olhos, horrorizada.

— Será que aconteceu alguma coisa com ele?

— Não, não, ele definitivamente ainda está vivo — respondi. — Lola e eu reunimos informações suficientes para provar que ele está vivo.

Lola virou a cabeça na minha direção ao ouvir seu nome.

— O que foi?

— Só estou dizendo que temos motivos para acreditar que o Max está vivo — falei do outro lado da mesa.

— Ah, sim, definitivamente está vivo.

— Quem é Max? — perguntou Ruth.

— O homem que fez *ghosting* com a Nina.

— Ah, ouvi falar nesse negócio de *ghosting* — disse Ruth com entusiasmo. — Aconteceu com a minha irmã não faz muito tempo.

— Pois é — disse Lola. — Londres é basicamente uma grande casa mal-assombrada para mim agora.

— Vocês duas são solteiras? — perguntou Ruth.

— Sim — dissemos em uníssono.

— E estão na pista?

Lola voltou a encher a taça de vinho.

— Sim, estou sempre na pista. Apesar de não gostar dessa expressão...

— Se eu fosse vocês — palpitou Claire —, adoraria estar solteira e de boa com isso. Não é preciso ter pressa para formar uma família.

Acho que não há nada mais irritante do que uma futura mãe de três filhos em um relacionamento de longo prazo dizendo a mulheres solteiras na casa dos trinta para ficarem de boa sobre formar uma família.

— O que eu estou querendo dizer é: aproveitem a liberdade que vocês têm!

— Como se chamam os seus filhos? — perguntei.

— Arlo e Alfie — disse ela.

— Eu tenho dois afilhados chamados Arlo — falou Lola. — Dá pra acreditar? De duas mães diferentes.

Nunca a amei mais.

— Sim, é um nome muito comum hoje, mas mal se falava nele quando escolhemos — contou Claire. — Ficamos entre Arlo e Otto.

— Otto está na minha lista! — exclamou Lola, e tirou o celular do bolso.

Eu sabia de cor a lista de nomes de bebês dela.

— Espera, deixa eu ler para você. — Ela desbloqueou o celular e tocou na tela.

— Nina.

— Oi.

— Ele ainda está on-line.

— Quem? O Max? — perguntou Ruth.

— Não, um cara com quem estou saindo e que está sempre on-line no WhatsApp.

— E daí?

— Isso significa que ele passa o dia todo falando com outras mulheres — expliquei.

— Posso contar o meu segredo? — perguntou Claire.

— Conta! — respondeu Lola, entusiasmada.

— Você tem que mostrar ao cara o que ele está perdendo. — Ela fez uma pausa dramática. — Esse é o segredo, ele precisa estar sempre ciente do que pode estar perdendo.

— E como eu faço isso? — perguntou Lola, se debruçando sobre a mesa.

— De várias maneiras. Os homens só precisam ser lembrados o tempo todo de como eles têm sorte.

— Como assim? Você faz isso até hoje? — perguntou Lola em um tom reverente.

De repente, me dei conta de que minha amiga seria uma presa perfeita para qualquer culto.

— Todos os dias — respondeu Claire.

— Que sinistro... — falei baixinho, e me servi de mais vinho.

O jantar continuou com os dois temas: comida nada apetitosa servida por Franny em pequenas porções e conselhos nada apetitosos de mulheres casadas em grandes porções. Lucy fez um discurso de uma hora em que listou tudo o que amava em cada participante e foi extremamente gentil ao destacar "um ótimo senso de humor" quando falou de mim. Franny fingiu que tínhamos esgotado o vinho reservado para aquele dia e sugeriu que nos servíssemos de trufas de chocolate com gim. Todas nos revezamos em torno de uma máquina de karaokê conectada à TV e antes das onze já estávamos em nossos quartos.

— Acho que a Claire está certa em relação a mostrar o que ele está perdendo — comentou Lola enquanto vestíamos o pijama. — Posso pedir para você tirar uma foto bem arrasadora minha, amanhã de manhã, quando a luz estiver boa, para eu postar no Instagram? O Andreas está sempre olhando o Instagram.

— Não — falei. — Não aceito nada disso. As mulheres não deveriam ter que enganar os homens para garantir a atenção deles.

— Sei que você está certa. — Lola se deitou e desbloqueou o celular, a expressão vazia iluminada pelo brilho branco da tela. E enfiou outro chocolate com gim na boca.

— E se ele tiver que ser lembrado do que está "perdendo", então não é o homem certo para você. Agora, por favor, desligue esse celular ou terei que confiscá-lo.

Minha amiga deu um sorriso derrotado e colocou o aparelho no chão, ao lado dela. Apaguei a luz da cabeceira e ficamos deitadas em silêncio, no escuro.

— O problema é que isso funciona — disse Lola. — Postar uma foto sexy no Instagram. Já fiz isso antes e sempre chama a atenção deles.

— É isso mesmo que você quer desses homens? A atenção deles?

— Não — respondeu ela.
— O que você quer?
— O amor deles.

\* \* \*

Lola e eu fomos embora na manhã seguinte, depois de comer linguiças meio cruas no café da manhã, com a desculpa de que ambas tínhamos eventos familiares à tarde. Lucy não ficou chateada com a notícia — na verdade, pareceu até um pouco aliviada — e Franny não nos perturbou muito, a não ser por alguns comentários passivo-agressivos sobre ter que garantir que fechariam o grupo com um número par para a "batalha de rap no pátio" mais tarde.

— Não quero nada assim quando eu me casar — afirmou Lola quando já estávamos sentadas uma diante da outra, no trem, olhando para os campos genéricos do interior da Inglaterra. — Como você vai organizar tudo, já estou deixando claro que não quero nada assim.

— Ótimo — falei. — Que bom que você esclareceu.

— Quero uma coisa muito casual, muito eu — continuou Lola. — Não um fim de semana em um lugar qualquer, quero só um fim de semana em Londres.

— Só um *fim de semana* em Londres?

— Sim, tipo, uma noite de sexta-feira só para as madrinhas, talvez um jantar que você possa oferecer no seu ou no meu apartamento, com todos os meus pratos favoritos. Então você pode me dar alguma coisa antiga, alguma coisa nova, alguma coisa emprestada, alguma coisa azul e uma moeda de prata para colocar no meu sapato.

Não consegui me forçar a perguntar qual era o significado daquilo. Ela continuou:

— Então, um brunch na manhã de sábado em algum lugar. Depois, atividades à tarde com todas as outras convidadas da despedida de solteira, aí um jantar, seguido de uma balada à noite e, no domingo, todas em um spa. E devemos incluir membros da família no domingo: minha mãe, minha sogra e as irmãs e cunhadas, se houver alguma.

Eu sempre esquecia que, apesar de sua companhia ocasional na primeira fileira do cinismo, assistindo ao espetáculo com um pé atrás enquanto fazíamos observações irônicas uma para a outra, Lola queria fazer parte daquilo. Ela queria a produção completa, com tudo a que tivesse direito. Desejava a atenção, a lista de presentes, as canções, a despedida de solteira, a marquise, o bolo de várias camadas: frutas, café, limão e chocolate. Queria que um homem pedisse a mão dela ao pai. Queria abrir mão do sobrenome em favor de outro como prova de que alguém a havia escolhido. Quando minhas amigas começaram a se casar, meu pai me dizia: "Você nunca sabe a verdadeira posição política de uma pessoa até ir ao casamento dela." Como ele estava certo e como era sábio. Lola, uma mulher que externalizava preocupações feministas, que só lia autobiografias superbadaladas de mulheres com menos de trinta anos tendo epifanias exageradas sobre si mesmas, que tinha "ela/dela" escrito em todos os seus perfis nas redes sociais embora não houvesse o menor risco de confundirem seu gênero... bem, tudo o que ela realmente queria era subir no altar de uma igreja com um vestido de duas mil libras e uma moeda de prata enfiada no sapato.

— Eu tenho uma coisa para a Galeria das Tragédias — disse ela.

— Manda ver — falei. — Estou precisando disso.

— Bem, a melhor amiga da minha prima, a Anne, sempre quis se apaixonar e se casar. Ela era um pouco como eu, nunca teve namorado, achava que ia ficar sozinha para sempre.

— Certo.

— Até que um dia, quando ela estava com quase trinta anos, conheceu um cara em um aplicativo de relacionamento e eles tiveram um primeiro encontro incrível. Ele é advogado, muito legal, um cara maravilhoso. Depois de cerca de seis meses, eles foram morar juntos. Foi bem rápido mesmo, mas é como a gente sempre diz: conforme a gente vai ficando mais velha, as coisas andam mais rápido porque quando você sabe, sabe.

— Claro.
— Depois de dois anos juntos, eles se casaram.
— Sim.
— E agora ela está morta.
— O quê?
— Mortinha da Silva.
— Meu Deus, como ela morreu?
— Câncer no pâncreas.
— Certo — falei. — Então esses dois elementos da história não estão relacionados.
— Talvez sim, talvez não.
— Achei que esse clímax não tem muito a ver com a história.
— O ponto aonde quero chegar é que essa minha prima achava que tudo o que ela queria na vida era se casar, então se casou, ficou doente e morreu.
— Precisamos definir melhor os critérios das histórias elegíveis para a Galeria das Tragédias — sugeri. — Temos que reavaliar o processo de verificação. Essa história não me fez sentir melhor sobre nada.
— Sério? Ah, a mim, sim — afirmou Lola, olhando para os tijolos marrons da estação de Guildford, que se aproximava. — Pobre Anne, penso nela com frequência.

Naquela noite, enquanto eu me sentia grata por estar em casa em vez de estar jogando "uma partida de rounders com bastões e bolas infláveis em uma quadra coberta" conforme a programação da despedida de solteira, o barulho começou de novo. Começou exatamente às sete da noite: o mesmo rugido, no mesmo volume que tornava impossível fazer qualquer coisa, a não ser ouvi-lo a partir do chão. Era a primeira vez que acontecia desde a noite em que chamei a patrulha do silêncio, antes do Natal, e Angelo ficou parado de forma ameaçadora na frente da porta do meu apartamento. Abri o notebook, procurei de novo o número da câmara municipal e esperei pelo horário-limite das onze da noite. Tentei me distrair, mas meus olhos estavam fixos nos ponteiros lentos do relógio.

Então, exatamente às 22h59, a música parou. A princípio, pensei que os alto-falantes tivessem falhado ou que ele estivesse mudando a música, mas um minuto se passou e nada. Nem um som sequer, nem mesmo o dos passos dele.

Então eu me dei conta: não tinha sido coincidência Angelo parar de fazer barulho às 22h59, sabendo que eu detestava aquela música. Ele provavelmente tinha lido na internet as regras de convivência entre vizinhos, assim como eu. Desde que não fizesse barulho depois das onze da noite, ele não seria passível de qualquer repreensão. Não havia nada que eu pudesse dizer, não havia ninguém a quem eu pudesse chamar. Aquele era um jogo de tortura de egos. Era uma declaração não verbal de guerra.

Às 23h01, eu me dei conta de que estava cercada por um ruído que era mais difícil de ignorar do que qualquer coisa que tinha ouvido a noite toda. O silêncio.

## 12

— Depravado — declarou meu pai. — Mas um camarada muito talentoso.

Estávamos em uma exposição do Picasso, diante de um retrato de 1932, *Mulher nua em uma poltrona vermelha*. Meu pai amava Picasso desde a época da escola, e achei que contemplar algumas das obras do artista poderia estimular a parte da mente dele que o fazia se sentir culto e confiante. Meu palpite estava certo. A arte parecia ser capaz de penetrar através das nuvens cada vez mais espessas que encobriam o cérebro dele. Parecia que meu pai e as obras de Picasso haviam travado um diálogo que eu não compreendia e que ele era capaz de explicar para mim, e não o contrário. Alojado na mente de um cubista, onde a realidade não tinha regras, onde a transformação, a fusão e a reversão da estrutura eram belas e celebradas, meu pai estava em casa.

— Eles se conheceram em uma galeria de arte — contou meu pai. — Ele e Marie-Thérèse. Ela tinha dezessete anos na época, e ele era casado.

— Quantos retratos dela ele pintou?

— Mais de dez. Foram alguns dos seus melhores.

— Ele deixou a esposa?

— Não. Mas instalou Marie-Thérèse na mesma rua onde morava com a família. Ele teve muito mais vantagens com o relacionamento do que ela, que sem dúvida deu uma guinada na carreira de Picasso.

— Que horrível.

— Sim. Um erro. Um erro muito brilhante.

Eu não sabia até que ponto aquilo era historicamente real ou fantasia do meu pai, mas estava adorando retornar à dinâmica em que ele, o pai, era a pessoa com mais informações e percepções do que eu, a filha.

— As transgressões do artista minam o prazer da arte? Se você pudesse responder essa pergunta, zeraria a internet, pai.

Ficamos olhando para as curvas de um lilás-acinzentado do corpo dela e para os braços curvos e amarronzados da cadeira que a sustentava.

— Talvez eu encontre uma boa moça aqui e a leve para morar lá em casa — disse ele. — O que sua mãe diria disso?

Eu ri.

— Vou dar uma volta — disse ele, então colocou as mãos atrás das costas e começou a caminhar lentamente, examinando as pinturas expostas.

— Tudo bem — falei, observando-o com atenção, como se fosse uma criança que eu tinha medo de que se perdesse. — Nos vemos daqui a pouco.

Continuei parada diante de Marie-Thérèse em sua poltrona vermelha e examinei cada detalhe da sua forma primorosamente embaralhada. O posicionamento irrealista dos seios empilhados um em cima do outro, dos ombros incompatíveis. O rosto dividido em duas partes, sendo que uma delas poderia ser um rosto beijando a outra parte de perfil, se olhássemos por tempo suficiente. O segundo rosto que Picasso viu era um símbolo da multiplicidade oculta de Marie-Thérèse? Ou era o perfil do próprio Picasso — ele imaginava que morava dentro dela, os lábios colados ao seu rosto aonde quer que ela fosse? Como seria, eu me perguntei, ser vista por olhos tão reverentes, a ponto de conseguirem não apenas capturar você em uma pintura, mas reorganizá-la para mostrar ainda mais de você? Acariciei o ângulo arredondado onde meu pescoço encontrava o ombro, como se fosse a mão de um amante, e pensei em como seria estampar um cubo mágico pelo olhar de alguém. Não conseguia nem imaginar ser examinada e assimilada daquele jeito.

Assim que meu pai e eu saímos da galeria e mergulhamos na agitação do centro de Londres, vi o brilho e a confiança dele diminuírem e serem substituídos por confusão e medo. Era difícil saber se era um sintoma da doença ou apenas consequência da velhice. Meu pai, um homem que nunca havia morado em nenhum outro lugar além de Londres, que conhecia as ruas da cidade de cor de tanto percorrê-las de bicicleta quando era menino e a pé já adulto, parecia nervoso.

Fomos a uma confeitaria húngara que ficava a uma curta caminhada da galeria. Ele tinha me levado lá algumas vezes quando eu era pequena. Meu pai amava as paredes forradas com painéis de madeira, os bolos de café, as garçonetes mal-humoradas que ele conquistava e o fato de ser uma instituição quase tão velha quanto ele. Sentamos a uma mesa perto da janela, e percebi que ele estava hipnotizado pelos estranhos que passavam do lado de fora.

— O que você vai querer? — perguntei.

Ele olhou para o cardápio e não respondeu.

— Um bolo de café? — Eu sabia que não devia dar muitas opções para não o deixar mais confuso.

— Não sei — respondeu ele.

— Vou querer um bolo de café. Que tal pedir dois pedaços? E chá Earl Grey.

O olhar dele foi para trás de mim, por cima do meu ombro, os olhos se arregalando ligeiramente de espanto.

— Meu Santo Deus.

— O que foi?

— Não olhe agora, mas três das irmãs Mitford acabaram de entrar.

Senti uma pontada de decepção e me odiei por isso. Eu sabia o que tinha que fazer naquelas situações. Gwen e eu havíamos conversado várias vezes sobre isso, mas eu não queria brincar de imaginar naquele dia. Não queria passar aquele tempo precioso com meu pai em uma triste dinâmica invertida, na qual eu sabia o que era real e ele, não. Eu queria aquele pai vigoroso e exigente, capaz de me contar sobre o castelo francês de Picasso e de dizer exatamente que tipo de bolo pedir na sua confeitaria favorita. O pai divertido e bobo que fazia palhaçadas para animar os garçons e garçonetes cansados. O pai que desenhava mapas em toalhas de mesa de papel. O pai que chamava a atenção do garçom no final da refeição e fazia mímica de que estava escrevendo para pedir a conta. Eu não me lembrava da última vez que o vira fazer aquilo.

— É mesmo?

— Sim! — confirmou ele, em um tom alegre e travesso. — Pronto, pode olhar agora.

Eu me virei obedientemente para ver três mulheres que não se pareciam em nada, a não ser pelo fato de que todas tinham cabelos grisalhos, paradas no balcão, examinando os doces na vitrine.

— Ah, sim — falei, concordando.

— Nancy, Diana e Unity. Lá estão elas.

— Lá estão elas — repeti. — Muito bem. Chá?

— Nancy deve ter vindo da França. Eu adoraria falar com ela. Gostaria de saber como ela lidaria com alguém tão classe média como eu.

— Sr. Dean?

Nós dois nos viramos. Um homem estava de pé diante da nossa mesa — quarenta e poucos anos, o rosto cheio com cabelo castanho volumoso e óculos redondos de tartaruga.

— Sou Arthur Lunn. Fui seu aluno anos atrás. Na St. Michael's. — Meu pai ficou olhando para ele sem expressão. — O senhor não deve se lembrar de mim. Mas lembro que me deu uma ajudinha quando eu estava me inscrevendo para Oxford. Tenho certeza de que foi só por isso que consegui entrar.

— É um prazer conhecê-lo — falei. — Sou a filha dele, Nina.

Meu pai estava visivelmente distraído com as três mulheres no balcão.

— Que faculdade você fez em Oxford? — perguntei.

— A Magdalen. Odiei a maior parte do tempo, mas, ainda assim, o dia em que recebi a carta de admissão provavelmente foi o mais feliz da vida da minha mãe, portanto tenho muito a lhe agradecer, Sr. Dean.

— Chame-o de Bill — pedi.

Meu pai virou a cabeça brevemente na nossa direção.

— Sim. Bill — disse ele.

— Bill. Soa estranho, íntimo demais, chamar um professor pelo primeiro nome, mesmo eu já tendo 44 anos.

— Sim, é estranho mesmo — concordei, me agarrando às banalidades.

— Na verdade, eu estava mesmo querendo entrar em contato com você, para contar que fizeram um grupo no Facebook em sua homenagem, onde muitos dos seus antigos alunos falam sobre você e compartilham histórias e lembranças suas como professor. Também tem algumas fotos antigas muito boas das comemorações de fim de ano. Preciso contar a eles que te encontrei.

Meu pai continuou a observar as três mulheres.

— Pai — falei gentilmente, tentando chamar sua atenção.

Ele se concentrou em nós.

— Você já leu *Amor num clima frio*? — perguntou meu pai.

Arthur tentou educadamente esconder sua perplexidade.

— Não, acho que não.

— Deveria.

— O que você faz hoje? — perguntei, tentando preencher as rachaduras da lógica conversacional do meu pai com qualquer assunto aleatório.

— Sou advogado — disse ele. — O que provavelmente é um desperdício de um diploma de Inglês. Mas acho que talvez todo emprego seja um desperdício de um diploma de Inglês.

— Sim — concordei. — Acho que você está certo.

Eu estava ansiosa para explicar a ele que meu pai estava doente... e desesperada para que as lembranças antigas que aquele homem tinha do Sr. Dean, inspirando-o e encorajando-o, não fossem substituídas pela imagem daquele homem desconectado que mal conseguia dizer oi.

— Bem, é melhor eu ir, estou aqui com minha família.

Ele apontou para uma mulher a uma mesa, se preparando para sair com dois meninos pré-adolescentes de casacos azul-marinho, com o mesmo cabelo castanho abundante do pai.

— Foi muito bom vê-lo. Penso em você toda vez que começo um livro novo. Sempre nos disse que a literatura é para todos e que nunca devemos nos sentir intimidados por ela. Hoje em dia digo isso para os meus dois meninos, que ainda estão só começando a amar a leitura.

Meu pai sorriu para ele e não disse nada.

— Muito obrigada por ter vindo até a nossa mesa — falei.

Enquanto via Arthur e a família indo embora da confeitaria, me dei conta de que devia ser ele na foto que encontrei na caixa de documentos do meu pai, a do rapaz sorridente com os pais, no dia da formatura na Magdalen College. Tive vontade de correr atrás dele e explicar o que estava acontecendo, mas meu pai estava desorientado demais para ser deixado sozinho no café, e eu receava que ele tentasse falar com as três supostas irmãs Mitford que o fascinavam. Assim, fiquei só olhando Arthur e a família saírem da confeitaria e seguirem pela rua até desaparecerem de vista. E papai e eu não conversamos sobre nada além das irmãs Mitford por todo o caminho até em casa.

Minha mãe atendeu a porta usando mais um conjunto esportivo de legging roxa florida e top cinza com casaco de moletom combinando. Nas costas, o casaco tinha o contorno de um Buda com tachas de metal.

— Olá, querido — disse ela ao papai, e deu um beijo no rosto dele. — Como foi a exposição?

— Maravilhosa — respondeu ele.

Minha mãe pressionou com firmeza os lábios cintilantes no meu rosto.

— Nós vimos *O sonho* pela primeira vez, e acho que talvez seja a minha pintura favorita de Picasso — comentei. — As cores, de perto, são incríveis.

— Sim, e além disso acabamos de ver três das irmãs Mitford! Diana, Nancy e Unity — contou meu pai, enquanto se sentava na escada para tirar os sapatos. — Tive vontade de escutar a conversa delas para saber se estavam falando de política.

— Elas não estão todas... — começou a dizer minha mãe.

Eu olhei para ela, lembrando-a do nosso acordo.

— Certo. Que interessante — acrescentou.

— E fomos àquela confeitaria húngara que o papai adora — falei, tentando sutilmente mudar de assunto. — Comer bolo de café.

— Parece que você se divertiu de doer — disse minha mãe.

— Pra valer — corrigiu o papai, segurando o corrimão enquanto se levantava.

— Como?

— Se divertir *pra valer* — reforçou ele. — Ou ser ruim de doer. Não dá pra se divertir de doer.

Minha mãe odiava ser corrigida. Herdei essa característica dela.

— Sim, tá certo, Bill — concordou ela.

— Quer uma xícara de chá, pai?

— Sim, por favor, Bean — disse ele, e foi para a sala de estar.

— A Gwen está aqui — avisou mamãe quando ele fechou a porta.

Fomos para a cozinha, onde Gwen estava sentada diante da mesa, lendo seu bloco de anotações, com uma caneta em uma das mãos e uma xícara de chá na outra. Ela levantou a cabeça e abriu um sorriso largo e reconfortante ao me ver.

— Nina, como vai?

— Bem, obrigada, e você?

— Muito bem. Eu estava colocando a conversa em dia com a sua mãe.

— Contei à Gwen que ele ainda se levanta no meio da noite.

— O que é muito normal nesse estágio — afirmou Gwen. — O relógio biológico do Bill está alterado e a noção de tempo dele está dispersa, o que, como vocês podem imaginar, é muito confuso. Ele não entende por que está escuro no meio da noite porque acha que é de manhã, que acabou de acordar.

— Sim, por isso ele fica fazendo barulho no andar de baixo toda noite às três da manhã — disse minha mãe.

— Desde que ele fique em casa... — falei. — Embora eu entenda que deve ser muito irritante para você, mãe.

Ela assentiu, grata. Com a doença do meu pai, aprendi que, muitas vezes, minha mãe só precisava que reconhecessem as dificuldades que ela estava enfrentando.

— Há algum outro comportamento novo sobre o qual você gostaria de comentar comigo? — perguntou Gwen. — Como estão as fantasias dele?

— A mesma coisa — respondeu ela. — Na maioria das vezes, ele só está em um tempo diferente, acha que ainda está trabalhando ou que a mãe ainda está viva. De vez em quando, são mais elaboradas.

— Acho que é por causa de tudo o que ele já leu — comentei. — O papai passou a vida imergindo em outros mundos, evocando imagens do que lia nas páginas dos livros. Tenho certeza de que isso deve ter dado à mente dele uma riqueza de histórias em que se basear.

— Com certeza — disse Gwen. — E, como já conversamos, se concordar com isso gera um efeito calmante nele, então vamos concordar.

— O único problema é que ele começou a corrigir papéis como se estivesse na escola — falou minha mãe, indo até uma mesinha na cozinha onde ficavam o telefone e uma pilha de cadernos.

Mamãe abriu uma agenda dela, que estava coberta com a caligrafia do papai, com cruzes indicando erro e tiques indicando acerto.

— Tive uma ideia — falei.

Então, coloquei a bolsa na mesa e peguei alguns livros de exercício antigos.

— Encontrei alguns projetos dos meus antigos alunos, de quando eu ensinava inglês. Acho que será fácil encontrar mais alguns. Então, podemos dar a ele para corrigir.

Olhei para minha mãe, que estava claramente desconfortável com a ideia de usar acessórios para aplacar a imaginação do meu pai, mas queria parecer calma e cooperativa na frente de Gwen.

— Boa ideia — disse Gwen, terminando o que restava do chá. — Não custa nada tentar.

— Como está todo o resto? — perguntei à minha mãe assim que Gwen foi embora.

— Ah, o mesmo de sempre. Gloria e eu fizemos pilatus hoje de manhã.

— Pilates — corrigi.

Por que tive que corrigi-la? Eu teria feito o mesmo com Katherine ou com Lola? Por que era tão fácil para as mães acionarem os gatilhos de uma mulher?

— Sim, foi o que eu disse, pilatus.

— E como foi a aula?

— Foi boa... quer dizer, eu me pergunto se realmente adianta ficar deitada de costas, abrindo as pernas para todos os lados, presas a uma alça. E como vai você, querida? — perguntou ela. — Tenho pensado muito em você.

— Estou bem — respondi.

— Nenhuma palavra dele, suponho?

— Não, mas vamos em frente — falei, agressivamente estoica. — Como está a Gloria?

— Está bem, ela também está preocupada com você. Isso é tão estranho para a nossa geração... Na minha época, se você dissesse que iria estar em algum lugar, estaria naquele lugar. Se dissesse: "Encontro com você na porta do supermercado às sete", e não estivesse no lugar marcado, na hora marcada, deixaria a outra pessoa esperando no frio. E era impensável fazer isso com alguém. Eu culpo toda essa facilidade na comunicação, tudo se tornou casual demais. Quando eu era jovem, não havia celular, nem rede social, nem MyFace — continuou ela. Não me dei ao trabalho de corrigi-la. — Ou seja, você tinha que combinar alguma coisa e cumprir com a sua palavra. Onde foi parar o senso de honra?

— Por que marcaria um encontro na frente do supermercado?

— Tá certo, você não quer me ouvir.

— Não, eu quero, sim.

— Só estou dizendo que... Acho que hoje em dia existe muita falta de compromisso entre as pessoas.

— Mas amor não deveria ter nada a ver com dever, mãe — falei, enquanto servia leite em uma xícara de chá até chegar ao tom exato de marrom-claro.

Ela deu a risada teatral de alguém experiente no assunto.

— Amor tem muito a ver com dever, Nina.

Nesse momento, o papai gritou da sala de estar, pedindo para eu levar um copo d'água, além do chá. Minha mãe sorriu, reconhecendo o timing cômico involuntário dele.

— Obrigada por hoje — completou ela.

— Foi um prazer — falei. — Nós nos divertimos muito.

— Quer ficar para o jantar? Aprendi a fazer tagliatelle low carb, apenas com aipo e um descascador de batata, é incrível, pode acreditar.

— Eu adoraria, mas tenho um compromisso.

— Um encontro? — perguntou ela, animada.

— Não, mãe, não é um encontro.

— Estou só brincando. Tem um evento para solteiros na igreja, você deveria vir. Precisamos de mais algumas cabeças. As pessoas estão dando no pé.

— Você anda fazendo muita coisa na igreja ultimamente — comentei, pegando o chá com uma das mãos e um copo d'água com a outra.

— Estou me candidatando ao cargo de secretária social.

— Você ao menos acredita em Deus?

— Não é preciso acreditar em Deus para se divertir — declarou ela, enquanto íamos para a sala de estar.

Meu pai ergueu os olhos do livro.

— Você, com certeza, não! — explodiu ele.

Entreguei a xícara a ele, que se apoiou nos cotovelos para endireitar o corpo na cadeira.

— Certo, é melhor eu ir — falei.

Pousei a mão no ombro do meu pai e apertei carinhosamente.

— Tenho uma pergunta para vocês dois.

— Pode falar — disse minha mãe.

— Qual é a música mais irritante que vocês já ouviram?

Os dois deixaram o olhar vagar, parecendo procurar em suas agendas invisíveis.

— Qualquer coisa de Steve Miller Band — respondeu minha mãe.

— Não, não é insuportável o bastante, preciso de alguma coisa mais unânime. Algo que faria você preferir ter suas orelhas cortadas com uma faca cega.

— Aquela da criatura órfã — disse o meu pai, tomando um gole do chá.

— Oliver? — perguntei.

Ele pôs a caneca na mesa e voltou os olhos para o livro.

— Está falando do musical *Oliver!*? — tentei de novo.

— Da sua amiguinha. De cabelo ruivo, muito estridente. Para ser sincero, devíamos ter jogado aquela menina em um lago bem frio, assim ela nunca mais viria aqui.

— Amiga minha?

— *Annie!* — disse minha mãe, de repente. — Ele está se referindo a *Annie*. Você lembra que levamos você a uma montagem do musical, em um Natal, quando você era pequena? O seu pai odiava tanto as músicas que saiu na primeira meia hora e ficou no saguão, lendo jornal, à nossa espera. — Minha mãe riu ao se lembrar e, felizmente, meu pai não estava mais ouvindo.

— Fantástico — falei. — Obrigada.

Alma já estava na porta do apartamento quando subi para buscá-la, às oito da noite. Havíamos combinado na semana anterior. Eu a chamei para jantar onde ela quisesse, desde que ficássemos na rua até pouco antes das onze. Ela atendeu a porta usando um batom cor de ameixa e exalando um perfume de âmbar.

— Você está linda — elogiei.

— Acho que faz uns vinte anos que ninguém me chama para sair à noite, Nina — disse ela enquanto se segurava no corrimão e descia as escadas até meu apartamento.

— Muito bem, espere um minuto.

Fui até a sala de estar, onde na véspera Joe havia instalado o enorme e pesado aparelho de som dele. Coloquei a trilha sonora de *Annie* para tocar no aparelho e o configurei para que reproduzisse o álbum repetidamente, do jeito que meu ex tinha me orientado. A introdução bombástica de *Tomorrow*, com instrumentos de corda e bateria, reverberou pela sala, então o canto começou. Lamentos agudos anasalados e a tremulação de voz em um vibrato jorraram dos alto-falantes como uma inundação sônica. A estrutura do apartamento estremeceu com o volume. Respirei fundo quando voltei à porta da frente e tranquei-a ao sair.

— Que barulho é esse? — perguntou Alma, enquanto descíamos as escadas para sair do prédio.

— É a trilha sonora de *Annie*. Um musical dos anos 1980.

— Nem parece cantoria!

— Pois é! É perfeito, não é?

— Perfeito — disse ela com um sorriso malicioso.

Alma tinha escolhido um restaurante libanês em Green Lanes. Compartilhamos um banquete longo e refinado: saladas com sumagre, molhos ricamente temperados, lentilhas e cordeiro, pães pita macios como travesseiros, favas com limão e um delicado doce com água de rosas. Conversamos sobre família, amor, sobre os netos dela, sobre meus pais, sobre o Líbano, Londres, sobre cozinhar e comer. Paguei a conta e chamei um táxi de volta para casa, onde chegamos pouco antes das onze horas. Quando abri a porta do prédio, já ouvi a orquestração sacolejante e o refrão agudo e zombeteiro de "It's the Hard Knock Life". A porta do apartamento de Angelo estava entreaberta e, quando ele nos ouviu chegar, veio correndo vestindo um colete branco e calça de moletom cinza. Seu cabelo parecia mais bagunçado e os olhos cor de caramelo mais esbugalhados do que o normal.

— O que é isso? — perguntou ele, apontando para meu apartamento.

— Oi, Angelo.

— Você ficou fora a noite toda?

— Não — respondi.

— Ficou, sim, acabei de ver você entrar.

— Não, acabamos de sair. Essa é a Alma, ela é a sua outra vizinha.

— Quando bati na porta, ninguém atendeu.

— É porque, como você não atende toda vez que eu bato na sua porta, pensei que essa fosse a regra entre nós.

— Boa noite, querida! — disse Alma, já subindo as escadas.

— Boa noite, Alma! Obrigada, a noite foi deliciosa. A música será desligada em... — Olhei o relógio e vi que eram 22h56. — Quatro minutos.

— Sem problemas, meu bem — disse ela.

— Você não pode fazer barulho assim — reclamou Angelo.

— Por que não? É tão alto quanto o barulho que você faz.

— Você nem quer ouvir essa música — disse ele. — Só colocou para me irritar.

— Quero ouvir, sim, é o meu álbum favorito.

Os gritos infantis de "Dumb Dog" descem pelas escadas.

— Escuta, Angelo. Sempre quis ser educada com você, queria que a gente se desse bem. Não queria ser sua amiga, nem nada parecido, mas acho importante ser civilizada com os vizinhos. Tentei ser razoável, fui muito paciente. Mas você fez merda, cara. Fez uma grande merda.

— Coloco a minha música para tocar porque não mora ninguém abaixo de mim. Mas, no seu caso, tem alguém que mora abaixo de você.

— Tem alguém que mora acima de você. E outra pessoa mais acima. E, goste você ou não, três pessoas diferentes estão pagando uma quantidade absurda de dinheiro para viver em uma casa que foi projetada para uma única família.

— O que quer dizer com isso?

— Quero dizer que, tecnicamente, todos compartilhamos a mesma casa. Por isso, temos que ser o mais atenciosos possível uns com os outros. E se não formos capazes de fazer isso, então é melhor irmos embora de Londres.

Ele balançou a cabeça.

— Se você colocar esse som alto de novo, vou chamar a polícia.

— Ótimo. Vai ser desligado antes das onze.

— Não coloque de novo — avisou ele, e voltou a entrar no apartamento.

— Não colocarei se você parar de tocar aquele death metal. Parece um acordo justo.

— Patético — disse ele, antes de fechar a porta.

— VOCÊ é patético! — gritei.

Subi e desliguei a música. O que eu mais queria naquele momento, mais do que tudo, era um aliado. Alguém com quem comentar aos sussurros aquela briga. Queria o prazer de conspirar com alguém. Queria ser o casal na plataforma da estação de Waterloo que animava um ao outro. A única vez que senti falta de Joe como namorado foi quando me lembrei do bom parceiro que ele era quando estávamos juntos. Em todas as situações, víamos as coisas da mesma forma. Os momentos em que eu me sentia mais próxima dele era quando ouvíamos alguém no pub dizer alguma coisa particularmente idiota e sorríamos um para o outro, cada um de um lado da mesa, de um jeito que dizia: *Você, eu, cama, uma da manhã, análise completa do caso.*

Minha solidão era como uma pedra preciosa. Na maior parte do tempo, era cintilante e resplandecente, algo que eu exibia com orgulho. A primeira vez que procurei um consultor de financiamento de imóveis, contei a ele sobre minha situação financeira: sem ajuda dos pais, sem segunda renda de um parceiro, sem pensão, sem carteira de trabalho assinada, sem bens e sem herança familiar no meu futuro. "Então, é a Nina contra o mundo", tinha dito ele em um tom casual, enquanto examinava meus extratos bancários. *Nina contra o mundo*, eu ouvia sem parar em minha mente sempre que precisava de coragem. Mas por baixo desse diamante de solitude havia uma ponta afiada que de vez em quando me espetava, fazendo com que essa pedra parecesse mais perigosa do que preciosa. Talvez aquele lado irregular fosse essencial. Talvez fosse exatamente o que dava o brilho da superfície de minha solitude. Mas a solidão, antes apenas triste, recentemente havia começado a parecer assustadora.

Como não conseguia dormir, liguei o rádio ao lado da cama e sintonizei em uma estação de música clássica.

— Boa noite, notívagos — ouvi em uma voz açucarada e lenta como caramelo escorrendo. — Alguns de vocês podem estar indo para a cama, outros podem estar prestes a dormir. Alguns, eu sei, estão começando agora o turno de trabalho.

Reconheci a voz dela na mesma hora, embora parecesse mais baixa e lenta do que eu me lembrava.

— Onde quer que você esteja, o que quer que esteja fazendo, dedico a você esse Brahms ultrarrelaxante.

Quando eu era criança, ela era a melhor DJ de rádio, na estação pop mais ouvida, no horário de maior audiência, tão famosa por suas festas de arromba fora do ar quanto pelas participações malucas pelo telefone em seu programa. Meu pai e eu a ouvíamos no caminho para a escola todas as manhãs no Nissan Micra azul. Parei de ouvir o programa no meio da adolescência, na época em que ouvir rádio no café da manhã deixou de ser descolado. Mas voltei a ouvir anos depois, quando estava na universidade, sintonizando diariamente seu programa vespertino em uma estação indie, que tocava bandas pouco conhecidas, recém-contratadas por gravadoras. E agora eu a encontrava novamente, tocando tarde da noite em uma estação de música clássica. Que estranho vê-la envelhecer comigo e marcar as décadas da minha vida com a transição daquela DJ por vários gêneros musicais. Todo mundo envelhece. Ninguém permanece jovem para sempre, mesmo quando a juventude parece uma parte integrante de quem somos. É uma regra tão simples de ser humano, mas volta e meia eu achava difícil compreendê-la. Todo mundo envelhece.

Eu me perguntei se Max alguma vez pensava em mim antes de dormir. Os segundos vagos e flutuantes que precedem o sono, quando os pensamentos começam a girar do avesso e as sinapses ficam psicodélicas, eram os momentos em que eu mais sentia a presença dele. Era quando eu tinha a sensação de estar estendendo a mão para Max, esperando sentir a mão dele tocar a minha de volta. Eu esperava, naquela noite, encontrá-lo em algum lugar enquanto ambos estivéssemos dormindo, falar com ele sem vê-lo, em algum lugar do céu noturno de Londres.

Olhei o celular assim que acordei na manhã seguinte. Não havia novas mensagens.

# 13

Bati na porta de mogno ao lado da minha, no corredor comprido e escuro.

— Entre — resmungou ele.

Joe estava de meias, cueca boxer, camisa e com duas das três peças do terno azul-marinho já vestidas. Ele tentava arrumar a gravata diante do espelho.

— Eu não quero ser cruel no dia do seu casamento — falei. — Mas não sei se você tem pernas para isso.

Ele suspirou.

— A calça tá na prensa térmica. Estava toda amassada e a Lucy vai ficar furiosa se vir vincos nela na cerimônia.

— Por que estava toda amassada? Eu disse para você pendurar a calça quando chegamos aqui ontem.

— *Porque* — retrucou ele, mal-humorado — quando cheguei no quarto ontem à noite, tomei um banho, me confundi e usei a calça como toalha, e depois joguei no chão.

— Você não deveria ter jogado no chão, mesmo que fosse uma toalha.

— Nina. Por favor.

— Estou tão feliz que você vai se casar e outra pessoa será responsável por administrar para sempre esse seu desprezo pelo armazenamento de toalhas!

O rosto de Joe parecia pálido e frágil, como carne de caranguejo sem casca, e seus olhos redondos e pequenos o faziam parecer ainda mais com um crustáceo. Estávamos ambos com uma ressaca fortíssima. O jantar dos padrinhos tinha acontecido no pub, na noite da véspera, e terminou às três e meia da manhã com todos nós no estacionamento subindo uns em cima dos outros como líderes de torcida.

— Como você está se sentindo?

— Péssimo — respondeu ele.

— Muito bem, como já fui madrinha de casamento quatro vezes, tenho a habilidade necessária para fazer você parecer e se sentir incrível. O que posso fazer por você? Uma máscara facial? Pedir um suco verde?

— Um quarteirão com queijo do McDonald's.

— Não, eu não vou te dar isso, você comeu um monte de fritura no café da manhã.

— Talvez uma cerveja, então.

— Tá bem, acho que isso é permitido. Um pouco de álcool para rebater o excesso de ontem.

Peguei a calça dele na prensa e pendurei corretamente.

— Quando vai ser a sessão de fotos dos padrinhos?

— Não sei — disse Joe. — Daqui a meia hora, eu acho.

— E há mais alguma coisa que precisamos fazer para você ficar pronto?

— O que eu preciso fazer além de me vestir?

— Não acredito que é assim desse lado — falei.

Em todos esses anos, eu me perguntei como seria. Enquanto todas as noivas que conheço passaram a véspera do casamento fazendo dieta de sucos detox e bronzeamento artificial, acordando às seis da manhã para fazer cabelo e maquiagem, os noivos estão em um pub na mesma rua, enchendo a cara, se acabando em frituras e se divertindo.

— Por favor, não tenha um surto feminista na manhã do meu casamento.

— Não estou tendo, só estou dizendo que é bom finalmente saber como é ser homem. Ter um breve vislumbre disso por um dia.

— No fundo, você sempre quis ser menino — disse ele, pegando a calça. — Peter Pan.

— Acho que nenhum homem jamais vai me conhecer e me entender tão bem quanto você, Joe.

— Vai, sim — afirmou Joe. — E estou feliz que não seja aquele babaca de quinze metros de altura.

— Joe.

— Desculpe, mas estou mesmo.

— Eu percebi que você não tinha gostado dele naquela noite em que vocês se conheceram. Você foi péssimo em disfarçar.

— Posso te perguntar uma coisa agora que acabou?

— Pode.

— Qual o tamanho do pau dele?

— Não vou responder a uma pergunta dessas.

— Não é ciúme, nem nada assim, só estou intrigado porque às vezes esses caras grandes têm um pau bem atarracado. Mas talvez só pareçam atarracados em comparação com o resto do corpo e, na verdade, tenham o tamanho normal, né?

Parei na frente dele para ajeitar a gravata, como uma mãe preparando o filho para a primeira comunhão.

— O pau dele era tão grande quanto o seu coração, meu caro Joe.

— Ah, para com isso, cara — disse ele, gargalhando.

— De qualquer modo, não dou muita importância para pau grande. Só as hipócritas dizem amar pau grande.

— É verdade — concordou Joe. — E óleos de massagem.

Sempre que falava com Joe, eu acabava me dando conta de como criamos juntos quem somos. Em pubs, nos nossos sofás, em longas viagens de carro... naqueles sete anos de relacionamento, nós inventamos uma linguagem que estava tão profundamente enraizada em nosso cérebro que eu não distinguia quais piadas eram dele e quais eram minhas.

— Escuta — falei, segurando-o pelos ombros —, tenho a sensação de que a Lucy não quer que as pessoas saibam que eu e você namoramos, então o que eu digo quando me perguntarem como nos conhecemos?

— Diga a verdade — falou Joe, e passou os braços em volta da minha cintura. — Diga que crescemos juntos.

Nos abraçamos com força. Foi um raro momento de sentimentalismo sem reservas para nós dois.

— Era exatamente assim que as coisas deveriam ser.

— Era — concordou ele.

Joe encostou os lábios na minha bochecha e os manteve ali por alguns segundos antes de me dar um beijo de despedida.

— E eu não mudaria nada.

Quando chegamos à igreja, Franny já estava lá, desempenhando as funções desnecessárias de madrinha. Ao que parecia, Lucy estava preocupada que os padrinhos "distribuíssem errado os programas do casamento", por isso instruiu a amiga para que nos supervisionasse. Franny ensinou aos quatro padrinhos de ressaca como distribuir uma folha de papel. Quando os convidados começaram a entrar na igreja, ela ficou ao meu lado para monitorar os primeiros e se certificar de que eu estava fazendo tudo certo.

— Isso é muito divertido — disse ela, esfregando a lapela do meu terno azul-marinho combinando com a camisa de seda azul-clara.

— Obrigada.

— Infelizmente, não fico bem com roupas de alfaiataria, sou peituda demais. — Ela estufou os seios, envolta em um longo e ondulante vestido de viscose cinza. — Bem, é melhor eu ir.

— Quando chega o carro com a noiva e as madrinhas?

— Carros — corrigiu ela. — Cinco carros.

— Por que cinco?

— Somos catorze madrinhas.

— Catorze?

— Sim. A Lulu tem muitas melhores amigas. Somos uma irmandade.

— Tô vendo.

— Vejo você no altar! — disse ela.

Katherine e Mark foram os primeiros a chegar. Katherine parecia sofisticada em um vestido de seda amarelo-claro de decote alto que se derramava sobre a protuberância da gravidez como molho holandês por cima de um ovo poché perfeito. Olive ia passar o fim de semana com os pais de Katherine, que fez questão de enfatizar que só não tinha levado a filha porque ela "poderia fazer barulho durante a cerimônia" e não porque não a queria lá. Mark me confessou que com certeza não queria a filha lá e que, na verdade, já tinha tomado duas cervejas no caminho, pois não estava dirigindo. Dan e Gethin chegaram logo depois, com a filha bebê amarrada a Dan por um sling. O rosto dos dois mostrava exaustão, felicidade, apatia e pânico em diferentes proporções, e eu reconheci naquilo a expressão do que significava a chegada de um bebê.

Nossos amigos da universidade chegaram, sendo que a maioria deles eu só via mesmo em casamentos. Como sempre, fiquei perplexa com a cruel loteria da perda de cabelo entre os homens. Os caras que entraram na faculdade com madeixas douradas longas e exuberantes acabaram com uma penugem clara cobrindo a cabeça. Homens que no último casamento tinham cobertura capilar total, de repente passaram a exibir o couro cabeludo em uma área perfeitamente circular posicionada bem no topo da cabeça, como um solidéu de pele humana. Aquilo quase me fazia achar que envelhecer era mais fácil para as mulheres.

Lola foi uma das últimas a chegar, usando um vestido maxi, de um tom de tangerina-neon, com uma capa que ia até o chão e fazia com que ela parecesse uma aluna de Hogwarts em uma rave de 2006. Seu cabelo estava enfeitado com grandes gardênias artificiais. Lola tinha ido a um evento de encontros rápidos na noite anterior, que terminou sem *matches* entre os caras e as mulheres. Todas as participantes do sexo feminino acabaram em um bar próximo, onde ficaram até as quatro da manhã. Andreas, embora continuasse sendo o usuário mais ativo do WhatsApp, tinha começado a ignorar as mensagens dela. Lola tinha ido ao evento para abrir novamente suas opções.

Os padrinhos ocuparam seus lugares e Joe se posicionou no altar, mudando o peso do corpo de um pé para o outro e ajustando nervosamente a gravata. Alertei-o, sem emitir som, para que deixasse a gravata em paz. Então, a marcha nupcial começou a tocar. Sete duplas de madrinhas, usando várias versões do mesmo vestido de viscose cinza, entraram carregando buquês de peônias cor-de-rosa, todas parecendo incrivelmente satisfeitas por fazerem parte do grupo escolhido. *Somos uma irmandade.* Eu jamais me identificaria com esse tipo de feminismo de gangue de mulheres, grupos de amigas que se autodenominam "a confraria" e coisas do tipo nas redes sociais e que reivindicam uma superioridade moral só porque se encontram toda semana para um brunch. Ter amigas não faz de você feminista; falar o tempo todo sobre amizade entre mulheres não faz de você feminista. Tentei me lembrar da formação original do So Solid Crew, a banda de garagem do Reino Unido que tocava nas festinhas da minha escola nos anos 2000, e acho que o número de integrantes era o mesmo que o do grupo de madrinhas de Lucy.

Lucy parecia a noiva clássica perfeita: angelical, feminina, apaixonada e cara. Ela usava um vestido creme sem alças com uma enorme saia em "A" cuja barra parecia capaz de abrigar todas as catorze madrinhas. Por cima do vestido, ela usava um bolero de renda creme como um toque de discrição, e seu cabelo estava penteado em ondas impecáveis. O pai, de pele castigada, excessivamente torrada pelo sol de Marbella, e com o rosto achatado, segurou a mão dela. Ergueu o véu da filha depois de subirem no altar e beijou-a no rosto, seu próprio rosto franzido no esforço de conter as lágrimas. Ele segurou a mão de Lucy por mais algum tempo, então ela se virou para Joe com um sorriso.

Eu ainda não sabia se algum dia iria querer me casar. Mas sabia que, se isso acontecesse, a maior probabilidade era de que meu pai não estivesse presente. Ou, se ainda estivesse, àquela altura provavelmente não seria capaz de processar o que estava acontecendo. Envelhecer era uma coisa cada vez mais desconcertante, mas aqueles momentos eram os piores — perceber que potenciais memórias futuras estavam sendo tiradas de você ano após ano, como estradas sendo interditadas.

Sequei as lágrimas cuidadosamente com os nós dos dedos e Joe fez o mesmo, enquanto Lucy estava radiante. Ela segurou a mão dele para acalmá-lo. O resto do casamento foi tão longo e sem graça quanto todos os outros casamentos religiosos em que já estive. Um padre idoso que não sabia nada sobre a noiva, a não ser que ela havia sido batizada na igreja trinta anos antes, fez algumas piadas esquisitas. Todos ignoraram as referências a Deus e ao fato de que o casal deveria inexplicavelmente amar a Deus mais do que um ao outro. Todos riram daquela parte estranha dos votos, que eu nunca ouvi um padre pronunciar de qualquer outro jeito que não "união *seqsual*". Houve algumas leituras nada marcantes feitas por alguns primos sardentos. E uma terrível apresentação musical que fez os esfíncteres de todos se apertarem na madeira fria dos bancos (Franny, cantando "Ave Maria" à capela). Todos cantaram os hinos com uma voz fraca e esganiçada, aguda demais. Quando os noivos saíram da igreja, jogamos confete cor-de-rosa e violeta que tinha a textura de serragem.

Lola já estava com duas taças nas mãos quando a encontrei no gramado da casa da família de Lucy, onde estava acontecendo a recepção.

— É champanhe de verdade — informou ela. — Não é incrível? Tome, pegue uma taça.

— É uma bela casa — comentei, enquanto examinava a casa branca e grande dos anos 1920 à nossa frente.

— Parece que o pai dela pagou à vista, em dinheiro, há vinte anos. Gângster.

— Não é, não.

— É, sim.

— Você está sendo maldosa só porque ele usa joias de ouro.

— Nina, estou falando sério, pergunte a qualquer um que a conheça. No lavabo, há fotos dele com os gêmeos Kray. E ele desapareceu por seis anos na década de 1980, depois de matar um homem.

— Gângsteres não moram em Surrey.

— Imagina! *Todos* eles moram em Surrey. É por isso que fazem o que fazem. Assim, podem mandar os filhos para uma escola com quadra de tênis e ter um Jaguar XK8 estacionado no cascalho na frente da casa.

Lucy passou por nós e acenou majestosamente. Lola acenou de volta, chamando-a. Ela deu um beijo delicado no nosso rosto, para não estragar a maquiagem imaculada.

— Como você está?! — perguntei.

— Ótima, obrigada — disse ela. — Estou aproveitando muito o dia.

— De onde é o seu vestido?

— De uma butique pequena, que não fica muito longe daqui, na verdade. Nunca pensei que iria optar por um vestido sem alças, mas foi o que aconteceu.

Percebi que Lucy estava ansiosa para ir dar atenção a outros convidados, mas estava nos dedicando gentilmente os três minutos que nos cabiam. Percebi que o tom da nossa conversa era como o de duas jornalistas do showbiz entrevistando uma estrela de cinema no tapete vermelho.

— Tenho que cumprimentar algumas pessoas, mas vejo vocês mais tarde.

Então, ela se afastou com toda a pompa e elegância, a cauda do vestido enrolada no pulso como a da Cinderela.

— Como foi hoje de manhã? — perguntou Lola.

— Tudo ótimo — falei. — Foi bem divertido. Você deveria ver como é com os caras, Lola. Não iria acreditar.

— Me conta *tudo*.

— Ficar acordado até tarde e muito bêbado na noite anterior, com direito a músicas de marinheiro e tudo o mais. Acordar às onze. Comer um monte de frituras no café da manhã. Tomar banho, trocar de roupa, tirar fotos por dez minutos e depois ir para a igreja.

— Meu Deus...

— Agora entendo por que os homens sempre dizem que se divertiram muito no dia do casamento, e tantas mulheres que conheço quase tiveram um colapso.

— É tão injusto...

— Acho que os homens também não têm ideia do que acontece do outro lado. Acho que eles não sabem nem dos roupões combinando, com o nome das madrinhas bordado nas costas.

Lola suspirou.

— Vou pegar mais bebida. Às vezes, eles só servem champanhe para abrir os trabalhos, na primeira meia hora, antes de trocarem por coisas mais difíceis de engolir.

— Tipo espumante Cava?

— É.

Fui até onde Katherine conversava com Meera, que carregava no colo um menino de um ano, Finlay. Eu me abaixei e olhei nos grandes olhos cor de chocolate do menino, que ainda cintilavam com as lágrimas da última birra.

— Onde está o Eddie? — perguntei a Meera.

— Ah, ele e o Mark estão fumando maconha no estacionamento — disse Katherine com um suspiro.

— Estamos na recepção há menos de uma hora.

— Pois é — concordou Katherine. — Os papais estão se divertindo pra valer.

Meera reparou na expressão de crítica estampada em meu rosto.

— Tenho certeza de que mais tarde vou me divertir um pouco — afirmou ela.

— Quer o colinho da tia Nina? — perguntou Katherine a Finlay com uma voz doce e aguda, antes de passá-lo para mim.

Ele se contorceu nos meus braços e seu peso quente e tranquilizador fez os meus pés parecerem colados ao chão.

— Como está passando dessa vez? — perguntou Meera a Katherine.

Katherine acariciou a barriga.

— Muito bem, na verdade. Eu adoro estar grávida.

— Meu Deus, você tem sorte. Eu odiei. Tive que abrir mão de todas as minhas coisas favoritas... vinho, cigarros, cafeína, bons queijos.

— Não me importo com essas coisas — afirmou Katherine, enquanto ajeitava os óculos de sol. — Adoro passar por uma desintoxicação completa. Não sinto falta de nada disso.

Lola se aproximou com três taças de champanhe e passou uma para mim.

— Ai, meu Deus, os pais do Andreas estão aqui.

— O quê? — falei. — Como você sabe?

— Quem é Andreas? — perguntou Katherine.

— Um cara com quem andei saindo.

— Você está namorando? — perguntou Meera.

— Não, na verdade, não.

— Espera — falei. — Como você sabe que são os pais dele?

— Porque eu obviamente fucei todos os álbuns dele no Facebook e os reconheci de lá.

— Tem certeza?

— Absoluta. Ai, meu Deus, quais eram as chances de uma coisa dessas acontecer? Eles devem ser amigos dos pais da Lucy. — Ela jogou a cabeça para trás e tomou o champanhe com vontade.

— Certo, não se estresse com isso, eles não vão reconhecer você, portanto é só ignorá-los — sugeriu Meera.

— Não quero ignorá-los o dia todo. Quero fazer amizade com eles.

— Por quê? — perguntei sem entender.

— Porque, se eu fizer amizade com eles, da próxima vez que virem o Andreas, os dois podem dizer: "Conhecemos uma moça encantadora em um casamento, chamada Lola, e ela é exatamente o tipo de pessoa que você deveria namorar." E aí, ENTÃO, ele vai se dar conta do que está perdendo.

— Podemos, por favor, banir a frase "o que ele está perdendo"? — pedi. — Eu gostaria de publicar um guia de estilo com regras para falar sobre ser solteira, e "o que ele está perdendo" está estritamente proibido.

Katherine passou o braço em volta de Lola.

— Meu bem, você tem certeza de que isso é uma boa ideia? — perguntou.

— Sim, ou... OU... eu poderia fazer amizade com eles e postar uma foto nossa juntos no Instagram? Isso realmente deixaria o Andreas nervoso!

— Você vai parecer uma stalker — comentou Meera.

— Não, mas o Andreas não sabe que eu sei que eles são os pais dele. No que me diz respeito, os dois são só um casal simpático de uns sessenta anos que conheci em um casamento e que me convidaram para passar um fim de semana na casa deles esse verão. Assim o Andreas não vai conseguir me ignorar, certo?!

— Acho que você deveria segurar o bebê — falei, passando Finlay para Lola. — Ele é muito reconfortante.

Ela acomodou o menino no quadril e ficou balançando de um lado para outro. Finley gorgolejou e riu.

— Você leva jeito — comentou Katherine.

Fui patética o bastante para perceber que ela não tinha dito aquilo quando eu estava segurando Finlay. A performance pública do cuidado com bebês tinha se tornado um esporte competitivo para mulheres sem filhos em eventos nos últimos cinco anos. Todas esperávamos que aquelas três palavras fossem dirigidas a nós por um Árbitro de Qualificação Materna como Katherine: *Você leva jeito*.

— Meninas! — chamou Franny vindo apressada na nossa direção, acenando com a mão. — Vamos fazer uma foto de grupo com todas as meninas casadas ou comprometidas. Portanto, Lola e Nina, fiquem aqui, mas vocês duas precisam vir comigo.

— Você *tá de sacanagem?* — disse Lola.

— Não é? — falou Meera. — Mas tenho a sensação de que hoje não é o dia de protestar.

— A gente cuida do bebê — falei.

Meera e Katherine caminharam em direção à frente da casa, onde várias mulheres já estavam reunidas.

— VIÚVAS TAMBÉM CONTAM? — gritou uma tia-avó de aparência frágil com o cabelo grisalho e uma bengala na mão.

— Sim, desde que VOCÊ TENHA UMA ALIANÇA NO DEDO! — berrou Franny do outro lado do gramado, enquanto a tia-avó se aproximava mancando apressada. — SE FOR SÓ UM PEDIDO DE CASAMENTO TEÓRICO OU SEM ALIANÇA, NÃO PRECISA SE JUNTAR A NÓS.

No gramado onde estávamos restaram apenas ternos e um punhado de mulheres que sorriam com simpatia uma para a outra. Tínhamos sido marcadas. O fotógrafo andava rápido de um lado para outro diante da fila de mulheres, pedindo a todas que estendessem a mão com a aliança.

— Isso! — gritou ele. — Agora, pareçam felizes, vocês estão todas apaixonadas!

— Estamos?! — gritou Franny, antes de acenar para o marido e arrancar uma risada vulgar das outras.
— Foi por isso que elas lutaram — comentei. — Todas aquelas mulheres antes de nós que foram casadas e trancadas em casa, sem voz, voto, dinheiro ou liberdade. Era isso o que elas queriam. Que um grupo de esposas profissionais ficassem acenando com suas alianças como se fosse um prêmio Nobel.
— Acho que a Franny talvez seja uma cretina renomada, sabe — disse Lola.

Fui colocada na mesa com Meera e Eddie, Mark e Katherine, Franny e o marido, Hugo, e Lola. Desde que Joe e eu terminamos, eu e Lola muitas vezes éramos acomodadas como um falso casal. Como em todos os casamentos, a parte do dia que se passava bebendo no gramado já havia durado uma hora e todos estavam um pouco bêbados demais para se sentarem para jantar. Mark estava tateando a garrafa de gim que era um dos brindes da festa, tentando abri-la e beber tudo de uma vez. Eddie estava empolgado, o rosto cor-de-rosa de tanto beber enquanto ele explicava para todos na mesa por que achava que havia tantas mulheres interessantes de trinta e poucos anos ainda solteiras.
— É a Curva do Blair — afirmou ele, inclinando-se por cima da mesa para encher meu copo com vinho branco. — Estou convencido disso.
— O que é a Curva do Blair?
— Mulheres com diplomas universitários raramente se casam com homens sem diploma, mas os homens são menos exigentes — explicou ele. — E como Tony Blair fez mais pessoas cursarem a graduação, há muitas mulheres com ensino superior que lutam para encontrar parceiros de longo prazo. Esse grupo é a Curva do Blair.

— Então, basicamente, nos tornamos inteligentes demais para casar.

— Isso mesmo — confirmou ele.

— Nossa, isso é muito encorajador...

— Onde está a Lola? — perguntou Katherine.

A cadeira ao meu lado estava vazia.

— Não sei — falei.

Olhei ao redor e a vi parada perto do mapa das mesas, parecendo um pirulito gigante de laranja, rindo e conversando com um casal na casa dos sessenta anos.

— Ah, meu Deus. Acho que ela está falando com os pais do Andreas.

— Eu tenho uma pergunta para todos vocês, casados! — disparou Franny. — Desculpe, Nina.

Balancei a cabeça.

— Sem problema, sério — falei.

— Quero saber qual é a sua linguagem do amor.

— O que é uma linguagem do amor? — perguntou Mark.

— Ah, Mark, você deve saber! Katherine, você sabe?

— Sei, eu fiz o teste na internet.

— Eu também — disse Meera.

— Certo, então escutem com atenção, meninos — disse Franny. — Existem cinco maneiras diferentes de expressar amor e cada pessoa é diferente. Foi tão útil para nós descobrir quais são as nossas, não foi, meu bem?

— Foi — bradou Hugo, e enfiou um pãozinho na boca.

— Então, a minha foi "atos de serviço", ou seja, me sinto amada quando alguém faz coisas atenciosas por mim, como preparar um banho ou fazer o jantar. Já a linguagem do Hugo é "palavras de afirmação", portanto ele precisa de elogios e reforço positivo.

— A minha também foi "palavras de afirmação"! — contou Meera.

— A minha foi "tempo de qualidade" — falou Katherine.

Olhei ao redor da mesa. Os três maridos checavam o celular ou mantinham o olhar perdido, bêbados. Será que só as mulheres tinham a capacidade de achar seus próprios relacionamentos tão fascinantes? De fazer do homem que amavam um projeto e uma identidade? Lola se sentou ao meu lado e tirou a capa de neon.

— Lola, qual é a sua linguagem do amor? — perguntou Franny, o queixo apoiado singelamente na palma da mão.

Lola encolheu os ombros.

— Não sei. Anal, provavelmente.

Franny se recostou na cadeira, se esforçando para disfarçar quanto ficara horrorizada.

— Então, fiz um reconhecimento de terreno com os pais do Andreas. Um casal muito legal. Eles conheceram os pais da Lucy quando os filhos estudavam juntos no ensino fundamental e continuaram amigos depois disso. Perguntei, "Ah, e quantos filhos vocês têm?", e eles disseram, "Dois, o Andreas e o Tim", e eu apenas sorri.

— Está se sentindo melhor?

— É claro que não.

Durante o jantar de três pratos, um cantor lounge ia de mesa em mesa, com um microfone na mão, cantando clássicos da música norte-americana. Além dele, havia ainda um malabarista e uma quiromante. Nunca entendi por que recepções de casamento precisam ter esse nível de entretenimento multissensorial do começo ao fim.

Assim que pôde, Lola acenou para a quiromante, o que me obrigou a conversar com o marido de Franny, Hugo, que trabalhava como assessor de imprensa do Partido Conservador.

— Sou conservador na economia, mas liberal nos costumes — declarou ele, dois minutos depois de eu perguntar sobre seu trabalho.

Eu não ficaria surpresa se pessoas de trinta e poucos anos, com inclinação política à direita, recebessem pelo correio um roteiro que as preparasse para situações sociais.

— Não sei se acredito que isso é possível — comentei. — Eu sei o que você está tentando dizer. Só que "Eu amo os gays, mas não me importo com os pobres" não pode ser uma afirmação liberal em nenhum sentido.

— Eu me importo com os pobres.

Katherine olhou para nós do outro lado da mesa. Ela detestava quando alguém falava sobre política.

— Só acho que a política não pode ser governada pela emoção, o progresso acontece quando há sistemas econômicos eficazes em vigor.

— Você tem sorte — falei.

— Por quê?

— Por não sentir emoção em relação à política.

Meus olhos foram atraídos para Katherine, que pegou o copo dela, colocou embaixo da mesa, ao lado da cadeira, e acenou para Mark. Ele encheu o copo com vinho branco.

— Isso é um luxo.

— Não é um luxo, é uma escolha. Racional.

— Do que vocês dois estão falando? — perguntou Franny, inclinando-se sobre nós.

— Estamos falando sobre o trabalho do Hugo.

— Ah, não é fascinante? Adoro ouvir sobre o trabalho dele. Me faz questionar o que estou fazendo da minha vida, cantando árias inúteis. Você já contou a ela sobre aquele novo projeto que está desenvolvendo na área do meio ambiente?

— Não vou aborrecer a Nina com isso — disse Hugo.

Sorri agradecida e me virei para Lola, que estava colocando tempurás de camarão na boca enquanto conversava com Eddie.

— Eu só queria que houvesse, tipo, um cheque especial para bebês, sabe? Eu gostaria de poder comprar dez anos a mais de tempo, que pudesse usar se precisasse. Não entendo por que o banco da vida não pode me dar isso. Eu ficaria feliz em pagar juros todos os meses até os cinquenta anos, só para garantir que está bem guardado. — Eddie estava balançando a cabeça lentamente, a gravata a meio-mastro.

— Eu me sinto um pouco enganada, para ser sincera. Me disseram que eu poderia comprar o que quisesse. Ou trabalhar para isso. Ou controlar através de um aplicativo. Mas não posso comprar amor. Também não consigo amor em um aplicativo.

— Pensei que dava para namorar por aplicativo — disse Eddie em uma voz arrastada.

Lola enfiou o garfo no petisco que ainda estava no prato de Eddie, balançando a cabeça. Ela se inclinou para ele de forma conspiratória, segurando o camarão um pouco perto demais do rosto dele.

— Tudo mentira — sussurrou.

Tentei me lembrar do que conversávamos na primeira leva de casamentos, em nossos vinte e poucos anos.

O discurso do Pai da Noiva foi o primeiro, incluindo uma longa lista de todas as conquistas esportivas de Lucy na escola e uma análise completa dos seus resultados impressionantes no vestibular. O grand finale foi quando ele revelou que seu presente para o casal estava esperando na garagem. Os convidados foram obedientemente até lá, onde um Audi azul-marinho aguardava, com um laço lilás em volta. Joe e Lucy pularam de alegria como se fossem os vencedores de um game show, enquanto o restante de nós aplaudia.

— Acabei de me dar conta de que não comprei um presente para eles — disse Lola enquanto caminhávamos de volta para a marquise.

— Não importa — tranquilizei-a.

— Importa, sim. Eu nunca tinha me esquecido de comprar um presente de casamento antes.

— Dê uma olhada na lista de presentes, tenho certeza de que sobrou alguma coisa.

Ela pegou o celular na bolsa laranja e entrou no app do e-mail para encontrar o link da lista de presentes.

— Agora *não*, obviamente — falei.

— Não, preciso fazer isso agora, que vergonha.

O discurso do padrinho foi feito por um amigo de infância de Joe que, lamentavelmente, fazia parte de um grupo de improviso em seu tempo livre, o que explicou os inúmeros adereços e perucas usados durante a meia hora que levou para contar uma coleção de histórias aleatórias nada engraçadas. Quando foi a vez de Joe falar, ele se levantou tão altivo e orgulhoso quanto um urso de pelúcia gigante em uma vitrine de colecionador. Percebi que ele estava tomando cuidado com a quantidade de álcool que ingeria porque falava com formalidade e reverência, agradecendo pacientemente a cada membro da família, a cada madrinha, a cada padrinho e a cada fornecedor do casamento. Joe também prestou uma homenagem carinhosa aos pais, cujo casamento, segundo disse, era uma inspiração. Então, se virou para Lucy, que o fitou com adoração.

— No nosso primeiro encontro, perguntei como você gostaria de estar em dois anos — disse ele, então se voltou para os convidados, para um esclarecimento à parte. — Pareceu uma pergunta de entrevista de emprego, é claro. — Ele esperou pelas risadas educadas. — E você me disse: "Apaixonada."

Olhei para Lola, que estava navegando pela página da lista de presentes on-line.

— Não sobrou nada, só o secador de salada — sussurrou ela.

— Shhh — falei.

— Eu nunca havia conhecido alguém tão certa não só do que queria, mas também do que merecia. Soube então, já no nosso primeiro encontro, que você era a única pessoa com quem eu queria ficar. Você me inspira, você me organiza — disse, com outro olhar malicioso para os convidados. — Você me ajuda a me tornar o melhor homem que posso ser. Uma vez li que a definição de amor é "ser o guardião da solidão de outra pessoa". Lucy, eu prometo que pelo resto da minha vida, que é o tempo que eu vou te amar, você nunca, nunca estará sozinha.

Todos aplaudiram enquanto Lucy usava o guardanapo para enxugar as lágrimas sob os olhos. Joe se abaixou, segurou o rosto dela entre as mãos, e eles se beijaram.

Eu tinha imaginado esse momento antes, anos atrás, durante nossa conversa final de rompimento. Quando olhei para Joe no chão da nossa sala, nosso rosto a centímetros um do outro, tive um momento definitivo de lucidez. Por alguns segundos, eu me lembrei do que vi assim que me apaixonei por ele. Soube, então, que alguém o amaria como eu amei e que ele amaria novamente.

— AGORA VAMOS DANÇAR, CAMBADA! — gritou Joe de repente, antes de deixar cair o microfone na mesa, o que causou um estrondo tão alto que todos os convidados se encolheram.

O DJ deu início à cintilante introdução de "Everywhere", do Fleetwood Mac. Joe e Lucy foram para a pista de dança e começaram uma coreografia fluida, girando, se abaixando e levantando, que obviamente havia sido ensaiada na sala de estar deles semanas antes, mas que foi bonitinha mesmo assim. Todos formaram um círculo ao redor deles e bateram palmas no ritmo da música. No refrão, Joe sinalizou para que nos juntássemos a eles. Corremos para a pista de dança, e Lola se moveu até Lucy e Joe no ritmo da música.

— COMPREI O SECADOR DE SALADA PARA VOCÊS! — gritou ela no ouvido dos dois, mostrando o celular e o recibo da compra, antes de envolvê-los em um abraço coletivo. — ESPERO QUE SEJAM MUITO FELIZES!

— Senhoras e senhores — disse o DJ ao microfone —, ouvi dizer que temos alguém nesse casamento que foi batizado em homenagem ao George Michael, então, George, essa é para você.

E começou a tocar a introdução de "The Edge of Heaven".

Joe estava do outro lado da pista de dança, apontando para mim com uma das mãos e imitando os cliques de uma máquina fotográfica com a outra. Fingi que lançava uma linha de pesca e ele imediatamente engachou a boca com o próprio dedo. Puxei a vara de pescar invisível na minha direção e ele saltou para a frente no ritmo da música. Nós nos encontramos no meio da pista e Joe me ergueu, me jogou por cima do ombro e começou a girar. Estiquei os braços como uma criança fingindo ser um avião. Lucy veio dançando até nós.

— A SUA MÚSICA! — gritou ela.

Joe me colocou no chão.

— SIM! — respondi.

Eu me inclinei para falar no ouvido de Lucy. O cabelo dela cheirava a fixador Elnett e a perfume de jasmim.

— VOCÊ ESTÁ REALMENTE MUITO BONITA, LUCY.

Ela sorriu e me deu um abraço, que durou mais tempo do que teria durado se estivéssemos sóbrias, e dançou no ritmo da música. Joe nos pegou pela mão e nos girou — ele o mastro, nós as fitas que se agitavam. Ganhamos velocidade, Joe nos fazendo rodar, e, quando completamos o giro, colidimos, ricocheteando uma na outra e caindo no chão. Joe se abaixou para nos ajudar a levantar e Lucy puxou-o pelos braços para que ele caísse deitado em cima de nós. Foi inesperado e absurdo nos vermos naquele emaranhado. E nós três não conseguíamos parar de rir.

## 14

O filho de Katherine nasceu no início de abril. Quando Olive nasceu, eu sonhei que Katherine estava em trabalho de parto. Seus gemidos baixos de dor me acordaram exatamente às 4h12 da manhã, e eu soube que a bebê havia nascido. Acendi a luz da cabeceira e anotei a hora em um pedaço de papel. No dia seguinte, Mark me mandou uma mensagem com a foto de Olive recém-nascida, de olhos pretos, lábios rosados e bochechas inchadas, me avisando que ela tinha chegado às quatro da manhã. Dei a Katherine o pedaço de papel em que tinha anotado a hora, e ela colocou no verso de uma foto emoldurada da bebê. Já em relação ao segundo filho, quando recebi a mensagem de Mark me avisando que Frederick Thomas tinha nascido com três quilos logo depois do meio-dia, eu não havia tido nenhuma premonição. Era como se um fio psíquico invisível entre nós tivesse sido cortado.

Peguei o trem em Londres e fui até a casa nova deles uma semana depois do nascimento do bebê, levando lasanha caseira para Mark e Katherine e brownies para Olive. Quando cheguei à casa, que era exatamente como parecia nas fotos, ouvi o barulho já conhecido de criança através da porta. Mark atendeu, e Olive estava sentada no chão atrás dele, chorando.

— Nina! — disse ele, me dando um abraço.

Mark estava com o rosto encovado e abatido de alguém que tinha dormido mal.

— Essa manhã está tão louca que aqui está parecendo um hospício.

— Eu gosto de hospícios — falei, entrando e me agachando para dar um abraço em Olive.

— Olha, Olly, é a tia Niini. Ela veio visitar a gente. Legal, né? Quer dar um abraço bem apertado nela?

— EU NÃO GOSTO DE VOCÊ, TIA NIINI! — gritou a menina, apontando para mim enquanto franzia o rosto, furiosa.

— Ah, querida — respondi, e fiz carinho no topo da cabeça dela. — Acho que isso não é verdade.

— É, Niini, é, eu NÃO gosto de você.

Eu ri e Mark pegou meu casaco.

— Desculpa, agora ela deu para dizer isso para todo mundo. Por favor, não leva para o lado pessoal.

— Para com isso, Mark. Ela é uma criancinha.

— Eu sei, eu sei, mas é muito constrangedor. Ela começou com isso há cerca de uma semana, quando... — Ele olhou de relance para Olive, que havia parado de chorar e nos ouvia atentamente. — Quando o nosso novo amigo chegou.

— Entendi — falei, seguindo na direção da sala de estar. — Bem, era de se esperar. E ela pode ter muita atenção minha hoje.

— Obrigada, tia Niini — disse Mark, pousando a palma da mão nas minhas costas por um instante.

Eu sempre preferi a versão mais manteiga derretida de Mark. Tinha esquecido que um recém-nascido e a privação de sono produziam aquele efeito nele.

Katherine estava sentada no canto do sofá, as pernas dobradas embaixo do corpo, naquele jeito felino dela, com um pacotinho embrulhado em uma manta de algodão nos braços.

— Ah, oi — falei em voz baixa, e me sentei ao lado dela.

Dei um beijo em seu rosto e olhei para o bebezinho adormecido que cheirava a leite quente e roupa recém-lavada.

— Oi — disse ela com um sorriso.

Não havia qualquer traço de maquiagem em seu rosto, as pálpebras pareciam pesadas. E ela estava linda como um ser etéreo.

— Esse é o Freddie. Freddie, essa é a tia Nina.

— EU NÃO GOSTO DELA, VAI EMBORA, TIA NIINI! — gritou Olive do corredor.

— A Olive está tendo uma semana difícil — disse Katherine.

— Não se preocupe, eu tenho brownies e vou usá-los estrategicamente.

— Tia Niini esperta.

— Olha só esse menininho perfeito — falei, acariciando a bochecha dele com o dedo indicador. — Novinho em folha.

— Sabe qual é a expectativa de vida dele? O Mark e eu não acreditamos quando o médico nos contou.

— Qual?

— Cento e vinte anos.

Arquejei, espantada, e aproximei o rosto do dele, para examinar cada poro minúsculo.

— Bebê dinossauro mágico.

— Não é?

— Espero que esteja poupando energia, pequeno Freddie. Você vai precisar.

\* \* \*

Fiz chá para todos nós e ouvi a história do parto, contada de forma sucinta e pausada, com Mark e Katherine se revezando a cada frase, depois de já terem feito uma série de apresentações como aquela. O trabalho de parto levou dois dias, exigiu fórceps e deixou lacerações — sim, lacerações — nos lábios vaginais. Embora fosse reservada, Katherine nunca poupava nenhum detalhe do parto dos filhos. E eu adorava ouvir. É estranha a rapidez com que nos tornamos grandes especialistas em assuntos vividos por aqueles ao nosso redor. Cinco anos atrás, eu mal percebia a diferença entre um bebê de um ano e outro de um dia. Hoje, sabia sobre contrações de Braxton Hicks, sobre mastite e massagem pré-parto no períneo. Sabia sobre rotinas de sono, saltos de crescimento, dentição e desfralde. O vocabulário do nosso grupo de amigas se transformava a cada década. Em breve eu saberia sobre as melhores escolas de cada região, depois sobre vestibular e então sobre planos de previdência. E aí seria a vez dos lares de idosos, até chegar ao nome de cada funerária no meu código postal.

Levei Olive para passear à tarde. Fomos ao parque, depois a um playground apropriado para a idade dela. A menina estava calma e distraída, explicando tudo para mim em um tom solene, com sua vozinha estridente.

— Estes são os carros, tia Niini, e eles levam você para qualquer lugar — disse ela enquanto caminhávamos de mãos dadas pela rua. — Essa é a grama e ela é verde — comentou no parque, agachando-se para pegar uma folha de grama e examinando-a de perto. — E às vezes a gente pode comer ela como as vacas e as cobras, mas não todo dia.

Chegamos em casa a tempo para o jantar, composto de peixe empanado, ervilha e batatas fritas.

— A alimentação balanceada foi para o saco essa semana, infelizmente — disse Katherine, enquanto esguichava uma pequena poça de ketchup no prato de Olive. — Mas vai ser só por uma semana.

— Relaxa, Kat — falei. — Tá tudo bem.

— Estou relaxada! — retrucou ela. — Só estou dizendo isso para você não nos julgar pela comida congelada.

— Eu não julgaria você por nada que me servisse como jantar.

— Que horas são, Mark?

— Seis.

— Muito bem, hora de mamar — falou ela, tirando o seio inchado do sutiã e acoplando-o à boca de Freddie.

— Engraçado que os recém-nascidos passam o dia todo mamando — comentei. — É como se eles nunca saíssem de um longo almoço com drinques, como uma relações-públicas dos anos 1990.

Katherine riu.

— Isso é que é vida, não acha? Falando nisso, como está a Lola?

Aquela era uma brincadeira que eu teria achado engraçada vinda de qualquer outra pessoa que não fosse Katherine, porque ela realmente achava que todas as mulheres sem filhos viviam tendo longos almoços.

— Acho que está bem. É estranho, mas a verdade é que não tive notícias da Lola no mês passado. Espero que ela esteja bem, acho que deve estar só ocupada.

— Com que frequência vocês se falam normalmente?

— Todos os dias — respondi. — E nos vemos pelo menos uma vez por semana... ou seja, na verdade, é estranho eu não ter notícias dela há tanto tempo.

— Uau, vocês passam muito tempo juntas. Estou surpresa por vocês não enjoarem uma da outra!

Katherine já havia feito comentários como aquele antes, dando a entender que meu relacionamento com Lola era intenso ou insustentável, embora nossa amizade já somasse quinze anos. Ela precisava ser cética sobre a onipresença de Lola para normalizar sua própria ausência crescente. Ouvimos um grande estrondo e, quando nos viramos, vimos que Olive tinha batido com o rosto na lateral da mesa, sem querer, enquanto tentava aspirar as ervilhas com a boca de brincadeira. Ela estava com os olhos arregalados e a expressão sinistra de uma criança pequena com dor.

— Olive, querida, você vai ser uma menina corajo... — disse Katherine em um tom calmo.

Mas antes que ela terminasse a frase, Olive já estava jogada no chão da cozinha, batendo os punhos no piso e gritando como uma sirene. Mark foi confortá-la.

— Não pega ela no colo — pediu Katherine. — Ela não gosta. Quando a Olive fica assim, o melhor é só ficar sentado perto dela.

Mark se deitou no chão ao lado de Olive, que continuava a chorar, mal conseguindo respirar enquanto seu rosto ficava cada vez mais vermelho de tanto esforço. Mark respirou profunda e lentamente para acalmá-la e repetiu a mesma frase:

— Tudo bem, eu tô aqui. Tudo bem, eu tô aqui. Tá tudo bem, Olive, eu tô aqui.

Por fim, Olive se acalmou. Ela se levantou devagar, se apoiando na cadeira para firmar as perninhas vacilantes.

— Boa menina — dissemos todos para parabenizá-la por ter dado a volta por cima. — Boa menina, que boa menina.

Como é que conseguimos controlar nossas emoções por conta própria quando essa é a introdução ao mundo que recebemos? Onde aprendemos a fazer isso? Como encontramos uma maneira de chorar em silêncio, no chuveiro, no banheiro e no travesseiro, e depois nos reerguemos sem ajuda e sem palavras de encorajamento?

— Vamos ouvir a trilha sonora de *O Rei Leão*, hum? — sugeriu Katherine, tirando o bebê do seio e ajeitando o sutiã.

— TOCA REI LEÃO! — gritou Olive para o aparelho de som, ainda fungando como resquício dos soluços violentos.

"Ciclo sem fim" começou a tocar.

— ALTO! — voltou a gritar Olive, e a música retumbou nos azulejos da cozinha.

Mark foi abaixar.

— Deixa ela — disse Katherine.

— Dança, Niini — exigiu Olive, enquanto a bateria ecoava pela sala.

Eu me agachei e segurei as mãos dela, virando-a para a frente e para trás. Ela sorriu.

— Dança, mamãe, dança, papai! — chamou.

Mark revirou os olhos e se levantou, se mexendo com entusiasmo no ritmo da música.

— MAIS! — gritou ela, e o pai agitou os braços no ar com uma empolgação descoordenada.

Eu ri, peguei Olive no colo, apoiei-a no quadril e saí dançando pela cozinha. A música chegou ao refrão e Katherine levantou Freddie acima da cabeça, como Rafiki erguendo Simba para o céu. Olive começou a rir. Freddie arrotou e uma saliva branca escorreu pelo queixo.

— Me passa uma fralda, meu bem? — pediu Katherine, apoiando o bebê no peito.

— NÃO PARA DE DANÇAR, PAPAI! — gritou Olive.

Mark foi até o armário, pegou um pano e jogou para Katherine, que o agarrou com a mão livre. A coreografia de pais bem coordenados — eles nunca saberiam como era assistir àqueles breves momentos. Valeu a pena passar um dia exaustivo de birras e fraldas fedorentas, com uma família jovem, só para ter um vislumbre daquelas estrelas cadentes de união.

Fui embora depois de "O que eu quero mais é ser rei", escapulindo o mais silenciosamente possível para não irritar Olive. Quando fechei a porta, fui iluminada pela luz dourada da hora do jantar de sábado que fluía pela janela. A cacofonia de risos, gritos, pratos barulhentos e "Hakuna Matata" foi ficando cada vez mais longe enquanto eu descia pela rua. Eu sabia quais seriam os próximos passos do roteiro: logo depois que eu saísse, haveria a batalha para levar Olive para o banho, então teriam que acalmá-la antes de dormir, e aí contar histórias debaixo das cobertas enquanto ansiavam por uma taça de vinho. Então viria a limpeza de tudo, a extração de leite e esterilização de mamadeiras. Mark e Katherine estariam na cama antes das dez e um ou ambos se lembrariam em silêncio de todas as noites de sábado que passaram em total liberdade. Eu não romantizava a criação de filhos. Nem poderia, tendo passado tanto tempo nos últimos anos observando aquilo de perto com os amigos. Mas não precisava. Katherine ficava aflita para esconder de mim a bagunça da sua vida familiar, e mal sabia ela que era pela bagunça que eu ansiava. Não era o silêncio doméstico fofinho que eu invejava: o bebê dormindo no carrinho ou as fotos da família toda arrumada nas redes sociais. Eu queria era a confusão do que significava ter filhos: os brinquedos espalhados no chão, a trilha sonora da Disney enchendo a cozinha, a chuva de lágrimas seguida pelo vapor crescente das risadas, o moletom molhado depois do banho, com uma criança inquieta encharcando tudo. Meu apartamento tinha começado a parecer supersilencioso, com as prateleiras muito arrumadas, as superfícies limpas demais, as páginas em branco do meu diário.

Tentei ligar para Lola no trem, a fim de ver se ela estava livre e se gostaria de sair, mas a ligação caiu direto no correio de voz. Rolei a lista de contatos para ver se havia alguém que gostaria de sair para beber, mas todos estavam vinculados a contratos tácitos de relacionamento e família, o que significava que os encontros teriam que ser marcados com quinze dias de antecedência.

Cheguei em casa, percebi que Angelo havia colocado novamente um saco de lixo orgânico na lata de lixo reciclável, ignorei e subi as escadas. Eu não tinha energia para brigar com o vizinho naquela noite. Abri o notebook e comecei a trabalhar no novo livro. Mas, quase imediatamente, deixei o original de lado e pesquisei o nome de Max no Google, o que eu fazia cerca de uma vez por semana. Como sempre, fiquei olhando para a única foto dele que existia na internet, a foto do perfil do LinkedIn, em que ele usava uma camisa branca e gravata verde que ficava pixelada se eu a ampliasse. Recentemente eu tinha abandonado meu outro hábito bizarro de consultar os perfis dos colegas de Max na rede social, para ver se eles tinham informações do paradeiro dele. Não tinham. Naqueles perfis eu só encontrava muitas informações sobre a experiência do cliente e as parcerias de trabalho com a Receita Federal e com o Ministério da Fazenda. Eu me perguntei por quanto tempo mais faria aquele ritual. Max e eu já estávamos separados por tanto tempo quanto o período que tínhamos ficado juntos.

Pesquisei no Google o nome completo de Freddie. Não havia nada, é claro. Ele tinha sete dias de idade. Se ao menos soubesse quanto era sortudo por existir em um manto de neve imaculada, sem ter ainda nenhuma pegada a ser rastreada. Se ao menos ele pudesse saborear conscientemente esse período. O que apareceria quando alguém digitasse o nome dele no final da sua vida estimada de 120 anos? Que bagunça ele deixaria?

Digitei "Bill Dean professor de ensino médio" no Google. Surgiram os resultados já conhecidos, marcados como já acessados pelos meus incontáveis cliques anteriores. Havia uma entrevista com meu pai para um jornal local, sobre ser diretor, cargo que ocupava quando se aposentou. E havia uma foto dele em outro artigo de jornal, do início dos anos 2000, sobre seu apoio a uma campanha nacional de alfabetização. Mas, assim como os vestígios digitais de Max, deixados de maneira tosca e vazia, havia pouco a investigar. A maior parte da vida do meu pai tinha acontecido em um mundo que ainda não era virtual. Agora que ele estava definhando, eu queria manter contato com o máximo possível de versões anteriores dele. Mas a internet falhou comigo. Eu conseguiria encontrar o nome completo de todos os pais e mães do elenco de *Friends*, mas não achava uma foto do meu pai quando era estudante. Poderia conseguir uma foto tirada por satélite de uma rua do outro lado do mundo, que eu jamais visitaria, mas não encontrava um vídeo do meu pai. Eu me lembrei do encontro com o ex-aluno dele na confeitaria, depois da exposição do Picasso, e do que o homem tinha dito sobre um grupo no Facebook em homenagem ao meu pai. Digitei "Bill Dean professor" na barra de pesquisa do Facebook, mas não apareceu nada. Tentei, então, "Sr. Dean professor da St. Michael's" e lá estava: "O SR. DEAN ERA UMA LENDA" e uma foto do meu pai sorridente como me lembrava dele na minha infância, o cabelo cheio e grisalho como o pelo de um border collie, a pele enrugada, mas ainda sem veias estouradas. Olhos escuros como melaço, alertas e brilhantes. Continuei lendo a descrição: "Para qualquer um que tenha estudado no St. Michael's e tido aula com a LENDA Sr. Bill Dean."

Rolei a tela do grupo até encontrar discussões sobre os lanches incomuns que meu pai comia durante a aula (ostras defumadas comidas com um palito de coquetel direto da lata, nozes em conserva embrulhadas em papel-alumínio) e suas aulas incomuns (as rimas dos derivativos do dialeto cockney, as letras de Leonard Cohen para estudar poesia). Havia fotos dele vestido como Huckleberry Finn para o Dia Mundial do Livro. E inúmeras postagens de ex-alunos que diziam que o entusiasmo do meu pai havia despertado neles o amor pela literatura. A última postagem era de Arthur, dizendo que havia encontrado Bill Dean recentemente e que, embora parecesse um pouco mais velho, continuava exatamente o mesmo, sem tirar nem pôr. Ele fez uma piada autodepreciativa sobre o fato de meu pai não tê-lo reconhecido e disse que aquilo era compreensível, já que ele devia ter sido o professor favorito de todos os seus alunos, portanto não se poderia esperar que tivesse o mesmo apreço por todos. Escrevi uma mensagem para Arthur.

Caro Arthur,
Meu nome é Nina, sou filha do Bill. Nos conhecemos em um café há algum tempo. Quis deixar uma mensagem porque, compreensivelmente, você deve ter achado que o meu pai estava se comportando de maneira estranha naquele dia. E gostaria que você soubesse que ele está sofrendo de...

Eu me recostei na cadeira. Meu pai sempre tinha sido aberto com os alunos, pois achava que era importante que eles conhecessem seus interesses e paixões. Mas também sempre fora um homem reservado. Dizia que havia uma linha tênue entre mostrar aos alunos que você era humano e contar a eles quem você era. E era muito obstinado em evitar a última opção. Meu pai achava que nem ele nem os alunos queriam que se expusesse demais, e eles tampouco precisam disso. Esse certamente era um dos motivos pelos quais aquele grupo do Facebook existia: especular sobre quem era Bill Dean, além do homem totalmente concentrado na educação deles. Até que ponto eu queria mandar aquela mensagem para salvar o orgulho do meu pai e até que ponto era para preservar seu legado de acordo com o que eu achava? Saí do Facebook sem enviar a mensagem e fechei o notebook.

Desbloqueei o celular e baixei o app do Linx, o que eu já tinha feito algumas vezes desde o Natal. Eu sabia que tinha que "estar na pista", como conversei no casamento, mas ainda estava muito apegada ao que quer que Max e eu tivéssemos tido juntos. Cada homem parecia exatamente igual: "Tom, 34, ateu, Londres, gosta: ler, dormir, comer, viajar", o que me lembrava das aulas de Biologia no ensino médio, quando aprendi que os organismos vivos precisam de: "movimento, respiração, reprodução, nutrição, excreção". A cada perfil insosso, me vinha à cabeça uma lembrança específica de Max. A playlist que ele fez para mim, com o título "Homens felizes e tristes com violões". A vodca-tônica que ele levava para mim quando eu ia tomar banho toda noite, e como ele se sentava na lateral da banheira e ficava conversando enquanto eu lavava o cabelo. O dia em que ele passou condicionador em mim do mesmo jeito que a minha mãe fazia, e, de repente, eu senti como se tivesse cinco anos de novo. Por algum motivo, aquilo quase me fez chorar, por isso tive que desviar os olhos dele e me concentrar na cortina do chuveiro. A trepada desajeitada enquanto ainda estávamos de moletom depois de uma longa e fria caminhada ao longo do canal — como tínhamos passado os últimos dois quilômetros andando rápido e dizendo um ao outro em voz baixa o que exatamente iríamos fazer quando estivéssemos de volta no calor do apartamento dele. A ideia de tentar substituir essa intimidade por um daqueles homens desconhecidos parecia impossível.

Era estranho ver o fracasso de todas as telas em me distrair. Eu não sabia onde conseguir a deliciosa euforia química da qual os psicólogos sempre alertavam. Eu não sentia nada, por mais perfis que olhasse. O Google não estava me dando o conteúdo que eu queria, nem o Linx. Talvez fosse por isso que Lola estava sempre fazendo compras on-line e devolvendo tudo depois, ela só queria sentir algo, mesmo que por um segundo.

Adormeci diante do perfil de um homem de 1,78 metro, chamado Jake, que morava em Earlsfield e gostava de música eletrônica japonesa.

Na segunda-feira de manhã, eu estava testando uma receita na cozinha quando a campainha tocou, no térreo. Era um homem que trabalhava para um serviço internacional de logística segurando um pacote quadrado.

— Oi, tenho uma encomenda para Angelo Ferretti do térreo. Você se importaria de receber para ele e assinar?

Olhei para as latas de lixo reciclável, que não tinham sido esvaziadas pelos lixeiros naquela manhã porque Angelo as enchera até em cima com sacos de lixo orgânico.

— Na verdade, ele não mora no térreo, e sim no primeiro andar — falei. — Comigo.

— Ah, é mesmo?

— É — respondi, impressionada com minha facilidade para improvisar. — Por algum motivo, as pessoas parecem confundir os apartamentos do térreo e do primeiro andar. O Angelo mora comigo. Ele é meu marido.

— Ah, certo, tudo bem — disse o homem, e me entregou o pacote. — Então, não há necessidade de assinar.

— Ótimo. E, a partir de agora, toque a campainha do primeiro andar se tiver algum pacote para ele. Não quero incomodar o pobre coitado do apartamento lá embaixo.

— Farei isso, obrigado — disse o homem, já se afastando.

Colei o ouvido na porta de Angelo e não ouvi nada. Ele estava no trabalho. Subi para meu apartamento e fui até a cozinha. Puxei uma cadeira para baixo do armário inútil acima do forno, porque era muito alto para guardar qualquer coisa necessária em uma receita, e abri as portas. Enfiei o pacote ali e decidi que aquele passaria a ser o lugar onde guardaria todas as encomendas de Angelo. Ninguém jamais saberia. Não senti culpa, medo, nem sequer empolgação, só a sensação tranquila de justiça sendo feita. Eu era o sistema penal do prédio agora — era escrivã, júri e juíza. Alguém tinha que fazer esse papel. Não queria causar qualquer dano ou sofrimento a Angelo, só queria que ele se sentisse tão frustrado e confuso quanto eu me sentia com as atitudes dele. Era o que ele merecia.

Lola finalmente retornou uma ligação minha um dia antes do lançamento de *A pequena cozinha*, me chamando para tomar um drinque antes do evento. Eu usava uma blusa de frente única de seda creme e calça preta. Ela usava um macacão justinho de cetim fúcsia, com uma gola alta com babados e mangas bufantes enormes, a ponto de fazer frente às de Henrique VIII. Para combinar, uma tiara rosa, grossa e fofa, que parecia ter sido roubada de Ana Bolena, enfeitava sua cabeça. Grandes gotas de pérolas pendiam de suas orelhas. Eu me levantei quando ela entrou no bar.

— Não me diga — falei. — *Os Tudors à procura do amor*. Um novo reality show de ambientação histórica para quem quer romance, hoje às dez no canal E4.

— Estou mais bem-vestida para o lançamento do seu livro do que você — retrucou ela, enquanto me puxava para um abraço. — Quer que eu troque de roupa? Posso comprar agora mesmo um vestido preto simples.

— Lola, você está sempre mais arrumada do que qualquer pessoa, em qualquer lugar — falei, inalando seu perfume irresistível enquanto nos abraçávamos. — E é por isso que amamos você.

Sentamos e o garçom se aproximou.

— Um Vodca Martíni seco com azeitonas para ela — pediu Lola. — E um Moscow Mule para mim, por favor.

— Saindo — respondeu ele.

— Quem vai estar lá hoje? A sua mãe? O seu pai? A Katherine? O Joe?

— Nenhum deles — respondi. — Vai ser um evento simples.

— Ah, não, por quê? — perguntou ela, visivelmente abalada.

Lola era uma mulher que se referia sem qualquer traço de ironia ao seu "mês de aniversário" e aos vários eventos que se desenrolavam todos os anos naquele período.

— A Katherine não pode deixar o bebê, o Joe está viajando a trabalho, e... — Hesitei. — E eu disse aos meus pais que não haveria lançamento.

— Por quê?

— Porque o meu pai está ficando confuso com muita frequência, e eu não queria que ele dissesse coisas estranhas e que as pessoas tivessem pena dele. Então, fingi que não haveria festa de lançamento para esse livro. Você acha que eu sou uma pessoa terrível?

— Não, pelo contrário — disse ela. — Eu serei a sua mamãe hoje. E o seu papai. E o seu marido. E o seu ex-namorado.

— Quatro perversões em uma. Você é multitalentosa, minha garota.

Ela riu.

— Agora me conta: por onde você andou? — perguntei.
— Como assim?
— O que está acontecendo? Não vejo você desde o casamento do Joe.
— Ah, nada, só surgiram algumas novidades que exigiram a minha atenção.
— Que novidades?
— Outra hora eu conto.
— Me conta agora!
— Não, hoje a noite é sua!
— Lola.
— O quê?
— Me conta.
— Eu conheci uma pessoa.
— O quê?! Quando?
— Alguns dias depois do casamento do Joe e da Lucy.
— Onde?
— Em um evento da firma. Ele se apresentou lá.
— É músico?
— Mágico.
— Qual é o nome dele?
— Jethro.
— Quantos anos?
— Trinta e seis.

Eu estava me esforçando para juntar as frases. Aquele dia finalmente havia chegado. Eu sabia que chegaria. Alguém tinha percebido como Lola era incrível.

— Posso ver uma foto?

Lola tirou o celular da bolsa e me mostrou a foto na tela de fundo. Eram os dois de rosto colado, o cabelo molhado pela chuva, as bochechas coradas de amor e vitalidade, os olhos brilhando por causa do ar frio e dos orgasmos matinais. O rosto dele tinha traços retos e era belo como o de um ator de Hollywood, suavizado e anglicizado por uma camada de sardas. O nariz era estreito e reptiliano. O corte e o penteado do cabelo ruivo sugeriam um barbeiro de East London com muitos seguidores no Instagram.

— Lola, ele é lindo. Onde vocês estão na foto?
— Na casa dos meus pais. Fomos no fim de semana passado.
— Ai, meu Deus.
— Pois é!
— Eles gostaram dele?
— Amaram.

O garçom chegou com nossas bebidas e peguei o martíni da mão da Lola antes que ela tivesse chance de colocá-lo na mesa.

— Espera. Desculpa, mas preciso entender essa história.
— Eu sei.
— Me conta o que aconteceu.
— Eu estava trabalhando num evento, um jantar de uma grande marca, com DJ e tudo o mais, contando as horas para acabar, quando ele se aproximou e perguntou se poderia fazer um truque de mágica para mim. Como você sabe...
— Sim, você ama mágica.
— Exatamente.

Eu percebi que aquele não era o momento para defender meu ponto de vista de que só as puritanas amam mágica.

— Então, ele me surpreendeu com um truque de cartas... você não vai acreditar, Nina, a carta que eu escolhi apareceu *na minha bolsa, que estava pendurada no meu braço*. E ele estava parado a um metro de mim! Como foi parar lá?
— Não sei.
— E aí ele me perguntou se eu queria tomar um drinque depois dali. Respondi que não estaria livre antes de uma da

manhã, e ele disse que esperaria. E esperou. *Por três horas.* Acredita? Ficou sentado na sala verde com um livro. Então, à uma, fomos a um restaurante 24 horas e bebemos muito vinho de Sancerre e comemos ovos Benedict. Adivinha a que horas fomos embora?

— Não sei.

— Sete da manhã. Não conseguíamos parar de conversar. Sinceramente, Nina, parecia uma cena de um filme do Fellini.

Desde quando Lola assistia a filmes do Fellini? Ou bebia vinho de Sancerre?

— Então nos beijamos no banco do lado de fora do restaurante e eu fui direto para o trabalho!

— Você deve ter ficado exausta — consegui deduzir.

— Eu me senti muito bem-disposta. Tão viva! Então, ele ligou para o meu trabalho na hora do almoço e pediu o endereço da minha casa.

— Isso é... impressionante.

— E quando voltei para casa naquela noite ele estava na porta do prédio, com os ingredientes para uma lasanha e um buquê de lírios-do-vale, porque lasanha...

— É o seu prato favorito.

— E lírios-do-vale...

— São as suas flores favoritas.

— E nem está na época delas — comentou Lola com um orgulho capaz de rivalizar com o da mãe de um médico grego recém-formado. — Ele pagou a mais por um serviço de entrega de flores vindas da Holanda para que elas chegassem no mesmo dia.

— Então, o que aconteceu?

— Ele entrou e fez lasanha. Isso foi há um mês e, basicamente, ele nunca mais foi embora.

— Vocês estão morando juntos?

— Bem, oficialmente não. Ele tem o apartamento dele. E viaja muito a trabalho. Ele é o mágico residente de uma rede de clubes privados com membros em todo o mundo. Ah, Nina, ele é tão talentoso! Sei que você não gosta de mágica... inclusive já mencionei isso a ele. Eu avisei: "A minha melhor amiga não gosta de mágica!" Mas estou louca para levar você a uma das apresentações dele.

Ela pôs o celular na mesa e me mostrou a página dele no Instagram. Na rede social ele aparecia como JETHROMAGICO e tinha 33 mil seguidores. Sua bio dizia "Modelo/Mágico/Encantador de sonhos".

— Acho que você vai gostar das partes mais mirabolantes, com muito trabalho de corpo — afirmou Lola.

Ela clicou em um vídeo dele fazendo malabarismo com armas carregadas em um estúdio preto enquanto um violino dramático tocava ao fundo.

— Olha só essa parte — disse ela, animada, pressionando a tela com o dedo.

Ao pegar cada arma, Jethro puxava o gatilho.

— Não é incrível?

— *Incrível.*

— Enfim. É isso aí. Foi por onde andei.

— São muitas informações muito maravilhosas — comentei. — Mágico. Jethro. Morando juntos há um mês.

— Pois é! E se fosse de outra forma eu ficaria desconfiada. Mas você precisa confiar em mim quando digo que esse é pra valer. Sei que os meus instintos estão certos.

— Não tenho dúvida. Você parece tão feliz!

— Estou mesmo — confirmou ela. — Todo o resto valeu a pena. Todos aqueles encontros. As horas que eu passei no WhatsApp. Aquele homem que alegou ser alérgico à acidez da minha vagina. Eu passaria por isso cem vezes novamente se soubesse que tudo acabaria me levando ao Jethro. É como se eu tivesse acordado e estivesse vendo tudo colorido.

— Nossa!

— Eu sei. Desculpa. Parei.

— Não, não para — falei. — Você merece tudo isso. Mal posso esperar para conhecer o Jethro.

— Obrigada, Nina — disse Lola. — E sei que a sua vez também está chegando. Juro... está a caminho.

— Não sei — falei, dando outro gole no martíni. — Não sei se quero de novo um amor do tipo flores-da-Holanda-e-bom-dia-em-tecnicolor. Acho que uma vez já bastou. Não sei se aguento.

— Aguenta, sim — afirmou ela. — Só não agora.

O lançamento foi em uma livraria no Soho. Aconteceu durante um período restrito de duas horas e havia uma quantidade moderada de vinho tinto, vinho branco e cerveja, fornecida pela editora. Foram menos de trinta convidados, uma mistura de pessoas que trabalhavam para minha agência e para a editora e alguns jornalistas. Autografei livros, circulei pelos grupos seguindo ao pé da letra as orientações de Vivien, contando aos jornalistas sobre a história por trás de *A pequena cozinha* e deixando clara para o gerente da livraria minha disponibilidade desesperada para eventos em potencial. Vivien fez um discurso curto mas encantador, como sempre, sobre o livro e a relevância do tema. Eu me levantei para dizer apenas duas frases: agradeço a Vivien por fazer este livro acontecer; e agradeço a todos por terem vindo.

O lançamento de *Sabores* tinha sido bem diferente. Reservei de graça um andar inteiro de um bar sofisticado, em troca de uma série de palestras. Lola usou sua experiência em eventos para me ajudar a planejar uma festa de baixo orçamento.

Todos os meus amigos e familiares estavam lá, assim como todos os meus colegas e chefes dos anos em que fui professora. Fiz um longo discurso, citando todos com quem tinha trabalhado na editora, agradecendo aos meus amigos, à minha família e aos meus antigos colegas que sempre apoiaram meu trabalho paralelo como escritora de culinária enquanto eu ainda dava aulas. Minha mãe estava lá, com a boa e velha Gloria a reboque, ambas usando "serapes" de contas, um tipo de xale noturno desnecessário de que eu nunca tinha ouvido falar fora de Pinner. Meu pai também foi e ficou circulando pelo salão a noite toda com um copo na mão e suas melhores perguntas e seus casos para contar na ponta da língua.

Saí para fumar um cigarro enquanto a livraria fechava, para me despedir de todos quando fossem embora. Vivien me deu um abraço particularmente longo, talvez porque tenha percebido que meus pais não foram, e comentou que estava gostando muito dos novos capítulos que eu tinha mandado. Todo mundo foi embora em dez minutos. Eram oito e meia e o céu ainda estava claro o bastante para realçar o contorno dos telhados e chaminés do Soho. A primavera tinha chegado com tudo. Em breve seria verão. Dias longos, noites longas, luz o tempo todo, iluminando tudo. Nenhum lugar para se esconder.

— Muito bem, para onde vamos agora? — perguntou Lola, a última a sair da livraria, com uma sacola cheia de exemplares autografados de *A pequena cozinha* e dois livros de autoajuda, chamados *O poder do talvez* e *Eu vim, eu vi, eu pedi um cookie*.

— Vou para casa — falei.

— Eu vou com você.

— Não precisa, de verdade.

— Você acabou de publicar o seu segundo livro! — lembrou Lola. — Vou comprar champanhe na loja da esquina.

— Você é mesmo o melhor marido.

Dei o braço a ela e seguimos para o metrô.

— Vou passar a noite na sua casa. Sei que você não gosta de dividir a cama e que não precisa que eu fique. Mas eu gostaria de ficar.

Não protestei. Eu sabia que aquele era o jeito que Lola tinha encontrado para me transmitir uma mensagem clara de uma forma parcialmente oculta: *posso ter te deixado como a última mulher solteira que conhecemos, mas você não está sozinha. Ainda estou aqui.*

Depois de uma garrafa de champanhe da loja de esquina e de meia garrafa de vodca toffee saída direto do freezer, eu fiquei sabendo quais eram todos os livros de receitas favoritos de Jethro. Lola estava sofrendo de um caso grave de *mencionite*, que acontece quando os pensamentos sobre a pessoa amada são tão invasivos que se enfiam em todas as conversas ("O Jethro tem um tapete do banheiro igual ao seu, só que cinza!", disse Lola em determinado momento, como se tivesse descoberto que eu e ele tínhamos a mesma avó). Um diagnóstico de *mencionite* crônica, que é quando outro ser humano adquiriu um imóvel em uma rua que atravessa sua alma, significa que você está verdadeiramente apaixonada, de forma irreversível.

Estávamos as duas debruçadas na janela da sala, fumando um cigarro, quando a porta do prédio se abriu e Angelo saiu arrastando os pés, de roupão e chinelo. Seu cabelo comprido estava preso em uma trança frágil, tão fina quanto a pulseira da amizade de uma adolescente. Ele segurava um saco de lixo preto e volumoso em cada mão. Abriu a lixeira verde e colocou as duas sacolas lá.

— SEU BABACA! — gritei. — Não vão recolher nada do nosso lixo se você fizer isso! Tira daí!

Angelo nem se deu ao trabalho de me mostrar o dedo médio, um novo hábito que havia adquirido. Ele não me deu a menor atenção, apenas tragou fundo o cigarro e voltou de maneira tétrica para dentro de casa.

— A Alma viu um rato saindo da lixeira na semana passada porque ele jogou lixo orgânico e deixou a tampa aberta.

— Você acha que ele está piorando? — perguntou Lola.

— Ele está se importando ainda menos — respondi. — E eu não consigo encontrar nada que o atinja. Nada o incomoda. Ele não está nem aí se perturba os outros ou se está se prestando a um papel horrível. É tão difícil de lidar... nem meus alunos adolescentes davam tanto trabalho.

— Não sei como você mantém a sanidade.

— Acho que não mantenho.

— Mantém, sim.

— Não sei. Acho que não, Lola.

Apaguei o cigarro e tomei um gole de vodca toffee da garrafa. A bebida desceu pela minha garganta como um xarope quente. Então, me levantei para ir à cozinha e chamei Lola. Ela me seguiu. Subi em uma cadeira e abri o armário acima do fogão.

— Olha — falei.

Lola ficou na ponta dos pés.

— Comecei a pegar as encomendas do Angelo. Digo para o entregador que ele mora aqui.

— Por quê?

— Para deixar ele tão furioso quanto ele me deixa.

— Você é um gênio. Um gênio desequilibrado do mal.

— Você acha?

— Acho. Quantas você pegou até agora?

— Três.

— E não tem medo de que ele descubra?

— Acho que não vai descobrir. O código de rastreamento vai indicar que foi entregue. Eu não tive que assinar nada até agora. O Angelo vai enlouquecer, tentando provar para a empresa de logística que as encomendas não estão com ele.

— Horas ao telefone para falar com o serviço de atendimento ao cliente — comentou Lola, sorrindo.

— Horas, e horas, e horas. E imagine a conversa.
— "Foi entregue, senhor."
— "Não foi, não."
— "Foi, sim."
— "Ora, e por que não está aqui?"
— "Está aí, senhor, temos provas de que foi entregue" — disse Lola, a voz aumentando de volume junto com a empolgação.

— Shhhh! — falei entre risos. — Ele pode estar ouvindo. O canalha ficou parado em silêncio na frente da minha porta uma vez.

— Vamos abrir! — exclamou ela, em um rompante.
— Não, a gente não pode fazer isso.
— Ah, qual é! Você não quer saber o que tem neles?
— Não, deve ser alguma coisa chata. Ele não tem vida. Só sai do apartamento para ir ao trabalho e eu só o vi com um amigo uma vez. Deve ser refil de filtro para aspirador de pó.

— Vou abrir — anunciou Lola. — Passe pra cá.

Sentamos de pernas cruzadas no chão com duas tesouras e abrimos as caixas lacradas. A primeira, a mais pesada, continha dois grandes ganchos de metal.

— Para que servem? — perguntou Lola. — Será que são adereços sadomasoquistas?

— Não, ele não seria tão descolado — falei, enquanto pegava um dos ganchos e examinava. — Não tenho ideia.

Desembrulhei outro pacote que continha uma caixa de plástico grande e pesada com pó branco. Aproximei a etiqueta do meu rosto.

— *Nitrato de potássio* — li, examinando um símbolo perigoso. — *Atenção: oxidante poderoso. Mantenha longe das chamas.*

— Isso é muito estranho — disse Lola, abrindo o terceiro pacote. — O que é isso?

Ela desembrulhou um objeto longo, coberto com plástico bolha. Algo prateado cintilou ao refletir a luz do teto da cozinha. Lola revelou, então, uma lâmina grande e fina, com cerca de quarenta centímetros de comprimento, com uma ponta ligeiramente curva e um cabo de madeira escura que parecia a base de uma pistola.

— Ai, meu Deus.

— Que porra ele vai fazer com um facão? — perguntou Lola.

Segurei o facão pelo cabo e aproximei do meu rosto para ver melhor.

— Nina?

— Não sei — respondi.

Lola desembrulhou outra faca, essa com uma lâmina mais longa e grossa. Ela colocou no chão. No cabo havia um entalhe pequeno.

— Acho que isso é japonês. Quer dizer que ele pertence à Yakuza — disse ela. — Assisti a um documentário sobre isso anos atrás. É o crime organizado japonês. Eles têm o cabelo penteado para trás e cortam os próprios dedos. Você tem que denunciá-lo.

— Não posso — falei. — Eu roubei as coisas dele.

— Ele não pode comprar facões.

— Acho que pode, acho que não é ilegal comprá-los. Acho que só não pode andar com eles por aí.

— Em que site ele encontrou isso?

— Não sei. Em um desses mercados ilegais na internet.

— Ele obviamente está planejando matar alguém. Ou pelo menos ferir.

— Não dá para saber.

— Dá, sim. O comportamento desconectado e estranho. O veneno, as facas, o fato de ele nunca sair. Ele está se preparando para isso. É literalmente o enredo de *Taxi Driver*.

— Coloque tudo de volta nos pacotes — falei, enquanto passava as facas para ela. — Não quero ver isso na minha frente. Vou jogar tudo fora.

— Você não pode fazer isso, essas coisas podem ser usadas como prova no futuro.

— Não seja absurda.

Mas eu não sabia se o comentário de Lola era absurdo. Não sabia se contava a Alma ou à polícia o que havia encontrado. Não sabia qual era minha responsabilidade.

Só sabia que, naquele momento, eu provavelmente me sentiria mais segura morando acima daquele homem se tivesse duas facas escondidas no meu apartamento. Sabia que estava grata por não dormir sozinha naquela noite. Sabia que não devia gritar mais com ele por causa do lixo orgânico na lata de recicláveis. E agora sabia também que não morava apenas acima de um péssimo vizinho. Morava acima de um psicopata.

# 15

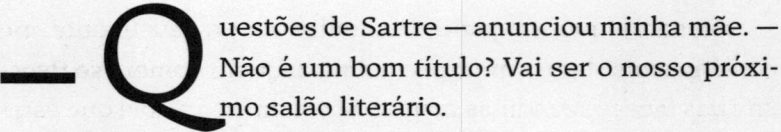

— Questões de Sartre — anunciou minha mãe. — Não é um bom título? Vai ser o nosso próximo salão literário.

— Mas qual é o tema? — perguntei.

— Existencialismo! — respondeu Gloria. — Vou fantasiada de Nietzsche.

— Você achou um bigode grande o bastante?

— Acabei achando — disse Gloria, completando a taça de vinho branco que tinha nas mãos. — O Brian tinha um enorme que sobrou de uma fantasia de Freddie Mercury.

— Quando você se vestiu de Freddie Mercury? — perguntou minha mãe, passando uma travessa de frutas secas enroladas em bacon.

— No Ano-Novo, alguns anos atrás — respondeu Brian.

Nós cinco estávamos no jardim da casa dos meus pais, sentados em cadeiras de plástico em torno de uma mesa para comemorar o aniversário de 77 anos do meu pai. Minha mãe tinha relutado, mas concordou em me deixar planejar o cardápio como parte da pesquisa para meu livro. Escolhi todos os pratos favoritos do meu pai, especialmente aqueles que marcaram a infância dele. Mas papai estava distraído. Mal respondia a qualquer um de nós quando tentávamos falar com ele e, quando respondia, parecia agitado.

— Quem mais vai participar? — perguntou Gloria.

— A Annie vai de Simone de Beauvoir; a Cathy, de Dostoiévski, se ela encontrar a barba; e o Martin vai se fantasiar de "existência", o que achei muito divertido.

Eu me virei para meu pai, querendo encontrar o olhar dele e rir daquilo, mas ele estava em silêncio, com os olhos perdidos. Sua boca era uma linha rígida e ele nem piscava. A expressão no seu rosto dava a impressão de que o plugue que o conectava ao mundo havia sido arrancado da tomada.

— Ah, Mandy — falou Brian, enquanto se servia de outra ameixa enrolada em bacon. — Como vão as coisas na igreja, agora que você se tornou secretária social?

— Ah, é tudo política, política, política, como sempre acontece com essas coisas.

— O que você planejou para o próximo trimestre? — perguntou Glória.

— Vamos ter a festa Viúvas e Viúvos na próxima semana, e acho que vai ser divertido. Quando o clima esquentar um pouco mais, vamos organizar um monte de coisas ao ar livre, bocha e bolos, voleibol e *vol-au-vents*, esse tipo de coisa. Muitas atividades.

— Muitas aliterações — comentei.

— Cadê minha mãe? — perguntou meu pai, de repente. — Cadê ela? Não podemos começar o almoço sem ela.

— Acho que ela não vem hoje, pai.

Minha mãe olhou nervosa para Brian e Gloria.

— É claro que ela vem! Sou filho dela e hoje é meu aniversário.

— Mas eu gostaria de conversar sobre ela — sugeri. — Vamos ver algumas fotos da Nelly?

— Por que veríamos fotos dela se vamos vê-la em breve?

Minha mãe permaneceu quieta e tomou um gole de vinho. Brian fixou os olhos na mesa e Gloria ficou brincando com o colar.

— Vou ligar para ela. — Ele se levantou da mesa e entrou em casa. Eu o segui. Ele parou na cozinha e pegou o telefone fixo.

— Hummm — murmurou ele, afastando o telefone dos olhos para focalizar os números, e logo começou a pressionar os botões. — Ah-sete-um...

— Pai...

— Shhh — disse ele, me afastando com irritação.

Papai continuou a digitar os números, antes de segurar o telefone junto ao ouvido com uma das mãos e se apoiar na mesa com a outra.

— Ah, que droga!

— Não está atendendo?

— Não.

— Ela deve ter saído, pai. Ou está a caminho. Podemos guardar um pouco de comida para ela.

Ele desligou o telefone e colocou o fone de volta no gancho.

— Me conta sobre o último aniversário que você passou com ela — pedi enquanto voltava para o jardim, e ele me seguiu lentamente.

A mamãe e eu havíamos servido o almoço na mesa do lado de fora — costeletas de porco com ervilhas e purê de batata. Meu pai segurou a travessa junto ao rosto e examinou com cuidado.

— O que é isso? — perguntou.

— Costeleta de porco — respondi. — Como você comia quando era criança.

— Eu não comia isso.

— Comia, sim, Bill — disse minha mãe. — Sempre foi o seu prato favorito.

— Não é o meu prato favorito, não suporto costeleta de porco. Nunca gostei.

— Já eu sempre gostei — comentou Brian, pegando um pedaço pelo osso com uma expressão de prazer. — Gosto de comer com mostarda.

— Ora, bom para você, mas eu não suporto carne de porco.

— Do que você gostaria, então, pai? É seu aniversário, você escolhe.

— Qualquer coisa, menos costeleta de porco.

— Você tem ovos, mãe? Eu poderia preparar uma omelete rápida para ele.

— Não, não, eu não quero dar trabalho — disse ele. — Vou me virar com os acompanhamentos.

Nos servimos e pouco se ouviu além do barulho dos talheres, de sons de apreciação e alguns comentários sobre como a primavera tinha sido amena, tão sem graça quanto as costeletas de porco, que meu pai acabou comendo, mesmo mastigando com dificuldade, com as narinas dilatadas.

— Onde você nasceu, Bill? Em que hospital? — perguntou Gloria.

— No Homerton — respondeu minha mãe.

— Foi no Homerton?

— Sim, a vovó Nelly me mostrou sua certidão de nascimento uma vez. Hospital Homerton, três de maio de 1942. William Percy Dean.

— Percy! — disse Gloria. — Adorei o nome do meio. O meu é Judith, antigo e tedioso. Qual é o seu, Nina? Não consigo me lembrar.

— George.

— Ah, isso mesmo.

— Por causa do Wham!, que estava no topo das paradas no dia em que eu nasci.

— O Wham! não estava no topo das paradas no dia em que você nasceu — falou meu pai, largando os talheres.

— Estava, sim — confirmou minha mãe.

— A música que estava em primeiro lugar quando você nasceu era "Lady in Red", do Chris de Burgh — disse meu pai.

Minha mãe riu.

— Muito engraçado, Bill. Então... o que querem beber?

— Estava, sim! — insistiu ele.

— Não estava, não. A música mais tocada era "The Edge of Heaven", do Wham!, e por isso demos a ela George como nome do meio. Agora... bebidas.

— Ah, PELO AMOR DE DEUS! — bradou meu pai, e bateu com os punhos na mesa com uma frustração exagerada. — Por que ninguém mais me escuta?

— Estou te ouvindo, pai — falei.

Ele fechou os olhos e falou em voz baixa para se acalmar.

— No dia em que você nasceu, "Lady in Red", do Chris de Burgh, estava em primeiro lugar nas paradas e eu lembro muito bem porque estava tocando no Nissan Micra quando te trouxemos para casa do hospital.

— Ah, eu adorava aquele Nissan Micra! — comentou Gloria com a boca cheia de purê. — Era tão pequenininho. Você ficava hilário dirigindo aquela coisa, Bill. Parecia um personagem de desenho animado.

— Você está se confundindo de novo — declarou minha mãe, enquanto servia mais ervilha no prato dele.

— NÃO estou me confundindo. E não quero MAIS essa droga de ervilha, e pare de FAZER AS COISAS POR MIM.

— *Bill* — implorou minha mãe.

— Está certo, pai, vou pesquisar, não se preocupe — falei, pegando o celular na bolsa. — Vamos ver, há um site que lista todas as músicas mais tocadas no Reino Unido desde a década de 1950.

— Ah, olhe na data do nosso aniversário quando terminar de procurar o seu! — pediu Gloria, não ajudando em nada.

Rolei a página até a década de 1980, mais especificamente o dia 3 de agosto de 1986.

— Mãe, ele está certo.

— Obrigado! — disse meu pai, triunfante.

— Não, ele não pode estar certo.

— Mas está. De 2 a 23 de agosto de 1986, o número um do Reino Unido foi "Lady in Red".

— *I've never seen you so lovely as you did tonight* — cantou Brian, baixinho, fechando os olhos e balançando o corpo na cadeira. — *I've never seen you shine so bright, hmmm hmmm hmmm.*

De repente, percebi que sempre detestei Brian.

— Quando "The Edge of Heaven" foi a número um? Uma semana antes de você nascer? — perguntou minha mãe.

— Não, muito antes. Foi de 28 de junho a 12 de julho.

— Não foi tão antes assim, foi no mesmo verão.

— Mas por que você sempre me disse que essa música era a número um no dia em que eu nasci?

— Não sei, devo ter me lembrado errado.

— Por que não colocou Chris de Burgh no meu nome?

— "Lady in Red" é uma música horrível. Você teria odiado se seu nome viesse daí. Eu amo o George Michael, amo o Wham! e adoro "The Edge of Heaven".

— Você devia ter visto a Mandy dançar no dia do nosso casamento — disse Brian. — Ela quase arrancou o olho do meu cunhado com o chute que deu para o alto!

— Quem é Mandy? — perguntou meu pai.

— Sou eu — disse minha mãe.

— Ela não é a Mandy, pai, ela é a Nancy.

— Ai, de novo — reclamou ela, olhando para Gloria em busca de apoio.

— Você não pode mudar o curso da história para que se adapte à sua própria história — falei.

— Curso da história! — repetiu ela no meio de uma risada. — Escuta o que você tá dizendo, Nina, que exagero.

— Você sabe do que se trata "The Edge of Heaven", mãe? Já prestou atenção na letra?

— Claro que sim.

— Acho que não, porque, se tivesse prestado, perceberia que é uma música completamente inadequada para inspirar o nome da sua filha.

— Não é, não! É uma música ótima, animada e dançante.

Minha mãe começou a limpar os pratos na tentativa de encerrar a conversa.

— *Eu trancaria você, mas não suportaria ouvi-la gritando para ser libertada, eu a acorrentaria se achasse que você juraria que o único que importava era eu.*

— É isso que diz a letra? — perguntou Gloria. — Sempre achei que dizia *trocaria* você. Mas agora que estou pensando a respeito, não faria muito sentido...

— *Eu amarraria você* — continuei. — *Mas não se preocupe, amor, você sabe que eu não faria mal a você, a menos que quisesses.*

— Aonde você quer chegar?

— A música é sobre BDSM, mãe. E era estranho pra cacete a gente ouvir juntos, em família, toda vez que eu fazia aniversário.

— Esse não é o nome daquela autoescola? — perguntou Gloria, franzindo o nariz.

— Não. É uma sigla para práticas de sadomasoquismo.

— Não fale assim na frente do seu pai.
— Estou gostando! — disse meu pai.
— Bill... fique quieto.
— Não diga a ele para ficar quieto, ele é o único sensato aqui.
— Gloria, Brian, estou ficando louca? Não estou entendendo qual é o problema.
— Gloria, Brian, com todo o respeito, isso não tem nada a ver com vocês.
— Você está sendo muito grosseira, Nina.
— Você mentiu para mim por trinta e dois anos sobre quem eu sou.
— Não tem a ver com quem você é, e sim com quem inspirou o seu nome.
— É a mesma coisa.
— Não seja exagerada. Você anda gastando tempo demais preenchendo perfis de aplicativos de relacionamento.
— Não estou mais usando aplicativos de relacionamento.
— Tudo bem, no MyFace, então. Todos aqueles sites que te deixam obcecada por "quem é você" e como deve explicar isso a todos. Você não precisa explicar quem é para todo mundo, o tempo todo! Na nossa época "quem é você" era simplesmente o que acontecia quando a gente saía da cama e ia viver o dia.

Gloria assentiu em concordância, com uma expressão filosófica no rosto.

— Vou dar uma volta — falei, e me levantei. — Quando voltar, ajudo você a arrumar as coisas.
— Tudo bem, querida! — disse minha mãe em um tom leve. — Volte a tempo de comer o bolo.

Voltei meia hora depois, tempo suficiente para caminhar até a loja da esquina, comprar um maço de cigarros e chicletes, fumar dois cigarros e mastigar metade do pacote de chiclete para disfarçar o cheiro. Quando cheguei, mais calma e determinada a fazer com que meu pai tivesse um aniversário agradável e tranquilo, encontrei-o sozinho, lendo em sua poltrona.

— Você está bem? — perguntei. — Onde está todo mundo?

— Lá fora, humm... — disse ele, deixando o livro de lado e tirando os óculos de leitura. — Hum. — Ele cerrou as pálpebras com força. — Me desculpe, mas qual é o seu nome mesmo?

— Nina, pai — respondi, sentindo uma onda de náusea subir pela garganta.

— E nós nos conhecemos?

— Ninabean. Sou sua filha.

— É claro que é! — disse ele. — Claro. Como vai você?

— No geral?

— Sim.

— Tudo bem. Ando trabalhando muito, mas estou gostando.

— Que bom que você está gostando — disse ele. — Você é dedicada, fica lá em cima no seu quarto, estudando e estudando. Tudo vai valer a pena no dia em que o resultado sair, posso garantir.

— Não estou falando das provas da escola, pai, e sim do meu trabalho. Tenho um trabalho agora. Fui professora de inglês, como você, e hoje sou jornalista e escritora. Escrevo sobre culinária.

Meu pai me encarou com a testa franzida. Eu não sabia mais o que dizer. As batidas rítmicas do relógio da lareira pareciam tão altas que ecoavam. Ele colocou novamente os óculos de leitura e voltou a atenção para o livro.

— Os outros estão lá fora — disse ele por fim.

Fui para o jardim, onde minha mãe e Gloria estavam debatendo as vantagens de guardar etiquetas de presentes de Natal usadas para reaproveitar como cartões caseiros no ano seguinte.

— Por que o papai está sozinho lá dentro?

— Ele só queria um pouco de tempo para ler, está cada vez mais difícil para o seu pai se concentrar em um livro inteiro hoje em dia — respondeu minha mãe. — Não devemos tratá-lo como um bebê, Nina, ele detesta.

— Você tá certa, desculpa — falei, e me sentei à mesa. — Ele está muito agitado hoje. O que você acha que causou isso?

— Ele vai estar bem em alguns dias e em outros não, exatamente como a Gwen disse.

— A ideia de usar a comida para estimular a memória dele não funcionou, não é?

— Não, mas o apetite dele parece estar mudando, eu não me preocuparia com isso. Acontece com a idade.

— Como assim, usar a comida para estimular a memória? — perguntou Gloria.

— Estou escrevendo sobre comida e memória. Meu próximo livro é sobre como o sabor e a nostalgia estão interligados.

— Nossa, que boa ideia — comentou Gloria. — Você sabe, sempre que eu como um bolinho do Tunnock's no chá, penso nas escoteiras.

— Você comia esse bolo quando era escoteira?

— Não, eu nunca fui escoteira — disse Gloria. — Só relaciono o sabor desse bolo a elas, não sei por quê.

Ouvimos um barulho vindo da casa — repentino, forte, agudo. Todos nos levantamos da mesa e entramos correndo. Meu pai estava diante da pia da cozinha, com sangue escorrendo da mão. Ele olhou para nós com uma expressão confusa, que o fez parecer perturbadoramente infantil.

— O que aconteceu? — perguntou minha mãe, correndo até ele.

— Eu estava tentando abrir uma lata de feijão — respondeu meu pai, e estremeceu quando minha mãe tocou sua mão.

Olhei para a bancada da cozinha e vi a lata com uma pequena fenda aberta, uma faca ao lado e grandes respingos de sangue até a pia.

— Por que você estava tentando abrir a lata com uma faca?!

— Eu sempre abri latas com uma faca — argumentou ele.

— É só usar um abridor de latas, pai, está bem aqui.

— Não sei o que fazer — disse minha mãe. — Não dá para ver se foi muito profundo.

— Deixa eu dar uma olhada — sugeriu Gloria, se abaixando para examinar o corte. — Sou treinada em primeiros socorros — gabou-se.

— Não é melhor irmos para um hospital? — perguntei.

— Não, acho que não.

— Tá doendo muito! — gritou meu pai, aflito, como um garotinho querendo convencer a mãe de que merecia um carinho.

De repente, ele voltou a ter sete anos de idade. Todo encolhido. Agarrado à minha mãe. Meu pai, tão curioso e confiante. Meu pai, diretor de escola... eu nunca o tinha visto tão pequeno.

— Acho que só precisamos limpar e aplicar aqueles pontos falsos — falou Gloria. — Vou até em casa pegar e já volto. Até lá, apliquem pressão com um pano de prato.

Meu pai não disse nada pelo resto da tarde. Não disse nada quando tentamos distraí-lo com um chá e conversas aleatórias, enquanto Gloria ia até a casa dela para pegar o kit de primeiros socorros. Ele fez uma careta, mas continuou em silêncio quando ela colocou o curativo no corte. E também não disse nada quando cantamos "Parabéns pra você". Não comeu o bolo de banana com cobertura de leite condensado. Quando me despedi, ele permaneceu imóvel e rígido enquanto eu passava os braços a sua volta para lhe dar um abraço.

Eu gostaria que houvesse uma maneira de acessar os arquivos da mente dele e manter o controle de quais lembranças estavam sendo perdidas e quando. Eu sabia que não havia como guardá-las por ele, mas queria entender que versão do mundo meu pai estava vendo em determinado momento. Se ele achava que eu era uma adolescente de quinze anos se preparando para as provas, quais lembranças dos dezessete anos posteriores haviam sido apagadas? Boa parte do amor que a gente sente por uma pessoa depende do vasto arquivo de lembranças compartilhadas que somos capazes de acessar apenas ao ver o rosto ou ouvir a voz dela. Quando eu via meu pai, não via apenas um homem de 77 anos de cabelo grisalho, eu o via em uma piscina na Espanha me ensinando a nadar e o via acenando para mim no meio da multidão no dia da minha formatura. Eu o via me deixando na escola no meu primeiro dia de aula e puxando uma fila para dançar conga pela sala de estar em um coquetel de véspera de Natal no nosso apartamento na Albyn Square. Mas o que aconteceria agora que só eu era capaz acessar aquele arquivo compartilhado da nossa história? O que ele sentiria por mim e o que eu seria para ele à medida que esses arquivos de lembranças se tornassem cada vez menos numerosos? Eu me tornaria apenas uma mulher de trinta e dois anos com cabelo castanho e um rosto vagamente familiar, oferecendo uma comida que ele não queria comer?

Caminhei até a estação Pinner. O próximo trem demoraria quinze minutos, como costumava acontecer nas cinco estações de metrô da zona cinco de Londres. Eu me sentei no banco da plataforma, peguei o celular na bolsa e baixei novamente o Linx, louca por uma distração. Folheei humanos em

2D como se fossem páginas de um catálogo, lendo descrições sem sentido: "Amo o socialismo, odeio coentro"; "SARCASMO É A MINHA RELIGIÃO"; "Sempre atrás quando durmo de conchinha ;)"; "Aquariano de Manchester"; "Minha fraqueza são as mulheres inteligentes"; "É estranho que eu sempre escove os dentes no chuveiro?!"; "Próximo destino: Grand Canyon"; "Quanto mais eu conheço as pessoas, mais gosto do meu cachorro!!"; "Tenho uma queda por garotas com rabo de cavalo"; "Curiosidade sobre mim: nunca andei de bonde"; "VAI, CHELSEA!!!!!!!"; "Adoro tomar umas no pub aos domingos"; "Prefiro morrer a comer cogumelo"; "Morei em dez países e treze cidades"; "Quando as pessoas perguntam se prefiro peito ou bunda, digo que eu gosto mesmo é de boceta!!!!"; "Curta cada segundo, esse é meu mantra"; "Sou socorrista, mas estou escrevendo uma sitcom"; "DE DETOX PARA RETOX"; "Cinema coreano, dias chuvosos, chá forte"; "Manda msg se você tiver bunda grande e peitos pequenos com mamilos inchados"; "Abacaxi NÃO combina com pizza!"; "Poli, pansexual+"; "BREXIT NÃO".

Todos aqueles hobbies e preferências e posições políticas e repertórios... eram aqueles os ingredientes essenciais de um ser humano? Eram aqueles os pilares do ego e do id? Se aquelas declarações formavam o self, então o do meu pai estava em um processo longo e lento de desmonte e destruição. Ele não lembrava onde tinha nascido ou qual era sua comida favorita; não lembrava o nome da filha, nem o dos alunos a quem dera aula. O que restaria dele quando o conhecimento, as predileções e as lembranças acumuladas ao longo da vida, tão precisas e tão vívidas, fossem apagadas? Pensei no que minha mãe tinha dito, que quem somos é simplesmente o que acontece quando saímos da cama e vamos viver o dia. Eu esperava que ela estivesse certa.

\*\*\*

Peguei o trem do subúrbio para o centro de Londres, onde encontraria Katherine para jantarmos juntas. Era a primeira vez que a via desde que tinha ido à casa dela para conhecer o bebê. Desde então, Katherine não tinha respondido às minhas mensagens e ignorara todas as minhas ligações. Uma vez a cada dez dias, eu recebia uma mensagem frenética, sem pontuação e com muitos erros de digitação, que desconfiei serem estratégicos para enfatizar como ela estava apressada e estressada. Katherine alegava que tinha se tornado "impossível" mandar mensagens porque, agora que tinha uma filha pequena e um recém-nascido, nunca estava com as mãos livres. No entanto, ela postava cada vez mais no Instagram.

Katherine já estava sentada a uma mesa quando cheguei, usando o celular, seu rosto tenso e nervoso. Ela levantou os olhos e me deu um meio-sorriso.

— Oi, desculpa o atraso — falei, enquanto me inclinava para dar um beijo no seu rosto.

— Você está meia hora atrasada.

— Eu sei, desculpa. Mandei uma mensagem para te avisar. Eu vim da casa dos meus pais, e você sabe como são os trens.

— Eu vim de Surrey.

— Tudo bem, cara, já pedi desculpa. Você me conhece, eu não costumo me atrasar.

— Também nunca me atrasei para encontrar você.

— Você não teria mesmo como se atrasar, já que costumamos nos encontrar na sua casa, portanto você nunca precisa ir a lugar nenhum.

Katherine mexeu a cabeça para trás como se tivesse sido pega por uma rajada de vento frio. Ela não estava acostumada com aquele tipo de franqueza da minha parte.

— O que é compreensível, claro — continuei —, porque você tem filhos pequenos, mas... dá pra me dar um desconto dessa vez, por favor? Não vai acontecer de novo. Tive um dia horrível.

— O que aconteceu?

— Vou entediá-la mais tarde com isso, preciso de uma taça de vinho primeiro. Vamos pedir uma garrafa?

— Eu não vou beber.

— Tá certo.

— Mas pode pedir.

— Vou pedir.

Chamei a atenção do garçom e pedi uma taça grande de Chenin Blanc.

— Tem certeza de que não quer?

— Sim, Nina, tenho certeza.

— Só perguntando.

— Lactantes não devem beber. E gostei muito da sensação de estar com o corpo limpo e puro durante a gravidez, por isso pensei em continuar assim.

— O Mark está bebendo?

— Claro que sim — disse ela.

Houve uma pausa ligeiramente longa demais. Vasculhei meu cérebro em busca de uma pergunta para fazer, mas felizmente ela quebrou o silêncio primeiro.

— Como foi o lançamento?

— Foi bom — falei. — Senti a sua falta.

— Pois é, desculpa por eu não ter ido, mas simplesmente não deu para escapar do aniversário da Anna.

— Quem é Anna?

— Você conheceu a Anna, a esposa do Ned, amigo de escola do Mark. Eles moram perto de nós.

— Eu achava que você tinha dito que não poderia sair de casa enquanto o Freddie fosse tão pequeno.

— Consegui dar uma escapadinha, a mãe do Mark ficou tomando conta do Freddie. Eu só não teria tempo de vir até o centro de Londres.

O garçom colocou uma taça de vinho na minha frente.

— O que você vai fazer no dia 6 de julho? — perguntou ela.

— Não sei — respondi, e logo tomei um grande gole do vinho, deixando o líquido frio, com um toque de madressilva, me anestesiar e restaurar meu estado passivo-agressivo, taciturno e confiável.

— Tudo bem, você pode checar na sua agenda quando der, porque gostaríamos de fazer a cerimônia de nomeação do Freddie e da Olive nesse dia.

— Vai ter um chapéu seletor?

— Como assim?

— Nada, foi uma piada. É que "cerimônia de nomeação" parece algo saído de *Harry Potter*.

Katherine manteve o rosto sem expressão.

— É um batizado secular, só isso.

— Tudo bem.

— Você pode me avisar hoje à noite, assim que chegar em casa? Porque eu quero confirmar a presença de todos os padrinhos antes de reservar o espaço.

— Pode deixar.

— Então, o que aconteceu com você, afinal? — perguntou ela, abrindo o cardápio. — Por que teve um dia horrível?

— Foi o almoço de aniversário do meu pai e ele estava mal. Em um certo momento, não me reconheceu. Ficava perguntando pela mãe dele, que morreu há vinte anos. Então tentou abrir uma lata com uma faca e cortou a mão, espalhou sangue por toda parte. Felizmente, não precisou ir para o hospital.

— Nossa, sua vida está muito dramática ultimamente, não é?

— Como assim?

— Toda vez que encontro você parece que há um novo grande drama.

Ela ergueu os olhos do cardápio.

— Katherine.

Respirei fundo. Não acreditava que finalmente iria dizer aquilo... finalmente iria fazer o discurso que vinha ensaiando com raiva havia meses e que nunca pensei que faria fora do banho, sozinha.

— Posso não ter um bebê. Mas eu tenho uma vida.

— É claro que eu sei que você tem uma vida.

— Não sabe, não.

— Sei, sim.

— Não sabe, não. Você não me pergunta sobre a minha vida, não leva a minha vida a sério, não vai à minha casa, não demonstra nenhum interesse pelo meu trabalho, você não pôde nem ir ao lançamento do meu livro, sendo que ninguém da minha família foi. Você é a minha melhor amiga, a mais antiga, e não só não quis ir ao lançamento do meu livro, como nem sequer se sentiu na obrigação de fingir que queria ir.

— Eu já disse que não daria para eu vir até o centro da cidade à noite.

— Então decidiu ir a uma festa onde pudesse falar sobre bebês, casamentos e casas a noite toda. Porque nem todo mundo quer falar sobre bebês, casamentos e casas no lançamento de um livro.

— Não é verdade.

— É verdade. Você não foi capaz de, apenas por uma noite, ser minha amiga e comemorar o meu sucesso no trabalho. Eu tenho que comemorar quando você muda o piso da cozinha. Mas tudo o que eu faço é trivial e sem sentido porque não sou casada e não tenho filhos. Não sei o que aconteceu para você começar a desdenhar desse jeito de qualquer pessoa que tenha uma vida diferente da sua, mas precisa resolver essa merda.

Bati com a taça na mesa, um pouco dramática demais, derramando o vinho.

— Não preciso que você comemore tudo na minha vida!

O garçom se aproximou da nossa mesa com um sorriso largo.

— Gostariam de saber quais são os especiais da noite?

— Você pode nos dar alguns minutos? — pediu Katherine. Ele assentiu com relutância e se afastou.

— E, na verdade... sim, as coisas estão dramáticas no momento — continuei. — E eu sinto muito se não é isso que você queria. Lamento ter um pai com uma doença terminal e uma mãe que claramente não está dando conta da situação. Lamento por ter tido o coração partido por um homem que nunca mais vou ver. Sinto muito se isso não é exatamente um comercial de margarina, mas não pode me excluir da sua vida só porque a minha está um pouco bagunçada demais para qual seja o painel estético em que você esteja vivendo atualmente. Não é assim que uma amizade funciona.

— Eu não acho que a sua vida esteja bagunçada, só acho que tem muita coisa acontecendo.

— Tem, mesmo. E você simplesmente não se dá ao trabalho de me apoiar nesse momento?

— Você não entende, Nina! — disse ela, erguendo a voz e as sobrancelhas em uma velocidade enervante. — Eu não tenho espaço na minha cabeça para isso! Não posso mais ser essa pessoa para você, é para isso que a Lola serve. Você vai entender quando tiver filhos.

Eu a encarei, incapaz de acessar meu arquivo de lembranças com ela, incapaz de lembrar como e por que éramos amigas havia vinte anos. Fiz sinal ao garçom pedindo a conta.

— Eu não quero jantar com você. E você certamente não quer jantar comigo. Não sei por que ainda nos obrigamos a passar por isso.

— Eu vim de Surrey.

— EU SEI! — bradei. — Porra, Katherine, ninguém pediu para você morar lá. Você não tem setenta anos. Não é uma vendedora de estufas. Nem uma apresentadora aposentada que virou colunista de jardinagem.

— Muitas pessoas precisam sair de Londres, isso não é motivo para você agir como se fosse uma enorme traição.

— Você só vai querer ser minha amiga quando eu me casar, tiver um filho e uma casa grande? É quando vai decidir que me ama de novo? Quando eu fizer todas as coisas que você fez, para que sinta que estava certa o tempo todo?

Katherine pegou o casaco no espaldar da cadeira e a bolsa. Seu rosto estava vermelho e ela mordia o lábio superior com força.

— Vou embora. Não me ligue nem me mande mensagem — disse ela, enquanto vestia o casaco e tirava o cabelo da gola. — Não quero mais falar com você.

— Você não quer falar comigo há anos — retruquei, enquanto ela se levantava da mesa e saía.

Paguei pelo vinho que tomei e fui embora do restaurante. A noite de sábado estava começando, e eu não queria voltar para meu apartamento e ficar sozinha, remoendo minha raiva e a raiva do vizinho aterrorizante espreitando abaixo de mim. Caminhei para o leste, sem saber aonde iria parar. Atravessei a região inexplicavelmente movimentada de Holborn e suas incontáveis lanchonetes. Passei pela Catedral de St. Paul com sua cúpula prateada parecendo um capacete de aço, depois pelo Banco da Inglaterra com suas grandes colunas gregas.

Passei por grupos de garotas de vinte e poucos anos com gargantilhas e muito delineador, fumando do lado de fora dos bares no andar subterrâneo, em Aldgate, depois pelos fumantes mais velhos do lado de fora dos pubs de Stepney Green, que se perguntavam por que garotas de vinte e poucos anos com gargantilhas gastavam tanto dinheiro para estar ali. Finalmente, pouco menos de duas horas depois, vi a fachada de azulejos creme da estação de metrô Mile End. Guiada pela memória, cheguei à Albyn Square, onde escalei as grades do jardim comunitário na última vez que saí com Max. Eu me sentei no banco da praça, de pernas cruzadas, os tênis enfiados embaixo das coxas. Podia ver a porta do nosso apartamento no térreo e a rua onde o Nissan Micra azul do papai ficava estacionado.

"Amor é saudade de casa", li uma vez em um livro. A terapeuta da autora tinha dito a ela que a busca pelo amor na idade adulta é apenas uma expressão da saudade dos nossos pais, que procuramos intimidade e romance porque nunca paramos de desejar a segurança e a atenção dos pais. Nós simplesmente redirecionamos esse amor. Meu pai tinha quase oitenta anos e ainda sentia falta da mãe. Ele havia encontrado uma maneira de esconder aquela saudade por toda a vida adulta, e agora, enquanto a fachada da sua estabilidade mental se desfazia lentamente sem seu conhecimento, a verdade era que tudo o que ele queria era a mãe. Eu defenderia fortemente o argumento de que todos os adultos na face da terra estão sentados em um banco esperando que os pais venham buscá-los, quer saibam disso ou não. Acho que continuamos a esperar até o dia da nossa morte.

Fiquei mais um pouco na praça, esperando que alguém viesse. Esperando que minha mãe me chamasse para tomar chá em casa. Esperando por um Nissan Micra que já não existia, que nunca mais iria me buscar. Eu me perguntei quem moraria no nosso apartamento no térreo hoje. Gostaria de saber aonde tinha ido parar o Nissan Micra, a segurança da minha infância. Agora era sucata em algum lugar.

Eu olhei para as janelas dos prédios ao redor da Albyn Square, algumas delas iluminadas com cenas domésticas, um show de marionetes que mostrava a vida de um casal. Uma mulher trabalhava diante de uma mesa, um homem enchia a chaleira de água na cozinha. Era pouco antes da meia-noite. Estava frio. Eu era uma mulher adulta com uma hipoteca, uma carreira e uma vida cheia de responsabilidades. E era uma garotinha com um pai moribundo. Não sabia para onde queria ir.

— Sinto falta de casa.

Sinto falta de casa.

Sinto falta de casa.

Peguei o último metrô de volta para Archway. As ruas estavam repletas de grupos de corvos humanos, bêbados, batendo as asas uns para os outros, gritando enquanto bicavam caixas de isopor com kebabs cinza e batatas fritas cimentadas com maionese. Segui até minha rua, que tinha uma fileira de árvores finas recém-plantadas, cercadas por grades circulares pretas e cheias de brotos de folhas. Uma delas eu conseguia avistar da janela da cozinha. Todas as manhãs, enquanto tomava café, eu me perguntava que altura ela terá alcançado no fim da minha vida.

Eu me aproximei do meu prédio e vi que havia alguém sentado do lado de fora, no chão, as costas ligeiramente curvadas, as pernas longas esticadas. Não distingui o rosto da pessoa, mas vi que era um homem alto, de bota. Achei instintivamente que fosse Angelo e me preparei para uma conversa desagradável.

Mas quando cheguei à porta vi outra pessoa. Fiquei parada, olhando para ele, quase sem acreditar que era real. Mas, sim, ali estava ele.

Max. Fumando o cigarro que ele mesmo enrolara. Sentado à porta do meu prédio.

# 16

— Oi — disse ele.

Eu projetei aquele momento por cinco meses. Muitas vezes, a campainha tocava e eu ia até a porta, ou virava a esquina da minha rua e imaginava que ele estaria lá. Nas minhas fantasias, "Oi" era exatamente a primeira coisa que ele diria. Tinha a cadência clássica do diálogo de uma comédia romântica — descomplicado, mas ainda carregado de significado. Uma palavra que indicava uma atitude despretensiosa, casual e estilizada, supondo que tudo seria perdoado e esquecido. Um cumprimento que marcava um recomeço simples. Eu não lembrava qual tinha sido minha resposta nas muitas versões que imaginei daquela conversa. Se eu estivesse em uma comédia romântica, teria corrido na direção dele, jogado meus braços ao redor dos seus ombros e o beijado, e não teria dito nada além de uma frase de alívio e gratidão, como: "Eu sabia que você voltaria." Não o incomodaria com perguntas, não exigiria uma explicação, não o sobrecarregaria com os fatos de sua traição, não o assustaria com minha raiva.

— Onde você esteve, porra?

— Eu sei — disse ele, jogando o cigarro fora e se levantando. — Quero explicar tudo.

Ele caminhou na minha direção.

— Não, não — falei, estendendo os braços para impedi-lo de se aproximar muito. — Quero que me diga por onde andou.

Ele ficou imóvel. Parecia ter medo de me provocar.

— Onde você esteve, Max? Onde diabo você esteve?

— Eu estava aqui.

— Achei que você tivesse morrido.

— Eu sei, nem consigo imaginar como deve ter sido estressante para você.

— O que você estava fazendo?

Ele parecia confuso, como um aluno que tinha sido levado contra a vontade para a sala da diretora e que diria qualquer coisa para não se meter em encrenca.

— Estava esperando por você.

— Não, AQUI, nessa cidade em que ambos vivemos, por todo esse tempo. O que andou fazendo que justifique não ter me ligado para dizer que estava vivo?

— Eu quis muito fazer isso. Só porque não liguei não significa que não tenha desejado fazer isso todos os dias.

— Por que não ligou?

— Eu estava com medo, Nina. Fiquei muito, muito assustado e muito confuso.

— *Assustado?* — perguntei em um tom debochado. — E *confuso?*

— Foi.

— Como você acha que eu me senti? Um homem com quem compartilhei a minha vida por meses, em quem confiei, com quem me permitia ser vulnerável, que diz que me ama e nunca mais me procura. Como você acha que eu me senti?

Max encolheu os ombros, arrependido. Nunca o vira tão quieto.

— Não consigo imaginar.

— Assustada pra cacete? — sugeri. — Confusa pra cacete?

Ele assentiu e deu mais um passo na minha direção.

— Posso te abraçar? — perguntou ele. — Quero tanto...

— Não — respondi. — Eu não me importo com o que você quer.

— Posso entrar? Podemos conversar?

Eu sabia que o deixaria entrar e que conversaríamos, rigorosa e profundamente, noite adentro. Mas me lembrei de cada clichê de livro de autoajuda que tinha ouvido por tabela durante toda a vida: *se faça de difícil para conquistá-lo, faça-o esperar, mostre o que ele está perdendo*. Eu fingi estar em conflito sobre a decisão de deixá-lo entrar na minha casa ou não, e mantive o impasse silencioso por um minuto. Então, fui até a porta, girei a chave e entrei, sentindo-o bem atrás de mim.

Quando entramos no apartamento, fiquei surpresa ao perceber como era perigoso tê-lo novamente ali. Aquele era o homem diretamente responsável por grande parte do meu sofrimento. E eu o convidara para entrar, para ficar na minha sala de estar, cada um de nós em uma extremidade da mesa de jantar, apoiados desajeitadamente em uma cadeira.

— Odeio ter feito você passar por isso — disse ele, por fim.

— Acho que você não tem ideia de como eu me senti.

— Eu sei.

— Não sabe, não. Porque, se soubesse, nunca teria feito algo tão cruel. Acho que você não pensou em como se sentiria se eu tivesse feito isso com você.

— Penso nisso o tempo todo. É óbvio que eu teria ficado arrasado.

— Você me obrigou a implorar para que falasse comigo, para que no mínimo reconhecesse que eu existia. Fez com que eu me sentisse desesperada e iludida. Fez com que eu tivesse a sensação de que você nunca havia existido, que eu tinha inventado tudo.

Ele segurou a cabeça entre as mãos.

— E não pude dizer nada porque, sempre que eu questionava a sua frieza, você me fazia sentir como se eu estivesse louca. Você tentou me convencer de que era muito estranho o fato de eu querer falar com um homem que tinha acabado de me dizer que me amava. Você fez com que eu pensasse que estava louca, me perguntasse que merda estava acontecendo comigo.

— Tudo aconteceu muito depressa, ficou intenso demais em pouquíssimo tempo — disse ele. — Mas, na realidade, não nos conhecíamos muito bem. Isso me tirou do eixo por algum tempo.

— Foi você quem tornou tudo intenso. Foi você quem me disse que queria se casar comigo. Que não conseguia parar de pensar em mim. Você me ligava duas vezes por dia. Insistia para que passássemos todas as noites juntos. Eu só queria que continuássemos a sair juntos e nos conhecêssemos melhor. Você ditou o ritmo desse relacionamento, então pisou no freio quando lhe conveio. Foi como se eu tivesse sido só uma passageira sortuda aproveitando a carona.

— Eu me apaixonei por você rápido demais, não consegui evitar. Tinha vontade de passar o tempo todo com você, e foi o que eu fiz. Deveria ter ido mais devagar.

— Você não estava apaixonado por mim.

— Eu estava completamente apaixonado por você.

— Estar apaixonado não é uma ideia. Não é uma teoria. É uma conexão que você tem com alguém. Se estivesse apaixonado, não conseguiria ficar longe de mim. Cacete, você não sentiu minha falta? Qual é o seu problema, Max? Nós nos víamos muito, nos falávamos todos os dias e, de repente, não havia mais nada. Por que você não sentiu minha falta?

Eu tinha plena consciência de como parecia histérica, mas não me importava.

— Foi doloroso demais sentir a sua falta, e encontrei uma maneira de me distrair.

— Com o quê? Outras mulheres?

Ele desviou os olhos dos meus.

— Você sabe que eu sou bom em compartimentar as coisas, tanto que chega a ser assustador. Sou capaz de focar em algo e me esconder de todas as coisas realmente difíceis que preciso resolver.

— Com isso, você quer dizer: *só consigo pensar em mim. Isso é muito fácil para mim.*

— Não, não é isso. É por isso que sempre trabalhei com algo que odeio, é por isso que nunca falo sobre a minha família. Sou capaz de ficar muito confortável vivendo em negação.

Eu não permitiria que aquilo se tornasse uma análise psicanalítica compassiva de quem ele era.

— O que você quer?

— Eu te amo e estou infeliz sem você. Tenho feito tudo o que posso há meses para evitar o fato de que sei que fomos feitos um para o outro.

— Não acredito em você — falei, e me sentei na cadeira. — De jeito nenhum. Acho que você não se importa comigo de verdade. Acho que se preocupa com o fim de uma experiência que poderia ser boa para você.

— Sei que vai ser muito difícil confiar em mim de novo, mas sinceramente eu faria qualquer coisa para que me desse uma chance. Eu não me importo se formos devagar, nem com quanto tempo isso levaria.

Fiquei olhando para a mesa.

— Você foi feliz sem mim? — perguntou ele.

— É claro que não. Tem sido terrível.

As feições dele ficaram rígidas de pesar.

— Odeio ouvir isso.

— Mas eu sabia que ficaria bem. É mais fácil ter o coração partido quando estamos na casa dos trinta, porque não importa o tamanho do sofrimento, já sabemos que vai passar. Não acredito mais que exista alguém capaz de arruinar a minha vida.

Ele se aproximou e se sentou ao meu lado.

— Que coisa pouco romântica de se dizer — disse ele.

— O que você fez foi tão desnecessariamente dramático, Max... Não entendo por que você teve que acabar com tudo o que tínhamos de uma forma tão extrema. Você poderia só ter me dito que estava com dúvidas, ou só rompido comigo.

— Eu não consegui. Fui covarde demais para encarar o que estava acontecendo, então acabei deletando você.

A brutalidade daquela confissão me chocou, apesar de já saber havia algum tempo que aquele era o motivo do desaparecimento dele.

— Você não pode "deletar" um ser humano que ama. Não sou uma foto no seu celular — falei.

Eu me recostei na cadeira e esfreguei os olhos com a palma das mãos. Estava muito cansada.

— Ou talvez seja exatamente isso o que eu sou para você — continuei —, talvez seja isso o que acontece quando se conhece alguém em um aplicativo de relacionamento.

— Não teve nada a ver com você. Sei que é inteligente o bastante para não precisar que eu diga isso.

Eu odiava a forma como meu corpo reagia àquelas avaliações paternalistas e astutas que Max fazia de vez em quando sobre meu intelecto.

— Teve a ver com o quê, então? Quero entender.

Ele se encostou na mesa e apoiou a cabeça na mão.

— Agora eu me dou conta de que estava muito infeliz quando conheci você. Eu estava muito confuso. Detesto o meu trabalho com todas as minhas forças, mas não sei o que mais gostaria de fazer. Detesto morar em Londres, mas não sei para onde quero ir. Não tenho praticamente nenhum contato com a minha família. Todos os meus amigos levam uma vida adulta e adequada que os mantém ocupados. Não tenho nada parecido com uma vida estável. Então, me apaixonei por uma mulher totalmente equilibrada e cheia de foco. Uma mulher bem-sucedida, feliz, com vários relacionamentos significativos. Até com o ex-namorado. E eu sabia que, se fosse me comprometer com você do jeito que deveria, teria que me tornar o homem que venho adiando me tornar. E eu não estava pronto para isso. Não estava pronto para crescer.

— Eu não pedi que você mudasse.

— Eu sei.

— E não sou "totalmente equilibrada". Está tudo desmoronando. O meu pai piorou muito, ele sofre pequenos acidentes toda hora e começou a esquecer quem eu sou. A minha mãe e eu discutimos o tempo todo. Tivemos que contratar uma enfermeira para nos ajudar. Não sei quando vamos precisar de mais ajuda, ou como vamos fazer para conseguir. Não consigo escrever sobre outra coisa a não ser sobre ele. A Katherine e eu tivemos uma briga horrível. Tenho medo de ficar na minha própria casa porque estou certa de que o meu vizinho é realmente perigoso. E estou sozinha.

Minha voz falhou. Max estendeu o braço e pegou a minha mão em cima da mesa.

— Estou sozinha de verdade.

Ele se ajoelhou no chão à minha frente, segurou meu queixo e me beijou, hesitante. Max cheirava a tabaco, uma mistura de madeira e uva-passa. Ele acariciou meu rosto com o polegar e me segurou pela nuca. Deslizei da cadeira e afundei no chão, assim nós dois ficamos de joelhos. Tiramos a roupa um do outro e ele se deitou por cima de mim, pressionando o calor intenso do seu corpo contra o meu e me desarmando, com firmeza e lentamente. Então, tudo se tornou urgente, como se nós dois tivéssemos medo de que o outro desaparecesse. Apenas uma parte de mim permaneceu na minha pele, enquanto outras Ninas se descolavam de mim e circulavam pela sala. Uma delas era espectadora de todos aqueles amassos e não acreditava que Max estava na minha casa e dentro de mim, que eu podia não apenas olhar para cima e ver o rosto dele, mas também sentir a temperatura do seu corpo impregnar o meu. Uma Nina exultava, outra estava assustada. Outra Nina examinava Max — cada movimento e cada som —, buscando evidências de onde ele havia estado desde a última vez que o vira. *Senti saudade de você*, disse ele, enquanto ofegávamos. *Porra, senti tanta saudade.*

Deitamos nus de costas, lado a lado no tapete da sala, com apenas a ponta dos dedos se tocando. Fiquei olhando para a linha longa e fina que se estendia pelo gesso do teto como uma rachadura no solo seco.

— Quero chá — falei.

Fiz menção de me levantar, mas ele segurou minha mão.

— Fique aqui comigo mais um pouco.

Ele me virou de lado e passou os braços em volta do meu corpo. Senti o suor de sua pele nas minhas costas.

— Daqui a pouquinho eu preparo para nós.
— Com quantas mulheres você esteve depois de mim?
Max enterrou o rosto no meu cabelo e respirou fundo.
— Quer mesmo saber?
— Quero.
— Por quê?
— Porque, se vamos ficar juntos de novo, preciso saber toda a verdade sobre o tempo que passamos separados.
— E você não vai ficar se torturando com isso?
— Claro que não, isso não tem nada a ver com ciúme. Presumi que você vinha ficando com outras mulheres.
— Tudo bem — disse ele. — Uma.
— Uma? Não acredito.
— Só uma.
— Você só passou uma noite com outra mulher desde que nos separamos?
— Não foi só uma noite.
— Quantas noites?
— Não sei, não contei.
Eu me virei para encará-lo.
— Você teve um relacionamento com ela?
— Não, quer dizer... — Ele olhou para o teto a fim de evitar meu olhar. — Estávamos nos vendo, mas não estávamos juntos.
— Quando vocês começaram a se ver?
— Não sei exatamente.
— Max.
— Talvez um mês depois de termos terminado.
*Termos terminado* era uma forma muito desonesta de se referir ao modo como nosso relacionamento havia acabado, pois insinuava consentimento e comunicação entre nós, mas aquele não era o momento de discutir o uso de palavras.

— Como você a conheceu?

— Pelo Linx.

— Você desfez o nosso *match*? Porque, quando baixei novamente o app, não vi você lá.

— Não sei. Talvez. Acho que eu não queria ver quando tinha sido a última vez que você esteve on-line, porque não queria pensar em você saindo com outros caras.

— Quem é essa mulher?

— O nome dela é Amy.

— O que ela faz?

— Está fazendo trabalhos temporários no momento.

— Quantos anos ela tem?

Ele fez uma pausa.

— Vinte e três.

Fiz um cálculo mental, pronta para usar aquilo contra ele quando fosse necessário. Catorze anos de diferença.

— E ela terminou com você, por isso você decidiu voltar para a velha e leal Nina? O posto de gasolina onde você pode parar para um descanso.

— Nina — disse Max, e deu um beijo na minha testa. — Não. Você não poderia estar mais errada.

— Não entendo por que você começou a sair com outra pessoa imediatamente depois de mim, se estava assustado com a ideia de compromisso. Seu motivo para desaparecer faria sentido se você tivesse se dedicado a uma orgia de encontros sexuais.

— Eu só precisava me distrair para não pensar em você. E não consigo sair para pegar geral, por isso acabei mantendo um relacionamento regular com outra pessoa.

— Como terminou?

— Eu terminei com ela.

— Com isso você quer dizer que a "deletou"?

— Não — disse ele, meio irritado. — Terminamos como amigos. Eu disse a ela que estava muito confuso e ela compreendeu.

— Tantas mulheres que acabaram sendo um efeito colateral da sua confusão, Max... O que deixa você tão confuso?

— Não estou mais confuso — afirmou ele, e me abraçou com força.

Fomos para a cama quando o céu já começava a ficar lilás e o sol estava quase nascendo.

— Me explica de novo por que você parou de falar comigo — pedi, quando estávamos deitados com a cabeça no travesseiro, um de frente para o outro.

Conversávamos baixinho, como se tivéssemos medo de acordar alguém.

— E não fale de uma forma abstrata ou filosófica. Me diga claramente por quê.

— Eu sabia que queria me comprometer com você, mas estava com medo. Assumir um compromisso com você significaria encarar o tipo de vida que eu realmente quero. E não estava pronto para isso. Fui um covarde.

— E como eu vou saber que não vai acontecer a mesma coisa de novo?

— Porque agora eu sei que não quero ficar longe de você.

— Você tem que me prometer que nunca, nunca mais vai sumir.

— Prometo — disse ele, enquanto acariciava meu rosto com os nós dos dedos. — Estraguei tudo uma vez e aprendi a lição. Não importa quanto tempo vou levar para reconquistar a sua confiança.

Fechei os olhos, mas não consegui me forçar a dormir.

— Eu tentava falar com você, às vezes. À noite, quando vinha me deitar. É um comportamento muito desesperado. De alguém que está enlouquecendo de verdade. Eu me concentrava muito e tentava enviar mensagens para você. Mas acho que você não recebeu nenhuma delas.

— Estou aqui agora — disse ele. — Nina, estou aqui agora.

Nossa respiração desacelerou no mesmo ritmo. Ouvi o canto dos melros do lado de fora da janela, chamando para começar o dia.

— Você realmente sentiu a minha falta? Ou sentiu falta apenas de como eu fazia você se sentir?

Meu corpo estava frio e minha cabeça parecia leve, o prelúdio da inconsciência. Ouvi o murmúrio letárgico da voz de Max.

— É a mesma coisa.

Max dormiu na minha casa todas as noites durante uma semana. Conversamos. Falamos sobre o que fomos juntos e o que fomos separados. As conversas foram carregadas não de emoção, mas de lógica. Pareceram uma medida de segurança. Dois dignitários reunidos após um desastre global, analisando o caos e suas consequências, discutindo medidas preventivas. Nossas conversas foram marcadas por uma sinceridade recém-descoberta que eu achei exaustiva, mas essencial se quisesse confiar nele de novo. Fizemos a promessa de sermos totalmente honestos um com o outro, não importava quanto aquilo pudesse parecer desconfortável. Avisei que o que ele fizera acabou me deixando ansiosa de um jeito que não me era comum, que eu passei a associá-lo a dor e carência, e que demoraria algum tempo até eu voltar a me sentir relaxada no nosso relacionamento. Falei que queria provas de confiança sem ter que pedir, que queria que ele me desse o tempo que eu achasse necessário, além de compreensão em momentos de raiva e em interrogatórios que eu quisesse fazer quando precisasse. Ele disse que entendia, que sentiria o mesmo no meu lugar, e que eu tinha direito ao que quisesse. Contanto que tentasse confiar nele novamente.

Max me contou mais sobre Amy. Contou que o relacionamento deles foi superficial e frágil, e eu me odiei por achar reconfortante a comparação entre nós, como se fôssemos concorrentes em um daqueles programas de namoro em que as mulheres competem para conquistar um solteiro interessante. E me odiei ainda mais quando rimos da república suja em que Amy morava com outros universitários, da paixão dela por tomar infinitos drinques Buck's Fizz em longos brunches e do fato de ela nunca ter ouvido falar de John Major. Deixei claro para Max que a vergonha não era por Amy não ter ouvido falar de um homem que se tornou membro do parlamento no final dos anos 1970, mas pelo fato de ele ter se envolvido romanticamente com uma garota que nasceu no mesmo ano em que as Spice Girls emplacaram o primeiro hit.

Contei a ele sobre a coleção de facas de Angelo, sobre o casamento de Joe, o primeiro amor de Lola, meu desentendimento com Katherine. Ele leu os novos capítulos do meu livro. Eu o atualizei sobre o declínio da saúde do meu pai, mas brevemente e me atendo apenas aos detalhes necessários. Eu ainda não conseguia falar com ninguém sobre meu pai com profundidade ou no contexto da emoção, e não no da praticidade. Gwen era quem chegava mais perto de ser uma confidente para mim e, mesmo assim, quando ela perguntava como eu estava, em nossas muitas conversas pelo telefone, só o que eu respondia era: "Um pouco triste." Eu queria me abrir com Max a respeito do meu pai, ansiava por receber o conforto e os conselhos dele, mas achava as visitas aos meus pais cada vez mais angustiantes e queria mantê-las separadas do resto da minha vida. A única forma de não pensar o dia todo, todos os dias, sobre meu pai e o cérebro dele — aquele cérebro lindo sendo desmontado e colocado diante dele como uma mobília embalada — era não compartilhando com ninguém os detalhes da situação. Assim, ninguém pensava em me perguntar a esse respeito.

 Nas semanas que se seguiram à noite em que encontrei Max na porta de casa, conversamos sobre coisas que nunca tínhamos falado antes. Havia uma dedicação gentil entre nós. Estávamos menos afoitos na tentativa de fazer o outro rir, Max se vangloriava menos, e a sua arrogância se suavizou. Eu era mais eu mesma do que nunca. Não me esforçava para ter a atenção dele o tempo todo. Ele me dizia que me amava, com prudência e esporadicamente, ansioso para provar que estava sendo atencioso, que não iria se apavorar de novo com os próprios sentimentos. Eu mantinha um registro atualizado de quando ele se declarava. Uma vez, Max sussurrou que me amava no meu ouvido, no metrô, de manhã, bem na hora do rush, quando estávamos cercados por virilhas e axilas e nos afogando na luz brilhante das luminárias. Outra vez, durante uma ressaca particularmente forte, quando estávamos comendo nuggets na cama. Outra vez ainda, na fila para pegar bebida no pub, quando perguntei se ele queria torresmo. Eu sempre respondia que também o amava, mas nunca era a primeira a dizer. Eu pegava o celular de Max quando ele não estava por perto para checar se havia notificações do Linx ou mensagens de alguma mulher, sinais de uma vida secreta que eu ainda suspeitava que ele mantinha. Nunca havia nada, a não ser pela foto de fundo do carro dele.

 Eu não estava acostumada com a presença dele, que continuava a me parecer uma intrusão, mas que também me dava segurança. Eu acordava todas as manhãs e olhava o celular, esperando ver uma mensagem dele, como fiz por meses, e, ainda meio dormindo, me decepcionava. Então, me virava e o via deitado, dormindo ao meu lado, uma pilha de membros fortes e cachos dourados. Max estava ali em carne e osso, mas eu ainda me sentia assombrada pela versão virtual dele.

    Lola, que eu quase não via desde que ela havia emigrado com visto permanente para a terra do amor, ficou feliz por mim. Minha amiga tinha se tornado a maior defensora da monogamia, uma embaixadora dos relacionamentos sérios. Se pudesse, teria largado o emprego e se tornado missionária da causa, batendo de porta em porta e distribuindo panfletos sobre como você também pode se salvar com o parceiro certo. Lola perguntou várias vezes quando poderíamos sair juntos, os dois casais, e eu sempre adiava a ideia com uma desculpa vaga. O que Max e eu havíamos reacendido parecia frágil e, por ora, eu queria proteger aquilo de estranhos. Percebi que Joe achava uma péssima ideia voltar com Max, mas optou por ser diplomático e disse que eu deveria confiar nos meus instintos sem perder a cautela. Minha mãe ficou encantada e louca para conhecer Max. Ela havia descoberto uma nova receita de espaguete de cenoura que queria experimentar com a gente. Não pude contar a Katherine, porque continuávamos sem nos falar.

    Com o tempo, a escuridão que precedeu nosso reencontro começou a desaparecer e o que restou foi o que eu amava nele, em nós, antes. Conversávamos aberta e intensamente, ríamos, nos ouvíamos, nos embriagávamos, éramos espontâneos, obscenos, caseiros e tranquilos. Eu lembrei que estar com Max melhorava minha concentração e me dava mais energia. Eu passava os dias com vontade de fazer coisas, de ver coisas, de aprender e realizar coisas que depois pudesse compartilhar com ele. E era o que eu fazia na maior parte das noites. No apartamento dele ou no meu. Dei a ele uma chave do meu apartamento.

Um mês depois de começarmos a nos ver novamente, viajamos juntos pela primeira vez. Já sabíamos que aquele seria um fim de semana quente de junho. Assim, alugamos um chalezinho quase enjoativo de tão fofo, por três noites, com pôneis perambulando ao redor e um riacho correndo nos fundos do quintal. Passar uns dias juntos fora da cidade em que morávamos parecia uma confirmação como casal, algo que nos tiraria do estado provisório de estarmos "saindo".

Fomos no carro de Max e chegamos na sexta-feira à tarde. Dormir em um lugar novo, que não era dele ou meu, mas nosso, mesmo que só por duas noites, nos dava a sensação de estarmos brincando de casinha. Parecíamos duas crianças fingindo ser adultos, enquanto desfazíamos as malas e guardávamos os mantimentos na geladeira. Aquilo me fez lembrar da primeira noite que Katherine e eu passamos no primeiro apartamento que compartilhamos quando éramos universitárias. "Somos adultas, agora", disse ela, com um sorriso, enquanto comíamos feijão com torradas, sentadas no tapete manchado de uma sala de estar sem mobília.

No final da tarde de sábado, Max saiu para correr. Quando ele voltou, com o rosto rosado e o cabelo úmido, eu estava fazendo um doce para o jantar. Ele se encostou no batente da porta da cozinha, enquanto recuperava o fôlego.

— Puta merda.
— O quê?
— Isso é tudo o que eu quero.
— O quê?
— Entrar na cozinha e encontrar você preparando alguma coisa com farinha e manteiga.

Eu ri.

— Sério?

— Sim. — Ele deixou escapar um gemido cheio de desejo. — Isso é exatamente o que eu quero. Mas também quero que você esteja com um pouco de farinha no rosto, só um risco na bochecha já seria perfeito.

— Só nos filmes as mulheres cozinham com um risco perfeito de farinha no rosto, Max. Todas as fantasias domésticas dos filmes são mentira. Não enrolamos um lençol ao redor do corpo quando nos levantamos da cama de manhã. E não usamos a camisa dos namorados sem nada por baixo quando estamos pintando a casa.

— Coloca só um pouco de farinha no rosto, por favor — implorou Max.

Espalhei um pouco de farinha na bochecha, com relutância.

— Perfeito. E quero você em uma cozinha muito grande, talvez uma cozinha de fazenda.

— Gostei da ideia.

Ele se aproximou de mim e passou os braços ao meu redor, por trás. E falou junto ao meu cabelo.

— E você estaria totalmente nua, a não ser por um avental.

Max beijou meu pescoço.

— E eu obviamente teria que beliscar a sua bunda.

Eu me virei para encará-lo.

— E você diria: "Na frente das crianças, não" — acrescentou ele.

Meu coração deu duas cambalhotas. Eu havia sido traída pela minha biologia, o que era uma quimera, um incômodo sorrateiro e ágil, indiferente à lógica. Seria uma péssima ideia ter um bebê com Max em qualquer momento no futuro próximo. Era inapropriado até mesmo falar naquele assunto. Ainda assim, meu corpo reagiu à ideia como se fosse a única solução. Suas palavras de brincadeira despertaram uma ânsia incontrolável, desejos profundamente enraizados que haviam sido colocados em mim sem minha aprovação. Quem os colocou lá? Eu tinha herdado aquilo? Tinha sido minha mãe? Ou minha avó? Não fiz aquela escolha. Posso escolher o número de doses de café expresso que desejo, a cor dos interruptores da minha casa e o sotaque e gênero da voz do meu GPS. Era implacavelmente responsável por toda pequena decisão que tomava, todos os dias. Então, quem havia decidido em meu lugar que eu queria um bebê, mais do que tudo?

— Por que eu estaria cozinhando nua na frente de crianças?
— Shhh... — disse ele.
— Você está combinando duas fantasias que deveriam ser mantidas completamente separadas.
— Tudo bem.

Como era fácil para Max jogar aquele jogo. Como devia ser agradável soltar aqueles cenários hipotéticos em uma conversa, sabendo o pânico primitivo que poderiam despertar em uma mulher com mais de trinta anos. Como ele devia se sentir poderoso. Não foi a primeira vez que fizemos aquele tipo de brincadeira e, a cada vez, Max ia um pouco mais longe, para ver até onde ousávamos ir na fantasia. Aquela era a conversa obscena da década. Se antes os casais sussurravam no ouvido um do outro sobre sair e levar uma garota para casa a fim de fazer sexo a três, agora conversávamos sobre nomes de bebês e se teríamos meninos ou meninas. Quem se importava se aquilo algum dia se tornaria verdade? Não era o objetivo do jogo. Já era emocionante o bastante ouvir as palavras sendo ditas em voz alta.

— E, Max — falei, em tom de repreensão. — Presta bem atenção. Lembre-se de que não sou eu que estou dizendo essas coisas, é você. Não queremos que você fique confuso e assustado de novo.

Finalmente havíamos chegado a um ponto em que podíamos rir do que havia acontecido, pois não havia mais ameaça de se repetir.

— Eu sei, eu sei — disse ele, me dando uma palmada de brincadeira e saindo da cozinha.

Não voltamos a falar sobre aquilo.

Passamos a tarde seguinte em um pub da vizinhança. Quando Max voltou para a mesa com a terceira rodada de bebidas, trazia também um pacote de batatas chips com sal e vinagre entre os dentes e o jornal com todos os suplementos na mão. Ele largou tudo na mesa.

— Você saiu no jornal hoje, não foi? — perguntou ele.

— Foi — respondi. — Uma coluna sobre ruibarbo. E uma entrevista com um chef.

Max abriu o suplemento e folheou até encontrar as páginas em que eu aparecia. Ele apontou para minha foto, muito séria, na assinatura da matéria.

— Olha! — falou.

— Pois é.

— Não acredito.

— Sério? Não é nada de mais. Você já leu o meu trabalho antes.

— Sim, mas parece muito mais real e imediato estar sentado aqui com você, sabendo que essas palavras estão chegando a milhares de pessoas hoje, enquanto elas tomam cerveja ou aproveitam o café da manhã.

— Imagino que...

— Shhh... — disse ele, e tapou minha boca com a mão enquanto mantinha os olhos fixos na página. — Estou lendo.

Eu nunca tinha visto Max lendo meus textos antes. Ele assentia de vez em quando, às vezes ria. Eu sabia que nem todas as críticas dele em relação ao que eu escrevia eram positivas. Max era sempre muito observador e analítico. Mas percebi que estávamos vivendo um marco no relacionamento, quando vemos a pessoa que amamos através dos olhos de estranhos pela primeira vez. Enquanto me lia, ele podia imaginar outras pessoas me lendo também e lembrar como foi me ver e falar comigo naquela primeira noite em que nos conhecemos.

Max pôs as páginas do jornal na mesa.

— Acho que você não tem ideia da inveja que estou sentindo de você, Nina — disse, e tomou o resto da cerveja. — Isso paga a sua hipoteca. O que você ganha com a escrita paga a sua hipoteca. É incrível.

— Bem, entrevistar um herói da culinária é um fato especial e não acontece com tanta frequência — comentei. — Nem tudo é assim. Na semana passada, milhares de pessoas me xingaram muito no Twitter porque calculei errado os ingredientes de uma receita e disse que precisava de dez quilos de cheddar, em vez de cem gramas.

Ele riu enquanto bebia.

— E passo uma grande parte dos meus dias ao telefone, com departamentos de finanças, pedindo para ser paga por trabalhos que entreguei há meses — continuei. — E tive uma discussão com um estilista de alimentos muito temperamental em uma sessão de fotos na semana passada.

— Mas você ama o seu trabalho.

— Tenho muita sorte. Na maior parte do tempo, adoro o meu trabalho.

— Você não tem apenas sorte, sei que trabalhou duro para isso.

— Muitas pessoas trabalham duro e, ainda assim, odeiam o próprio trabalho.

— Como eu — reconheceu Max, enquanto girava a bolacha de chope na mesa.

— Você realmente odeia tanto assim?

— Odeio.

— Deve haver alguma outra coisa que você possa fazer, que use as suas habilidades profissionais e lhe dê um bom dinheiro, mas que não faça você ter pavor de levantar todas as manhãs.

Ele assentiu.

— Vamos todos viver muito mais tempo do que nunca, portanto vamos trabalhar durante a maior parte da vida — falei. — Não podemos odiar a maior parte da vida.

— Eu sei — concordou ele com um suspiro. — Acredite, penso muito sobre isso.

— Tive uma ideia! — exclamei, com um entusiasmo alcoolizado. — Vamos fazer uma lista de todas as coisas que você gosta de fazer. Tem uma caneta?

Um garçom passou por nós.

— Com licença, posso pegar a sua caneta emprestada, por favor? — pedi.

O homem puxou uma caneta do bolso e me entregou com gentileza.

— Obrigada.

— Nina... — protestou Max.

Peguei um bloco de anotações na bolsa.

— Certo, vamos fazer uma lista de tudo o que você ama e tudo o que detesta. Pode ser algo grande ou pequeno, profissional ou completamente aleatório. Mesmo que não pareça relevante, nesse primeiro momento é bom anotar. Então. O que te faz mais feliz?

— Não sei.
— Eu sei. Ficar ao ar livre. Nada te deixa mais feliz.
— Podemos falar de outra coisa?
— Vamos, é só entre nós.
— Você pode, por favor, parar de agir como uma orientadora vocacional de escola? Desculpa. Sei que só está tentando ajudar, mas faz com que eu me sinta uma criança.
— Tudo bem — falei. — Parei.
Terminei o vinho e fomos embora.

Max ficou basicamente em silêncio durante toda a caminhada de volta ao chalé, enquanto eu tagarelava, bêbada, desesperada para manter o clima leve da tarde. Nunca o tinha visto tão absorto nos próprios pensamentos e tão indiferente a mim. Por fim, parei de tentar puxar conversa.

— Por que você fez aqueles trabalhos para a empresa de leite condensado? — perguntou ele.
— Você sabe por quê — respondi. — Já expliquei antes. Esses trabalhos pagam as contas.
— Você não deveria fazer mais isso. Fica nítido que você escreve muito melhor quando realmente acredita no que está dizendo.
— Eu sempre acredito no que estou dizendo, caso contrário, não diria. Não sou tão vendida assim.
— Como eu?
— Max — falei, e parei na rua vazia e sinuosa, cheia de dedaleiras.
Ele também parou.
— Você quer falar sobre isso ou não? — afirmei. — Eu adoraria conversar sobre o seu trabalho, mas, por favor, não diga que não quer falar sobre o assunto para logo depois começar a fazer críticas passivo-agressivas a meu respeito.

— Não estou sendo passivo-agressivo. Só estou dando um feedback construtivo sobre o seu trabalho.

Aquela foi a primeira vez que vi um sinal de insegurança em Max. Por um momento, a carapaça de masculinidade descolada dele rachou e eu o vi sem as suas defesas de sempre. Sem o bom salário e o carro esporte, sem o vinil de *Americana*, do Offspring, e os CDs do Bob Dylan no porta-luvas, sem as malhas gastas e as botas de escalada sujas de lama. A máscara dele havia caído, apenas por alguns minutos, e o que eu via era um garotinho nervoso que vivia escondido embaixo de tudo aquilo. Eu poderia perdoar, apenas daquela vez, a agressividade dele.

— Esse nariz — falei, enquanto passava o dedo ao longo da curva firme, nós dois deitados na cama naquela noite. — É o nariz mais assertivo que já vi. Esse nariz nunca se enganou sobre nada.

— Eu tenho o nariz do meu pai.

— Você se parece com o seu pai? Nunca vi uma foto dele além daquela que está no seu apartamento.

— Que eu me lembre, não tenho outras fotos dele — disse Max. — Mas, sim, eu me pareço com ele. Sou muito parecido com ele.

Ele passou os dedos pelo cabelo.

— Uma vez, li que, segundo Freud, quando duas pessoas fazem sexo há pelo menos seis pessoas no quarto — comentou. — O casal e os respectivos pais.

— Que orgia absolutamente desagradável.

— Não é?

— Você acha que isso é verdade?

— Acho que o meu pai sempre será uma peça que falta, em todas as situações. Não importa quanto eu fale ou pense a respeito, não importa quanto eu analise. Isso sempre vai me atormentar de uma forma muito silenciosa.

— Os meninos e os pais — falei. — Acho que não há uma dinâmica familiar mais forte que essa.

— É — concordou Max, esfregando a cabeça como se quisesse se livrar dos próprios pensamentos.

— Por que ele deixou a sua mãe? — perguntei. — Não precisamos conversar sobre isso.

— Ele conheceu outra pessoa.

— Quantos anos você tinha?

— Dois.

— Sinto muito.

— Tudo bem.

— Como a sua mãe lidou com isso?

— Emocionalmente, ela nunca demonstrou nada. Apenas seguiu em frente. Financeiramente, foi difícil. Lembro que, quando eu tinha oito anos, a minha mãe me deu uma nota de cinco para comprar leite. Comprei uma caixa de chocolates para ela, porque sabia que ela não tinha um marido como as outras mães e, quando cheguei em casa e entreguei o presente, ela começou a chorar. Só recentemente ela me contou que chorou daquele jeito porque aquela era a última nota de cinco libras que tinha para nos alimentar por uma semana.

— Meu Deus, Max. Que lembrança horrível, sinto muito.

— Acho que é por isso que me sinto tão apegado a um trabalho que detesto. Porque nunca quero ter que me preocupar com dinheiro desse jeito.

— Quantos anos você tinha quando voltou a encontrar o seu pai?

— Nove. Cheguei em casa e a minha mãe me disse que ele estava esperando na sala. Não tínhamos nada a dizer um ao outro, ele não sabia como falar comigo.

— Como é o relacionamento entre vocês hoje?

— Inexistente. O meu pai ainda não sabe como falar comigo. Ano passado, dois meses depois do aniversário, ele me mandou um e-mail me dando parabéns e desejando felicidades nos meus trinta anos.

— Meu Deus.

— Descobri há muito tempo que a melhor maneira de não me desapontar com ele é não dar a chance de me desapontar.

— Ele ainda está com a mulher que ele conheceu enquanto estava com a sua mãe?

— Não. Ele a abandonou quando ela estava grávida.

— E ele teve outras mulheres desde então?

— Teve.

— Quantas?

— Perdi a conta — respondeu Max.

— Ele teve mais de um filho depois de você?

— Teve.

— Quantos?

— Perdi a conta — repetiu ele com uma risada derrotada.

— Você tem medo de ser como o seu pai?

Eu me arrependi da pergunta na mesma hora. Era provocadora e parecia se relacionar com minha experiência em relação a ele.

— Somos todos como nossos pais — declarou Max. — Vamos lá, que fantasmas você está trazendo para a orgia?

— Eu não sei, sério. O relacionamento dos meus pais é muito chato. Não acho que eles sejam almas gêmeas, são incompatíveis demais de muitas maneiras, mas se complementam. Eles são melhores amigos e se divertem juntos. Bem, se divertiam. É difícil lembrar como era o relacionamento deles antes de o meu pai adoecer. O comportamento dele agora é muito diferente, é óbvio, mas o da minha mãe também mudou. Não me lembro dela sendo tão obcecada por si mesma. E deve haver uma razão para isso... mas não consigo descobrir qual é. Acho que ela está apenas fingindo que o que está acontecendo não existe. Ou talvez não queira mais se preocupar com o meu pai, imagino como deve ser complicado. Talvez ela só ache difícil demais.

Max permaneceu absolutamente em silêncio enquanto eu falava. Nunca havíamos conversado sobre as nossas famílias daquele jeito.

— Sempre fui mais próxima do meu pai. Era com ele que eu mais conversava quando era adolescente. Ele me ensinou a dirigir. Me ensinou tudo. A minha mãe e eu nunca fomos aquele tipo de mãe e filha que são também melhores amigas, mas nunca me senti tão distante dela como hoje em dia. E isso me assusta porque, em breve, o meu pai não vai estar mais aqui. Não sei quando, pode levar anos e anos, mas será antes do que eu pensava. E aí vamos ser só eu e ela. Ela vai ser a minha única família. E não sei como vou me relacionar com ela quando ele não estiver mais aqui. Acho que o meu pai é a única coisa que temos em comum.

Minhas palavras pairaram acima da cama. Mais silêncio. Não sei exatamente quando ele adormeceu.

Voltamos para Londres na segunda-feira de manhã em um silêncio satisfeito. Tínhamos entrado naquele estágio do relacionamento em que nem todo passeio de carro precisava ser preenchido com conversas, onde não estávamos agoniados para devorar avidamente um ao outro, como se temêssemos ter um prazo de validade. Sabíamos que tínhamos tempo. Um tempo que se estendia indefinidamente à nossa frente, como o asfalto de uma rodovia. Minha mão descansou na perna de Max, enquanto ele dirigia. O sol quente e espesso se derramava sobre nós, aquecendo o couro dos bancos do carro.

Max me deixou no meu prédio. O motor do carro rugiu como um leão enquanto ele se afastava pela rua. Fiquei na entrada a fim de acenar para ele, um gesto romântico e brega, mas de que ele gostava. Soprei um beijo. Max ergueu a mão, acenando um adeus sem olhar para trás. O carro virou à esquerda e ele sumiu de vista.

# 17

Quando concordei em me encontrar com Jethro e Lola no pub, eu sabia que seria uma tarde e tanto. O fluxo contínuo de postagens nas redes sociais, com legendas contendo declarações de amor longas e repletas de piadas internas, foi um prenúncio daquele almoço. Mas eu não tinha previsto como os dois estariam embriagados de oxitocina. Quando Jethro me viu, abriu os braços e me abraçou por mais tempo do que eu acharia confortável.

— Nina — disse ele, suspirando. — Nina, Nina. Finalmente nos conhecemos. Quanto tempo eu esperei.

Tudo parecia desnecessariamente cerimonioso, como se eu fosse a líder idosa e sábia de um povoado e Lola estivesse voltando para que eu aprovasse seu parceiro. Com Lola não foi melhor. Toda vez que Jethro dizia qualquer coisa, mesmo algo tão inofensivo quanto "Eu moro em Clerkenwell", ela olhava para mim com um sorriso de expectativa como se dissesse *Ele não é incrível?!* e não desviava os olhos dos meus até que eu desse um sorriso ou assentisse com a cabeça confirmando que, sim, ele era incrível mesmo. Os dois terminavam as frases um do outro com tanta facilidade que pareciam coreografados e, nas raras ocasiões em que se interrompiam, tocavam as mãos e diziam: "Fala, meu bem, sinto muito, atropelei você"; "Não, eu insisto, meu amor, fala você".

Eles adoravam explicar coisas um sobre o outro: "O Jethro não precisa dormir por muitas horas, enquanto eu, você sabe, preciso de nove horas de sono"; "A Lola é o tipo de pessoa que absorve muito as emoções dos outros"; "Cada vez mais, estamos considerando seriamente nos mudarmos para a Cidade do México". Lola não parava de encontrar pontos em comum entre mim e Jethro, por mais tênues que parecessem. Fosse pela comida que pedimos ou por alguma coisa de que ambos rimos, ela se voltava para Jethro e dizia: "Está vendo? O que eu disse? Vocês dois parecem gêmeos", e ele assentia com a cabeça, concordando, muito sério.

Eles também adoravam contar histórias que sugeriam fortemente ou descreviam explicitamente que estavam transando muito. Jethro era claramente um homem que pensava que conhecia o corpo feminino melhor do que qualquer mulher. Aquilo não era apenas a função dele, mas seu presente para o mundo, nos educar sobre como tudo funcionava.

— Qualquer mulher consegue ter um orgasmo vaginal se o ponto G for estimulado corretamente — disse ele, enquanto comia uma torta de carne.

— Consegue mesmo, Nina, de verdade — comentou Lola, empolgada.

Ela não apenas havia perdido a cabeça, mas todo o senso de adequação social.

— Muito interessante — falei.

Quando Lola não estava insinuando o despertar sexual que vivia, se dedicava a me contar os detalhes mundanos da vida deles sob o mesmo teto. Ela me contou sobre a quantidade surpreendente de produtos de beleza que Jethro havia deixado no banheiro, e como era irritante que ele enchesse a geladeira com suco verde. Aquilo era algo que ela nunca havia experimentado antes, pois nunca havia sido íntima o bastante de um homem para ter a "parte dele" na dinâmica da casa. Lola não estava apenas apaixonada por estar apaixonada, estava apaixonada por finalmente poder reclamar de alguém. Teria sido grosseiro da minha parte não permitir.

— Como foi seu fim de semana com o Max? — perguntou ela.

— Ah, sim, o grande e bonitão Max! — disse Jethro. — Sei tudo sobre ele.

— Foi fantástico — falei. — Acho que, quanto mais tempo passamos juntos, mais eu percebo como ele se sente insatisfeito com a vida. E quero muito ajudá-lo, mas ao mesmo tempo não quero sufocá-lo. Por isso, no momento, estou só tentando encontrar esse equilíbrio.

— Sei, quer dizer, não sei. Querido, o que você acha, da perspectiva de um homem? — perguntou Lola, se virando para Jethro, que imediatamente começou a falar sobre os equívocos da psique masculina.

Coloquei uma expressão atenta no rosto, ao mesmo tempo que me permitia não ouvir uma palavra que ele dizia, a mesma expressão que eu usava na maioria das festas de aniversário, e pensava no fato de não ter tido notícia de Max desde que tínhamos voltado para Londres. Fazia quatro dias. Eu mandei uma mensagem no dia seguinte à nossa volta, para ver como ele estava, e não recebi resposta. Liguei para ele naquela manhã e ele não atendeu. Uma sensação de pavor havia retornado como uma doença reincidente.

— Você gostou dele? — perguntou Lola, quando Jethro foi ao banheiro.

— Gostei muito dele — respondi, enquanto vasculhava a mente em busca de algum motivo específico para isso, porque sabia que ela não iria descansar até que eu dissesse. — Ele é muito aberto, o que eu acho ótimo. O cabelo é lindo. Adoro homens ruivos. É muito confiante. E muito carinhoso.

— O que mais? — quis saber ela, animada.

— Ele obviamente adora você.

— Você acha?

— Acho.

— Vamos morar juntos.

— Achei que vocês já morassem juntos.

— É, bem, basicamente moramos, mas vamos comprar um imóvel juntos.

— Comprar um imóvel, por quê?

— Porque queremos um lugar novo que seja nosso.

— Aluguem juntos primeiro, não comprem.

— Aluguel é um desperdício de dinheiro.

— Não é, não, isso é o tipo de coisa que os nossos pais dizem. Aluguel é o melhor dinheiro que você pode gastar, você recebe uma casa em troca.

— Ele não quer alugar.

— Você tem dinheiro para comprar?

A pergunta irritou Lola.

— Ele vai comprar e nós vamos dividir a hipoteca.

— Mas então vocês não vão comprar juntos.

— Não quero perder mais tempo — disse ela. — Esperei a vida toda para morar com o homem que amo, agora só quero deixar isso acontecer.

— Tá certo — falei. — Entendo. — Eu não entendia.

Em um gesto elegante que me provou que Jethro estava realmente desesperado pela minha aprovação, ele pagou a conta sem dizer nada ao voltar do banheiro. Agradeci, nos abraçamos na despedida, ele me disse que éramos "família agora", o que parecia quase uma ameaça, e eu respondi que adoraria vê-lo de novo. Lola me abraçou e disse que me ligaria para combinarmos de sair para jantar naquela semana. Eu sabia que ela não ligaria. Depois de tê-la visto com Jethro, ficou confirmado que ela estava de férias por tempo indeterminado, e eu sabia por experiência própria que era difícil entrar em contato com qualquer pessoa que estivesse hospedada onde ela estava. Eu não me importava. Estava feliz por Lola finalmente ter conseguido o que queria.

Caminhei os três quilômetros até em casa e liguei para Max. Ele não atendeu. Tentei de novo. Sem resposta. Passei por um centro esportivo que tinha quadras externas. Um grupo de adolescentes jogava netball. O jogo me fez lembrar de Katherine, porque fazíamos parte do mesmo time quando estávamos na escola. Ela era muito boa. Seu corpo parecia ter vindo pronto de fábrica para jogar netball: longa, rápida, os pés leves. Ela era goleira, e eu, atacante lateral. Mesmo já adultas, falávamos "ela tem uma energia tão de centro", como a pior ofensa que se pode fazer a uma mulher. Parei ao lado da quadra, fiquei olhando através da grade de metal e me lembrando de todas as partidas a que meu pai havia assistido, de como ele se tornava surpreendentemente agressivo para um homem tão pacífico. Eu me perguntei se Katherine também se lembrava. Ela era minha única amiga próxima desde a infância. Um dia eu seria o único membro restante da minha família e ela seria a única pessoa capaz de compartilhar das minhas lembranças. Percebi que sentia mais falta dela do que nunca.

Vi uma das garotas planar no ar para pegar a bola e cair de novo sobre os pés, dando dois passos perfeitos. Que esporte puritano era aquele. Sem toques, um pé colado ao chão, sem obstrução, sem segurar a bola por mais do que alguns segundos. Fiquei vendo as garotas se prepararem para receber a bola e balançarem os braços como um arabesco, e me lembrei do dia em que fizemos um intercâmbio das nossas aulas de educação física com uma escola para meninos. Eles jogavam netball muito mal. Eram incapazes de manter o controle sem emoção e sem contato que o jogo exigia e para o qual tínhamos sido tão bem treinadas. Ao contrário dos garotos, nos divertimos muito nos campos de futebol e de rúgbi deles, chutando coisas, levando umas às outras ao chão e terminando o jogo cobertas de grama e lama. Só agora, vendo meninas adolescentes usando babadores arrumadinhos jogarem netball com tanta precisão e perfeição, percebi que sentia vontade de gritar por elas. Senti vontade de gritar por todas nós.

Mandei uma mensagem para Max.

"Acho que você está fazendo de novo."

Dez minutos depois, enviei outra mensagem.

"Você me prometeu que não faria isso de novo."

Quando cheguei à minha rua, ouvi gritos antes mesmo de me aproximar do prédio. Já no corredor, pressionei o ouvido na porta de Angelo. Ouvi uma discussão em italiano, primeiro a voz dele, depois uma voz feminina. Eles gritavam um com o outro, ambos levantando a voz para derrotar o outro em uma batalha incansável. Ouvi a mulher gritar e logo o som de alguma coisa se quebrando. Houve uma breve pausa, então a gritaria recomeçou. A voz dele, a princípio lenta e ameaçadora, foi ficando tão alta que falhou com o esforço. Bati com força na porta.

— Ei! — gritei.

Eu não sabia mais o que dizer. Só queria me certificar de que ela não estava machucada.

— EI! — repeti, e voltei a bater na porta. — VOCÊ ESTÁ BEM?

A mulher começou a gritar de novo, então bati com mais força na porta.

— Vou chamar a polícia, Angelo! — gritei. — Se você não abrir a porta, vou LIGAR PARA A POLÍCIA.

A porta foi aberta com força. Uma mulher baixa, de feições duras e olhos escuros, parou à minha frente. Sobrancelhas excessivamente finas e desenhadas. Lábios estreitos, quase invisíveis, tremendo de raiva. Seu cabelo chegava à altura dos ombros e era de um tom de acaju que se via muito em meados dos anos 2000, espesso e muito esticado com prancha alisadora.

— O QUE FOI? — gritou ela, com uma leve névoa de perdigotos em minha direção.

A garota usava uma argola de prata no septo.

— Você está bem? Só me diga se está bem e eu deixo você em paz. Você pode vir para o meu apartamento se precisar.

Olhei para trás e vi Angelo de pé, usando o roupão de sempre, o rosto inexpressivo, as mãos balançando inquietas ao lado do corpo.

A garota se virou e perguntou alguma coisa em italiano a ele. Angelo encolheu os ombros e murmurou alguma coisa de volta. Ela bufou e bateu com a porta na minha cara. Quando cheguei ao meu apartamento, anotei a hora e a data em um pedaço de papel, junto com uma descrição do que acabara de acontecer, caso algum dia aquilo se tornasse uma informação importante.

Uma semana depois, ainda não tinha tido notícias de Max e decidi deixar o celular em casa quando saísse do apartamento. Eu já havia perdido tempo demais no último ano olhando para a tela daquele aparelho, esperando que o nome dele aparecesse. Se Max estava mesmo me ignorando de novo, daquela vez eu queria que o exorcismo acontecesse da forma mais rápida e indolor possível. Quando voltei para casa a uma da tarde e peguei o celular, vi que havia cinco ligações perdidas da minha mãe. Na mesma hora soube que só poderia ser por dois motivos: um divórcio na família real ou problemas com meu pai.

— Nina? — gritou minha mãe, atendendo antes que o primeiro toque terminasse.

— Sim. Oi. Tá tudo bem?

— Passei o dia todo tentando falar com você.

— Desculpa, venho tentando deixar o celular em casa quando saio.

— E por que diabo você está fazendo isso?

— Por causa... — Eu não tinha condições de dizer a ela que Max estava me ignorando de novo.

— ... da minha... saúde mental — completei, a voz fraca.

Minha mãe perceberia imediatamente que aquela não era uma frase que eu usaria. *Por causa da minha saúde mental.*

— Ah, pelo amor de Deus.

— O que aconteceu?

— Seu pai sofreu uma queda — contou minha mãe.

*Uma queda.* Algo que acontece quando as pessoas se tornam clinicamente vulneráveis, elas param de "levar um tombo" e "sofrem uma queda". "Seu pai levou um tombo." Como aquilo teria parecido inofensivo dez anos atrás! Significaria alguns hematomas, uma história engraçada do que acontecera. A frase "Seu pai sofreu uma queda" acendeu o pânico em mim como um holofote fluorescente.

Fiz uma longa viagem de metrô até o pronto-socorro no subúrbio, para onde meu pai tinha sido levado. Eu só havia estado em um hospital duas vezes: uma, quando caí da amoreira na Albyn Square e precisei levar pontos no joelho; a segunda, para me despedir da vovó Nelly. Tinha esquecido como os hospitais eram enormes, como era impossível se orientar neles, cheios de informações e, ao mesmo tempo, sem informações suficientes. Passei meia hora sem conseguir falar com minha mãe, andando por várias alas indistinguíveis com nomes de cores diferentes, tentando encontrar alguém que pudesse me ajudar. Mas não havia funcionários passando por ali, porque aquela era a natureza de um hospital. Ali não era um hotel.

Depois de finalmente localizar um dos dois elevadores que havia no prédio, encontrei a recepção do pronto-socorro e fui levada ao cubículo onde meu pai estava deitado em uma cama, com minha mãe ao lado. Eu me peguei recusando um abraço dela, em uma atitude irritada, e não tinha certeza do porquê.

— Alguém já atendeu ele?

— Não — disse ela. — Acho que talvez tenhamos que esperar um pouco.

— O que eles querem checar?

— Não sei.

— Eles sabem sobre a condição dele?

— Sabem — respondeu ela com impaciência. — Vou tomar um café. Bill... vou pegar um café, você também quer?

Meu pai não respondeu. Ela deu um beijo na cabeça dele, sem provocar qualquer reação, e se afastou. Eu me aproximei da cama. Percebi que as conversas e os comandos que ouvíamos como ruído de fundo o estavam perturbando. O ar tinha um cheiro enjoativo, uma mistura de açúcar, desinfetante e as batatas empapadas dos refeitórios escolares. Era cheiro de hospital e de abandono.

— A minha mãe sabe que eu estou aqui? — perguntou ele.

— Sabe — respondi, enquanto me acomodava em uma cadeira ao lado e pegava sua mão; ele permaneceu indiferente.

— Quando ela vem me ver?

— Não sei dizer, pai — respondi. — Mas sei que ela quer saber como você está.

— Vá buscar a minha mãe e ela vai poder ver como eu estou.

Senti vontade de chorar.

— Me conta o que você anda fazendo para se divertir, pai. Que música tem ouvido? Viu alguma coisa interessante no jornal?

— Quero falar com ela.

Ele estava irritado. Frustrado. E por que não estaria? Eu estava ignorando o pedido dele e tentando distraí-lo. Não imaginava nada mais irritante.

— EU QUERO A MINHA MÃE! — gritou, de repente, se desvencilhando da minha mão.

Eu me lembrei de Olive e da última vez que a vira. Como ela estava ansiosa e furiosa, e como Mark a acalmara à distância.

— Tá tudo bem, pai — falei.

Estendi a mão, hesitante, para tocar no braço dele, e coloquei a mão com suavidade na sua camisa.

— Tá tudo bem. Eu tô aqui, tá tudo bem.

— Ninguém mais me escuta.

— Eu sempre vou escutar você. Sempre vou escutar você e sempre vou levar a sério tudo o que disser. Prometo.

— Eu só quero falar com a minha mãe, só isso — disse ele, a voz fraca. — Eu quero a minha mãe.

Continuei a acariciar seu braço até sentir sua respiração ficar mais profunda. Ele fechou os olhos e finalmente adormeceu. Minha mãe voltou com dois cafés e eu a conduzi silenciosamente para fora do cubículo, de modo que meu pai tentasse descansar. Fomos até o corredor que ficava depois da recepção.

— Precisamos de um cuidador — falei.

— Não seja dramática. Pessoas da idade dele caem o tempo todo.

— Isso não tem a ver com a idade dele, nem foi um acidente. O papai tem uma doença degenerativa que só vai piorar.

— Vou ficar de olho nele.

— Isso não vai mais funcionar. Você não pode dar o tipo de cuidado e atenção de que ele precisa.

— Então eu não sou boa o bastante para cuidar dele? É isso mesmo que você está dizendo? Você aproveita qualquer oportunidade para me atacar. Bem, por que não se muda lá para casa e tenta você mesma cuidar dele? Fique à vontade, experimente.

— Acho que você não está levando essa situação a sério.

— Estou, sim!

— Não está, não, e não sei por quê. Tentei descobrir por que está agindo assim, tentei ser o mais compreensiva possível. Mas ainda não entendo por que você parece tão despreocupada com o fato de o seu marido estar confuso, irritadiço e vulnerável...

— Como ousa me dizer isso? — retrucou minha mãe, se apoiando com força em uma das cadeiras de metal junto à parede e cerrando os dentes. — Não estou... despreocupada.

— Por que não aceita uma ajuda a mais, então? Vou ajudar você com os formulários necessários. E vou falar com a Gwen. Se precisarmos de dinheiro, eu alugo o meu apartamento e me mudo para a sua casa, se for necessário.

— Não tem a ver com isso — disse ela, baixinho.

— Isso não significa que estamos derrotados. Não é uma tragédia.

— É, SIM! — gritou ela, e bateu com as mãos nas costas da cadeira.

As pernas da frente da cadeira se ergueram e bateram no chão com violência. Eu me encolhi.

— Por quê?

— Porque isso significa que estamos velhos. E não quero ficar velha ainda, não estou pronta.

— Você não quer ficar *velha*?

— Para você está tudo ótimo, você tem trinta e dois anos, não precisa pensar nessas coisas. Não sabe como é mórbido encontrar as pessoas e o único assunto ser problemas nos joelhos e verrugas que podem virar câncer de pele. Atualmente, o seu pai e eu vamos a mais funerais do que a aniversários e não quero que essa seja a minha vida.

Eu não tinha ideia do que dizer ou de como confortá-la.

— Sei que tenho sorte e que a alternativa é pior, mas também não quero a alternativa. Eu não quero morrer e não quero que estejamos perto da morte. É tudo uma merda, uma MERDA! — gritou ela, batendo novamente as pernas da cadeira no piso vinílico.

— Mas, mãe...

— Eu não tinha a intenção de dizer nada disso. Não devo dizer nada disso. E definitivamente não para a minha filha. Mas...

A voz da minha mãe vacilou e ela cerrou os lábios com força.

— Ainda quero fazer e ver muita coisa com o seu pai. Não quero que esta seja a última parte do meu tempo com ele. Não quero um marido moribundo, não quero que ele morra.

Ela cobriu os olhos com as mãos, como se tentasse se esconder de mim. Começou a ofegar, tentando sem sucesso conter as lágrimas.

— Não quero que o meu marido morra.

Fui até ela e a convidei a sentar na cadeira. Minha mãe abaixou a cabeça, se recurvou e soluçou junto aos joelhos. Eu me sentei de pernas cruzadas no chão, ao lado dela, e acariciei suas costas. Depois de alguns minutos, ela endireitou o corpo, expirando pela boca para se acalmar. Seu rosto estava manchado pelo excesso de rímel.

— Ele vai morrer, mãe.

Ela fechou os olhos e assentiu furiosamente.

— Mas não sabemos quando... — continuei. — Pode levar anos e anos. Portanto, precisamos fazer tudo o que pudermos para tornar a vida dele o mais tranquila possível.

— Não sei quem vou ser sem ele — confessou ela, em uma voz tão baixa que parecia apenas um murmúrio.

Desejei, de forma muito egoísta, ser criança de novo. Desejei não ter que presenciar toda a humanidade da minha mãe, que até então parecia feita de aço, explodir como um gêiser. Desejei que aquela visita ao hospital tivesse sido como a última vez que vi a vovó Nelly. Quando entrei, li um poema para ela, beijei a pele aveludada do seu rosto, que cheirava a pó compacto, e fui protegida do trauma e dos cuidados com a doença.

— Eu sei, mãe. Deve ser muito assustador para você.

— Estou com ele desde garota, Nina. Seu pai foi o meu único namorado.

*O meu único namorado.* Aquelas palavras abriram uma caixa de ideias que até então eu não tinha me permitido contemplar.

— Não sei o que vai ser de mim sem ele.

— Você vai ser a secretária social da igreja, vai coordenar todos aqueles salões literários e vai inventar trocadilhos para dar o nome de cada um.

— Só faço isso porque estou tentando não pensar no que vai acontecer com o seu pai — disse ela. — Talvez eu nem queira mais fazer nada disso quando ele se for.

— Você vai ser uma grande amiga. A vida e a alma do seu grupo de amigos. A matriarca de todos, resolvendo tudo como sempre faz.

Ela acolheu aquela verdade encolhendo os ombros.

— E vai ser a minha mãe.

— Sim — disse ela, então passou o braço à minha volta e pressionou a boca com força na minha testa.

Minha mãe nunca fora chegada a demonstrações de afeto. Fiquei imóvel e saboreei aqueles poucos segundos de proximidade física.

— Vou me comportar melhor em relação a essa situação toda.

— Sério?

— Prometo.

— Vamos fazer isso juntas. Vai ser traumático e estressante e, às vezes, vai ser muito estranho e engraçado.

Ela riu enquanto secava o rosto borrado.

— Mas ninguém vai compreender o que estamos passando tanto quanto eu e você — falei. — Portanto, precisamos estar no mesmo time.

— Eu sei — falou ela, colocando um sorriso desafiador no rosto.

O número de Gwen apareceu na tela do meu celular. Vínhamos tentando entrar em contato com ela.

— Oi — atendi, e fiz sinal para minha mãe de que conversaria com Gwen.

— Oi. Desculpa, mas só agora consegui retornar o seu telefonema. Estava com um paciente essa tarde.

— Tudo bem. O meu pai sofreu uma queda e viemos para o pronto-socorro.

— Ah — disse ela, como se tivesse acabado de encontrar os óculos que estava procurando debaixo da almofada do sofá.

Era muito difícil perturbá-la ou chocá-la, e isso era profundamente reconfortante.

— Ele já foi atendido?

— Não, disseram que querem checar algumas coisas. Mas não temos certeza do quê.

— Provavelmente farão um exame clínico e vão medir a pressão dele. Vão tentar descobrir se ele bateu com a cabeça ou se teve um miniderrame e essa foi a razão da queda.

— Tá bem.

— Ele será liberado à noite. E estarei na casa de seus pais de manhã cedo, então conversaremos sobre o que aconteceu.

— Obrigada, Gwen. Decidimos que precisamos de mais ajuda. Queremos saber como contratar um cuidador.

— É claro — disse ela. — Podemos dar uma olhada em todas as empresas de home care da região onde vocês moram e descobrir qual é a mais adequada para o que precisam.

— Ótimo.

— Está tudo bem entre você e a sua mãe? — perguntou ela.

— Não estava — respondi, e olhei para minha mãe, que estava reaplicando o corretivo sob os olhos com todo o cuidado. — Agora está.

— Certo, isso é bom. Sabe, Nina, já faço esse trabalho há muito tempo e se há uma coisa que aprendi é que quando alguém se coloca diante de um altar, aos vinte e sete anos, e diz "na saúde e na doença", e diz isso do fundo do coração, essa pessoa nunca imagina especificamente uma situação como essa.

— Você tem razão — concordei.

— Pega leve com ela.

— Farei isso.

Minha mãe gesticulou que queria falar com Gwen.

— Vou passar para a minha mãe agora. Nos vemos pela manhã.

Quando voltei para o cubículo, meu pai estava sentado na cama. Seus olhos estavam mais brilhantes.

— Como você está? — perguntei, enquanto me sentava ao seu lado e dava um copo de papel com água para ele. — Se sente um pouco melhor depois de tirar uma soneca?

— Sim — disse ele. — Mas como você está?

— Estou bem — falei.

Tirei a tampa do café frio e amargo e tomei um gole.

— Não, vamos lá, me conta tudo, quero ouvir tudo — continuou ele. — Porque na última vez que te vi, você era o Peter Pan.

Eu ri. Meu pai pareceu surpreso. Então, começou a rir também, gargalhadas altas intercaladas por roncos como o de um porquinho. A cada vez que as risadas diminuíam, nós nos encarávamos e ríamos mais um pouco. Ele riu tanto que até soltou sua conhecida gargalhada entredentes, como a do Mutley, o cachorro da *Corrida maluca*. Eu sabia por que *eu* estava rindo: por causa da confusão absurda em que nos encontrávamos; um caos que nunca poderíamos ter previsto. E, embora meu pai não tivesse dito, eu sabia que também era por isso que ele estava rindo.

Enquanto o observava se render à alegria boba e indomável das gargalhadas histéricas, percebi que, embora o futuro pudesse despojá-lo de si mesmo, algo mais poderoso talvez permanecesse. Sua alma sempre existiria em algum lugar à parte, segura. Nada nem ninguém, nem doença, nem a idade avançada, poderia tirar aquilo dele. A alma do meu pai era indestrutível.

— Ah, querida — disse ele, depois que finalmente paramos de rir. — Você parece preocupada. Por que está tão inquieta?

— Posso ser sincera?

— Sim, por favor, seja sincera.

— Tenho achado tudo muito difícil ultimamente. E não consigo saber se esse é só um período complicado ou se a idade adulta é assim mesmo... só desapontamento e preocupação.

— Com o que você está preocupada?

— Com a possibilidade de não viver a vida que sempre achei que teria. Estou preocupada com a possibilidade de ter que refazer os meus planos.

— Não adianta fazer um plano — afirmou ele, balançando a cabeça com firmeza. — A vida é o que acontece...

— Eu sei, eu sei — falei, reconhecendo nosso verso favorito do John Lennon, ao mesmo tempo superficial e profundo. — Sei que mulheres inteligentes não devem se preocupar em construir uma família. E sei que ainda tenho tempo. Mas estou com medo de que, se eu não planejar, talvez isso nunca aconteça.

Ele encolheu os ombros.

— Pode ser que nunca aconteça.

Achei a dureza daquele fato estranhamente reconfortante. Ninguém nunca havia me dito aquilo antes. Todo mundo sempre falou, de uma forma ou de outra, que eu poderia ter o que quisesse.

— Agora, escuta — voltou a falar meu pai. — Você recebeu uma menção honrosa pela sua nota sete na prova de violino.

— Isso mesmo — confirmei, sem saber aonde aquele fato nos levaria.

— Você sabe que não pode passar com nota sete em tudo, não sabe? — continuou ele, me apresentando um de seus enigmas que eu passara a conhecer tão bem.

Eu sabia que, se pensasse por algum tempo, encontraria a lógica daquilo. Eu sempre encontrava.

— Me escuta: você não vai conseguir menção honrosa em tudo — disse ele lentamente. — E essa é metade da experiência. Significa que tudo está indo bem. Entendeu?

— Sim, pai. Entendi.

# 18

A campainha tocou às dez da noite de uma sexta-feira. Haviam se passado três semanas desde que eu tinha visto Max pela última vez, e, assim como na outra ocasião em que ele sumira, sempre que alguém batia na porta, eu ia atender repetindo um mantra silencioso: *Que seja ele, por favor. Que seja ele, por favor. Alguma coisa terrível aconteceu e ele não conseguiu falar comigo. Mas agora está aqui. Que seja ele, por favor.*

Abri a porta e vi Katherine. Ela estava apoiada na parede e tudo nela parecia um pouco fora do lugar: os olhos ligeiramente vermelhos, o cabelo longo e fino que parecia não ver xampu havia algum tempo. Carregava uma sacola plástica de mercado na mão.

— Nina! — disse, animada.

— Oi — falei, sem saber muito bem se ela estava ali para um confronto ou uma reconciliação. — Por que está em Londres?

— Para ver você! Senti a sua falta!

Então, se lançou na minha direção com os braços abertos e me puxou para um abraço. Entrou no prédio e subiu as escadas, com a sacola plástica balançando na mão.

— Ganhei uma noite livre, sem as crianças, e pensei: aonde quero ir, quem quero encontrar? Quero tomar todas com a minha melhor e mais antiga amiga, é isso o que eu quero fazer.

Ela estava falando consigo mesma, tagarelando sem parar, como Olive fazia com os brinquedos. Katherine estava prestes a ter um surto, ou então estava absurdamente bêbada.

— Afinal, faz quanto tempo que eu não encho a cara? Hummm... uns cem anos, eu acho! E há quanto tempo não vejo a minha melhor amiga?

— Cerca de dois meses — falei, séria, enquanto a convidava para entrar.

— Deus, como eu adoro esse lugar! — disse ela, e jogou a sacola e a si mesma no sofá.

Fazia anos que eu não via Katherine daquele jeito, desleixada e entusiasmada em relação a tudo. Ela raramente ficava bêbada, pois nunca gostou de perder o controle, quanto mais bêbada *daquele* jeito.

— Cadê a sua bolsa? — perguntei.

— Não preciso de bolsa, FODAM-SE as bolsas! Parece que a gente passa a vida toda... carregando coisas? Porque somos mulheres, entende? Não precisamos fazer isso.

— Cadê as crianças?

— Argh — grunhiu ela, e recostou a cabeça no sofá. — Com o Mark.

— Ele vai... ficar bem com elas?

Assim que fiz a pergunta, percebi como era absurda.

— Claro que ele vai ficar bem com elas, ele é a porra do pai delas, não o irmão adolescente. Enfim, você não entenderia.

Ela tirou duas latas de gim-tônica da sacola e jogou uma para mim. Então, abriu a outra e tomou um gole.

— Sabe, quando a Olive tinha um ano... UM ANO... Eu saí pela primeira vez à noite, para a despedida de solteira de uma amiga. O Mark ficou tão nervoso por ter que passar a noite sozinho com ela que tive que escrever a porra de um manual sobre como cuidar da própria filha, como se ela fosse um iPhone novo. Mesmo assim, como ele não entrou em contato comigo a noite toda, fiquei superfeliz por ter corrido tudo bem. No dia seguinte, descobri que o Mark tinha contratado uma babá.

— Ele saiu?

— Não. Ficou só sentado na sala, assistindo a um programa de esportes.

Ela inclinou a cabeça para trás a fim de beber mais da lata e o líquido escorreu pelo queixo. Katherine enxugou o queixo com a manga da blusa sem fazer qualquer comentário sobre o próprio desleixo. Ela afundou ainda mais no sofá e abriu as pernas no limite que o jeans apertado permitia.

— Você tem maconha? — quis saber ela.

— É claro que não.

— Vamos comprar! Vamos fumar um baseado!

— Katherine, na última vez que você e eu fumamos um, nós duas vomitamos. Não somos descoladas desse jeito e nunca seremos.

— Fale por você, maestro! — gritou Katherine.

*Maestro?*

— Certo, vamos dançar.

Ela se levantou com determinação e saiu da sala. Eu não sabia como reagir. Katherine estava claramente bêbada demais para termos uma boa conversa sobre nossa amizade, mas eu ainda estava muito abalada por causa da nossa briga para fingir que estávamos bem e que poderíamos ter uma grande noite juntas.

Eu a segui até meu quarto, onde ela parou na frente do espelho de corpo inteiro.

— Odeio todas essas minhas roupas de merda — reclamou ela. — Pareço o tempo todo uma secretária de escola prestes a se aposentar. Posso pegar emprestada alguma coisa sua?

— Claro.

Eu me sentei na cama e a observei.

Katherine tirou a blusa cor de pêssego e a peça ficou presa na cabeça. Quando foi jogá-la na cama, a roupa ficou pendurada no abajur, o que ela achou hilário. Eu ri junto apenas para não fazer uma desfeita, enquanto ela continuou por mais tempo e fazendo mais barulho do que o necessário. Ela parou quando viu minha expressão.

— Ah, vamos, Nina, PODE RIR! — gritou cansada.

Há algo mais irritante do que alguém que está trocando as pernas de tão bêbado ditando o que tem graça e o que não tem?

— Mas eu estou rindo, sim — respondi, em um tom nada convincente.

— Pega outra bebida pra você! — disse Katherine, enquanto abria meu guarda-roupa e examinava minhas roupas como se estivesse folheando as páginas de uma revista.

Cheguei à conclusão de que ela estava certa e fui até a cozinha me servir de uísque. Eu precisava tirar as farpas daquele encontro. Quando voltei para o quarto, encontrei Katherine vestida com meu maiô preto com decotes nas laterais.

— Amei esse top — disse ela, pulando enquanto fazia o jeans passar pelas coxas.

— Isso é um maiô.

— Perfeito.

— Você realmente quer sair de maiô?

— Quero, e daí? Reaproveitamento criativo. Nunca ouviu falar? O fim do *fast fashion*! Austeridade britânica!

Ela gargalhou da falta de graça e sentido da própria piada.

— Está vendo? Você acha que sou uma idiota provinciana que não lê o *Guardian*, mas eu leio a porra do *Guardian*.

Tomei outro gole grande de uísque, que queimou deliciosamente enquanto descia pela garganta.

Eu a levei para o The Institution. A última vez que estive ali foi no primeiro encontro com Max, no final do verão anterior. E ali estava eu de novo no início de mais um verão. Eu me imaginei aparecendo para mim mesma como o fantasma do verão futuro, contando àquela garota de salto alto e jeans o que aconteceria depois daquele primeiro encontro com um homem que tinha conhecido on-line. Eu me perguntei quanto tempo ela teria continuado ali. Pensei em comentar aquilo com Katherine, mas achei melhor não. Ela estava em um nível de embriaguez em que era melhor eu avaliar tudo o que estava prestes a dizer, para ver se ela entenderia ou se valeria a pena me dispor a explicar. Ficamos na fila que levava ao balcão cheio, enquanto os ombros nus de Katherine balançavam para cima e para baixo na minha frente, no ritmo da música.

— O Max e eu viemos aqui no nosso primeiro encontro — disse no ouvido dela.

— Ah, é?

— Sim. A propósito, nós voltamos.

Ela se virou para mim.

— Sério? Quando?

— Na verdade, foi exatamente naquela noite em que vi você pela última vez.

Esperei que o rosto dela revelasse alguma emoção à menção da nossa briga. Nada.

— E aí? — perguntou Katherine. — Como vocês estão?

— Estava tudo ótimo até ele fazer *ghosting* comigo de novo.

— Mentira! — gritou ela. — Quando?

— Algumas semanas atrás. Mas a culpa é toda minha. Foi idiotice da minha parte voltar com ele.

— Ei — disse Katherine, me segurando pelos braços. — Você não é idiota.

Percebi que eu estava prestes a ser atingida por uma série de declarações sem sentido sobre como eu era incrível. Era nessas sutilezas alcóolicas que essas amizades femininas antes-sólidas-agora-frágeis se apoiavam. Elas eram a linha que nos mantinha conectadas, finas como fio dental.

— Você é uma mulher incrível, Nina. Não, sério. Você tem uma carreira incrível, muitos amigos, um apartamento, você é linda. Ele teve muita, muita sorte de ter conhecido você, e ainda mais de ficar com você!

— Obrigada.

— Muito bem, o que você vai beber? Shots? Shots.

Ela se inclinou no balcão do bar e gritou no ouvido da bartender.

— DUAS VODCAS-TÔNICA, POR FAVOR. DUPLAS. E DOIS SHOTS DE TEQUILA. — Então, se virou para mim e piscou, depois se voltou de novo para a atendente. — QUATRO, QUATRO SHOTS DE TEQUILA. CINCO! UM PRA VOCÊ, MEU BEM.

As doses foram enfileiradas no balcão, junto com um pires com rodelas de limão e um saleiro.

— AOS HOMENS BABACAS! — gritou ela, e bateu o copinho de shot no meu e depois no da atendente exausta.

Tentei alcançar o nível de embriaguez de Katherine quando nos acomodamos a uma mesa perto do bar, virando rapidamente as bebidas.

— Então, o que aconteceu com você e o Mark? — perguntei. — Você parece estar com raiva dele.

— Estou mesmo — disse ela. — Tivemos uma briga horrível.

— Quando?
— Hoje à noite.
— E aí?
— E aí eu vim ver você.
— Ele sabe onde você está?
— Não! — respondeu ela com entusiasmo.
— Não é melhor eu avisar onde você está?
— De jeito nenhum. Eu nunca me comportei mal. Sempre faço o que ele quer. Adotei o sobrenome idiota dele, me mudei para Surrey, aquele lugar idiota, tiro férias em resorts *all-inclusive* com os amigos idiotas dele, com as esposas e os filhos idiotas. O Mark pode muito bem fazer o que EU QUERO para variar. E o que EU QUERO é deixar ele preocupado pensando na possibilidade de eu estar MORTA. É isso que eu quero! Esse é meu novo hobby! — Ela soltou uma gargalhada maligna. — Antes, eram as aulas de spinning, agora é deixar o meu marido pensando que estou MORTA.

— Katherine — falei em um tom sensato, sem saber como continuar.

Era impossível me sentir bêbada perto dela. Tudo o que Katherine dizia me fazia sentir sóbria e preocupada.

— Ai, meu Deus, Nina, escuta! Escuta!

A linha do baixo da introdução de "The Edge of Heaven" reverberou do chão abaixo de nós.

— É A SUA MÚSICA!

Antes que eu tivesse a chance de protestar, ela me puxou pela mão e me levou até o andar de baixo, para a pista de dança.

Eu tinha esquecido como Katherine dançava mal. Sempre havia achado aquilo particularmente fofo em mulheres muito bonitas e elegantes. Na verdade, aquilo talvez fosse a coisa mais sexy nela, o único defeito físico estranho e inseguro que se poderia encontrar. Katherine não tinha absolutamente nenhum senso de ritmo e mexia o corpo com espasmos, em total entrega, como um animal. O tronco permanecia imóvel e rígido enquanto os membros longos e desajeitados se moviam como espaguete cozido se debatendo em uma peneira. Ela dançava mordendo o lábio inferior e só abria a boca para cantar a letra errada.

— ESSA NÃO É A MINHA MÚSICA DE VERDADE! — gritei mais alto que a música, enquanto dançávamos.

— O QUÊ? — gritou ela de volta.

— ESSA NÃO É A MINHA MÚSICA!

— É, SIM. ERA A MAIS TOCADA QUANDO VOCÊ NASCEU.

— NÃO ERA, NÃO — falei, arranhando a garganta de tanto forçar a voz. — A MINHA MÃE MENTIU. ERA "LADY IN RED", DO CHRIS DE BURGH.

Katherine parou de dançar e pareceu horrorizada.

— Que merda — comentou, e levou a mão à boca.

— POIS É — falei, e continuei a dançar. — NÃO ACREDITEI.

— ACHO QUE VOU VOMITAR.

Peguei a mão dela e puxei-a para fora da pista de dança o mais rápido que pude. Subimos a escada correndo, Katherine com a mão na boca, engasgando no caminho. Assim que saímos e fomos engolfadas pelo ar frio da noite, ela se debruçou e vomitou. Segurei seu cabelo para trás e ela agarrou meu braço. Estávamos perto de uma longa fila de pessoas esperando para entrar no The Institution. Todos riram ou olharam feio.

— Ei! — exclamou o segurança.

Eu olhei para ele.

— Desculpa — falei. — Mãe de bebê. É a primeira noite fora desde o parto.

Guiei Katherine gentilmente para a lateral do prédio, até uma rua vazia.

— Eu te amo, Nina — disse ela com a voz arrastada, entre uma ânsia de vômito e outra.

— Sei disso.

— Amo de verdade.

Sentamos na calçada em silêncio, esperando o enjoo passar. Foi a vez dos soluços, então. Pedi um táxi para nos levar de volta ao meu apartamento.

Quando entramos no prédio, tive que ajudar Katherine a subir as escadas. Ela se apoiou na parede do corredor.

— O que você quer? — perguntei.

— Água.

— Tá certo, vou pegar um copo d'água.

— Não, no meu corpo! — protestou ela. — Água por todo o meu corpo!

Eu tinha esquecido como as pessoas podiam ser melodramáticas quando estavam naquele estado de embriaguez.

Katherine se deitou no chão do banheiro e eu tirei a roupa dela. A luz do teto roubou toda a sua dignidade enquanto ela se debatia sem o menor pudor. Dei um jeito de levá-la até a banheira, onde ela ficou deitada, semiadormecida. Abri o chuveirinho e senti a temperatura da água no pulso. Quando estava bastante quente, posicionei o jato acima do corpo dela e fui passando da cabeça aos pés. Katherine fechou os olhos e deu um sorriso doce e satisfeito. Com o cabelo escuro e molhado penteado para trás, ela parecia um filhote de lontra. Aquela era a primeira vez que eu a via nua depois que ela teve os filhos. Percebi mudanças que jamais notaria através das roupas. Seus quadris tinham se alargado magicamente, como uma esponja crescendo na água. A barriga, antes tão musculosa e firme, estava flácida e, em uma parte, havia estrias suaves. Os mamilos estavam mais rosados e inchados, e os seios, grandes o bastante para se esticarem sobre a caixa torácica, onde antes não tocavam. Ela havia gerado duas vidas naquele corpo. Aquilo foi um lembrete das mudanças pelas quais tinha passado e que talvez eu nunca chegasse a entender. Senti uma pontada de culpa.

Entreguei a ela um pijama curto de algodão e uma caneca de café. Ela subiu na cama e se sentou com as costas apoiadas na cabeceira. O banho e a cafeína a deixaram sóbria. Eu me sentei ao seu lado, por cima do edredom.

— Você tá bem? — perguntei.
— Não sei — respondeu ela. — Acho que não.
— Pode desabafar. Você pode me contar qualquer coisa.

Katherine pôs a caneca na mesa de cabeceira.

— Estou tão cansada dessa vez... — confessou. — Tão cansada que tenho a sensação de que estou enlouquecendo. As coisas acontecem e eu não sei se foi um sonho ou realidade, não me lembro de conversas inteiras que tenho com as pessoas. Não consigo manter a Olive feliz e cuidar do Freddie. Ela está aceitando muito mal a situação. Estou preocupada que ela não se sinta segura e amada.

— Claro que ela está aceitando mal, ela é pequena ainda. Toda criança fica alterada quando chega um novo bebê.

— Não sou uma boa mãe, Nina — disse ela, os olhos marejados. — Não estou me saindo bem como deveria.

Lágrimas escorreram pelo seu rosto, que estava cheio de manchas rosadas, como sempre ficava quando ela chorava.

— Não é verdade. Eu sei que tipo de mãe você é. Você pode mentir para si mesma, mas não pode mentir para mim.

— Outro dia, eu surtei tanto que saí, tranquei a Olive em casa, me sentei no meio-fio e fiquei ali por quinze minutos. Quando voltei, ela estava no banheiro, tomando suco no suporte da escova sanitária, como se fosse um copo.

Aquela imagem me deixou louca de vontade de rir, mas me controlei.

— Eu tive sorte — continuou ela. — Qualquer coisa poderia ter acontecido.

— Está tudo bem, ela não se machucou.

— E na semana passada eu estava fazendo chá para ela enquanto o Freddie dormia. Como a Olive achou que eu não estava dando atenção a ela, foi bater nele.

— O que você fez?

— O que eu jurei que nunca faria, agarrei ela e sacudi. Fiquei com muita raiva.

— É compreensível.

— Não, eu sou a adulta, deveria me comportar melhor. Não deveria perder a paciência como uma criança.

Ela olhou para o teto e mais lágrimas escorreram dos seus olhos.

— Hoje eu não sou nada além de mãe. Não sou interessante, não estou envolvida com o mundo. A minha vida é só alimentar, trocar fralda e colocar para dormir. Se nem isso eu consigo fazer direito, então não sirvo para nada.

— Katherine, me escuta. Eu amo a sua filha, faria qualquer coisa por ela. Mas a Olive está sendo, pura e simplesmente, insuportável.

Katherine soltou uma gargalhada aguda.

— É claro que no fundo ela não é insuportável, ela é um doce — acrescentei. — Mas é assim que ela está se comportando. E isso testaria a paciência de qualquer pessoa.

— É verdade — concordou Katherine, secando o rosto. — A minha filha está insuportável.

— Muito bem.

— A minha filha está totalmente insuportável.

— É isso aí.

Ela pegou a caneca de café e aproximou o rosto do vapor quente.

— Você precisa falar comigo sobre essas coisas, Katherine. Precisa abandonar essa encenação de *Mulheres perfeitas*, porque isso não faz bem a ninguém. Me irrita e faz você se sentir isolada.

— Eu sei.

— Se tivermos que fingir uma para a outra como fingimos para o resto do mundo, então nem vale a pena o esforço que a amizade exige.

— Eu sei — repetiu ela. — Desculpa. Tenho sido uma cretina sem-noção.

— É verdade.

— Não estive ao seu lado para te dar apoio em nada — declarou com tristeza.

— É verdade.

— Você tá bem?

Eu me enfiei embaixo do edredom, virada para ela, de modo que pudéssemos conversar noite adentro, como em todas as nossas festas do pijama da infância.

— Acho que vou ficar — falei. — Parece que a minha mãe e eu começamos a nos entender, o que espero que facilite tudo. Agora que o Max está fora da minha vida para sempre, acho que estou me dando conta de que estar apaixonada por alguém tão instável só era uma maneira de me distrair da verdadeira tragédia da minha vida.

— Qual?

— Me despedir do meu pai.

Ela pegou minha mão.

— Você acha que amava o Max?

— Sim, eu amava de verdade — confirmei. — Não sei se ele me amava. Acho que ele achava que sim. Mas ele amava a forma como me idealizava. Eu provocava nele uma sensação de que ele gostava. Mas ele não me enxergava de verdade. Não sei se podemos contar como amor se foi genuinamente sentido do meu lado, mas imaginado do lado dele.

— Mas...

Ela se conteve.

— Pode falar — pedi.

— Bem, sempre que você descreve o Max, parece que você também o está idealizando. Ele parece ser sexy e interessante. Mas, fora isso, me parece bastante insensível e egocêntrico.

— É — concordei. — Acho que tenho que assumir parte da responsabilidade pelo que aconteceu. Eu me pergunto quanto eu realmente queria conhecer o verdadeiro Max e quanto queria um herói de contos de fadas.

— O que aconteceu não foi culpa sua.

— Mas acho que você pode estar certa, acho que também criei uma versão dele. Ou talvez isso seja basicamente a definição de amor. Muito mais a forma como percebemos uma pessoa e as lembranças que temos dela do que a realidade de quem ela é. Talvez, em vez de dizer *eu te amo*, devêssemos dizer *eu te idealizo*.

Katherine se deitou e puxou o edredom até o pescoço.

— Você acha que seríamos amigas se nos conhecêssemos agora?

— Acho que não.

— Eu também acho que não.

— É meio mágico isso, né? Saber que poderíamos conhecer a pessoa mais legal do mundo, mas ela nunca seria capaz de recriar a história que nós duas temos. Que superpoder único nós temos uma sobre a outra.

— É mesmo — disse ela, e apagou a luz de cabeceira.

— É assim que você se sente em relação ao Mark? — perguntei.

— Não sei — disse ela, virando a cabeça no travesseiro para me encarar. — Não sei o que sinto pelo Mark no momento. É como se compartilhássemos uma casa e uma rotina. Talvez sejam os filhos. Mas a verdade é que nunca tivemos uma grande história de amor romântico. Não é isso o que somos.

— Como assim?

— Acho que não preciso do tipo de paixão que as outras pessoas buscam. Lembra como o Mark me convidou para ir morar com ele?

— Lembro, ele mandou uma mensagem para o seu e-mail do trabalho com o assunto "Próximos passos". Isso me vem à memória pelo menos uma vez por semana.

Nós duas rimos com a cara enfiada nas fronhas.

— Sei que ele pode ser um pouco sem-noção, mas é um bom pai — afirmou ela. — E sempre me apoia.

— Vocês dois são muito parceiros, e isso é inabalável.

— Sim — concordou Katherine, e fechou os olhos.

Desliguei o abajur da minha cabeceira.

— Acho isso bem romântico.

— Mas é mesmo — disse ela baixinho, antes de adormecer quase instantaneamente.

Mandei uma mensagem para Mark.

"A Kat tá comigo. Ela tá bem e tá tudo bem. Me liga se quiser conversar. Bjs."

Dormimos até tarde na manhã seguinte. O bipe do celular me acordou. Eu estava me sentindo enjoada, com a boca seca e a cabeça pesada por causa da bebida. Era uma mensagem do Mark e li em voz alta para Katherine: "Obrigada por me avisar. Por favor, diz pra ela não ter pressa de voltar pra casa. Está tudo sob controle. Posso tirar um dia de folga do trabalho na próxima semana e cuidar das crianças. Ela merece um descanso. Bjs. Mark."

Comemoramos a primeira ressaca de Katherine em quase quatro anos nos comportando como fazíamos todos os fins de semana dos nossos vinte e poucos anos. Vestimos moletom, preparei uma torta salgada de linguiça com purê de batatas e ervilhas, levamos o edredom para o sofá e assistimos a três musicais seguidos. Depois dos créditos de *Amor, sublime amor* e de ter comido três porções de purê e tomado duas taças de vinho tinto e um banho, Katherine foi embora, às dez da noite, para pegar o trem de volta a Surrey. Ela me abraçou, me agradeceu, disse que me amava e que me ligaria na semana seguinte.

Fui até a cozinha, enchi a pia com água e sabão e coloquei a louça ali. Prendi o cabelo em um rabo de cavalo e liguei o rádio, sintonizando o programa de música clássica relaxante de sábado à noite com a DJ que eu gostava. Uma peça operística chegou ao fim com um acorde das cordas e um tenor masculino imponente. Houve um breve silêncio.

— Essa foi uma cantata pouco conhecida, "A Noiva do Espectro" — disse a DJ, a voz que eu ouvia desde os sete anos no caminho para a escola. — E é um lembrete para todas nós, damas, de que às vezes, quando o seu ex reaparece, na verdade só está tentando levar você para o túmulo com ele. Acho que todas nós já passamos por isso, não é? — Ela riu consigo mesma. — É só uma piadinha para os grandes fãs do Dvořák. E, agora, algo um pouco mais suave. Uma peça de Vivaldi que tem tudo a ver com o verão, *As quatro estações*.

Calcei as luvas de borracha e afundei as mãos na água quente, me perguntando para qual estação ela iria a seguir. Aonde se vai depois de apresentar um programa de música clássica tarde da noite? Para a previsão do tempo? E onde eu estaria ouvindo? Naquele apartamento? Em uma casa com marido e filhos? Em um chalé de aposentada?

Ouvi uma batida na porta e imaginei que Katherine tivesse se dado conta, já no corredor, de que havia esquecido alguma coisa.

— Pode entrar! — gritei na direção do corredor. — A porta está aberta, Kat, desculpa. Eu tô lavando a louça.

Ouvi passos se aproximando.

— Onde estão as minhas encomendas?

Eu me virei e vi Angelo. De camiseta e jeans, o que era extraordinário. Encostei na pia.

— Você não pode invadir o meu apartamento.

— Onde estão as minhas encomendas?

Ele parou na porta, o rosto e a voz calmos e sem expressão.

— Não estou com as suas encomendas.

— Está, sim — disse ele, enquanto caminhava na minha direção, parando a cerca de um metro de distância do fogão. — Vi o entregador hoje pela janela, desci correndo até a rua, perguntei onde ele tinha deixado as encomendas em nome de Angelo Ferretti e ele disse: "Deixei com a sua esposa, no primeiro andar."

Repassei mentalmente uma variedade de desculpas, mas não encontrei nada que servisse. Eu não havia pensado em um álibi.

— Não sei do que está falando — respondi em tom tranquilo, usando o cotovelo para afastar a franja do rosto, já que as mãos ainda estavam com as luvas de lavar louça.

— ONDE ESTÃO OS MEUS PACOTES? — gritou ele.

— Angelo, saia do meu apartamento e eu deixo as encomendas na sua porta. Vou deixar lá agora mesmo.

— Não. Me mostra onde estão.

Indiquei com um gesto o compartimento acima do fogão. Angelo era tão alto que só precisou ficar na ponta dos pés para abrir. Ele enfiou a mão, tirou os três pacotes, um por um, e colocou no chão. E resmungou alguma coisa confusa em italiano.

— Eu só peguei três — falei, como uma adolescente mal-humorada justificando uma atitude injustificável.

— Você abriu os pacotes?!

— Abri — respondi.

— Você mexeu nas minhas coisas?

Eu havia enfurecido um psicopata que passou a ter acesso direto a uma conveniente coleção de facões. Permiti que meus olhos se desviassem rapidamente para o faqueiro na bancada para avaliar se o alcançaria em um movimento rápido.

— Não tive escolha. Você tornou a vida aqui tão difícil para mim que eu quis revidar de alguma forma.

— Qual é o seu problema?

— Qual é o SEU problema?

— Você não pode roubar coisas!

— Você queria que eu fizesse isso.

— QUÊ?! — perguntou ele, confuso.

— É. Você queria isso, queria que eu perdesse a cabeça. E foi o que aconteceu. Perdi a cabeça. Você venceu.

— Eu não fiz isso.

— É tudo culpa sua! — falei, jogando as mãos enluvadas para o alto e molhando Angelo sem querer. — É TUDO culpa sua. Por que eu nunca, nunca na vida, tive qualquer problema com vizinhos antes de morar no apartamento acima do seu? Por que eu adorava morar aqui e agora tenho medo de voltar para casa?

— Você é louca — disse ele, apontando para mim com os olhos semicerrados.

— Não sou, não.

— É, sim.

— Não levo mais a sério esse comentário vindo de um homem, porque sei qual é a verdade. Você pode repetir isso quantas vezes quiser porque não vai me atingir.

— Você é louca.

— Não vou levar isso a sério, Angelo. Eu sei qual é a verdade. Sei o que aconteceu. Sei como você se comportou. Quanto mais você repete que eu sou louca, mais sensata eu me sinto.

Tirei as luvas de borracha.

— Maluca.

— Não acredito em você — falei, me aproximando dele.

Angelo recuou como um animal assustado.

— Você é COMPLETAMENTE MALUCA!

— EU SEI O QUE ACONTECEU. EU SEI A VERDADE. NÃO TENHO MAIS MEDO DESSA PALAVRA.

— VOCÊ É UMA CRETINA, MALUCA — gritou ele.

Eu o empurrei e ele tropeçou para trás, onde estava a geladeira. Ouvi potes de picles tinindo com o impacto. Angelo se endireitou. Eu estava a poucos centímetros de distância, olhando nos seus olhos arregalados de choque. Ele cheirava a sabonete e aos produtos de higiene pessoal que os adolescentes ganham de presente de Natal. Procurei o mal na cara dele: sinais de violência, de sangue frio. O empurrão foi bom, mas eu precisava de mais. Queria descontar mais da minha raiva nele, usar mais do meu corpo nele. Queria mostrar que ele não era capaz de me assustar. Mostrar que aquele prédio era minha casa tanto quanto a dele, que ele não poderia me forçar a sair. Senti vontade de bater nele, de meter a mão na cara dele, tanto para deixar algo nele quanto para tirar algo dele. Mas nunca tinha batido em ninguém antes.

Colei minha boca à dele com tanta força que espremi seus lábios carnudos até sentir a dureza óssea das gengivas. Então, me afastei, horrorizada, e examinei o rosto de Angelo como se fosse um ferimento à faca.

Ele me empurrou de volta para a pia enquanto me beijava. Suas mãos seguraram meu rosto e logo seus dedos se enfiaram pelo meu cabelo, soltando-o do rabo de cavalo. Angelo me beijou avidamente ao longo do maxilar até o queixo, então seus lábios desceram pelo meu pescoço. Ele despiu minha regata pela cabeça, jogou em cima do escorredor de pratos e me pressionou contra seu corpo, enquanto alisava as curvas dos meus ombros e das minhas costas nuas. Voltou a me beijar, mais lentamente, fazendo ruídos de desejo que ecoaram como um zumbido da minha boca até os ouvidos. Ele estava quente, pulsante, se movendo. Era de carne e osso. Estava respirando. Era uma constante, pois morava no apartamento abaixo do meu. Nunca partia. Estava ali. Não iria desaparecer. Não poderia desaparecer.

Eu queria sentir mais. Tirei rapidamente a camiseta dele. Seu peito era firme, a pele da cor de amêndoas. Uma pele que envolvia contornos surpreendentemente musculosos e as concavidades dos ombros e clavículas, braços esguios e fortes, em contraste com o cansaço pálido do rosto. Angelo caiu de joelhos enquanto puxava minha calça de moletom, deixando-a ao redor dos meus pés descalços, o que pareceu ridiculamente adolescente, e me virou pelos quadris, me colocando de costas para ele. Então, agarrou um bocado da minha coxa entre os dentes, e eu o ouvi desabotoar desajeitadamente a calça jeans. Ele se apoiou na bancada enquanto se levantava e me penetrava. Eu me inclinei para a frente. Ficamos absolutamente imóveis, respirando devagar, enquanto meu corpo se acostumava com ele. O vapor subiu da pia e atingiu meu rosto quando o senti se mover. Minhas mãos escorregaram e mergulharam na água, espirrando espuma na minha pele nua. Senti a risada dele reverberar em mim, o que me fez rir também. Angelo se inclinou para que seu abdômen se colasse às minhas costas, e a corrente fina de prata que ele usava no pescoço fez cócegas na minha pele. Ele ergueu meu cabelo para que caísse sobre meu rosto, e as pontas dos fios mergulharam na água.

Estiquei as mãos para trás, usando a espuma como luvas, e agarrei seus antebraços, como se estivesse me certificando de que ele ainda estava lá. Cravei meus dedos em sua pele e soltei um ruído gutural de alívio. Não me fragmentei nem me dissipei pela cozinha, cada parte de mim permaneceu no corpo. Mantive os olhos bem abertos, olhando para as taças manchadas de vinho tinto e os garfos cheios de crosta que espreitavam sob a água e batiam uns nos outros. Eu o senti desacelerar, parar e estremecer. Ele arquejou. Estávamos parados novamente. Foi breve e descomplicado. Intempestivo e desajeitado. Foi real. Ensaboado, sujo, barulhento, estranho. Real.

Sentamos um diante do outro no chão da cozinha, seminus, as costas dele apoiadas no fogão, as minhas contra o armário debaixo da pia.

— Pensei que nos odiávamos — falei.

— O quê? — disse ele, as vogais se alongando com a indignação. — Não!

— Por que foi tão grosseiro comigo?

— Não é você... merda.

Ele olhou para o chão.

— Você tem água? — perguntou.

Assenti e me levantei, ciente de que estava de peito nu e calça de moletom como um operário de obra em um dia quente. Peguei um copo no armário e coloquei embaixo da torneira, usando os braços de forma estratégica para me cobrir, porque me senti envergonhada de repente.

— Está difícil. Esse ano — disse ele lentamente, me dando pedaços de pensamentos como se fossem peças de palavras cruzadas.

— O quê?

— Viver.

— Sinto muito — falei.

Entreguei o copo e me sentei no chão com ele. Lembrei do roupão dele. Das regatas. De como ele tinha me ignorado. Como parecia ignorar tudo. Regras, luz, tempo, separação do lixo, bons modos, o mundo fora do apartamento dele.

— Posso perguntar por quê?

— Minha namorada, ela estava morando aqui.

— Aquela mulher com quem você estava discutindo?

— É — confirmou ele, assentindo. — Ela me traiu no ano passado. Eu perdoei, ela ficou mais um pouco, mas então foi embora de qualquer jeito.

— Sinto muito — repeti.

Ele encolheu os ombros enquanto tomava um gole de água.

— Tentei ser melhor ao longo de todo esse ano, mas agora não tem...

Ele pôs o copo no chão para não me encarar.

— Entendo — falei. — Não tem propósito. Não tem graça. Não tem por quê.

— Aconteceu a mesma coisa com você?

— Sim, ele sumiu. Parou de falar comigo.

Angelo assentiu, solidário, como se fôssemos estranhos no mesmo grupo de apoio comunitário. Acho que éramos exatamente isso. Pensei nos três apartamentos do prédio, um em cima do outro, e em como cada um abrigava um coração partido. Traição, abandono, luto. Um traído no térreo, uma abandonada no primeiro andar, uma viúva no último andar.

— Quer saber? Você vai ficar bem de novo, Angelo — afirmei. — Estávamos bem antes e vamos ficar bem de novo.

Ele esfregava a lateral da mão metodicamente no chão, como se estivesse limpando migalhas. As luzes da cozinha no teto iluminavam a pele da sua nuca, onde o cabelo era mais fino.

— Desculpa — disse ele, e levantou os olhos para mim com um sorriso arrependido que pareceu um esforço.

— Obrigada — respondi. — Também peço desculpas por ter pegado as suas encomendas. Foi uma atitude inaceitável. Não me dei conta de que você estava sofrendo tanto, achei que era só uma pessoa horrível.

— Tudo bem — falou ele, mais brando, então terminou de beber a água em um movimento decidido. — Acho que talvez não seja uma boa ideia...

Ele fez um gesto para indicar nós dois.

— Tudo bem, tudo bem — concordei. — Também acho que não é uma boa ideia fazermos isso de novo.

— Por que você disse que era minha esposa?

— Por nenhuma outra razão além de querer ficar com as suas encomendas, não se preocupe.

— Ah.

— Mas acho que devemos ser amigos — sugeri. — Acho que merecemos um pouco de paz.

— *Sì*, paz — disse ele com um suspiro. — E bola pra frente.

— Boa expressão idiomática.

— Expressão idiomática?

— É quando uma frase quer dizer alguma coisa em um idioma, mas quando traduzida para outra língua pode não fazer nenhum sentido.

— Entendi.

— Me ensina uma expressão idiomática em italiano.

Ele encostou a cabeça na geladeira e vasculhou a mente.

— *Hai voluto la bicicletta, e mo' pedala.*

— Quer dizer o quê?

— Você queria a bicicleta, agora pedala.

— E o que significa?

— Que é preciso enfrentar as consequências dos próprios desejos.

— Entendo. Nós temos "Fez a fama, agora deita na cama".

— É — disse ele. — Vocês têm camas, nós temos bicicletas.

— De onde você é? Eu sei que "Baldracca" não é um lugar, seu bosta.

— Você gostou da minha piada!

Fingi um olhar de reprovação.

— Eu sou de Parma.

— Já estive lá. Fui a trabalho há alguns anos.

— É mesmo?

Ele parecia encantado.

— É, escrevo sobre comida. Eu estava escrevendo um artigo sobre alimentos com denominação de origem protegida na Emilia-Romagna. Era sobre vinagre de Modena, queijo parmesão e presunto de Parma.

— Não! — disse ele, então puxou uma das caixas de papelão com as encomendas que eu tinha confiscado, parecendo animado, e pegou uma das facas compridas. — São da minha mãe.

— Para quê?

— Para fazer presunto.

— Ah.

— O que foi?

— Eu achei...

Abaixei a cabeça até os joelhos e respirei fundo, sentindo a maciez felpuda da minha calça de moletom. Ele inclinou a cabeça para me olhar.

— O que foi?

— Pensei que você fosse matar alguém — confessei.

Levantei a cabeça e meu olhar encontrou os olhos límpidos cor de âmbar dele, arregalados com o choque.

— Desculpa. — falei.
— Como?
Ele se afastou ligeiramente, como se eu fosse a ameaça.
— Achei que você fosse um psicopata. Achei que queria machucar alguém — contei, olhando para os pacotes.
— Não! A minha mãe me mandou isso para fazer presunto. Ela faz e pendura no nosso jardim. Vou pendurar no jardim aqui — disse ele, abrindo a caixa e me mostrando os ganchos.
— E para que é o veneno?
Ele revirou os olhos.
— *Veneno*. É para tratar a carne. Cuidar da carne?
— Curar — corrigi. — Ah, claro.
— Veneno?
— Deixa pra lá — falei, enquanto ríamos. — Me disseram que é o ar de Parma que torna o presunto tão saboroso. Talvez não fique tão saboroso em Archway.
— É — disse ele, encolhendo os ombros. — Talvez.
— Eu tenho um bom açougueiro para indicar, se você precisar. Para comprar o pernil.
— É mesmo?
— É. Por quanto tempo você vai deixar os presuntos pendurados?
— Por um ano, talvez? — respondeu ele. — A minha mãe pendura por dois anos. Sinto saudade.
— Do presunto?
— De casa.

Angelo foi embora logo depois. Ele me beijou, formalmente, nas duas bochechas, e trocamos números de celular. Ouvi a porta do apartamento dele se abrir no andar de baixo, então o ouvi andando até a cozinha, assoviando. Enquanto eu tomava banho, o ouvi preparando alguma coisa para comer, um metro abaixo de mim. Ele lavou a louça e escutou o rádio enquanto eu escovava os dentes. Adormeci enquanto ele assistia à TV. Dormi profundamente a noite toda.

# 19

Lola e eu tínhamos uma senha de emergência: pinguim. Nós só a havíamos usado duas vezes nos nossos quinze anos de amizade. A primeira: quando, sem querer, Lola postou uma foto nua em um álbum compartilhado, onde o padrinho e a madrinha de um bebê chamado Bertram deveriam postar fotos do menino. A segunda: quando pensei ter visto Bruce Willis em uma loja de celulares, mas era um homem careca muito parecido. Quando recebi o emoji de um pinguim e depois o endereço de um pub, com data e hora, soube que só havia uma coisa que Lola poderia querer me contar: estava noiva.

Pedi uma garrafa de champanhe assim que cheguei e esperei por ela à mesa. Lola chegou, de blusa de bolinhas amarelas, short listrado de preto e branco, tamancos prateados de salto alto e um chapéu de palha em um dia decididamente sem sol. Ela se sentou diante da mesa redonda, sem me cumprimentar com um abraço, e tirou os óculos escuros estilo Jackie O e o chapéu.

— O Jethro — disse ela.

— Pediu você em casamento!

— Foi embora.

O garçom se aproximou e estourou cerimoniosamente o champanhe. Lola se encolheu.

— Foi aqui que pediram?! — disse ele, fora de si de empolgação por um cliente enfim ter pedido o champanhe.

— Foi — respondi.

— Fantástico. Alguma de vocês, damas encantadoras, está comemorando uma ocasião especial?

Lola pressionou a base das mãos na testa.

— Não, não se preocupe — falei, tirando gentilmente a garrafa da mão dele. — Acho que podemos... nos servir por conta própria. Muito obrigada.

Coloquei o champanhe no balde de gelo e o garçom se afastou.

— O que aconteceu? — perguntei.

— Estava tudo completamente normal até algumas semanas atrás. Estávamos nos divertindo muito, iríamos ver alguns apartamentos essa semana, estávamos muito animados para morar juntos em uma casa que fosse nossa. Ele começou a falar em casamento.

Ela percebeu a expressão de crítica no meu rosto.

— Eu sei, eu sei. Parece loucura agora. Então, no domingo à noite, ele me disse que precisava passar em casa para pegar algumas coisas e depois voltaria para o meu apartamento. Depois de algumas horas, mandei uma mensagem, para checar se estava tudo bem. O Jethro me respondeu que ficaria em casa. Disse que havia percebido que tudo estava acontecendo muito rápido e que precisava "pisar no freio". Eu perguntei se ele já queria me dizer aquilo quando saiu do meu apartamento, fingindo que estava tudo bem, e ele disse que não. Mas é claro que queria. Só estava evitando ter uma conversa difícil.

— E aí? — perguntei, servindo o champanhe, que parecia zombar de nós.

— Decidimos ficar alguns dias sem nos falar, ter algum tempo para nós mesmos, pensar sobre o que queremos, e depois nos encontraríamos para conversar.

— Você já teve notícias dele?

— Não. Já faz mais de uma semana. A princípio achei que ele só precisava de mais espaço, o que é bom, mas ele não está nem respondendo às minhas mensagens.

Os olhos de Lola, azuis como os de um husky siberiano, se encheram de lágrimas, que escorreram pelo rosto. Ela estava muito desesperada para amar alguém. Parecia uma coisa tão simples e singular de se pedir nessa vida...

Eu me vi dominada por uma sensação que estava sendo reprimida havia muito tempo. Algo que eu deveria ter expressado, completa e livremente, quando Max desapareceu pela primeira vez, mas que eu tinha disfarçado de todas as maneiras, para ser uma boa moça. Havia levado o que aconteceu para o lado pessoal e examinado todas as minhas possíveis imperfeições. Tinha deixado aquilo subir como vapor quente no meu cérebro, analisando e problematizando desnecessariamente. Tinha permitido que aquilo entrasse no meu coração e se transformasse em uma atitude paciente e indulgente. Havia distribuído aquela sensação para qualquer parte do corpo, desde que não escapasse pela boca; não se propagasse pelo ar. Assim, ninguém poderia me acusar de ser intensa, iludida ou louca. Mas já estava na hora de expelir aquilo como fogo. Eu não queria vingança, só queria reparação.

— Onde ele mora? — perguntei.

— Em Clerkenwell.

— Muito bem — falei, virando de uma vez o que restava do champanhe na minha taça. — Leve isso com você.

Fiz um gesto para a meia garrafa de champanhe e me levantei.

— Não vamos até o apartamento dele.

— Você não vai, eu vou.

— Não, Nina.

— Sim — falei. — Seres humanos de verdade não podem sumir. Não vivemos em uma distopia.

— O que você vai dizer a ele?

— Tudo o que ele precisa ouvir.

— Tudo bem — concordou Lola.

Ela pegou o champanhe e tomou um gole, enquanto seguíamos para a porta.

— Não tenho nada a perder agora.

O apartamento de Jethro ficava em um depósito que, mesmo de fora, parecia muito satisfeito em ter se tornado um lar. As janelas de aço pareciam grandes sorrisos cheios de dentes que se parabenizavam presunçosamente. Toquei o interfone.

— Sim? — disse ele.

— É a Nina — falei em um tom categórico. — Nina Dean, amiga da Lola.

— Ah.

O chiado indistinto indicava que ele ainda estava ouvindo.

— Pois não?

— Só preciso de dez minutos para falar com você.

Houve uma pausa, então o bipe monótono e intrusivo me avisou que ele tinha me deixado entrar. Eu sabia que Jethro cederia. Aqueles homens se importavam pouco com suas ações em relação às mulheres que magoavam, mas se preocupavam muito com o que as pessoas que sabiam sobre aquelas ações poderiam pensar deles. Fiz sinal de joinha para Lola, que estava sentada diante da porta de um prédio mais adiante, com a garrafa de champanhe.

Jethro abriu a porta.

— Oi, Nina, entra — disse ele em um tom tranquilo, querendo parecer despreocupado, mas expondo seu nervosismo.

Examinei o apartamento, que estava cheio dos adereços essenciais de um homem que se esforçava para parecer renascentista. A parede de tijolos à vista e os azulejos originais de alguém interessado em tradição, mas apenas da construção em que morava. Álbuns do Pink Floyd na parede, uma máquina de fazer macarrão, capas de almofadas de linho, uma fileira organizada de clássicos da Penguin, sabonete líquido de ervas em um frasco que imitava o dos boticários antigos que custava 38 libras. Havia uma pintura a óleo de uma mulher nua corpulenta, com seios um pouco caídos, o que provavelmente ele usava para se dizer feminista. Toda a personalidade de Jethro tinha sido comprada em uma ruazinha de lojas descoladas em Shoreditch.

— Como vai?

— Estou bem — respondi. — Então, você está vivo?

— É claro.

— Ora, desde que esteja vivo e bem, é o que importa.

Ele se encostou no armário da cozinha, deixando evidente que desejava estabelecer uma interação amigável e relaxada.

— Escuta, Nina, eu entendo que ela é sua amiga e que você está fazendo isso porque a ama. Mas o que está acontecendo comigo e com a Lola é apenas entre mim e a Lola.

— Só que não, porque, como você não está falando com ela, está acontecendo entre o Jethro e o Jethro. As duas pessoas mais importantes no relacionamento.

Ele abriu ligeiramente a boca e logo voltou a fechar. Foi bom desmascará-lo. Era muito raro homens como Jethro reconhecerem que uma mulher tinha razão em uma conversa...

— Eu precisava de um pouco de espaço, não fiz nada de errado. Você não entende como vinha sendo intenso. Não passamos nem um dia separados, eu não tive um momento para pensar.

— Quem foi atrás de quem no relacionamento de vocês?

Ele gemeu.

— Eu.

— E quem disse "eu te amo" primeiro?

— Eu.

— Quem sugeriu a compra de um imóvel juntos?

— Sei o que você deve estar pensando de mim.

— Foi só um desafio?

— Como assim?

— Era um jogo em que você queria chegar à fase final? Você conheceu uma mulher que estava com a vida organizada e quis ver se era capaz de desestabilizá-la? Quis saber se conseguiria fazê-la se apaixonar por você, dizer todas as coisas que você queria que ela dissesse, fazer todas as coisas que você queria que ela fizesse, então o jogo terminaria e você poderia cair fora?

— Claro que não foi isso que eu fiz. Só mudei de ideia... as pessoas podem mudar de ideia sobre as coisas.

— Sabe, toda vez que você "muda de ideia" de uma forma tão extrema, isso tira algo de uma mulher. É um roubo. Você rouba não apenas a confiança dessa mulher, mas também o tempo dela. Você tirou coisas dela, para se divertir por alguns meses. Não consegue ver como isso é egoísta?

— Consigo — disse ele.

— Você tem ideia de como a Lola precisa se esforçar para confiar em alguém? E agora vai ser ainda mais difícil. É mais um esforço que as mulheres precisam dedicar a um relacionamento que, no geral, os homens não precisam nem levar em consideração.

— É verdade — contemporizou Jethro. — Eu lidei muito mal com isso.

— Você disse que queria se casar com ela. Sabe como isso é *insano*, Jethro? É extremamente inapropriado dizer isso tão cedo em um relacionamento, mesmo que você quisesse de verdade, e mais ainda se não quisesse.

— Eu falei sério na época.

— Você sabe como casamento e filhos funcionam, não sabe? Sabe que tem que, tipo, sair com alguém primeiro para chegar a essa parte.

— Eu sei. Estou muito apaixonado por ela. Só não estou pronto para me comprometer.

— Você tem 36 anos.

— A idade não importa.

— E, de qualquer modo, o amor não funciona assim. Não acredito que estou tendo que explicar isso para um homem de quase quarenta anos.

— Na metade dos trinta.

— Você precisa arriscar, não é como se você se apaixonasse por alguém toda semana. Como pode ser tão arrogante a ponto de pensar que vai se sentir assim de novo no momento em que decidir que está pronto, nos seus termos?

— Não tem a ver com ela. O momento é que não é ideal.

— E quando você acha que vai estar pronto para assumir um compromisso sério?

Ele encolheu os ombros e deixou escapar alguns ruídos desnorteados enquanto examinava os próprios pensamentos.

— Não sei. Não posso dizer. Daqui a uns quatro anos, talvez? Cinco? Não sei.

— A Lola vai ter quase quarenta anos. Você gostaria que ela esperasse para começar um relacionamento de verdade com você quando tiver quarenta anos?

Eu o imaginei como um solteiro de quarenta e poucos anos, mechas prateadas entremeadas aos fios ruivos do cabelo, rugas charmosas ao redor dos olhos, um apartamento com o dobro do tamanho daquele, decorado com o dobro de bugigangas de um homem inseguro com muito dinheiro. Jethro não pareceria desesperado ou triste. Homens como ele viviam a vida como se fosse uma aventura e ainda eram vistos como exploradores corajosos e obstinados.

Então eu me dei conta de que ele poderia decidir quando se apaixonar e ter uma família, e que aquilo aconteceria. Sempre haveria uma mulher disposta a amá-lo. Jethro não precisava se arriscar. Poderia esperar por outra chance. E depois outra. A população feminina era uma fonte infinita de possibilidades, e ele poderia esperar quanto quisesse. Havia muito pouco risco envolvido quando se tratava de quem e como ele amava. Essas coisas eram indiferentes para ele.

— Você não vai se casar com uma mulher da sua idade — falei, compreendendo aquele fato ao ouvir as palavras saindo da minha boca. — Vai se casar com uma mulher dez anos mais jovem que você. É assim que vai funcionar. Tem razão, a idade não importa. Para você.

Ele me encarou, a boca cerrada em uma expressão desafiadora, e não disse nada.

— Lola deixou alguma coisa aqui? — perguntei.

— Não — disse ele. — Acho que não.

— Não comece a namorar até que tenha resolvido as suas questões. — Eu me levantei e fui até a porta. — E não ligue para a Lola de novo.

Eu sabia que Jethro voltaria a namorar. Provavelmente em poucas semanas, assim como Max havia feito. Imaginei todas as mulheres que se relacionariam com Jethro e Max, enquanto estavam "confusos", enquanto "não estavam prontos", paradas uma ao lado da outra em uma longa linha de montagem. Cada uma delas daria algo a esses homens: uma história, uma viagem no fim de semana, atenção, conselhos, seu próprio tempo, uma aventura sexual, uma aventura real. Então, elas os forçariam a passar adiante para o próximo relacionamento. Aqueles homens emergiriam em algum ponto, cheios de todo o amor, o cuidado e a confiança de que haviam sido providos ao longo dos anos, e se comprometeriam com alguém. Certamente, com outra mulher. E mais outra quando se entediassem daquela. A ganância deles não seria saciada por uma mulher, por uma vida. Eles levariam muitas vidas. Vida após vida após vida após vida.

Porque aqueles homens desejavam querer alguma coisa, em vez de ter alguma coisa. Max queria ser torturado, queria ansiar, conquistar e sonhar. Queria existir em um estado liminar, como se tudo estivesse sempre começando. Ele gostava de imaginar como seria nosso relacionamento, sem investir tempo nisso nem se comprometer. Jethro, por sua vez, gostava de falar sobre a casa que compraria com Lola, mas não queria visitar imóveis. Eles eram como adolescentes escrevendo letras de música num caderno dentro do quarto. Não estavam prontos para ser adultos, para fazer escolhas, muito menos promessas. Preferiam que o relacionamento fosse virtual e especulativo, porque assim podia ser perfeito. Eles não precisavam de uma namorada humana. Não tinham que pensar em planos ou aspectos práticos, não carregavam o fardo da felicidade de outra pessoa. Podiam ser heróis. Podiam ser deuses.

Era patético.

\*\*\*

— Onde já se viu esses imbecis? — balbuciou Lola, enquanto abria uma garrafa empoeirada de licor Tia Maria.

Já passava da meia-noite e estávamos sem vinho, por isso havíamos recorrido aos licores que ficavam no fundo do armário no meu apartamento.

— Como eles conseguem fazer sexo com a gente? Eles sabem a sorte que têm por terem feito sexo com a gente? Deveriam ter sido obrigados a juntar cupons para isso por um ano. UM ANO. E então enviar esses cupons para uma caixa postal antes mesmo de serem CONSIDERADOS como pessoas que poderiam ter a sorte de fazer sexo com a gente.

Ela serviu o licor nas nossas taças de vinho com a mão trêmula.

— Caixa postal? — falei — Nossa, você denunciou a idade agora.

— Quero mostrar a minha idade. Tenho 33 anos, cacete. A minha idade é um acréscimo, é uma vantagem. É um *bônus*. Não uma perda. Eu sou um ÓTIMO PARTIDO. Por que eles não entendem que eu sou um ótimo partido?

— Não sei.

— Se eu fosse homem, todo mundo iria querer ficar comigo. Sou bem-sucedida profissionalmente, tenho dentes lindos — disse ela, me mostrando as gengivas. — e boa saúde cardiovascular. Economizei bastante e agora sou dona de um conjunto de malas com compartimentos para roupas íntimas e produtos de higiene pessoal. Uma delas tem até uma maldita entrada USB embutida para carregar o celular. Sou uma pessoa impressionante. Por que não estão me disputando a tapa?

Abri nosso segundo maço de cigarros e peguei um.

— Sei lá.

— Temos que baixar o Linx de novo.

— Não — falei, enquanto acendia o cigarro. — De jeito nenhum. Cansei de namorar.

— Você não pode parar de namorar se quiser ter uma família.

— Eu era muito mais feliz antes desse ano. Não quero pensar mais nisso, nem correr atrás disso. Se acontecer, aconteceu.

— Não há nada de errado em querer amar alguém, Nina.

— Eu sei.

— Não é uma fraqueza desejar isso para si mesma — afirmou Lola. — Não quero que perca as esperanças.

— Acho que isso talvez já tenha acontecido.

Nos debruçamos na janela, exalando fumaça para o céu. A brisa fez a árvore recém-plantada balançar seus galhos novos para nós.

— Eu sei — disse ela. — Você deveria deixar a sua esperança comigo.

— Como assim?

— Foi o que o Joe disse no discurso do casamento: amar é ser o guardião da solidão da outra pessoa. Talvez amizade signifique ser o guardião da esperança de outra pessoa. Deixa comigo que eu vou cuidar um pouquinho da sua esperança, se estiver muito pesado para você agora.

— Não posso fazer isso, você já está carregando o peso da sua.

— Ah, mas estou carregando a minha há uma década — disse ela. — Não vou nem reparar se a carga ficar um pouco mais pesada.

Coloquei o cabelo dela atrás da orelha.

— Nesse momento, eu não poderia ser mais contra relacionamentos. Ainda assim... sei que há um amor esperando por você, Lola. Mais grandioso do que qualquer uma de nós consegue imaginar. Ele pode não ser um mágico famosíssimo.

Pode não ser o tipo de homem que achamos que seria. Mas ele está vindo.

— Eu sei, Nina. Eu sempre soube.

— Sabe mesmo, né?

— Portanto, posso saber por você também. Assim, você não precisa mais pensar nisso. Continue escrevendo os seus livros e cuidando do seu pai. Vou manter a sua esperança a salvo, até que esteja pronta para tê-la de volta.

Angelo se aproximou da porta do prédio e nos viu debruçadas na janela.

— Olá! — gritou para mim.

— Oi! — respondi. — Como estão os presuntos?

— Tudo certo — disse ele. — Pendurei todos em ganchos, mas as moscas estão sendo um problema.

— Você queria a bicicleta! — comentei.

— Ah, pois é.

— Eu tenho algo com que você pode cobrir os presuntos sem deixá-los abafados.

— É mesmo?

— É — falei.

Ele sorriu e girou a chave na fechadura. Eu me virei para Lola, que estava com uma expressão horrorizada.

— O que foi isso?

— Ele é legal.

— O possível assassino?

— O Angelo não é um assassino, é um homem deprimido que decidiu aprender a arte da charcutaria para se distrair da dor de um coração partido e matar as saudades de casa.

— Como você sabe?

— Nós conversamos, colocamos tudo para fora e fizemos uma trégua.

— Como?

— Nós transamos.
— Muito engraçado.
— Estou falando sério.

Lola ficou boquiaberta e seus olhos bêbados entraram em foco.

— Ele veio me confrontar sobre os pacotes roubados, eu confessei e acabamos fazendo sexo na cozinha.

Ela ficou ainda mais boquiaberta.

— Pois é — falei.
— Vocês pretendem repetir?
— Não, não. Foi uma vez só.
— Você gosta dele?
— Não sei. Eu gostei, e muito, na hora. Acho que precisava fazer sexo com alguém que não pudesse sumir. Moramos no mesmo prédio. Compartilhamos um medidor de energia elétrica. Eu praticamente ouço o batimento cardíaco dele através do chão.

Lola pensou e pegou outro cigarro.

— Que tesão — concluiu com tristeza.

Estávamos bêbadas e exaustas, enchendo o copo, bebendo e fumando.

— Tenho uma história nova para a Galeria das Tragédias — disse Lola. — E é a melhor até agora.

— Você sempre diz isso.

— Não, acredite, essa é mesmo a melhor até agora. Na verdade, escutei há algum tempo e estava guardando para o momento em que estivéssemos para baixo.

— Acho que a tristeza das outras pessoas só vai me deixar mais triste.

— Por que não paga para ver?

— Tá certo.

— Muito bem, então.

Ela colocou os pés na cadeira e se sentou de pernas cruzadas, como uma adolescente agitada que estivesse prestes a contar um segredo.

— Você se lembra da minha amiga Camille?

— Lembro.

— Então, não foi a Camille, mas...

— Não acredite na história, a fonte não é segura.

— Podemos ligar para ela agora mesmo e confirmar tudo.

— Eu não vou ligar para a sua amiga Camille.

— Então, a Emma, amiga da Camille, se mudou para a Califórnia. E, no primeiro mês em que estava lá, resolveu que queria experimentar ayahuasca.

— O que é ayahuasca?

— É uma substância psicoativa que é administrada por um xamã e aparentemente tem o efeito de dez anos de terapia em uma noite.

— Certo — falei, pensando no quanto eu havia me tornado fluente no dialeto da tagarelice de Lola.

— Então, ela foi a uma cerimônia no Parque Nacional de Joshua Tree com um bando de estranhos e todos tomaram ayahuasca. Emma embarcou naquela viagem louca e emocional, que foi tipo uma volta no tempo, e curou todas as questões terríveis que tinha com a mãe. E voltou aonde estava, de pé no deserto, com a areia sob os pés e as estrelas acima da cabeça.

— Tudo bem, continua.

— Ela percebeu, então, que estava totalmente em paz pela primeira vez na vida. E aí, viu um homem ao lado dela. Um cara que também tinha tomado ayahuasca. Ele estendeu a mão e ela pegou a mão dele. Os dois não disseram nada um ao outro, mas a Emma sabia que tinha acabado de conhecer o amor da vida dela.

— Lola, essa história não é verdade.

— Calma! Então. Eles voltaram para Los Angeles, onde ele também morava, e passaram o fim de semana juntos. Emma estava mais feliz do que nunca. Ela nunca tinha se sentido tão compreendida por outro ser humano. O cara se mudou para o apartamento dela. Eles passaram três meses maravilhosos juntos.

— Certo.

— E aí... Alguma coisa aconteceu. O cara começou a irritar a Emma de verdade. Eles começaram a brigar por tudo. Então ela disse: "Acho que isso talvez não esteja dando certo." E ele respondeu: "Só precisamos voltar ao deserto para tomar mais ayahuasca."

— Quer dizer que foi como uma alucinação longa e superficial?

— Exatamente. Emma respondeu que não, pediu para ele pegar todas as coisas dele e sair do apartamento. Ele foi embora na hora. Cerca de uma semana depois, apareceu um cheiro horrível na casa toda. Em todos os cômodos, tudo ficou empesteado.

— Ah, não.

— A Emma chamou uma equipe de limpeza, que fez uma faxina profunda no apartamento todo, mas o fedor continuou. Depois de um mês vivendo no inferno, ela finalmente descobriu de onde estava vindo o cheiro.

— De onde?

— O cara tinha desmontado o ar-condicionado, enchido de camarões crus e montado de novo. O cheiro se dispersou com o fluxo de ar.

— Ai, meu Deus.

Fiquei imóvel por um minuto, digerindo a magnitude do final daquela história.

— Essa é uma aquisição muito, muito boa para a Galeria das Tragédias, Lola. Nosso pior rompimento nunca será tão ruim assim.

— O que você teria feito, se fosse ela? — perguntou Lola.

Engoli o resto do licor de café adocicado.

— Acho que talvez teria voltado para o deserto — falei. — E tomado mais ayahuasca.

— Mas então teria sido tudo uma mentira.

— Pense em Demétrio e Helena.

— Eles estudaram na faculdade com a gente?

— De *Sonho de uma noite de verão*. O final feliz é sobre dois casais apaixonados pela pessoa certa. Mas Demétrio só ama Helena porque está sob o efeito de um feitiço.

— A peça acaba assim, é?

— É.

— Por quê?

— Existem muitas teorias. Dizem que Shakespeare queria que a história seguisse as regras que definem uma comédia, então ele teve que resolver tudo no final de alguma forma. Foi muito difícil explicar para os meus alunos quando dei aula sobre isso. Eles não concordaram com a ilusão nem com o final feliz. Sempre me perguntavam se eu achava que o Demétrio continuaria apaixonado pela Helena depois do fim da peça.

— O que você acha?

— A questão não é se ele continuou apaixonado, é se ele despertou do feitiço.

Lola olhou pela janela, para a rua, o poste de luz banhando seu rosto com um brilho âmbar, o mesmo que iluminava aquelas cenas noturnas da nossa amizade havia tantos anos. Ela pegou meu celular, desbloqueou e entrou na loja de aplicativos. O logotipo da Linx apareceu com uma opção para baixar.

— Espero que ele não tenha despertado — disse ela.

Então, colocou o celular na palma da minha mão e a tela cintilou com um brilho incerto.

# Epílogo

O céu está limpo quando acordo no dia 3 de agosto. É o tipo de clima que me lembra a infância, com joaninhas andando em braços sardentos e sorvete de morango no parque. Sei que deve ter havido dias de céu nublado e garoa quando eu era pequena, mas nunca me lembro de nenhum. Escovo os dentes, lavo o rosto e, por uma questão de tradição, senão por precisão histórica, coloco "The Edge of Heaven" para tocar nos alto-falantes da sala de estar. É realmente a melhor música para dançar.

Saio para uma caminhada pelo meu bairro, passando por cima dos restos deixados pelos banquetes noturnos do lado de fora da lanchonete de kebab. Passo pela fachada vermelha, com a tinta descascada, do The Institution, que, à luz do dia, parece um animador de festa infantil sem a fantasia. Faço meu circuito preferido em Hampstead Heath e pego um café pingado no caminho de volta para casa (duplo, leite integral).

Angelo está saindo quando eu chego. Trocamos gentilezas, fumamos um cigarro ao sol e conto que estou fazendo 33 anos naquele dia. Ele me informa que tenho a mesma idade de Jesus quando morreu e pergunta o que pretendo fazer para rivalizar com as realizações do Cristo. Digo que tenho certeza de que posso salvar a humanidade no próximo ano. Ou, senão, com certeza vou doar mais cestas básicas.

No meio da tarde, vou para a Albyn Square. Eu queria fazer um pequeno piquenique à tarde para comemorar aquele meu novo ano e não consegui pensar em um lugar mais delicioso do que a rua da minha primeira casa. Pego uma toalha de piquenique, algumas cadeiras dobráveis e uma bolsa térmica com vinho e comida. A lista de convidados só tem sete pessoas: Katherine, Mark, Lola, Joe, Lucy e meus pais.

Katherine e Mark são os primeiros a chegar, com Freddie encaixado no quadril de Katherine e Olive segurando a mão de Mark. Nenhum dos dois reclama do tempo que demoraram para chegar a East London, embora eu saiba que foi sobre isso que falaram na viagem de trem. Pedi a todos que trouxessem seu lanche favorito da infância como pesquisa para o capítulo final do meu novo livro. Kat levou batatas chips com sal e vinagre, e Mark escolheu ovos escoceses.

Joe e Lucy chegam logo depois, carregando pacotes de queijo processado Babybels e biscoitos recheados Jammie Dodgers. Lucy passa a tarde indo do queijo ao biscoito, depois do biscoito ao queijo. A certa altura, eu a vejo fazer um sanduíche, colocando um Babybel entre dois biscoitos, e comer de uma mordida só. Não dá mais para disfarçar a barriga dela e Joe não consegue parar de tocá-la. Ele é o tipo de futuro pai que se refere ao nascimento como uma joint venture e sabe todas as respostas para qualquer pergunta sobre gravidez. Eles chegam no novo carro azul-marinho, com Lucy dando ordens sobre como estacionar. O carro já está equipado com uma cadeirinha para o bebê. Um dia aquele bebê vai se sentar em um banco, imaginando se aquele carro azul-marinho da infância virou sucata em algum lugar, desejando que apareça para pegá-lo.

Lola traz pirulito com pozinho, além de balas Fini de morango, compridas como cadarços. Ela está usando um vestido maxi de algodão azul, com uma sombrinha combinando, e tem um encontro marcado para a noite. Um homem de um novo aplicativo, que combina as pessoas por aversões mútuas em vez de curtidas mútuas. Os dois vêm conversando há cinco dias sobre seu ódio compartilhado por música country e tomates nos recheios dos *paninis*. Apesar de ele ser geminiano, ela acha que ele pode ser o cara. (Nós a convencemos a não levar a sombrinha.)

Meu pai se lembra da Albyn Square assim que chega. Ele se lembra de ter me ensinado a andar de bicicleta em círculos, se lembra do dia em que caí da amoreira e precisei levar pontos no joelho, se lembra do banco onde ele e minha mãe se sentaram comigo alguns dias depois que eu nasci. Desisti de vasculhar a linha do tempo das lembranças dele, tentando descobrir qual é o fragmento que vai permanecer. Alguns dias ele não lembra quem eu sou, em outros se lembra das notas de todas as minhas provas de violino. Gosto de pensar em cada pessoa que ele ama como uma galeria de pinturas de Picasso que ficam penduradas em sua mente, em um constante e fascinante estado de reorganização, e não em processo de apagamento.

Meu pai se senta no banco e conversa com Joe sobre críquete. Minha mãe se senta na grama e Lola mostra a ela como aprendeu a fazer uma trança espinha de peixe no próprio cabelo. Olive come todo o pozinho do pirulito enquanto ninguém está olhando.

Katherine fez um bolo para mim. Ela pede para eu me sentar no banco ao lado do meu pai, enquanto, sem a menor discrição, tira o bolo da embalagem, atrás de Mark. O bolo tem três camadas, uma cobertura amarela e está torto.

Todo mundo canta "Parabéns pra você". Lola desafina, Freddie ri no meu colo, e minha mãe tira uma foto. Olive rasteja por baixo da amoreira. A árvore que vive dentro de mim e é impossível demolir, apenas se esconde ou se perde por entre as névoas em constante movimento. A árvore que cresce através de mim, o tronco que forma minha espinha dorsal. Katherine segura o bolo perto do meu rosto e as velas tremulam ligeiramente no calor parado do dia.

— Faz um pedido — diz ela.

Fecho os olhos e penso em todos os caminhos que estão à frente e que ainda não consigo enxergar. Não consigo planejar nenhum deles, apenas caminhar com fé em sua direção. Apago as velas do meu bolo pela trigésima terceira vez. Mais um ano começa.

# Agradecimentos

Eu poderia escrever dez páginas de agradecimentos a Juliet Annan. Por sua intuição, sua sabedoria, esperteza, percepção e objetividade. Mas ela já precisou editar muitos dos meus resmungos nos últimos anos, portanto vou dizer apenas: adorei cada momento que passei escrevendo este livro. E isso é mérito de Juliet, que está, fico feliz em informar, sempre certa sobre tudo.

Agradeço a Clare Conville por sua orientação, paixão e gentileza inabaláveis. Nenhuma mulher seria melhor em prestar apoio.

Agradeço a Jane Gentle, Poppy North, Rose Poole e Assallah Tahir, celebrantes e estrategistas, guardiãs do meu trabalho e da minha sanidade.

Agradeço a Ruth Johnstone, Tineke Mollemans e Kyla Dean (dedicadas, determinadas, damas da cabeça aos pés).

Foi necessário fazer pesquisas para escrever parte dessa história e sou grata pela generosidade das pessoas que compartilharam comigo suas experiências, seus conhecimentos e sua expertise. Agradeço a Julian Linley, Hannah Mackay,

Hilda Hayo, Holly Bainbridge, Howard Masters e Dementia UK.

Agradeço aos meus primeiros leitores por seu encorajamento: Farly Kleiner, India Masters e Edward Bluemel.

Conversas particulares com amigos inspiraram boa parte desses capítulos. Sou especialmente grata a Tom Bird, Sarah Spencer-Ashworth, Monica Heisey, Caroline O'Donoghue, Eddie Cumming, Octavia Bright, Helen Nianias, India Masters, Laura Jane Williams, Farly Kleiner, Will Heald, Max Pritchard, Ed Cripps, Sabrina Bell, Sarah Dillistone e Sophie Wilkinson.

Agradeço a Lorreine Candy, Laura Atkinson e ao *Sunday Times Style* por seu apoio enquanto eu escrevia este livro.

Um agradecimento eterno a Lauren Bensted, com quem sigo na mesma conversa desde que tínhamos quinze anos. Todo escritor sonha em ter acesso a um cérebro como o seu. Tenho muita sorte por conseguir fazer isso por tabela. Obrigada por tudo o que você me conta no pub (incluindo as bobagens) e por sempre me deixar colocar tudo no papel depois.

E obrigada a Sabrina Bell, por muitas coisas, mas especialmente por sempre entender, mesmo quando parecia impossível.

- intrinseca.com.br
- @intrinseca
- editoraintrinseca
- @intrinseca
- @editoraintrinseca
- editoraintrinseca

|            |                                    |
|-----------:|:-----------------------------------|
| *1ª edição* | MARÇO DE 2023                     |
| *impressão* | LIS                               |
| *papel de miolo* | PÓLEN NATURAL 70 G/M²        |
| *papel de capa* | CARTÃO SUPREMO ALTA ALVURA 250 G/M² |
| *tipografia* | TUNA                             |